|光明社科文库|

江南文化与唐代文学研究

景遐东◎著

光明日报出版社

图书在版编目（CIP）数据

江南文化与唐代文学研究/景遐东著.--北京：光明日报出版社，2019.6
（光明社科文库）
ISBN 978-7-5194-4945-2

Ⅰ.①江… Ⅱ.①景… Ⅲ.①地方文化—文化史—研究—华东地区—唐代②中国文学—古典文学研究—唐代 Ⅳ.①K295②I206.42

中国版本图书馆 CIP 数据核字（2019）第 114096 号

江南文化与唐代文学研究
JIANGNAN WENHUA YU TANGDAI WENXUE YANJIU

著　　者：景遐东

责任编辑：曹美娜　朱　然　　　责任校对：赵鸣鸣
封面设计：中联学林　　　　　　责任印制：曹　诤

出版发行：光明日报出版社
地　　址：北京市西城区永安路 106 号，100050
电　　话：010-63131930（邮购）
传　　真：010-63169890
网　　址：http://book.gmw.cn
E－mail：caomeina@gmw.cn
法律顾问：北京德恒律师事务所龚柳方律师

印　　刷：三河市华东印刷有限公司
装　　订：三河市华东印刷有限公司
本书如有破损、缺页、装订错误，请与本社联系调换，电话：010-67019571

开　本：170mm×240mm	
字　数：310 千字	印　张：19.5
版　次：2019 年 9 月第 1 版	印　次：2019 年 9 月第 1 次印刷
书　号：ISBN 978-7-5194-4945-2	

定　　价：95.00 元

版权所有　　翻印必究

序　言
江南文化与唐代文学研究

景遐东博士《江南文化与唐代文学研究》出版，我忝为导师，和他一样感到高兴。

遐东是江苏海安人，与我可称"大同乡"。他在1989年就获得湖北大学的文学硕士学位，有很好的专业基础和研究能力。以后一直在湖北师范学院担任教职，在繁重的教学和行政工作之余，始终没有放弃学术研究。他到复旦大学攻读博士学位后，尤其珍惜，期待在学术上迈上一个新的更高的台阶。为此，他为自己制定了较高的学术目标，并付出了非常艰巨的努力。三年间，他得到妻子的理解支持，很少回家，也不过问任职学校的事务，不计较经济的得失。可以说是不舍昼夜，不问寒暑，全力以赴，心无旁骛，才有现在的成绩。

书中的选题，是他与我分别提出多个选题，经过反复比较分析以后确定下来的。唐代南北文化的差异和影响，可以说从唐代初年开始，就已经有不少的议论，以后绵历千年，论述更多。现今通行的各种文学史，讲到唐代文学繁荣的原因时，多少会有一段统一国家南北文化融合有利文学发展的阐述。这些看法无疑都是很深刻而允当的。如果更进一步探究，组成南北文化的各个地域之间，各有哪些特点，又有哪些不同，如何互相影响，实际作用如何，则至今研究很少。作为南方文化核心地域的江南文化和江南文学，虽然研究者很多，但至今还没有专著出现，不能不认为很遗憾。因此遐东选定的这个课题，学术意义十分重要。

他始终保持定期向我介绍研究进展的习惯，使我对他遇到的困难、探索的过程，以及解决的方法，都有及时的了解。当然，我也提供过一些意见，提供我所知道的文献和线索，供他斟酌和参考。就我所知，他在本书的写作过程中，始终坚持从第一手文献的阅读和分析入手，充分吸取前人已有的研究成果，严格遵循基本的学术规范，以期达到较高的学术层面。

退东工作的第一步，是对江南文化特点和唐代江南诗歌创作进行全面彻底的清理摸底。这一点看起来好像不难，但认真深究，则困难远超想象。比方江南的范围，从古到今，看法差异很大，有关指称的界限和外延常常都很模糊。退东主要依据唐代人自己的称谓，认为当时即存在广、狭二义，广义者可以指长江以南的南方广大地域，狭义者则仅指长江下游以南的地区。经过认真地考核，他将"江南"确定为开元年间所置之江南东道括州、温州往北至长江的部分和江南西道之徽南部分，含润、常、苏、湖、杭、睦、越、歙、明、衢、括、婺、温、台、宣、池十六州。他依据唐人本身的指称，所定范围可以信从。再如江南诗人应该如何确定，尽管前人对于唐诗人的生平籍贯已经有非常多的研究成果可资参据，但要完全确定仍很难取舍。对此，我有切身的感受。多年前，我曾作过《唐诗人占籍考》，是师仿唐圭璋先生的《宋词人占籍考》，试图提供分地域的唐代诗人分布概况。然而接触具体资料，不难发现唐代人喜称郡望，讳言乡贯。今人研究做了多方面的努力，试图从诗人的出生地、居住地以及家族墓地之所在，来探究其究竟是何方人士。这几方面虽有一定联系，但并不能画等号，只能说是比较接近实际情况。举这个例子，不难理解研究唐代地域文化，在具体文献的甄别和对具体作家的地域划分方面都与宋以后的占籍明显有很大不同。退东较充分地参考了前人的论述，又仔细翻检了《全唐诗》《全唐文》等相关著作，对原籍江南和客居江南的作家及其存留作品，做了全面分析和量化统计。有这样坚实的基础工作，他的结论就易于令人信服了。再如江南文化的特征，他注意从纵横两方面展开探讨。从纵向历史来说，他注意到前人有关六朝时期南方文化的研究论著较多，有关明清时期江南文化和文学的研究著作丰富，这些与唐代有纵的联系，并保持着一定的连续性，可以看到唐代江南文化的渊源和传续，但又有各自的时代特点和内涵，不能简单认同。从横向方面来说，则是唐代另外几个重要地域文化的特点，特别是以长安和洛阳为中心的中原文化的主导影响，如何与江南文化发生联系。他还特别注意唐代江南山川地理、日常民俗、人文风貌的具体考察，为此翻检了数量可观的地方文献，尤其是较多记载江南各州人文活动的几十种宋元方志和名山寺观志，得到大量第一手的珍贵资料。

本书的学术新见很多，难以一一介绍，更无法做出具体的评价。在这里仅选取几点，稍做评述。

关于江南文化的特征，书中用了将近一章两万多字的篇幅加以考察，从原始社会遗址出土的玉器,一直讲到隋代,大量利用了文物考古、社会历史、文学艺术等方面的研究成果。虽然是以综括已有成果为主,却是读者了解唐代江南文化渊源必不可少的部分。他把江南文化特征归纳为两点。一是"江南山川秀美气候温暖水域众多,人性普遍较灵秀颖慧,利于艺术。这种特征在远古时期江南的玉文化开始展现,随着历史的推移,江南经济文化地位不断上升,表现得越来越突出"。二是"在长期的征服江河海洋的过程中,江南居民养成刚毅的品性,形成心胸旷放、豪迈勇武的气质。所以,江南文化特征还有刚性的一面"。因此他认为"唐代的江南尚文已占主导地位,但好武之风也未全消失"。虽然不是首创的见解,但把握十分准确,因而在论述唐代江南经济文化地位日益提升的过程中,文学如何追求新变时,也就有了充分的前提。

安史之乱后唐代文化中心的南移,已经是许多学者的论著中努力揭示和深刻分析过的显著现象。退东充分吸收了有关的成果,同时,大量利用唐人本身的记录,分地区地说明安史之乱前后发生的显著变化,特别是城市经济发展繁荣情况,内容很丰富,许多材料是前人没有引到的。至于江南社会阶层的变动,对于中、晚唐之间的三次往南方移民的高潮,有关学者论述已多,而江南原有士族政治地位的抬高,及其参与中央政治权力核心概率的增加,则论述尚少。

书中根据现存唐代诗人的分布情况来论证江南文化中心地位的确立,举证很有力。又根据江南各州郡作者存诗的数量来分析地域发展的不平衡特点,认为"浙西高于浙东,北部高于南部。将这一状况与江南地区内部的经济状况进行对比,我们会发现两者的特征完全一致。苏州、润州、湖州、杭州、越州、宣州等地区是江南最早开发、经济最发达的地方,也是六朝文化最发达的地区。结合整个唐代中后期赋税的主要来源依赖于江南及唐代经济重心的南移的事实,显然唐江南地区文学发展的总体状况与内部的区域状况和江南地区经济地位的演变是一致的,其兴盛是建立在经济迅速发展的基础之上的"。

书中"私学兴盛与江南家族诗人群体"一章,是全书中用力较多、颇具新见的一节。退东从史乘和地方志中勾稽唐代江南各州官学、私学的兴建史实,并分别从私人讲学风气之盛,私塾、寺学和家学的普遍存在,又认为"士人隐居山林读书修业"也具有私学的意义,且对私学的教育内容,以及具有的趋新倾向,也有深入的揭示。在统计江南16州中,11州有34个诗人家族群体出现,从家学渊源和文化环境分析这些家族文学传承的原因,也不流于一般的叙述。

此外,书中论列安史之乱后中原士人"南奔"以及对中唐文学作用的一段,采用点面结合的方式，既有全面敷列，也有具体的个案研究，也有不少新见。比方韩愈早期在南方的生活以及与柳宗元父子的交往，前者黄云眉在《韩愈柳宗元文学评价》中已有较多的注意，后者我十多年前也有述及，但退东的分析和阐发，可以说更为细致而充分了。这段事实的揭示，可以证明中唐影响最大的几家诗人，其早年的经历，都有江南生活的记忆，都曾受益于中唐前期江南新变诗风的沾溉，是很值得注意的文学现象。

书中所述江南诗酒文会传统与文学集团形成的关系，青山碧水与漫游、隐逸文化传统，吴语及吴越民歌在唐诗中的活力，"吴娃越艳"在唐诗中画出的亮丽景致，也都是很有意义的叙述，就不一一举例了。

作为第一本探讨唐代江南文化特点和江南文学关系的专著，我以为退东已经很出色地尽到了自己的责任。在地域文化与文学关系研究方面，做了积极探索，提出了许多值得进一步研究的文化现象。就此而言，认为本书具有填补学术空白的价值，是近年唐代文学研究和地域文学研究方面足成一家之言的新著，可能并不是过誉的评价。

无疑，唐代江南文学与文化研究是一个大题目。退东在本书中虽然已经做了很全面的论述，但值得更进一步探讨的问题还很多。我以为，今后还可以更进一步做动态研究和个案研究，使此项研究更趋深入成熟。唐代近三百年间，江南文化随着社会、军事、经济、宗教、艺术各方面的发展，不断地衍变出新，每个阶段都有新的风貌。江南文化与中原文化之间，也是一种互动的关系；与江南毗邻的几个文化区，其相互间的渗透和浸染更为频繁，值得探讨的课题也很多。至于个案研究，本书涉及面已经非常广，前人已有的研究也大多从个案分析来加以论列。本书是一本综论性质的专著，尽管还有一些欠缺，比方道教茅山宗和禅宗南宗（尤其是洪州宗）对中晚唐文学影响很大，本书叙述尚少，但就论述所及，已经涉及很广。可以进一步探索的个案非常多，我以为值得做更深入研究的，一是家族文化的研究，二是社会习俗的研究，三是特定地点（包括城市和名山胜迹）的文化专题研究。以退东现在已达到的成绩，再进一步，当是能胜任愉快的工作。谨此表达我的期待。

陈尚君
于台中逢甲大学
2004年11月19日

目 录
CONTENTS

引　言 ·· 1

第一章　江南文化传统的形成及其主要特征 ················ 18
　　第一节　"江南"的概念 ·· 18
　　第二节　江南文化与吴越文化及南方文化 ···················· 27
　　第三节　唐前江南文化的历史发展 ······························ 32
　　第四节　江南文化的主要特征 ······································ 43

第二章　唐代江南文化发展的经济与社会背景 ·············· 58
　　第一节　唐代江南经济繁荣与古代经济重心南移 ·········· 58
　　第二节　唐后期江南的三次北方移民浪潮 ···················· 74
　　第三节　江南普通家族士人力量的崛起 ························ 78

第三章　唐代江南籍诗人创作述论 ································ 83
　　第一节　唐五代江南籍诗人的创作实绩 ························ 83
　　第二节　由统计结果分析看江南文化中心地位的形成 ···· 93
　　第三节　江南诗人在唐诗发展中的独特贡献 ················ 98

第四章　私学兴盛与江南家族诗人群体 ························ 113
　　第一节　唐代的教育状况及江南官学 ·························· 113
　　第二节　江南私学教育的兴盛 ······································ 118
　　第三节　江南家族诗人群体的地理分布与构成 ············ 128
　　第四节　江南家族诗人与家学渊源 ······························ 141

第五章　群贤宴集与唐代江南的诗酒文会 …… 151
第一节　江南文士宴集与诗酒文会传统 …… 151
第二节　中唐时期江南的诗酒文会 …… 154
第三节　对中唐江南诗会的评价 …… 164

第六章　青山碧水与文士江南漫游隐逸 …… 171
第一节　青山碧水及江南漫游隐逸文化传统 …… 171
第二节　唐代文士漫游江南之风 …… 176
第三节　唐代文士江南隐居 …… 180
第四节　唐人漫游、隐居江南与诗歌创作 …… 188

第七章　吴语与唐代文学创作 …… 193
第一节　吴语的历史发展与其地位变化 …… 193
第二节　吴语的特点及唐人对吴语的印象 …… 198
第三节　吴语、吴越民歌与唐诗 …… 202
第四节　唐文人词创作与江南关系略论 …… 215

第八章　吴娃越艳与唐诗中的江南佳丽 …… 224
第一节　江南佳丽地之得名 …… 224
第二节　唐诗中的江南佳丽 …… 228
第三节　唐代文士与江南佳丽 …… 235

第九章　北方士人避乱江南与中唐文学发展 …… 243
第一节　安史之乱中士人避乱江南风潮 …… 244
第二节　韩愈避乱江南经历考辨 …… 253
第三节　移民的后代权德舆、刘禹锡等在江南 …… 259
第四节　士人避乱江南对中唐文学的影响 …… 264

附录：白居易的江南情结 …… 271

参考文献 …… 290

后　记 …… 300

引 言

魏征在《隋书·文学传序》当中有一段著名的论断：

> 自汉、魏以来，迄乎晋、宋，其体屡变，前哲论之详矣。暨永明、天监之际，太和、天保之间，洛阳、江左，文雅尤盛。于时作者，济阳江淹、吴郡沈约、乐安任昉、济阴温子升、河间邢子才、巨鹿魏伯起等，并学穷书圃，思极人文，缛彩郁于云霞，逸响振于金石。英华秀发，波澜浩荡，笔有馀力，词无竭源。方诸张、蔡、曹、王，亦各一时之选也。闻其风者，声驰景慕，然彼此好尚，互有异同。江左宫商发越，贵于清绮，河朔词义贞刚，重乎气质。气质则理胜其词，清绮则文过其意，理深者便于时用，文华者宜于咏歌，此其南北词人得失之大较也。若能掇彼清音，简兹累句，各去所短，合其两长，则文质斌斌，尽善尽美矣。①

魏征回顾总结了魏晋以来文学发展的状况，他不仅认识到了文学的地域性因素，而且对南北文风差异做了相当传神的概括评述，进而呼吁两者取长补短、相互融合。这一段话常常成为当代许多学者论述唐代文化特征以及唐代文学繁荣原因的重要论据。确实，唐代结束了东晋、南北朝数百年南北大分裂的状况，四海统一，使社会进入了一个快速发展的时期，经济、文化都很快走向繁荣，各地域文化总体上出现整合的趋势。我们注意到了唐代各地

---

① 魏徵，等.隋书·卷七六[M].北京：中华书局，1973.

域文化尤其是南北文化的融合对唐代文学产生了积极的影响，但同时又觉得问题并不像过去想象中那么简单。一方面，魏征这段话只是作为唐初学者个人的一种带有建设性的呼吁与展望，甚至是具有理想化色彩的一种要求；而且，唐代文化整合是否就是将南、北文化糅合相加，恐怕也是值得深入讨论的。另一方面，即使是各个区域文化融合形成了崭新的统一文化，但唐代文化本身的多样性与包容性，也说明地域文化没有因此而消解融化。事实是，哪怕是在科学技术如此发达、人们的交流日益频繁便利的今天，地域文化的差异及对整体文化的影响依然存在，典型的如京派、海派之论，各地区民风、居民性情的比较等，都是当今文化研究的热点。中华文化是由众多具有不同特征的区域文化组成的统一文化，区域文化是中华传统文化的重要组成部分。我们知道越是古代交通不便，地域因素对文化的影响会越大。所以在中国古代文化与文学的发展中，地域因素表现得非常突出，其影响程度远远超过当代。唐代的统一并不意味着地域文化就此消失，恰恰相反，地域文化尤其是那些具有悠久传统、个性鲜明的区域文化，依然在整个唐代统一文化中保持个性并生长发展，在各个领域表现自己。

显然，我们曾经片面地或者多少夸大了魏征这段话的影响，以致很长时间以来古代文学研究界，有意无意地忽视了对唐代区域文化状况及其对唐代文学影响的研究，而江南文化与唐代文学的研究则更少。从新中国成立以来文学、历史学、文化学研究的论文大致统计可以看出，对江南文化的研究主要集中在唐以前，如春秋、战国、魏晋南北朝，以及唐以后的宋元，至于明清到近代就更多了，研究书中大量集中于这一时期。其结果，给人的印象是江南文化恰好在唐至五代三百多年的时间里淡化甚至消失了。这当然并非事实，江南文化不可能跨过唐代，唐代是江南文化发展的必要而且是很重要的一个环节。事实上，在唐代中国各大区域文化不仅存在着，而且在政治、经济、文学等方面发生着重大影响。同时区域文化本身也得到不断的充实，各自的内涵更加丰富、特点更加鲜明。唐代是中国古代区域文化传统形成和发展的一个非常重要的时期。唐代文化主体的形成，既是多民族文化精华荟萃碰撞的结果，又是各文化区域不断延伸扩张的过程。像关陇文化、齐鲁文化、燕赵文化、江南文化、巴蜀文化、荆楚文化、岭南文化、西域文化等主要地域文化都在唐代恢弘壮丽的文化中扮演着自己重要的角色，发挥着各自难以替代的作用。

江南文化是中国历史上重要的区域文化，在当代社会依然是具有举足轻重地位的区域文化。唐代建立以前，江南文化经过东晋南朝的大发展，基本特点已经形成。最重要的是，隋唐时期是在南朝的基础上建立起来的，南朝文化对唐代文化的影响，已经为大家所共知。所以近来已经有学者对唐代江南文化的重要地位予以关注：

> 经过南朝多年的开发，江南成为全国最为繁荣富庶的地区，这种生产力的重大发展，是不可否定的。而且，军事上政治上的优势，并不等同于经济上文化上的优势。在唐朝历史上，江南始终是全国经济的支柱；来自东南的"漕运"，成为维持中央政权的命脉。同时，南方文化也以有力的势头北上，最显著的一点，就是南朝文学成为隋唐五代文学的主要基础。[1]

南朝文化主要就是江南文化，那么江南文化具有什么样的性状特质，这些特质对唐代文学产生了什么样的作用和影响；唐代江南文化发展的实际状况如何，有哪些重要的文化现象；唐代作家是如何接受江南文化的影响的；江南文化在整个唐代文化中具有什么样的地位；等等，这些问题成为本书写作的缘起，也是本书努力要解决的问题。

一、中国古代典籍关于人地关系的论述

众所周知，地理环境对人类文化的产生有着决定性的制约。人们的生存、发展以及所有的活动都要依附于他们所处的环境。人们活动的空间就是特定的区域性的自然环境，活动的对象是特定的自然生成物。可以说，地理环境构成了人类活动的天然的客观基础。所以，人类文化和地理环境有着深刻的内在联系，具有鲜明的区域性、民族性。地理环境对文化的制约是显而易见的。人们总是按一定的地域组成一定的社会结构进行生产生活，同时创造出具有区域特色的文化。每一个区域都有不同于其他区域的有自己独有特质的

---

[1] 章培恒，骆玉明.中国文学史[M].上海：复旦大学出版社，1996.

文化。地理环境规定了人们的活动内容和方式，造成不同的社会生活经验，形成不同的生活感受，在此基础上形成人们不同的思维方式、心理素质以及观念差别。而这些内容都会制约文化的特质。中国古代的学术、宗教、文学均与地域环境有着极其密切的关系，比如古代人们崇尚郡望，就是与具体的地域相关联的，如果没有经济、政治、文化乃至自然条件的差异，人们就没有必要如此强调各自生活地域的优越。

人类社会离不开特定的自然环境，而自然环境又是有着很大差异的。地理环境给不同地区的文化创造奠定了物质的基础，文化类型的差异或多或少地打上地理环境的烙印。《尚书·禹贡》分天下为九州：冀州、兖州、青州、徐州、扬州、荆州、豫州、梁州、雍州。《汉书·地理志》将全国分为十二大区域，秦地、周地、韩地、赵地、燕地、齐地、鲁地、宋地、卫地、楚地、吴地、粤地。说明了空间环境的不同，限制了人们的生产方式与生活方式，进而培育了不同区域的不同民性和社会生活形态。地理环境对社会文化的影响主要表现在以下方面。

（一）自然地理环境在一定程度上影响着不同地区的人们的风俗习惯、性格面貌

《国语》云："沃土之民不才，淫也；瘠土之民向义，劳也。"这是地理环境对民风的影响。《汉书·地理志》云："凡民函五常之性，而其刚柔缓急，音声不同，系水土之风气，故谓之风；好恶取舍，动静亡常，随君上之情欲，故谓之俗。"指出风俗乃地理环境与社会教化的共同产物。

地域、地理以及地缘特性都会对现实生活中的人烙上深深的印痕，山川地形、气候、食物、土壤等自然因素的不同，决定着人们生活习性的差异。生活在不同区域中的人们，在总体性情方面也就有着较大的差异。我国南方与北方的自然环境迥异，南方人与北方人的总体性格也有鲜明的差异。北方气候干燥寒冷，北人性情勇敢骄悍；南方气候温暖湿润，故而南人机灵敏捷。鲁迅在《北人与南人》一文中说："北人的优点是厚重，南人的优点是机灵。"[①]事实正是这样，北方的粟麦培育了北人的魁伟刚健，南国的稻米养育了南人的灵巧颖慧；北方的黄土大漠赋予了北人的豪迈坚强，南方的河湖水乡滋养

---

① 鲁迅.花边文学[M]//鲁迅全集：第五卷[M].北京：人民文学出版社，1981.

了南人的奔放秀逸。林语堂在其《吾国与吾民》中，颇为详细地分析了南北方人的不同性情和价值取向，认为北方人"服习于简单之思想与艰苦之生活，个子结实高大，筋强力壮，性格诚恳而忭急……爱滑稽，常有天真烂漫之态"；南方人则"习于安逸，文质彬彬，巧作诈伪，智力发达而体格衰退，爱好幽雅韵事，静而少动。……诗文优美，具天赋之长才"[①]。当然他主要是针对近代以来中国区域民风而言的，但大体上也适用于中国古代的南北方的文化差异。

其实，我国古代有许多学者也注意到了地理环境与地域因素在社会生活中的实际影响：

> 凡居民材，必因天地寒暖燥湿。广谷大川异制，民生其间者异俗。（《礼记·王制》）

> 南方谓荆扬之南，其地多阳。阳气舒散，人情宽缓和柔；北方沙漠之地，其地多阴。阴气坚急，故人刚猛，恒好争斗。（《礼记·中庸》孔颖达疏）

> 轻水多利，重土多迟。清水音小，浊水音大。湍水人轻，迟水人重。中土多圣人，皆象其气，皆应其类……是故，坚土人刚，弱土人肥，垆土人大，沙土人细，息土人美，秏土人丑。（《淮南子·地形》）

> 地者万物之本原，诸生之根菀也，美恶、贤不肖、愚俊之所生也。水者，地之血气，如筋脉之通流者也。……故水一，则人心正；水清，则民心易。（《管子·水地篇》）

> 橘逾淮而北为枳，鸲鹆不逾济，貉逾汶则死，此地气然也。郑之刀、宋之斤、鲁之削、吴粤之剑，迁乎其地，而弗能为良，地气然也。（《周礼·考工记》）

> 别易会难，古人所重，江南饯送，下泣言离……北间风俗，不屑此事，歧路言离，欢笑分首。（《颜氏家训·风操》）

---

① 林语堂. 吾国与吾民[M]. 长沙：岳麓书社，2000.

这些材料虽然其中有些论断过分强调地理环境对人的性情的决定作用，不免失之偏颇，但总体上都说明了地域环境因素和人性情之间的关联。

(二) 地理环境对文化产品的影响

人类的文化产品是一定时期一定地域的人的创造物，因而地域、地理环境又对学术、文学产生重要作用与影响。古代典籍中有许多关于地理环境差异带来地区学术不同的论述，比如：

> 褚季野语孙安国："北人学问渊综广博。"孙答曰："南人学问清通简要。"支道林闻之，曰："圣贤固所忘言，自中人以还，北人看书如显处视月，南人学问如牖中窥日。"(《世说新语·文学》)
>
> 南人简约，得其英华；北人深芜，穷其枝叶。(《隋书·儒林传序》)
>
> 大抵南北所为章句，好尚互有不同。(《北史·儒林传》)

余嘉锡先生对《世说新语》的这段话做了简明扼要的解释："此言北人博而不精，南人精而不博。"①地域环境对文学的影响也是很突出的，早在春秋时期，我国就有了以地域作为文学分野的观念。《诗经》总体上为北方之音，其十五国风就是按地区划分的；《楚辞》则为南方之音。刘勰认为《诗经》"辞约旨丰""事信而不诞"，《楚辞》则是"自铸伟辞"，"骚经九章，朗丽以哀志"；"九歌九辩，绮靡以伤情"；"远游天问，瑰诡而惠巧"；"招魂招隐，耀艳而深华"②。魏晋南北朝时期北方与南方的民歌更具有迥然有别的情调与风格。文学作品的内容、情调、风格也会受到山水自然情致的熏染，正所谓"情以物迁，辞以情发"③。关于地域因素在文学创作中影响的论述也很多：

> 郑国……土狭而险，山居谷汲，男女亟聚会，故其俗淫。《郑诗》曰："出其东门，有女如云。"又曰："溱与洧方灌灌兮，士与女方秉菅兮。""恂盱且乐，惟士与女，伊其相谑。"此其风也。

---

① 余嘉锡.世说新语笺疏·文学第四[M].上海：上海古籍出版社，1993.
② 王利器校笺.文心雕龙校证·宗经第三、辩骚第五[M].上海：上海古籍出版社，1980.
③ 王利器校笺.文心雕龙校证·物色第四十六[M].上海：上海古籍出版社，1980.

吴札闻《郑》之歌，曰："美哉！其细已甚，民弗堪也。"是其先之乎？（《汉书·地理志》卷二八下）

若乃山林皋壤，实文思之奥府。略语则阙，详说则繁。然屈平之所以能洞鉴风骚之情者，抑亦江山之助乎。（《文心雕龙·物色篇》）

南方水土和柔，其音清举而切诣，失在浮浅，其词多鄙俗。北方山川深厚，其音沉浊而讹钝，得其质直，其辞多古语。然冠冕君子，南方为优；闾里小人，北方为愈。易服而与之谈，南方士庶，数言可辩；隔垣而听其语，北方朝野，终日难分。（《颜氏家训·音辞篇》）

其中《颜氏家训》这段话论述南北方不同的环境造成不同的语言特点，进而推演到两地的文化特质尤其值得注意。

二、地域环境因素中的人文环境因素

地域环境因素中的人文环境因素对人类文化影响更深入持久。

回顾前人关于地理环境与文化关系的论述，我们常常发现，在论述区域文化内涵时许多人往往只是单纯论及地理环境，诸如自然地貌、气候、物产等，有时恰恰忽视了非常重要的人文环境因素。19世纪法国著名学者丹纳曾经明确地把地理环境和种族、时代并称为决定文学的三大因素，并将文学种类、创作风格等与地域条件联系起来，阐述地域因素对文学的影响。在《艺术哲学》中，他对地域环境影响下的欧洲文艺风格进行了详细的实证分析[①]。但是，丹纳在分析这个问题的时候，对地域文化环境的阐释，仅仅限于山川、气候、物产等纯粹的自然条件上，而忽视了地域文化因素中的人文环境因素。而且，他把地理环境的作用夸大到了绝对化的程度。所以他对地域与文学关系的分析就不可避免地失之简单、武断。人类的生活方式，人类创造的文化，不是地理环境单独创造的，而是环境因素与人文因素的复合体。人类历史和文化的发展，是多种因素作用的结果。黑格尔在其《历史哲学》一书中，把

---

① 丹纳.艺术哲学[M].北京：人民文学出版社，1983.

自然环境对人类社会的影响概括为三个方面：对生产方式、经济生活发生作用；对社会关系、政治制度发生作用；对民族性格发生作用。但他同时又认为地理环境对人类社会的作用是有限度的，他说："我们不应该把自然界估量得太高或者太低：爱奥尼亚的明媚的天空固然大大地有助于荷马史诗的优美，但是这个明媚的天空绝不能单独产生荷马。"①

其实，地域环境对文学的影响和作用是复杂的和综合性的。严家炎认为："地域对文学的影响，实际上是通过区域文化这个中间环节而起作用。"②而区域文化的构成包括地理因素和人文因素两个方面。地理因素，也就是某地区的自然条件，是区域文化的浅层次的方面；而包括历史沿革、人口迁徙、教育状况、风俗民情、语言、信仰等在内的人文环境是更重要的方面。可以这样说，地域文化应该是由现实的空间自然条件和绵延于这个空间的历史的文化积淀构成，前者是看得见的、具体的、物质的，而后者则是抽象的、精神的。王水照先生也指出："环境对于学术文化、文学创作的影响，乃是不争的事实。而在构成环境的人文的、自然的或两种交融的诸要素中，区域的人文性文化对文学活动的影响常是最直接、最显著的。"③元代辛文房曾游桐庐，面对秀美非凡的江南山水他感叹道：

> 余昔经桐庐古邑，山水苍翠，严先生钓石，居然无恙。忽自星沉，千载廖邈，后之学者，往往继踵芳尘，文华伟杰，义逼云天，产秀毓奇，此时为冠。至今有长吟高蹈之风。古碑石刻题名等，相传不废。揽辔彷徨，不忍去之。④

让辛文房流连忘返的不仅是江南苍翠的山水，更有曾经生活在这如画山水中的历史人物以及他们特有的精神。辛氏实际就是从江南地区的自然环境和人文环境两个方面来论述江南文化风韵，并表达了对这种风韵的向往与赞美。

地理环境在怎样的深度和广度上影响文化创造，取决于社会历史发展的

---

① 黑格尔.历史哲学[M].王造时，译.北京：商务印书馆，1963：123。
② 严家炎.二十世纪中国文学与区域文化丛书总序[M].长沙：湖南教育出版社，1995.
③ 王水照.北宋洛阳文人集团与地域环境的关系[J].文学遗产，1994（3）.
④ 傅璇琮.唐才子传校笺·卷六 徐陵传[M].北京：中华书局，1990.

不同阶段的具体特性，尤其取决于不同阶段生产力的发展状况。中国古代社会长期处于农耕社会，生产力的发展比较缓慢，因此地理环境对文化的作用表现得很突出。而近现代工业文明的时代，其影响就受到了限制。随着交通、通信的空前发展，人们的交往范围日益扩大，方式更加简单便利，地理环境的影响也就不如古代那么明显。我们不能夸大地理环境对人类社会及其文化的作用，但地理环境确实是影响文化性质与发展的重要因素，它对人类历史文化具有重大影响力。"自然的人化就是文化，文化是人类的价值观念在社会实践过程中的对象化"①，地理环境为人类文化的发展提供了多样性的选择。当一种区域人文传统形成以后，会以顽强的定式影响文化的发展方向。所以文学研究就必然要重视地理环境与区域文化的研究。

三、地域文化与唐代文学研究的历史与现状

近一个世纪以来，唐代文学研究取得了极其辉煌的成就，有着丰富深厚的学术积累。20世纪前期，因中国政治、经济、文化的巨变，尤其是西学东渐、中西文化、思想及学术的交流碰撞，使唐代文学研究真正进入现代意义的学术研究阶段，出现了王国维、陈寅恪、梁启超、章太炎、闻一多等学术大师。他们不仅具有扎实的国学根底，还广泛接受西方现代思潮与学术方法的影响，文史哲贯通，中西学并重，具有广阔的学术视野。他们在明清学者对唐代文学资料精心整理、考订、笺注、选评、阐释等传统研究的基础上，开始用理性的精神、西方先进的科学方法进行研究，极大地推动了唐代文学研究的发展。也正因此，近代学者对地理环境与文化学术关系的论述更趋科学、理性。

章太炎将学术发展的原因，归结为地理环境因素、政教风俗因素、人才因素的综合作用，"视天之郁苍苍，立学术者无所因，各因地齐、政俗、才性发舒，而名一家"②，强调地理环境、政教风俗、人之材性的共同作用对中国学术派别众多状况的影响，非常客观理性。刘师培、梁启超等则是近代较系统地从地域环境、地域文化角度研究古代学术、文学源流的学者。刘师培《南

---

① 冯天瑜.地理环境与人文因素的双向同构[M]//中西哲学与文化：第一辑.石家庄：河北人民出版社，1992.

② 章炳麟.訄书详注[M].徐复注[M].上海：上海古籍出版社，2000.

北学派不同论》以"南""北"两大类别辨析中国学术发展与源流，其中一章生动阐明了人和自然环境的关系，在此基础上，进一步阐述了文学风格的形成和一定的地理环境的关系。他认为南北之民的性情有虚无、实际的差别，这种不同表现在文学作品上也就有了内容与风格的差别：

> 南方之文，亦与北方迥别。大抵北方之地土厚水深，民生其间，多尚实际；南方之地水势浩洋，民生其际，多尚虚无。民崇实际，故所著之文不外记事、析理二端；民尚虚无，故所著之文，或为言志、抒情之体。①

在纵论中国文学发展大势的时候，刘师培将整个文学分为南、北两派，以此概括中国文学发展的整体风貌。认为南方文学缘情托兴，故表现为"清绮""哀艳"；北方则"体峻词雄""粗厉猛起"。又云："大抵北人之文，猥琐铺叙以为平通，故朴而不文；南人之文，诘屈雕琢以为奇丽，故华而不实。"集中揭示了地域和人文现象的密切关系。在唐代文学部分，他宏观地概述"南""北"的不同，还将盛唐以后著名的诗人按照其作品的总体风格，分别归入这两个大类。他说：

> 若贞观以后，诗律日严，然宋沈之诗以严凝之骨饰流丽之词，颂扬休明，渊乎盛世之音。中唐以降，诗分南北。少陵、昌黎体峻词雄，有黄钟大吕之音。若夫高适、常建、崔颢、李颀诗带边音，粗厉猛起，张籍、孟郊、贾岛、卢仝思苦语奇，绾幽凿险，皆北方之诗也。太白之诗，才思横溢，旨近苏张，温李之诗，缘情托兴，宜符楚骚，储孟之诗，清言霏霄，源出道家，皆南方之诗也。

刘师培在20世纪初首论南北文学尤其是唐代诗歌南北之不同，虽然并非专论地域文化与文学，其"南""北"的概念也是相对而宽泛的，并未论及具

---

① 李妙根.刘师培论学论政文集[M].上海：复旦大学出版社，1990.本书下引刘氏论述均出自此书。

体地域文化与文学特征，但他的思路为后来地域文化与文学的研究奠定了坚实的基础，对我们的研究有极重要的启发。程千帆先生对刘师培《南北文学不同论》做了很好的阐释："吾国学术文艺，虽以山川形势、民情风俗，自古有南北之分，然文明日启，交通日繁，则其区别渐泯。东晋以来，南服已非荒徼；五代以后，中华更无割据。故学术文艺虽或有南北之分，然其细已甚，与先唐大殊。刘君此论，重在阐明南北之始即有异，而未暇陈说其终则渐同，古则异多同少，异中见同；今则同多异少，同中见异。"[①] 程先生说明了在唐以后文学的地域差异已经没有以往那么大，是符合区域文化历史发展的实际的。

梁启超在其《中国地理大势论》中也对不同地域文化及不同的文学风格做了阐述：

> 燕赵多慷慨悲歌之士，吴楚多放诞纤丽之文，自古然矣。自唐以前，于诗于文于赋，皆南北各为家数；长城饮马，河梁携手，北人之气概也；江南草长，洞庭始波，南人之情怀也。散文之长江大河，一泻千里者，北人为优；骈文之镂云刻月善移我情者，南人为优。盖文章根于性灵，其受四围社会之影响特甚焉。[②]

在《论中国学术思想变迁之大势》中，他将以庄子为代表的南方之学和以孔子为代表的北方之学进行对比，认为："北学务实际，南学探玄理……北学重礼文，南学厌繁文；北学守法律，南学明自然；北学畏天命，南学顺本性。"[③] 都是非常精辟的见解。

王国维《屈子文学之精神》认为"南人之想象力之伟大丰富，胜于北方人远甚。彼等巧于比类，而善于滑稽。故言大则有北冥之鱼，语小有若蜗角之国；语久则大椿冥灵，语短则蟪蛄朝菌。至于襄城之野，七圣皆迷；汾水之阳，四子独往。此种想象，决不能于北方文学中发见之。"又认为"南方人性冷而遁世，北方人性热而入世；南方人善玄想，北方人重实行。故前者创

---

① 程千帆. 文论十笺 [M]. 哈尔滨：黑龙江人民出版社，1983.
② 刘梦溪. 中国现代学术经典·梁启超卷 [M]. 石家庄：河北教育出版社，1996.
③ 梁启超. 论中国学术思想变迁之大势 [M]. 上海：上海古籍出版社，2001.

作了富于幻想色彩的庄子散文，而后者则导致了诗三百的抒情短制。"[1]其对南北人情性及对文学作品的影响的分析对后学启发甚大。

陈寅恪先生《唐代政治史述论稿》《隋唐制度渊源略论稿》《元白诗笺证稿》等著作，以地域、家族与文化的关系为关键，将唐代政治史、社会史、文化史、文学史联系起来，进而发掘唐初政治的关中本位政策以及此政策后来的变化对唐代社会的巨大影响，遂开辟唐代文史研究新天地。他指出："盖自汉代学校制度废弛，博士传授之风气止息以后，学校中心移于家族，而家族复限于地域，故魏晋南北朝之学术、宗教皆与家族、地域两点不可分离。"[2]在陈寅恪中古文史研究中，地域观念尤其突出，其重要地域范围就是关中、山东和江左。

20世纪70年代末，唐代文学研究出现了新的转变与突破，其标志是傅璇琮《唐代文学丛考》的出版[3]。傅璇琮一反空疏僵化及庸俗社会学的研究，远承世纪初国学研究的传统又加之以现代意识。他将一般意义上的作家与作品研究，转向以实证为基础结合历史、文化、宗教、哲学、地理等多学科知识的全方位的文化批评研究，其倡导的优良学风影响至今。此后，唐代文学研究界重视广泛全面地占有文献，尽可能挖掘利用新的材料，除了古代作品、史书外，类书、方志、碑刻、佛道典藏、敦煌文献、海外汉籍、出土文物等，皆被充分利用。同时研究态度与方法也更客观科学；对唐代文学文献资料的辑佚考订整理也更加严密细致，成绩斐然；对作家及作品的解读更真切深入，研究角度更新，理论色彩更强；交叉研究、综合研究越来越受到重视，往往综合哲学、史学、文化学、社会学、心理学、地理学、语言学等学科知识，研究不断趋向深入。同时，与唐代文学相关的历史文化背景研究、区域文学研究、作家群体研究、体式研究等也开始得到了重视与开拓。借鉴历史地理、人文地理等学科知识拓宽唐代文学研究范围、更新学术视野，是近年唐代文学研究领域的重要趋向。

在唐代文学区域研究和文人集团的研究方面，突出者有赵昌平、陈尚君师、郑学檬、蒋寅、戴伟华、李浩、尹占华、张伟然等先生。

---

[1] 王国维. 静庵文集[M]. 沈阳：辽宁教育出版社，1997.
[2] 陈寅恪. 隋唐制度渊源略论稿·礼仪二[M]. 上海：上海古籍出版社，1981.
[3] 傅璇琮. 唐代诗人丛考[M]. 北京：中华书局，1980.

赵昌平在《"吴中诗派"与中唐诗歌》一文中①，将中唐以皎然、顾况、秦系、灵澈、朱放为代表的世籍东吴或长期寓居此地的诗人作为一个区域文学团体进行研究，首次提出了"吴中诗派"的概念，并对这一派诗人创作的理论基础，以及他们对吴楚民歌的学习、对南朝诗体的继承与变革等问题进行了探讨。这是当代唐代文学研究界较早对江南文化区域内作家群体所做的研究。

唐代崇尚郡望，故而史料中对士人的记载常常疏忽籍贯或者望贯不分，给后代研究造成很大困难。陈尚君师在20世纪90年代初，首创先贯后望的原则，爬罗剔抉细心究诘，完成《唐诗人占籍考》一文②，首次对整个唐五代诗人占籍进行了全面准确的清理考订，为新时期唐代地域文化研究创造了前提条件与基础。陈师还对已经亡佚的盛唐时期殷璠编著的专门收录润州丹阳籍诗人作品的《丹阳集》进行了辑佚，使得几乎长期近乎泯灭的珍贵资料重现于今，也为江南文化、文学研究提供了极大的方便③。

郑学檬《唐代江南文士群体初探》概述了盛唐以后几个江南文士群体的形成和影响，对生活在江南区域内的作家文学活动做了纵向概要式的梳理，并简析江南文士群体在唐政权崩溃过程中的思想状况④。这是当代比较集中明确地将江南作为唐代文化区域研究的书中。

另外，蒋寅的专著《大历诗人研究》以专章的篇幅对大历时期以刘长卿、戴叔伦、李嘉祐、韦应物、戎昱、独孤及、鲍防、颜真卿等为代表的江南地方官诗人群体的个人经历、诗歌成就、地位进行了深入的分析。⑤戴伟华对方镇幕府文学的研究，试图把文学研究建筑在文化地理研究的基础之上，充分考虑历史文化现象的空间分布。在其主要成果《唐代使府与文学研究》一书中专列"使府文学的地域性与时代性"一章，探讨"使府文人创作的区域文化特点"，论述"唐代区域文化背景以及文人的态度"。其所阐述的"使府文人的地域意识及其创作的地域性特征"主要体现在"对特定区域历史文化的关注""对特定区域民情民俗的记载"及"对特定区域山川风物的关注"的层

---

① 赵昌平. "吴中诗派"与中唐诗歌[J]. 中国社会科学，1984（4）.
② 唐代文学丛考[M]. 北京：中国社会科学出版社，1997.
③ 陈尚君. 唐代文学丛考[M]. 北京：中国社会科学出版社，1997.
④ 此文分上下篇，分别发表于唐史论文集[M]. 武汉：武汉大学出版社，1995；武汉大学中国三至九世纪研究所. 中国前近代史理论国际学术研讨会论文集[M]. 武汉：湖北人民出版社，1997.
⑤ 蒋寅. 大历诗人研究[M]. 北京：中华书局，1995.

面。① 李浩对唐代地域与文学士族的研究是当代古典文学研究中比较突出的地域文学研究成果，出版了《唐代关中士族与文学》《唐代三大地域文学士族研究》，前者对关中地域文化精神、关中文学群体的构成等做了深入辨析。后者将关中、山东、江南作为三大自然地理地域和独立的文化区域，提出"文学士族"的概念，从各区域文学士族的变迁入手，"观测出转型期的士族与历史机运的盈虚消长"，但其研究重点仍是关中士族及其文学成就。② 张伟然《湖南历史文化地理研究》《湖北历史文化地理研究》两部专著中的唐代部分③，则较全面地分析了这两个地区文化状况与特征，其中大量运用了唐代文学作品中的材料。另外，其长篇书中《唐人心目中的文化区域及地理意象》详细剖析了包括江南在内的多种唐代文化区域的范围与特征。④ 1997年《中国典籍与文化》（京）第三期"陇右文化专辑"发表了研究陇右文化和唐代诗人关系的系列书中，主要集中探讨陇右文化对李白、杜甫以及一些陇籍作家的影响。这些都是地域文化和唐代文学研究的重要成果。

另外，尹占华的《大历浙东和湖州文人集团的形成和诗歌创作》⑤、阮堂明的《睦州诗人群体的形成与创作》⑥、杜晓勤的《地域文化整合和盛唐诗歌的艺术精神》⑦等，都从不同的方面将区域文化、地理文化与唐代文学研究引向一个新的阶段，也都不同程度地深化了唐代文学研究。

国外这方面的研究，因资料所限，笔者所知突出者有美国哈佛大学斯蒂芬·欧文和日本学者植木久行。欧文《盛唐诗》一书将东南地区文学作为一个重点进行讨论，他所称的东南地区是长江下游以南的地区，是相对长安而言的。他认为东南地区文学对盛唐风格起到重要作用，并且在8世纪后期是京

---

① 戴伟华. 唐代使府与文学研究 [M]. 桂林：广西师范大学出版社，1998.
② 李浩. 唐代关中士族与文学 [M]. 台北：台湾文津出版社，1999；李浩. 唐代三大地域文学士族研究 [M]. 北京：中华书局，2002.
③ 张伟然. 湖南历史文化地理研究 [M]. 上海：复旦大学出版社，1995；张伟然. 湖北历史文化地理研究 [M]. 武汉：湖北教育出版社，2000.
④ 张伟然. 唐代地域结构与运作空间 [M]. 上海：上海辞书出版社，2003：307-393.
⑤ 尹占华. 大历浙东和湖州文人集团的形成和诗歌创作 [J]. 文学遗产，2000（4）.
⑥ 阮堂明. 睦州诗人群体的形成与创作 [J]. 天津大学学报，2001（1）.
⑦ 杜晓勤. 地域文化整合和盛唐诗歌的艺术精神 [J]. 文学评论，1999（4）.

城外的一个诗歌活动中心。① 植木久行著有《唐诗的风土》②，根据日本固有的文学风土学的传统观念，将唐代诗歌中的风土素材进行深入讨论，全书分长安、洛阳、江南、塞外、岭南五章，其中江南这一章分为扬州、镇江、苏州、杭州、南京五节。但该书并未对各地域的划分依据给出说明，其研究重点也不在区域文化方面。③

将唐代文学放在文化、地理的大背景中进行审视和考察，是对唐代文学进行多层次解读的一种尝试，会构成新的研究视角和新的途径，将使我们对唐代文学的认识获得进一步的深入和拓展。如果从文化史的角度看，这种研究又会加深人们对区域文化的特质的理解。显然，它具有极其重要的理论意义。当然我们也看到，虽然有关地域文化与唐代文学研究的成果极为丰硕，但是将江南文化与唐代文学作为独立研究对象的还不多。

江南文化在宋元明清及近现代时期是中国最为重要的区域文化之一，一直具有经济文化的中心地位，其形成自然要往上追溯到魏晋隋唐，其中唐代又是极其重要的阶段。所以对唐代江南文学的研究以及由此引发的文化历史研究，不仅对唐代区域文学研究，而且对整个中国文化发展流变的研究都有积极重要的意义。它还可以使我们在新的视角下，考察历史、文化、地理、民俗等社会性因素，如何进入文学作品内部，如何成为文学作品语言结构的有机组成部分，如何影响一个时期的区域文学整体倾向等理论方面的问题。改革开放的今天，江南地区的发展更是焕发了蓬勃生机，成为整个中国经济改革与发展的领头羊。我们从新的角度探讨江南文化的内涵，对今天江南地区的文化建设，对江南文化以何种面目走向未来都是具有一定的现实意义的。当然，对发展祖国丰富的地方传统文化，促进并加强区域文化的健康活泼发展，推动社会主义精神文明建设，也不无实际的参考借鉴价值。

四、本书的基本理论与研究方法、主要内容与结构

本书主要利用人文地理学、文化地理学、历史学及社会史学的有关理论，

---

① （美）斯蒂芬·欧文.盛唐诗[M].贾晋华，译.哈尔滨：黑龙江人民出版社，1992.
② 植木久行.唐诗的风土[M].东京：研文出版（山本书店出版部），1983.
③ 张伟然.唐人心目中的文化区域及地理意象[M]//唐代地域结构与运作空间.上海：上海辞书出版社，2003.

对唐代江南文化历史的形成与现状,以及其在唐代文学中的实际影响展开研究。与地理环境的二重性一样,文学地域性表层上主要体现在两个方面:一是作家群体的共同籍里,即其祖辈生活的地域类别;二是作家的聚集、创作的繁荣在某一地域的展开。文学地域性深层上则体现在作家自觉地对某地人文精神的向往与认同,对某地历史人物、自然人文景观的赞美,对某地传统文学风格特征的模仿继承。我们的研究主要从这两个层次展开,研究前者,侧重的是广泛地对相关材料的钩稽、发现,以考释、描述的方法,尽可能地复原历史的真实面目。后者,则是在表层研究的基础上,对各种史实加以分析归纳,力求通过对零散的个别的材料的联系、比照,探讨各种文化现象的内在联系。本书着重于文学地域性深层的研究,努力追求深入透彻还原唐代江南文化特有的人文精神内涵,挖掘这种人文精神在江南本土作家和其他地区作家创作的实际表现和影响,进而探寻文化地理因素与文学发展的内在关系。

本书在研究上主要采用史料考证、文本分析的方法,尽可能占有第一手材料,通过科学的比较、归纳、综合而得出结论。将具体的历史、文化、民俗、文学的材料结合起来,当然最主要的还是诗歌、散文等文学材料。我们从区域文化的角度去研究唐代文学,并不是为了撰写唐代江南地区的文化史或文学史,所以本书不采取详尽描述唐代江南文化与文学发展的历史过程的方式,而是首先从江南文化在唐代以前的历史发展与嬗变中,寻找其内在的特征。进而截取江南文化的几个横断面,选择唐代那些有着明显江南文化特征的重要文学现象、重要作家,尤其是诗人群体,深入探讨江南区域文化如何对唐代文学产生影响,又为唐代文学打上了什么样的印记等问题。从本书考察的作家来看,既包括江南本土作家,也包括非江南本土作家。对本土作家,我们寻找他们身上或作品中的某些共同的区域文化特征与印记,进而阐明这两者之间的关系。对其他作家,则主要集中于他们接受江南文化影响的途径方式,进而研究江南区域文化在整个唐代文学中的地位与影响。这样本书实际上要通过对这些具有代表性的横断面的剖析而纵览全貌。

本书分九章,第一至第二章,主要是概述江南文化的历史发展,通过对唐前江南文化历史的追溯,分析其重要的发展演变,在此基础上概括江南文化的显著特征,分析唐代江南文化发展的经济与社会动因。第三至第四章,集中分析唐代江南本土文学的发展状况与特征,由此探讨江南文学在唐代文学中的重要地位，江南作家在唐代文学中的突出贡献，说明江南文化的中心地位，从江南教育状况尤其是私学兴盛的角度，剖析江南文化教育的方式与特点及其对江南家族诗人群体的影响。第五至第八章选择了诗文酒会、漫游隐逸、吴语方言、江南佳丽等四个具有代表性的江南文化现象，分析这些现象与唐代文学创作中的重要关系，说明江南文化传统在唐代的新发展与突出地位。第九章及附录则通过中唐著名作家与大量普通文士避乱江南的个案分析，说明江南文化对作家生活道路、人生思想及创作的实际影响，重点集中于韩愈、白居易，还有父母避乱江南而生长于此的刘禹锡、权德舆等作家。

第一章
江南文化传统的形成及其主要特征

第一节 "江南"的概念

一、唐代以前典籍中的"江南"

江南是中国历史文化及现实生活中重要的区域概念，它又有广义和狭义之分。从纯粹区域地理的角度来看，江南是指长江以南除四川盆地外的广大陆地地区，它大致与南方的概念是等同的，此为广义的江南概念。在"江南"一词出现的时候及后来相当长的时间里，人们都是在这个范畴上使用它的。但是随着历史的发展，南方的范围是逐渐往南移动的。因此"江南"概念的范围也渐渐缩小固定在长江中下游以南的范围，到了近代它主要指长江下游段以南的区域，相当于江苏省的南部、浙江省的北部和安徽省的东南地区，这就是其狭义的概念。江南不仅是一个地理概念，也是一个历史概念，同时还是一个具有丰富内涵的文化的概念。

"江南"一词在先秦及秦汉典籍中多为广义用法。《左传》《昭公三年》有"王以田江南之梦"之记载。江，指长江；梦，即云梦泽，为春秋战国时期楚王的游猎区，大致包括洞庭湖、长江中游南北的湖南、湖北地区。《尔雅·释山第十一》载："河南，华。河西，岳。河东，岱。河北，恒。江南，衡。"此江南为长江以南地区。《史记·秦本纪》载：秦昭襄王三十年"蜀守若伐楚，取巫郡，及江南为黔中郡"。《五帝本纪》又载：舜"南巡狩，崩于苍梧之野，葬于江南九疑，是为零陵"。《秦楚之际月表》记秦亡之后，项羽将楚义帝迁往郴,"徙都江南郴"。秦时之黔中郡为当今之湖南西部地区,九疑则在广西与湖南、江西交界的南岭山脉,郴即湖南南部的郴州。《史记·货殖列传》云:"衡山、九江、江南豫章、长沙,是南楚也。"《史记·越王勾践世家》载:"江南、泗上不足以待越矣。"江南,乃指洪、饶等州,春秋时为楚国的东境;泗上,指徐州,春秋时为楚国的北境。二境并与越境为邻。同卷载楚威王兴兵大败越,"越以此散,诸族子争立,或为王,或为君,滨于江南海上",此江南则为浙江台州临海。显然,先秦到西汉时期,"江南"尚不是一个专有名词,所指范围也非常广泛。相当于今长江以南、南岭以北包括湖南、江西及湖北长江以南的广大地区。

东汉时,人们也常常把荆襄之地称为江南。《后汉书·刘表传》载:"时江南宗贼大盛……唯江夏贼张庄、陈坐拥兵据襄阳城,表使越与庞季往譬之,乃降。江南悉平。"王逸《楚辞章句》云:"襄王迁屈原于江南,在江湘之间。"这两例中的江南则将跨长江南北的荆州及襄阳也包括了进去。这种情况甚至延续到唐初,高祖武德四年,"孝恭入据其城(江陵),诸将欲大掠。岑文本说孝恭曰:江南之民,自隋末以来,困于虐政,重以群雄虎争……是以萧氏君臣、江陵父老决计归命"[1]。但是值得注意的是,从东汉时期开始,"江南"已经较多地指称吴越地区,接近于后来狭义的江南地区。《后汉书·马援列传》记载马援之子马防因罪徙丹阳,"后以江南下湿,上书乞归本郡"。书中卷七十六《循吏列传》载,更始初年,"天下未定,道路未通,避乱江南者皆未还中土,会稽颇称多士"。由东汉袁康、吴平辑录的《越绝书》载越王勾践为吴所败后,听了计倪强国富民的论述,"乃著其法,治牧江南,七年而禽吴也"[2]。此江南自然指越国,只不过"江"当指浙江。

魏晋南朝,因孙吴割据东南,永嘉晋室南迁,南朝偏安江左,"江南"概念在指称长江中下游以南地区的同时,越来越多地代指南方诸朝廷,尤其是以建康为中心的吴越地区。《裴注三国志》卷七载广陵太守陈登"以功加拜伏波将军,甚得江淮间欢心,于是有吞灭江南之志",此江南即指孙吴。同书卷十四云:"吴人彭绮又举义江南,议者以为因此伐之,必有所克。"《晋书》卷

---

[1] 司马光.资治通鉴·卷一八九[M].北京:中华书局,1956.
[2] 袁康,吴平辑录,乐祖谋点校.越绝书·越绝卷第四之·计倪内经第五[M].上海:上海古籍出版社,1985.

二十三称"吴歌杂曲,并出江南。"《南齐书》卷五十二记吴人丘灵鞠语云"江南地方数千里,士子风流,皆出其中。"同书卷五十七载北魏孝文帝称赞"江南有好臣"。丘迟《与陈伯之书》"暮春三月,江南草长,杂花生树,群莺乱飞。"例中"江南"都是相对于北方政权而言南方朝廷或地区的。后来仍然沿用,如《旧唐书》卷四十五《舆服志》云"江南则以巾褐裙襦,北朝则杂以戎夷之制。"江南与北朝对举,即南朝。

显然,"江南"在唐代以前还不是一个具有稳定内涵的专有名词,它较多地是"江"之"南"的合意。"江"在上古虽专指长江,但后来也渐渐作其他河流的简称,所以江南在此时既指长江以南,也可以指浙江以南、汉水之南的地区,是一个较为宽泛的概念。

二、唐人所使用的"江南"

唐代"江南"的概念开始有了较为确定的内涵,指称逐渐稳定。贞观元年,朝廷将全国州郡分为十道,即关内、河南、河东、河北、山南、陇右、淮南、江南、剑南、岭南。"道"在此时是作为朝廷的一个监察专区而存在,它的划分主要是以山河形成的自然地理为界限,所以它又是一地理区域范畴。其中的江南道,据《唐六典》记载,辖"凡五十有一州"。具体区域为长江中下游之南、湖南西部以东、南岭以北、东至大海的广大地区。相当于今浙江、福建、江西、湖南等省及江苏、安徽的长江以南,湖北、四川长江以南部分地区和贵州东北部地区。开元二十一年,唐朝廷又将广袤的江南道分为江南东道、江南西道和黔中道三部分。东道治苏州,辖今江苏南部和浙江、福建地区。西道辖今湖南洞庭湖、资水流域以东、湖北长江以南部分、江西省及安徽南部地区。安史之乱后,唐朝在全国各个重要地区设节度使、观察使,统领州县。江南东道设浙江西道、浙江东道节度使、宣歙观察使。浙西治润州,管辖润、苏、常、杭、湖等地;浙东治越州,辖越、衢、婺、处(括)、温、台、明等州;宣歙治宣州,辖宣、歙、池等州。福建地区开元之前属岭南道,此时划入江南东道,设福建观察使(辖福州、建州、泉州、漳州和汀州)。[①]"江南"概念的清晰确切的内涵开始形成,广义或狭义的江南概念就是

---

① 李吉甫.元和郡县图志·卷29[M].北京:中华书局,1983:701.

在江南东西道范围的基础上形成的。

下面我们看一看唐人对"江南"一词的使用情况。

1. 广义"江南"概念的使用

张鷟《朝野佥载》卷三:"浮休子曾于江南洪州停数日,遂闻土人何婆善琵琶卜,与同行郭司法质焉。"①

岑参《春梦》:"洞房昨夜春风起,故人尚隔湘江水。枕上片时春梦中,行尽江南数千里。"②

李白《赠别舍人弟台卿之江南》:"因为洞庭叶,飘落之潇湘。"③

杜甫《江南逢李龟年》:"正是江南好风景,落花时节又逢君。"④

崔国辅《题豫章馆》:"杨柳映春江,江南转佳丽。"⑤

贾至《巴陵寄李二户部、张十四礼部》:"江南春草初幂幂,愁杀江南独愁客。"⑥

白居易《南湖早春》:"不道江南春不好,年年衰病减心情。"⑦

以上材料中,洪州、湘江、洞庭、潇湘都被称为江南;杜甫诗为晚年流落长江与湘江之间时所作,贾至诗则作于贬官岳州司马之时,白居易诗与《江南谪居十韵》均作于贬所江州。这样我们可以看出,"江南"在唐代尤其中唐以前仍然可指称以湖南、江西为主的长江中游以南的广大地区。

2. 狭义"江南"概念的使用

相比较而言,唐人对"江南"概念的使用中,狭义指称用得更普遍,在唐人心目中"江南"往往更多地与吴越联系在一起,中唐以后尤其如此。比如,《旧唐书》卷五十四载隋末:"及杨玄感作乱,吴人朱燮、晋陵人管崇起兵江南以应之,自称将军,拥众十余万。"同书卷六十七载,武德六年辅公祏反

---

① （唐）刘餗,张鷟. 隋唐嘉话 朝野佥载 [M]. 北京:中华书局,1979.
② 彭定求,等. 全唐诗·卷二〇一 [M]. 北京:中华书局,1960.
③ 彭定求,等. 全唐诗·卷一七一 [M]. 北京:中华书局,1960.
④ 彭定求,等. 全唐诗·卷二三二 [M]. 北京:中华书局,1960.
⑤ 彭定求,等. 全唐诗·卷一一九 [M]. 北京:中华书局,1960.
⑥ 彭定求,等. 全唐诗·卷二三五 [M]. 北京:中华书局,1960.
⑦ 白居易. 白居易全集·卷一七 [M]. 上海:上海古籍出版社,1999.

于丹阳，李靖"率轻兵先至丹阳，公祏大惧。先遣伪将左游仙领兵守会稽以为形援，公祏拥兵东走，以趋游仙，至吴郡，与惠亮、正通并相次擒获，江南悉平"。卷四十九载，开元二十一年严耀卿上奏漕运之事称："且江南租船，候水始进，吴人不便漕挽，由是所在停留。日月既淹，遂生窃盗。臣望于河口置一仓，纳江东租米，便放船归。"而唐人诗文中有关的材料更多：

刘希夷《江南曲八首》："忆昔江南年盛时，平生怨在长洲曲。"①

张九龄《当涂界寄裴宣州》："故人宣城守，亦在江南偏。"②

孟浩然有《送杜十四之江南》诗，一作《送杜晃进士之东吴》。③

沈颂《送人还吴》："送君江南去，秋醉洛阳酒。"④

王湾有《江南意》诗，一作《次北固山下》，殷璠《河岳英灵集》卷下云其："游吴中，作《江南意》诗云：'海日生残夜，江春入旧年。'诗人已来，少有此句。"⑤

李白《留别曹南群官之江南》："淮水帝王州，金陵绕丹阳。"⑥

李华《衢州刺史厅壁记》："江南多大郡，如今会稽、丹阳，领镇遐润。"⑦

独孤及《检校尚书吏部员外郎赵郡李公中集序》记李华被贬杭州司户参军后，遭母丧，服除"因屏居江南，省躬遗名，誓心自绝"⑧。

孙逖《春日留别》："越国山川看渐无，可怜愁思江南树。"⑨

羊士谔《忆江南旧游二首》："山阴道上桂花初，王谢风流满

---

① 彭定求，等.全唐诗·卷一九[M].北京：中华书局,1960.长洲在太湖北，苏州西南，属苏州。《越绝书》有"阖闾走犬长洲"的记载。
② 彭定求，等.全唐诗·卷四九[M].北京：中华书局,1960.
③ 彭定求，等.全唐诗·卷一六〇[M].北京：中华书局,1960.
④ 彭定求，等.全唐诗·卷二〇二[M].北京：中华书局,1960.
⑤ 傅璇琮.唐人选唐诗新编[M].西安：陕西人民教育出版社，1996：193.
⑥ 彭定求，等.全唐诗·卷一七四[M].北京：中华书局,1960.
⑦ 董诰，等.全唐文·卷三一六[M].上海：上海古籍出版社，1990.
⑧ 董诰，等.全唐文·卷三八八[M].上海：上海古籍出版社，1990.
⑨ 彭定求，等.全唐诗·卷一一八[M].北京：中华书局,1960.

晋书。曾作江南步从事，秋来还复忆鲈鱼。"①

皇甫冉《三月三日义兴李明府后亭泛舟》："江南烟景复如何？闻道新亭更可过。处处艺兰春浦绿，萋萋藉草远山多。"②

陆羽《游惠山寺记》："江南山浅土薄，不自流水，而此山泉源滂注崖谷下，溉田十余亩。"③

孟郊《寄义兴小女子》："江南庄宅浅，所固唯疏篱。"④

另外，大历初，鲍防、严维等文士在越州诗会上联唱《状江南十二咏》，其"江南"的指称范围据郑学檬先生研究："从诗中描绘的内容看，可以扩大到浙西，即当时通称的江南地区，包括润、常、苏、湖、杭、睦、越、明、台等州。"⑤在白居易晚年的诗文中，"江南"多集中指苏州、杭州为中心的江南东地道区。比如，人们最熟悉的《忆江南》及《看浑家牡丹花戏赠李二十》："人人散后君须看，归到江南无此花。"李二十，指无锡李绅，中唐以前牡丹不产于南方，故白居易取笑李，让他在北方多看看牡丹，回家乡后就看不到了。另外像《池边即事》："毡帐胡琴出塞曲，兰塘越棹弄潮声。何言此处同风月，蓟北江南万里情。"《寄殷协律》："吴娘萧萧暮雨曲，自别江南更不闻。"也是集中指称吴越地区很好的例子。

韩愈《示爽》诗云："汝来江南近，里闬故依然。"⑥此江南指宣州，韩家在宣州有庄宅。《送孟东野序》云："东野之役于江南也，有若不释然者。"⑦时孟郊赴任溧阳尉。《送陆畅归江南》："举举江南子，名以能诗闻。"⑧陆畅为湖州人。另外，张祜在丹阳作《丹阳新居四十韵》及《江南杂题三十首》。许浑由平舆迁居丹阳，韦庄《题许浑诗卷》云："江南才子许浑诗，字字清新句句

---

① 彭定求，等.全唐诗·卷三三二[M].北京：中华书局,1960.
② 彭定求，等.全唐诗·卷二四九[M].北京：中华书局,1960.
③ 董诰，等.全唐文·卷四三三[M].上海：上海古籍出版社,1990.
④ 华忱之，喻学才校注.孟郊诗集校注·卷七[M].北京：人民文学出版社，1995.
⑤ 郑学檬.从《状江南》组诗看唐代江南的生态环境[M]//荣新江.唐研究：第一卷.北京：北京大学出版社，1995.
⑥ 彭定求，等.全唐诗·卷三四一[M].北京：中华书局,1960.
⑦ 马其昶.韩昌黎文集校注·卷四[M].上海：上海古籍出版社，1986.
⑧ 彭定求，等.全唐诗·卷三四〇[M].北京：中华书局,1960.

奇。"①五代、北宋时"江南"又常常专指吴越国或南唐。韩熙载《感怀诗二章》："仆本江北人，今作江南客。"②此指南唐朝廷，五代北宋人所用江南多为此意。

从以上例子可以看出，唐代尤其是中唐后"江南"越来越多地被用于指称长江下游以南的吴越地区，基本等同于后来的狭义"江南"概念。

3."江东""江左""江外""江表"等概念

与江南一词相关的概念是"江东""江左"和"江外""江表"。后世所指的狭义的江南，即如今的江苏南部、浙江北部和皖南地区，在秦汉魏晋南北朝时即称江东或江左。楚霸王项羽兵败拒绝东渡乌江，自称无颜见江东父老，而项羽乃起家于吴地。《史记·货殖列传》载："夫吴自阖闾、春申、王濞三人招致天下之喜游子弟，东有海盐之饶，章山之铜，三江五湖之利，亦江东一都会也。"《洛阳伽蓝记》云："竺昙猷敦煌人，少苦行习禅定，游江左，止剡之石城山。"

之所以将吴地称江东，乃因长江下游芜湖至南京段为西南东北走向，此处长江的两岸就为东西岸了，江之东即为江南矣。所以唐人也常常用这几个概念指称江南，比如，李白《江南春怀》："天涯失乡路，江外老华发。"③此诗作于李白晚年流落金陵宣城时。皇甫冉《寄江东李判官》："洛下闻新雁，江南想暮秋。"④钱塘诗人罗隐自号"江东生"，罗绍威酷嗜其诗歌，不仅讽颂模仿，还将自己诗集命名为《偷江东集》。实际上，唐人通常都是把"江左""江外""江东"与"江南"等并用的，只是"江南"的指称范围稍广一些罢了。

至于为何称江南为江左，一般人们认为乃面对水之源头方向，将河流两岸称左右，江南即为江左了。江表、江外都是就此而言。但晚唐吴兴丘光庭在《兼明书》中却提出了不同看法：

> 今人言项羽起于江东者，多以为浙江之东。明曰："按古人称江东，皆谓楚江之东也。以其江自西南而下江南，江东随江所向而呼也。项羽起于江东，即苏州也。故《汉书》称项羽避仇于吴

---

① 彭定求，等.全唐诗·卷六九六 [M].北京：中华书局,1960.
② 彭定求，等.全唐诗·卷七三八 [M].北京：中华书局,1960.
③ 彭定求，等.全唐诗·卷一八三 [M].北京：中华书局,1960.
④ 彭定求，等.全唐诗·卷二四九 [M].北京：中华书局,1960.

中,其论用兵之道,吴中士大夫皆出其下。寻羽之行止,无入浙东之文也。"或曰:"羽杀会稽守贾守通,会稽非浙东乎?"答曰:"秦并天下,分置三十六郡。江东为会稽郡,其治所在吴,吴即今苏州也。羽杀贾守通之后,起吴中子弟八千人,非苏州而何?"

晋、宋、齐、梁之书,皆谓江东为江左。明曰:"此据大约而言,细而论之,左当为右。何以明之?按水之左右,随流所向而言之。水西流,则左在东而右在西;水东流,则左在北而右在南;水北流,则左在西而右在东。昔三苗之国左洞庭而右彭蠡,则洞庭在西彭蠡在东,其水北流故也。又哀公二年《左传》云:'晋赵简子纳卫太子蒯聩于戚,夜行迷道,阳虎曰:右河而南,必至焉。'此时河转北流,故谓河东为右也。又《曲礼》云:'主人入门而右,客入门而左,主人就东阶,客就西阶。'门以向堂为正,故左在西而右在东,亦其义也。按建业之西,江水北流,则当左在西而右在东。今以江东为江左,则是史官失其义也。若非史官失其义,则后人之传写误也。"

丘光庭指出"江"非浙江而为长江,这已经成为古今共识;对于"江左"他认为细而论之当为江右,因为分"水之左右,随流所向而言之",即按照人面对水去的方向而言。所以,江南本为江右。称江南为江左,是后世的史官不了解古人的本义,或者是后人传写错误。他还列举了很多古籍用例加以证明,这是很值得注意的记载。

有时唐人也把润州江北的扬州(即六朝之广陵)归入江东,这是因为武德三年,唐在上元(今南京)置扬州,统领长江以南的金陵、句容、丹阳、溧水、延陵、溧阳等县,九年扬州移置江北的江都,江南六县分属润州和宣州。贞观十年,扬州督扬、滁、常、润、和、宣、歙等七州。但不久,扬州只辖江都、江北、江阳、六合、海陵、高邮等江北诸县。开元二十一年分天下为十五道,每道置采访使,道由虚变实,逐渐成为唐实际的一级地方建制。其中,淮南道治扬州,江南东道治苏州,江南西道治洪州。《新唐书·方镇年表》亦载:至德元载"置淮南节度使,领扬、楚、滁、和、寿、庐、舒等十三州，治扬州"。扬州的行政与地理所属是非常明确的①。不过因为扬州在唐初曾经辖江南部分地区，唐人也往往从广义范畴上称扬州为江南或江东。其中最有名的当属杜牧的《寄扬州韩绰判官》"青山隐隐水迢迢，秋尽江南草未凋"之句。但事实上，"在唐人的感觉中，江淮这一地域内部又可以进一步划分为淮南、江西与江南三个地域"②。在一般情况下，人们还是将扬州看作淮南或江淮或吴楚之间，其区域地理属性是介于江南和齐鲁之间而非江南。唐人文学作品中这类例子也很多。比如，孟浩然《广陵别薛八》："士有不得志，栖栖吴楚间。"③李白于扬州往宣州有《赠从弟宣州长史昭》诗云："淮南望江南，千里碧山对。"④皎然《买药歌送杨山人》："江南药少淮南有，暂别胥门到京口。……扬州喧喧卖药市。"⑤刘长卿《送李穆归淮南》："扬州春草新年绿，未去先愁去不归。"⑥卢仝《客淮南病》："扬州蒸毒似燀汤，客病清枯鬓欲霜。"⑦马戴《送皇甫协律淮南从事》："辟书丞相草，招作广陵行。"⑧张延赏任扬州刺史、淮南节度使时认为"边江之瓜洲，舟航凑会，而悬属江南，延赏奏请以江为界，人甚为便"⑨。更要注意的是，六朝时期扬州是一个大的行政区划，治在江南建业，隋唐以来的扬州乃六朝的广陵⑩，两者不能混淆。只有到明清以后，扬州才在广义上被接纳为江南区域范畴。

三、本书对"江南"的使用

本书对"江南"的概念主要是在狭义的范畴上使用的，但又有变通。具体而言是在唐人较为普遍使用的江南区域范围的基础上，结合明、清以来日渐形成的狭义江南范围来使用的。我们既不把浙江南部接近闽的地区排除在

---

① 刘昫，等.旧唐书·卷三八·地理一[M].北京：中华书局，1975.
② 张伟然.唐人心目中的文化区域和地理意象[M]// 李孝聪.唐代地域结构与运作空间.上海：上海辞书出版社，2003.
③ 彭定求，等.全唐诗·卷一六〇[M].北京：中华书局,1960.
④ 彭定求，等.全唐诗·卷一七一[M].北京：中华书局,1960.
⑤ 彭定求，等.全唐诗·卷八二一[M].北京：中华书局,1960.
⑥ 彭定求，等.全唐诗·卷一五〇[M].北京：中华书局,1960.
⑦ 彭定求，等.全唐诗·卷三八七[M].北京：中华书局,1960.
⑧ 彭定求，等.全唐诗·卷五五六[M].北京：中华书局,1960.
⑨ 刘昫，等.旧唐书·卷一二九[M].北京：中华书局，1975.
⑩ 王运熙.吴声西曲的产生地域[M]// 王运熙.乐府诗述论.上海：上海古籍出版社，1996.

外，也没有将清后期属于江南的扬州列入其中。可以说是将狭义的地理上的江南与文化意义的江南交叉融合。它是春秋吴越国的核心地区，是文化意义上典型的南方，当然也是广义江南的最有代表性的地区①。

具体而言，本书所指的"江南"是南方文化区的一个部分。我们知道，文化区是有着相似或相同文化特质的地理区域，又称文化地理区。在同一文化区中，居民的语言、宗教信仰、生活习性、审美观念、心理等方面都具有一致性，形成一种区别于其他文化区的区域文化特质。作为文化性的区域，文化区与行政区往往不一致。文化区不是人为的，而是在长期的社会发展中，主要因为地理环境的差异而自然形成的。所以本书的"江南"概念，主要就是根据文化区域的历史来确定的。苏南地区和浙江地区所处环境相同，又有着久远的吴越文化历史渊源，是一个独立的文化区域。而徽南地区，地理环境上与吴越紧密相邻，文化特质与吴越基本一致，所以无疑应该归入吴越文化体系，是江南文化的一部分。

结合唐代行政区划，本书的"江南"概念具体所指为开元间所置江南东道由括州、温州往北至长江的部分和江南西道之徽南部分，含江南东道的润州、常州、苏州、湖州、杭州、睦州、越州、歙州、明州、衢州、括州、婺州、温州、台州，以及江南西道的宣州、池州，共十六州，即元和年间浙西观察使、浙东观察使及宣歙观察使下属地区，相当于今天的江苏安徽两省的长江以南部分、上海市及浙江省之全部。

第二节 江南文化与吴越文化及南方文化

一、吴越文化和江南文化

吴越文化与江南文化，是两个交叉重合的概念，很多情况下可以相互替

---

① 李伯重先生在其专著《唐代江南农业的发展》中，将"江南"范围确定为苏州、常州、润州、湖州、杭州、越州和明州。这实际上就是明清以来最典型的江南地区。（李伯重.唐代江南农业的发展[M].北京：农业出版社，1990.）

代。但两者仍有区别,人们使用吴越文化较多的是其狭义范畴,即指春秋战国时期吴、越两国的文化。而江南文化则相当于吴越文化的广义概念,即发生在春秋吴越国所在地区的所有的历史文化。本书主要使用江南文化这一概念。这样使用除了上一节所分析的南朝及唐代人已经非常普遍地以"江南"专称吴越地区的原因外,还出于以下一些考虑。

(一)在南北朝及唐代,已经有从文化意义上使用"江南"的例子

"江南"常常作为风景优美物产富饶的代称而被用于形容某一北方地区,比如,北宋乐史编著的《太平寰宇记》"灵州风俗"条记:"本杂羌戎之俗,后周宣政二年,破陈将吴明彻,迁其人于灵州,其江左之人,尚礼好学,习俗相化,因谓之塞北江南。"唐代韦蟾《送卢潘尚书之灵武》:"贺兰山下果园成,塞北江南旧有名。"①这两处塞北与江南不是对举,而是塞北的江南之义,可见此时"江南"不仅仅是地域概念了,有了较鲜明的文化内涵,是一个独立的文化概念。我们用"江南文化"代替吴越文化就有了历史的依据。

(二)使用"江南文化"概念,更注重长期以来吴越文化的整体性

很显然,江南文化源于吴越文化,是吴越文化的新发展。吴越文化在产生之初就是一个整体。吴越文化的得名源于曾在这里建立的吴国和越国,奠定了其文化的基础。而吴、越之得名,则是源于远古生活于这两个地区的古老部族,即勾吴和于越。两者毗邻而居,有着相同的文化传统。至少在春秋时期,已经在这片神奇广袤的土地上形成了统一的吴越区域文化。吴国、越国的建立,只是同一文化区内部的两个政权,国虽为二,实为一体,而两国在不断的相互征战中彼此却结合得更为紧密。

吴、越俱在远离中原的东南,不仅互为邻国,而且语言相近,习俗相通,信仰相同。正如《吕氏春秋·知化篇》所谓"吴之与越也,接土为邻境,壤交道属,习俗同,言语通。我得其地能处之,得其民能使之,越于我亦然"。关于这方面的材料典籍文献记载甚多:

《左传》哀公元年:"勾践与我(指吴)同壤。"②

---

① 彭定求,等.全唐诗·卷五六六[M].北京:中华书局,1960.
② 左丘明撰,杜预集解·左传[M].上海:上海古籍出版社,1997.

《吴越春秋·勾践入臣外传第七》:"越之于吴,同土连域。"①
《越绝书·越绝外传纪策考第七》:"吴越为邻,同俗并土。"②
《越绝外传·记范伯第八》:"吴越二邦,同气共俗,地户之位,非吴则越。"③

不仅如此,吴、越之民常常错杂相居,互相迁移,《越绝书》第八载:"自无余初封于越以来,传闻越王子孙,在丹阳皋乡,更姓梅,梅里是也。"同书第六申包胥则云:"夫王与越也,接地邻境,道径通达,仇雠敌战之邦;三江环之,其民无所移,非吴有越,越必有吴。"更说出了两国高度合一的特点。

吴、越语言相通。《吴越春秋·夫差内传》云:"吴与越,同音共律,上合星宿,下共一理。"语言是人们交往的第一手段,是人类文化的重要产物。语言往往是区别不同文化的重要标志之一。从吴越许多专有名词的用法,即可看出两者语言的共同性。典型的是吴越人名地名明显与中原有别,显示了古越语的特点。如二者之族名勾吴、于越的称呼,"吴""越"之前都有冠首字。据学者考证,"勾""于"当为发语词,无实义。东汉服虔注《左传》襄公十年"会吴子寿梦"云:"寿梦发声,吴蛮夷,言多发声,数语共成一言。"顾炎武进一步解释云:"寿梦二字合为乘字。"④颜师古注《汉书·地理志》云:"勾,音钩。夷俗语之发声也。亦犹越为于越也。"勾,古籍中又作"句",音义相同。如勾践、勾章,亦作句践、句章。另外,越还有甬句东。吴越语中地名人名的这种用法还有很多,如吴国姑苏、于越姑蔑之"姑";吴国无锡、无湖之"无",越国人名无余、地名勾无之"无",以及朱余、余姚、馀杭、于潜的"余""于"等,《越绝外传记地第十》:"朱余者,越盐官也。越人谓盐曰:'余',去县三十五里。"都是吴越语言音义相类的例子。有些学者甚至据此认为吴越本为同一民族:"于越即为虞越,亦即吴越,吴越原系一个民族。"也不是没有道理的⑤。

---

① 周生春.吴越春秋辑校会考[M].上海:上海古籍出版社,1997.
② 袁康,吴平辑录,乐祖谋点校.越绝书[M].上海:上海古籍出版社,1985.
③ 袁康,吴平辑录,乐祖谋点校.越绝书[M].上海:上海古籍出版社,1985.
④ 顾炎武.音论·卷下[M].四库全书本.
⑤ 卫聚贤.吴越释名[M]//吴越史地研究会.吴越文化论丛.上海:上海文艺出版社,1990.

吴越地区居民有着共同的服饰习惯，即所谓"断发文身"。《左传》哀公七年："太伯端委以治周礼，仲雍嗣之，断发文身，裸以为饰，岂礼也哉？有由然也。"《墨子·公孟》："越王勾践剪发文身，以治其国，其国治。"①《论衡·四讳篇》："吴越之俗，断发文身。"②《史记·吴太伯世家》也有相似的记载："乃奔荆蛮，文身断发。"③断发的特征，一直到后汉时还在江南土著"百越"中遗存。这是和中原礼乐文化男子成年即冠完全不同的。

吴越地区有着一样的民风。《尚书大传》载："吴越之俗，男女同川而浴。"④《汉书·地理志》云："吴越之君皆好勇，故其民至今好用剑，轻死易发。"吴越先民还有共同的龙、鸟图腾，故而信仰相同。河姆渡文化与良渚文化中就有甚多的鸟形器物。

古籍中关于卧薪尝胆故事的主角，不仅仅是勾践，还有吴王夫差。《史记》和《吴越春秋》等典籍记载勾践失败后尝苦胆激励自己不忘耻辱，《东周列国志》亦记勾践卧薪兼尝胆发愤图强。而南宋吕祖谦《左氏传说》、明张溥《春秋列国论》等则云夫差在其父亲阖闾败于越后，曾经卧薪尝胆立志复仇，就两种记载并见的现象来看，正说明了吴、越国君共同的气质特征。

吴、越是一个文化整体，是一个统一的文化区。吴越文化是华夏文化中的一个具有鲜明特色的区域文化。到汉代的时候，吴越就基本连称不分了。汉武帝让吴人朱买臣到会稽担任太守时对其说"富贵不归故乡，如衣绣夜行"的话，也说明在时人眼中吴越难分彼此。当然，我们也看到春秋时期乃至后来很长时间里，吴越两个地区也有一定的差异。但这种差异并不在于文化性质的不同，而只是文化水平之间的差距。因为地理位置与距离中原远近的关系，吴受中原文化的影响要比越大一些，越则保留了较多的土著特色⑤。所以，直到唐代我们看到越地经济总体上要落后一些，民风要质朴一些。像吴越文化中的文化因子，有些在后来的历史发展中，慢慢变化了，但更多的如语言、习俗以及信仰观念等非制度的、不成文的重要的内容却一直保存并延续了下来。

---

① 孙诒让著．孙以楷．墨子间诂 [M]．北京：中华书局，1986：415．
② 王充．论衡 [M]．上海：上海人民出版社，1974．
③ 司马迁．史记·卷31[M]．北京：中华书局,1959．
④ 陈寿祺辑校．尚书大传 [M]．丛书集成初编本．北京：中华书局,1985．
⑤ 董楚平．吴越文化新探 [M]．杭州：浙江人民出版社，1988：178．

正因为考虑到吴越文化的这种长期的整体同一性，所以我们使用能够更直观地反映这种整体性的"江南文化"这一概念。

（三）"江南文化"的使用更强调东晋以后其文化特征由尚武到崇文的转变

我们知道，文化发展是历史现象，区域文化的形成更是历史发展的结果。区域文化发展是动态的文化过程，有萌生、成型、发展的不同阶段。中国的诸多区域文化皆萌生于史前社会，而到了春秋战国时期基本上都已经成型。具体表现是一个个邦国的建立，这些邦国有着国家的完整形式，同时社会又具有共同的文化心理和意识，这样这些邦国就是稳定的区域文化。历史发展到秦汉以后，全国一统，邦国消亡。区域文化仍然存在并在统一的大帝国内部不断地发展，只是其发展转换了形态，内容会有因袭有嬗变，但决定其特色的将之与其他区域文化区别开来的重要内容则通过人文心理、民俗风情、审美情趣及生活方式等方面体现出来。所以研究地域文化，就不能仅仅停留在先秦邦国阶段的区域文化。要关注各区域文化在中国古代社会各个历史阶段的状况，尤其要认真研究区域文化形式转化后持续发展的漫长历史，在历史的流变中寻绎其深厚的文化积淀。

吴越文化是江南文化的源头与基础，它在春秋战国时期演化到以邦国命名的区域文化阶段并且成型。吴越文化在从春秋到唐代的漫长时间里经历了与其他区域文化不断交流的过程，自身处于一流动、发展的状态。秦汉统一以后，吴越是统一大帝国的一个地区。尤其是在东晋、南朝时期，汉族政权长期偏安江南，中原文化深入南移，南北文化在此长期碰撞交流，使得吴越文化在原有基础上发生很大的嬗变，吴越文化在这一时期已经在原有基础上演变为新的区域文化了。尽管"吴越"仍是人们习惯性的称谓，但更准确的可以取而代之的"江南"概念已越来越广泛地被人们使用（此段时期，人们也习惯称南朝文化）。所以到这时吴越文化事实上已经变为江南文化。另一方面，源于吴越文化的江南文化在唐仍然在发展，还处在由尚武向崇文的嬗变之中，其最终的成熟定型要到元明清时期。宋以后的江南文化状况不在本书论述之列，就唐代而言，源于春秋吴越文化而成长于魏晋南朝时期的江南文化，不仅对唐代社会文化影响深远，而且其本身在唐代也获得了快速的发展。因此为了避免本书让人误解为讨论静态狭义的春秋时期的吴越文化，选择"江南文化"的概念自然是比较准确合理的。

二、江南文化与南方文化

中国古代很早就有了南方北方之分，文学上也有南方文学与北方文学的区别。先秦时期《楚辞》即为南方文化的代表，《诗经》则是北方文化的代表。南方文化的划界是比较宽泛的，一般而言往往是淮河、秦岭，甚至是黄河流域以南的直到岭南的广大地区。[①]显然南方文化、北方文化是对我国古代文化的一种最概括的认识与粗略的划分。这两个概念也基本展现了两个最大的文化区域差别，在很长时间里为人们所习用。到了南北朝时期，南方的概念又几乎等同于南朝或江南。从区域文化的实际状况来看，南方文化、北方文化相对宏观宽泛。事实上我们在探讨具体问题的时候，必须将其再进一步细分。单就南方文化而言，它包括巴蜀文化、荆楚文化、江南文化、闽文化、岭南文化等。这几个内部区域文化其差异性是很大的，而且各自的发展也有早有晚。南方文化是总体概念，它具有江南文化的部分特征，但它的内涵实在难以全面概括属下的区域文化。

总而言之，江南文化是在春秋战国时期吴越文化的基础之上，经过长期的吸收融合取舍发展起来的重要区域文化。作为南方长江下游的区域文化，它的边界往往是模糊的，但其中心无疑就是太湖、钱塘江流域周围的地区，向南辐射到浙江南部的瓯越，向西辐射至皖南赣东。

第三节　唐前江南文化的历史发展

一定区域中的居民在当地的自然社会环境中，为适应环境，经过长期的努力，会形成相对稳定的社会心理类型，包括思维方式、价值标准、审美观念等，也就是文化适应。当它被当地居民长期奉行时，就成为一定的文化传统。任何地区文学的发展，都离不开其文化传统。作家自觉不自觉地接受这

---

① 王夫之. 读通鉴论·卷十二 [M]. 北京：中华书局，1975.

些文化特质的熏陶滋养，从而在他们的创作中形成诸多共有的风格特质。当然，在社会不断发展的过程中，某一种区域文化总是会不断接受其他区域文化因素的影响，在内外文化因子的取舍、交融中，推动自身文化的发展。但其传统的最有代表性的文化特性总会在该地区文化群体中得以保留。

江南文化传统的形成经历了以下几个阶段：商周以前是江南文化的发轫期，春秋战国是成型期，秦汉是发展过渡期，魏晋南北朝是嬗变转型期，唐五代为进一步发展期。在漫长的历史发展中，江南文化发生了非常重要的嬗变，总体文化特征经历了由尚武向崇文的转变，文化地位也经历了由偏远到成为中心的转变。

一、商周以前的远古时期

（一）旧石器、新石器时期的江南文化

江南的远古文明源远流长，与黄河流域的文明一样古老灿烂，是中华民族古代文明的主要发源地之一。考古资料显示，吴越文化的渊源要追溯到旧石器时代。1985年在吴县三山岛发现了一处旧石器时代的文化遗址，这在长江下游属于第一次。到新石器时期，这里就有了极其灿烂的文化。最具有代表性的是宁绍地区的河姆渡文化、杭州湾以北及太湖周围的马家浜文化、南京北阴阳营文化和良渚文化等。

河姆渡文化距今大约7000~5000年，总体水平可以和北方的仰韶文化相当，但其文化面貌和仰韶文化完全不同。它拥有丰富的原始艺术，如陶、骨、木、象牙、玉石等艺术品，艺术风格总体上写实而朴素。象牙雕刻"鸟日同体"，图案精致、柔雅、极富想象力。河姆渡文化证明了中国古代文化的多源性，也证实了长江下游是我国早期文化的另一个中心。良渚文化产生于新石器时代晚期，距今大约4500年。良渚文化已经发展到较高的水平，是吴越文化进入了文明时代的标志。其出土的玉器璀璨夺目，种类数量繁多，有冠状饰、锥形饰、环形饰、半圆形饰、串饰、坠饰，还有蛙、鱼、龟、鸟形饰等，而琮、钺、璧等大型玉礼器最为珍贵。良渚玉器造型上具有人工化、图案化、装饰化的倾向，线纹雕刻精细无比，图案带有较强的天、地、人相沟通的深刻寓意。纤巧、和美、柔润而优雅，与同时期北方的红山文化的玉器所表现出的粗犷质朴豪放明显不同。

新石器时代吴越居民在水稻种植、陶器、玉器的生产及渔猎等方面取得了辉煌成就，形成了极具特色的原始文化，尤其是玉器最能体现江南先民的艺术想象力，并为后世文学艺术的发展提供了肥沃的土壤。

夏商周时期，北方文化高度发达，南方则沉寂无闻。吴越文化此时进入一个较为平缓的发展时期。此时，在太湖平原有马桥文化，主要分布于太湖以东的吴县、吴江、无锡、常熟一带。而在宁镇丘陵和皖南东部地区则为湖熟文化，文化面貌逐渐与太湖平原趋于一致。马桥文化和湖熟文化连成一体，使得整个吴越文化区的面貌形成完整而统一的状况。同时，湖熟文化中的青铜器具有浓郁的中原商周文化特征，说明此时吴越文化与中原文化之间已开始交流和相互影响。

（二）吴、越两国的建立

据《史记》记载，大约在商代末年，周太王长子太伯、次子仲雍，为让王位于三弟季历，从现属陕西的岐山南奔江南，建都于无锡梅里，自号为"勾吴"，开创了吴国的历史。根据卫聚贤先生的考证，"吴"，即"苏"字。苏、吴，形、音、义皆为"鱼"。因吴地居民以鱼为生，故有此称。

太伯入乡随俗，断发文身，将中原文化带入江南，使之与江南文化结合，并带领百姓兴修水利，发展农耕，制陶冶铜。《吴越春秋·吴太伯传》载太伯奔吴后，"数年之间，民人殷富"。由于太伯三让王位，孔子称为"至德"，司马迁《史记》将其列入"世家第一"，东汉恒帝为之敕令建墓立庙。太伯堪称吴文化的始祖。

越又称"于越"，越即钺，青铜铭文为"戉"。《说文解字》释戉为大斧。河姆渡文化和马家浜文化时期，越地的石钺就十分发达，良渚时期则出现了制作精美的玉钺，钺与玉琮象征着高贵的等级身份。当代浙江嘉兴、馀杭的考古也发现了穿孔石斧，即戉，又作"钺"。后来钺从武器变成王权的象征，所谓"夏执玄戉，殷执白戚，周左执黄戉，右秉白髦"[1]。因此当地的古代居民就自名为"越"，或"于越"。卫聚贤认为，钺不仅谓古越族所发明，而且其谐音之"越"含有"超越"之意，故而以越作为族名[2]。

传说中的越开国是和大禹联系在一起的。禹治水成功后，大会诸侯于江

---

[1] 许慎. 说文解字[M]. 北京：中华书局，1963：266.
[2] 卫聚贤. 吴越释名[M]// 吴越史地研究会. 吴越文化论丛. 上海：上海文艺出版社，1990.

南，计功而崩，就葬在那里，此地遂名"会稽"。会稽者，会计也，为今天浙江绍兴。《史记·越王勾践世家》即载："越王勾践，其先禹之苗裔，而夏后帝少康之庶子也。封于会稽，以奉守禹之祀。文身断发，披草莱而邑焉。"对此段记载，后来的许多学者曾表示怀疑，认为夏在中原，越在东南，上古时期交通不便，夏的军事经济力量不可能到达长江下游东南地区。但是现在的考古发现证明，今天长江下游地区的古文化面貌的确有一些夏文化的因子，夏、越之间也有许多联系，司马迁的话并非毫无根据。①

古代从浙江到福建、广东、越南广大地区的居民又被统称为"百越"，《吕氏春秋·恃君览》称："扬汉之南，百越之际。"《汉书·地理志》亦云："自交趾至会稽七八千里，百越杂处，各有种姓。"但是百越的种族成分事实上十分复杂，各地区社会组织的发展也极不平衡。而越王勾践的这一部族，在中原文明的冲击下，率先进入文明阶段，其时间大约与夏文明相当或略晚。

这一时期为江南文化的发轫期，尽管在中原人们的心目中吴越地区还是蛮荒之地，所谓"太伯避历，江蛮是适"②，但吴越先民取得了与中原文明几乎同样辉煌的成就，其间文化的许多特点决定了后来江南文化的基本内涵。

二、春秋战国时期

春秋战国时期，吴、越两国逐渐强大，吴越文化也再度崛起。吴国在和西邻楚国的争战中不断强大，鲁定公四年（公元前506）吴王阖闾在伍员、孙武的辅佐下大败楚国，国力以及在诸侯间的威望达到顶峰。同时，越王允常、勾践在楚人文种、范蠡的辅佐下，与吴王阖闾、夫差连年交战。阖闾攻越，战败负伤而亡，夫差即位励精图治，大败勾践，报了父仇。而勾践则自甘为奴，臣服于吴，获得重新崛起之机会，卧薪尝胆富国强兵，终于在公元前473年，一举灭吴成就霸业。

吴越相争，是春秋后期历史舞台上最动人的一幕，其间出现的历史人物有吴王僚、阖闾、夫差、越王勾践及伍员、专诸、孙武、范蠡、西施等，他们的经历以及关于他们的传说故事，在后来的历史发展中一直具有强大的感

---

① 董楚平.吴越文化新探[M].杭州：浙江人民出版社，1988：22-90.
② 司马迁.史记·卷一三〇 太史公自序[M].北京：中华书局，1959.

染力。这些人物身上体现的精神,也成为江南文化精神的内在特质而持续影响着后人。

透过吴越相争的表象,我们可以看到吴、越文化在冲突中进一步融合的史实。正如学者指出的:"吴越争霸使两支近亲文化进一步融合为一,吴越文化愈来愈成为一种具有统一特色的区域文化,在南方独放异彩。"①

此时,吴越的青铜冶炼、造船、航海、纺织、稻作农业、渔业等都非常先进,取得了很高的成就。其中最突出的是青铜冶炼,吴越铸剑闻名天下。吴有干将、越有欧冶子,均为当时著名铸剑工匠。《越绝书》卷十三载:"此二人甲世而生,天下未尝有。"又载越王勾践有毫曹、巨阙、纯钧、湛卢、胜邪、鱼肠等宝剑。吴国则有干将、莫邪剑。欧冶子、干将还为楚王铸造龙渊、泰阿、工布三支铁剑。其中的巨阙剑"穿铜釜,绝铁镴,胥中决如粢米"。当代在江苏、浙江、湖北等地区考古发现的吴越众多青铜器证明了这一点。湖北江陵望山一号楚国贵族墓出土了一把越王勾践青铜剑,此剑虽在地下深埋2400多年,出土时却没有一点锈斑,寒光逼人,刃薄锋利,以之切割二十余层的纸张,一划即破。剑身满饰黑色菱形几何暗花纹,剑格正面和反面还分别用蓝色琉璃和绿松石镶嵌成美丽的纹饰,剑柄用丝线缠缚,剑首向外翻卷作圆箍形,内铸有极其精细的十一道同心圆圈。剑身一面近格处有两行鸟篆铭文,经专家考证,铭文为"越王勾践,自作用剑"。吴越青铜宝剑工艺精细雅致,既锋利又精美,堪称柔中寓刚刚柔相济。此时含垢忍辱矢志复仇的越王勾践,功成名就泛舟五湖的范蠡,美女西施、郑旦等,都成为后世传诵不绝的人物。

这一时期江南民风的勇武特点表现得非常突出。《吴越春秋》云:江南"人性绝而愚,水行山处。以船为车,以楫为马。悦兵敢死"。《越绝外传记地传第十》记江南居民"往若飘风,去则难从,锐兵任死,越之常性也"②。《越绝内传陈成恒第九》载越王自称越国为"僻陋之邦,蛮夷之民也"③,除了有自谦的成分,也确实说的是实情。

当然,我们也看到,此时诸侯争霸,南北东西文化交流频繁,江南文化

---

① 董楚平.吴越文化新探[M].杭州:浙江人民出版社,1988.
② 袁康,吴平辑录,乐祖谋点校.越绝书·卷八[M].上海:上海古籍出版社,1985.
③ 袁康,吴平辑录,乐祖谋点校.越绝书·卷七[M].上海:上海古籍出版社,1985.

也较多地吸收了中原文化的影响。朱熹认为，春秋以前吴越"其俗盖亦朴鄙而不文"，后来吴人子游"悦周公、仲尼之道，而北学于中国，身通受业。遂因文学以得圣人之一体，岂不可谓豪杰之士哉"①！《左传·襄公二十九年》载吴公子季札在鲁国宫廷观赏礼乐，对诸侯各地的诗乐歌舞做了精彩独到、恰如其分的评论，令北人惊叹不已。可见中原文化已经为吴越贵族所熟悉掌握。

春秋战国时期吴、越相继强大称霸，是吴越文化成型并获得很大的发展的时期。

三、秦汉时期

越灭吴后不久，国力开始下降，到无疆为王时再次沦为楚之属国，最后为秦所灭。秦设会稽郡统领江南吴越故地。从这时开始，吴越文化渐渐融入楚文化与中原文化之中，并逐渐转型。统一中央王朝的出现，加上吴越土著和北方人民互相迁移，使吴越文化的性质开始发生改变，慢慢由尚武崇霸向尚礼崇文转变。汉武帝元狩四年曾将中原大量百姓迁居会稽郡，移民使得江南生产力得到一定的提高。不过这时江南文化特征的转变还只是一个开端，江南仍然保留了其许多特有的生活方式，民风也与中原有较大差别。农业生产上主要是水稻种植和渔业。《史记》云："江南火耕水耨。"应劭注曰："烧草，下水种稻，草与稻并生，高七八寸，因悉芟去，复下水灌之，草死，独稻长，所谓火耕水耨也。"②西汉时朝廷中大臣不仅"患吴、会稽轻悍，无壮王以填之"，甚至还把江南人看作不开化的落后民族："毋亲夷狄，以疏其属，盖谓吴邪？"③西汉建元三年，"闽越发兵围东瓯。东瓯食尽，困，且降。乃使人告急天子"。汉武帝问计于太尉田蚡，田蚡对曰："越人相攻击，固其常，又数反复。"反对朝廷出兵相救。④在当时人们的心中，吴越乃蛮夷之地，其民轻悍、好斗、多变。《史记》卷一一四载，元鼎、元封年间，闽越、东越民多次反叛，"于是天子曰东越狭多阻，闽越悍，数反覆，诏军吏皆将其民徙处江淮间。东越地遂虚"。《汉书·地理志》亦载："吴粤之君皆好勇，故其民至今好

---

① 朱熹.平江府常熟县学吴公祠记[M]//晦庵先生朱文公文集·卷八十.四部丛刊本.
② 司马迁.史记·卷三〇 平准书第八[M].北京：中华书局，1959.
③ 司马迁.史记·卷一〇六 吴王濞列传[M].北京：中华书局，1959.
④ 司马迁.史记·卷一一四 东越列传[M].北京：中华书局，1959.

用剑，轻死易发。"

不过此时江南在文化上还是有成就的，如西汉著名的陆贾、严助、朱买臣都是江南士人①。到东汉时江南人物就开始成批涌现，较突出的有余姚人严光，上虞人王充、戴就，毗陵人彭修，山阴人谢夷吾、赵晔，曲阿人包咸等。王充在《论衡》卷十九《恢国篇》中指出江南与远古的巨大变化："夏禹倮入吴国，太伯采药，断发文身。唐虞国界，吴为荒服，越在九夷，䍋衣关头，今皆夏服，襃衣、履舄。"显然，此时吴越地区居民服饰上已经和中原没有什么区别了。

秦汉时期相对于经济文化发达的中原，江南总体上还是比较落后的。虽然有了初步的开发，但却被中央朝廷所忽视，认为是"取之不足以更费"，亦即开发得不偿失。人们在心理上还是把江南看作偏远蛮荒之地，认为"江南卑湿，丈夫早夭"②。虽然此处的"江南"，主要指今天的湖南、江西地区，但也包括吴越在内。直至三国时期，袁准《献言于曹爽宜捐淮汉以南》书尚称"吴楚之民，脆弱寡能，英才大贤，不出其土；比技量力，不足与中国相抗"，可见其时吴楚之地经济文化上还是难以与中原抗衡的。③

四、魏晋南朝至隋时期

魏晋南朝时期是江南文化大发展和重要转型时期。江南相对于战乱不断的北方而言社会较为安定，再加上东晋、南朝政权建立在江南，所以江南经济文化都有了很大的进步，"江东中国之旧也，衣冠礼乐之所就也"④，江南俨然是汉族文化的中心了。华夏文化在江南得到了巨大的发展，文学、艺术、史学等都出现了新的气象。从江南文化自身的发展来看，魏晋南朝时期是江南文化的嬗变转型阶段，江南文化由尚武向尚文的转变非常明显，其影响后代的新的特质大多形成于这一阶段。

东晋以后江南已经得到了较好的开发，经济开始崛起。建康是经济政治

---

① 史载陆贾为楚人，但汉时楚的范围甚广，所以学者怀疑他可能就是吴人。见曹道衡.南朝文学和北朝文学研究[M].南京：江苏古籍出版社，1999：95.
② 司马迁.史记·货殖列传[M].北京：中华书局，1959.
③ 严可均.全上古三代秦汉三国六朝文·全晋文·卷五四[M].北京：中华书局，1958.
④ 王通.中说·卷七[M].四库全书本.

中心，同时也是文化中心。到隋时大运河的开凿把江南水系与中原水系紧紧联系在一起，南北交通与运输从此畅通无阻，极大促进了江南经济的发展。当然，也沟通了南北文化的交流，江南在全国的地位更加突出了。

东晋至南朝汉族朝廷南迁，中原大量贵族士人亦随之移民江南，不仅促进了江南文化与中原文化的交融，还从根本上提升了江南文化水平。《晋书》卷六十五《王导传》载"京洛倾覆，中州士女避乱江左者十六七"。唐代杜佑在叙述永嘉南迁以后江南的文化状况时说："永嘉以后，帝室东迁，衣冠避难，多所萃止。艺文儒术，斯之为盛。"[1]《宋书》卷五十四载："自晋氏迁流，迄于太元之世，百许年中，无风尘之警，区域之内，晏如也。"《南史》卷七十二云："自中原沸腾，五马南渡，缀文之士，无泛于时。降及梁朝，其流弥盛。盖由时主儒雅，笃好文章，故才秀之士，焕乎俱集。"民国《新昌县志》在提及永嘉南渡以后江南人物之盛时说："衣冠之盛，咸萃于越，为六州文物之薮，高人文士，云合景从。"他们都看到了东晋以来，江南经济崛起后文化学术新发展，人才辈出所谓"衣冠文物之盛"甲于天下的事实。东晋后的南朝虽然军事上较北方弱小，处于劣势，但是文化上，南方则占据主导地位。在南方士人眼里，"自晋宋以来，号洛阳为荒土，此中谓长江以北，尽是夷狄"[2]，北方文化几乎一片荒芜。

隋朝结束了近三百年的南北分裂，隋文帝统治集团的核心是西魏—北周时期形成的关陇集团。关陇集团因政治上的原因对江南文化采取了压制鄙视的态度[3]，不过隋炀帝登基以后重新依靠江南士族，江南文化遂再次崛起。炀帝登基前曾任扬州总管"前后十年，以北方朴俭之资，熏染于江南奢靡之俗"[4]；因其萧后为梁明帝之女，所以他在位时大力提倡推崇南朝文化，重用江南士人。内史舍人窦威、起居舍人崔祖濬著《丹阳郡风俗》一书，"以吴人为东夷"，对江南士人采取了蔑视态度，炀帝非常不满，于《敕责窦威崔祖濬》中云：

---

[1] 杜佑.通典·卷一八二[M].北京：中华书局,1988.
[2] 杨衒之.洛阳伽蓝记·卷二[M].上海：上海古籍出版社，1993.
[3] 韩昇师.南方复起与隋文帝江南政策的转变[J].厦门大学学报，1998（2）；韩昇师.隋文帝时代中央高级官员成分分析[J].学术月刊，1998（9）.
[4] 岑仲勉.隋唐史[M].北京：中华书局,1982.

昔汉末三方鼎立，大吴之国，以称人物。故晋武帝云，江东之有吴、会，犹江西之有汝、颍。衣冠人物，千载一时。及永嘉之末，革夏衣缨，尽过江表。此乃天下之名郡。自平陈之后，硕学通儒，文人才子，莫非彼至。①

他不仅爱好倡导江南文化，还亲自实践，《资治通鉴》云其"好为吴语"②，并效仿南朝诸帝致力于文学创作，其诗歌无论内容风格都与南朝文学一脉相承。

魏晋南朝时期是江南文化快速发展与转变的时期。《南史·儒林传》记载的人物中世居江南的有54人，占总数的62.7%。③葛剑雄对《南史》列传的人物籍贯进行了统计研究，全部列传的728个人物，南方籍贯的虽然只有222人，但其余的506人是北方移民及其后代，真正生长在北方的是极少数，所以他们绝大多数人是"南方的地理环境而不是北方的地理环境造就了其中的各种人才"④。

此时中原文化和江南文化产生了碰撞、整合、交融，促成了江南文化的转型。中原士族南下以后出于政治需要，必须笼络、联合江南士族，而江南士族也要靠南来的北方士族保护巩固其地位，这就使得吴越世家大族的地位得以提高。北方士人的南下，同时也将北方之哲学、士风带到江南，促成了江南文化的新变，充实了新的内容，迅速推动了对东南的开发和江南文化的发展。方北辰即指出"南朝时期，当江东世家大族文化色彩日益浓厚之时，他们当中一些家族的经济色彩却明显消退了"，"南朝时期江东世家大族的突出标志，除了世袭政治特权外，主要在于高度的文化而不是雄厚的经济"⑤。

东晋南朝时期，建康作为当时的政治文化中心，更是文学中心。文学在这一时期终于脱离了哲学、历史等的附庸获得独立的地位而"进入自觉时代"。文人创作进入成熟繁荣的阶段，极大地推动了中国文学的发展。诗歌、

---

① 严可均.全上古三代秦汉三国六朝文·全隋文·卷五[M].北京：中华书局,1958：4043.
② 《资治通鉴》卷一八五唐纪一高祖武德元年载：炀帝"自晓占候卜相,好为吴语。常夜置酒。仰视天文,谓萧后曰：外间大有人图侬,然侬不失为长城公,卿不失为沈后。……帝见中原已乱,无心北归。欲都丹阳,（帝改蒋州为丹阳郡,盖欲都建康也。）据守江东。"
③ 彭神保.三至六世纪江南文化学术中心的兴起[J].南京史志，1992（4）.
④ 葛剑雄.历史人才分布研究二题[M].葛剑雄.看得见的沧桑.上海：上海教育出版社，1998.
⑤ 方北辰.魏晋南朝江东世家大族述论[M].台北：文津出版社，1999.

骈文、辞赋、小说都在这时取得了崭新的成就。玄言诗、山水诗、田园诗、宫体诗相继迭出，而艺术上南朝诗人以"元嘉体""永明体"开创了诗歌声律化的新时代。永明体在诗歌的格律声韵、对仗排偶以及遣词造句、意境创造等方面，都比古体诗更为工巧华美、严整精练。不仅为当时文坛注入了新的气息，树立了新的美学风范，更为唐诗的辉煌奠定了基础，开创了中国诗歌史的新时代。另外，"文体清拔有古气"的"吴均体"也对唐人产生了重要影响①。

这一时期江南杰出文人众多，如西晋陆机、陆云、张翰；东晋葛洪，宋齐间的丘灵鞠、张融和孔稚珪，梁代萧衍、萧统、萧纲、萧绎、萧子昱、沈约、吴均、丘迟、陶弘景、陆倕、张率，陈隋沈炯和姚察等。

除了文人创作外，南朝民歌成就突出，其中产生于江南地区的主要是吴声歌曲。清新活泼的江南民歌，是江南特有的自然与社会环境的产物，其情感、审美风格与北方的文学大异其趣。吴声是南朝乐府民歌的主要部分，圆润自然，流畅优美，极具地方特色。《宋书·乐志》称："吴歌杂曲，并出江东，晋宋以来，稍有增广。"《乐府诗集》卷四十四《论吴歌》云："盖自永嘉渡江之后，下及梁、陈，咸都建业，吴声歌曲起于此也。"吴地民歌以情歌为主，毫无儒家传统理论的约束，感情大胆强烈而执着，又不乏纯真朴素，且具有动人的情致、天然明朗的韵味。后代无数的文人为之心醉神迷，并充分汲取其营养，使得民歌和文人创作之间，呈现了一种相互渗透的状况。江南民歌对唐代文学的影响是非常直接而深远的，初唐四杰、张若虚、刘希夷、李白、杜甫、白居易、刘禹锡、李贺等都直接间接地学习其精神。

唐人对南朝文学的学习与继承是非常自觉直接的。《新唐书·文艺传序》提及初唐文学深受南朝庾、徐的影响，"四杰"的早期创作也都接受了南朝后期的文风。唐代进士科考试所试诗赋、五言律和律赋，也源于南朝。散文领域，初盛唐完全是骈体文的天下，即使在中唐古文运动以后，《文选》仍然是进士科的必读之书，骈体文仍然是家弦户诵、童而习之的文体。南朝文学的流风余韵终唐不绝"②。

东晋南朝的书法、绘画、雕刻等艺术也取得杰出成就，出现了数位影响深远的艺术家。晋陵顾恺之倡导"以形写神"，其人物画出类拔萃，"传神写

---

① 姚思廉. 梁书·卷四九 [M]. 北京：中华书局，1973.
② 唐长孺. 魏晋南北朝隋唐史三论 [M]. 武汉：武汉大学出版社，1993：474.

照，正在阿睹中"，又似"春云浮空，流水行地"，艺术手法出神入化①。苏州陆探微的人物画造型"秀骨清像"，吴郡张僧繇以佛寺壁画和人物写生画著称，宗炳、王微的山水画论奠定了中国绘画的理论基础。其他如刘宋的顾宝光、孔琳之、张永、范晔，南齐的王僧虔，梁代的陆杲，陈时的顾野王、智永等都是杰出的书法家。六朝的陵墓石刻、佛寺石刻也展示了此时雕塑艺术的非凡成就。最典型的是金陵的"石辟邪"，它造型奇异，非狮非象，非鹰非隼，又如狮如象，如鹰如隼；体形巨大，昂首阔步，吐舌垂胸，垂尾卷地，神勇超迈，集天地间各种巨猛禽兽之大成。体现了雕塑家的超凡杰出的想象力和中国艺术"以形写神""得意忘形"的最高艺术境界。

在这样的背景下，江南社会风气也在发生变化，西晋左思《吴都赋》中尚称江南"士有陷坚之锐，俗有节慨之风"，但至唐初魏征《隋书·地理志》中却是这样的记载：

> 丹阳旧京所在，人物本盛，小人率多商贩，君子资于官禄，市厘列肆，埒于二京，人杂五方，故俗颇相类。京口东通吴会，南接江湖，西连都邑，亦一都会也。其人本并习战，号为天下精兵。俗以五月五日为斗力之戏，各料强弱相敌，事类讲武。宣城、毗陵、吴郡、会稽、馀杭、东阳，其俗亦同。然数郡川泽沃衍，有海陆之饶，珍异所聚，故商贾并凑。其人君子尚礼，庸庶敦庞，风俗澄清，道化隆洽，又以细民，怙勇信巫，为轻扬之旧。②

这则材料说明，隋唐之际江南上层社会风俗已经基本完成了由尚武到崇文的转变，而下层社会还保留着好勇武信鬼神的风俗特征。

由以上简要勾勒可以看出，江南文化有着悠久的历史，在远古时期就创造了灿烂的文明，春秋战国时期吴越文化开始崛起，成为当时重要的区域文化。秦汉时期，江南文化在与中原文化日渐融合的基础上有了新发展。东晋以后到隋朝江南文化开始转型，进入快速发展的新时期，在文学艺术方面取

---

① 余嘉锡.世说新语笺疏·第二一 巧艺[M].上海：上海古籍出版社，1993.
② 魏征.隋书·卷三一[M].北京：中华书局，1973.

得了极其突出的成就。当然，我们也要看到，魏晋时期江南因为成为政治中心，带动了其文化中心地位的形成，反映了古代社会早期阶段政治与文化中心合一的状况。但是随着中国古代社会政治、经济的新发展，政治中心与文化中心逐渐开始分离，具体而言，在北方长安、洛阳的政治中心之外，出现了江南文化中心，只是这要等到唐朝建立之后，尤其是中唐以后。

第四节　江南文化的主要特征

江南文化经历了长期的发展与变化转型，在不断的整合与重构中形成一个具有丰富内涵的文化体系。要对其特征做准确的概括确实比较困难，学术界对此也颇多争议。我们认为江南文化经过数千年的发展，到隋唐之际其主要内涵已经比较稳定。本着将文化发展的历时性特点和立足隋唐时期江南文化的共时性特点结合的原则，我们也归纳出了吴越文化的一些基本的主要特征，当然这并非是对江南文化特征的全面论述。唐以前江南文化已经具有了悠久的历史传统，春秋时期吴越文化的特征有的在延续，有的在嬗变，也有些弱化甚至消失。作为江南文化数千年发展史上的重要一环，在唐代，它充实了新的因素，有了新的发展，构成了新的特质。文化的地域特征取决于自然环境因素，更取决于人文环境因素。我们主要就从这两个方面概括江南文化的几个显著特征。

一、江南山川秀美气候温暖水域众多，人性普遍较灵秀颖慧，利于艺术

这种特征在远古时期即已开始展现，随着历史的推移，江南经济文化地位不断上升，表现得越来越突出。

早在汉代司马迁《史记·货殖列传》即云"吴有三江五湖之利"。唐代白居易形容苏州"水国多台榭，吴风尚管弦，每家皆有酒，无处不过船"[①]；杜荀

---

① 白居易.和梦得夏至忆苏州呈卢宾客[M]//白居易全集·补遗一.上海：上海古籍出版社，1999.

鹤"春到姑苏见,人家尽枕河,古宫闲地少,水港小桥多,夜市卖菱藕,春船载绮罗"①。其实这种景象并不仅仅限于苏州,应该扩展到整个江南地区,所谓"吴越暖景,山川如绣"②。贞元间韦夏卿任常州刺史,作《东山记》称:"自江之南,号为水乡。日月掩蔼,陂湖荡漾,游有鱼鳖,翔有凫雁。涉之或风波之惧,望之多烟云之思。"③江南地区地理环境上具有典型的"水乡泽国"及山水秀美的特征。唐人即多以"水国"指称江南,如孟浩然《舟中晓望》诗云"挂席东南望,青山水国遥"④;刘长卿《吴中别严士元》诗称"春风倚棹阖闾城,水国春寒阴复晴"⑤;窦常《北固晚眺》诗云"水国芒种后,梅天风雨凉"⑥;韩翃《兖州送李明府使苏州便赴告期》亦云"莫言水国去迢迢,白马吴门见不遥"⑦;罗隐《江南行》云"江烟湿雨鲛绡软,漠漠小山眉黛浅。水国多愁又有情,夜槽压酒银船满";等等。⑧

  人们普遍认为江南居民的灵秀颖慧与江南的"水"性特征相关,水性在中国传统思维中是与"柔""灵动"联系在一起的。《老子》中就有直接的反映:"天下莫柔弱于水,而攻坚强者莫之能先";"上善若水,水善利万物而不争"⑨。玄奘《大唐西域记·序》中也谈到人之性情和风土之关系:"夫人有刚柔异性,言音不同,斯则系风土之气,亦习俗之致也。"⑩江南滨海临江,湖港相连,河道纵横交错,水系发达;气候四季分明,湿润温和,雨量充沛。因而草木繁盛植被丰富,自然生态环境良好。仁者乐山,智者乐水。生活于江南清丽自然环境中的人性情多柔和,情感细腻而思维活跃。青山秀水,茂林修竹,不仅使人们热爱自然,也使人们感觉敏锐,不仅启迪遐思,更可以滋润灵性。故而江南在经济发展以后,文学艺术不断发展。魏晋以后,江南诗

---

① 杜荀鹤. 送人游吴 [M]// 彭定求, 等. 全唐诗·卷六九一. 北京:中华书局,1960.
② 施谔. 淳祐临安志·卷十引唐人语 [M]. 宋元方志丛刊本. 北京:中华书局,1990.
③ 董诰, 等. 全唐文·卷四三八 [M]. 上海:上海古籍出版社, 1990.
④ 彭定求, 等. 全唐诗·卷一六〇 [M]. 北京:中华书局,1960.
⑤ 彭定求, 等. 全唐诗·卷一四七 [M]. 北京:中华书局,1960.
⑥ 彭定求, 等. 全唐诗·卷二七一 [M]. 北京:中华书局,1960.
⑦ 彭定求, 等. 全唐诗·卷二四五 [M]. 北京:中华书局,1960.
⑧ 彭定求, 等. 全唐诗·卷六六五 [M]. 北京:中华书局,1960.
⑨ 老子 [M]. 马王堆汉墓帛书本. 北京:文物出版社, 1976:12, 20.
⑩ 玄奘. 大唐西域记 [M]. 上海:上海人民出版社, 1977.

人、书法家、画家的大量涌现充分说明这一事实。在唐代许多江南文士往往是诗、文、书、画兼长,也体现了这种整体上的灵性特质。如虞世南、褚遂良、徐浩、贺知章、张旭、张諲、归登、张志和、顾况、陆长源、陆希声、罗隐、贯休、钱镠等都是具有典型性的代表。唐高宗《令山东、江左采访人物之诏》:

> 山东、江左人物甚众,虽每充宾荐,而未尽英髦。或孝悌通神,遐迩惟敬;或德行光裕,邦邑崇仰;或学统九流,垂帷睹奥;或文高六艺,下笔成章;或备晓八音,洞该七曜;或射能穿札,力可翘关;或邱园秀异,志存栖隐;或将帅子孙,素称勇烈。委巡抚大使咸加采访,仁申褒奖。亦有婆娑乡曲,负材傲俗,为讥议所斥,陷於趺弛之流者,亦宜推择,各以名闻。①

此诏书将江左与山东并列,不仅说明唐初江南文化地位之提升,还说明江南德行、儒学、文学、音乐、隐逸、勇武之士众多,人才兴盛之状。

水与玉都有着相同的柔和润泽的特点,江南远古时期玉文化发达,在马家浜文化、良渚文化中,具有以琮、璧等祭祀礼器为主的玉器系统,这些玉器制作精美,雕刻细腻,堪称巧夺天工,体现了吴越先民的高超琢玉技艺。玉的特点是温润、皎洁、柔和、纤巧,吴越先民好玉的审美追求,很能反映他们的品性。这种审美追求应该是形成江南文化特质的一个基本因子,影响着后来吴越文化的发展。吴越语言的温柔细腻,吴声歌曲的清新婉丽,也应该与此特性有关。

从南朝开始,江南士人性情多清俊秀逸,与山东士人的儒雅、敦厚,关陇、燕赵士人的刚直、豪爽构成鲜明的对比。李白曾指出"邹鲁多鸿儒,燕赵饶壮士"②,那么江南就应该是富风流俊秀之士,江南文学作品也相应崇尚清秀俊逸与自然婉丽的风格。这些都反映了江南文化的柔性特点。

---

① 董诰,等.全唐文·卷一三[M].上海:上海古籍出版社,1990.
② 李白.春于姑熟送赵四流炎方序[M]// 瞿蜕园,朱金城.李白集校注·卷二七.上海:上海古籍出版社,1980.

二、江南文化的爱剑好勇、柔中寓刚与豪迈纵逸的刚性特征

江南濒临江湖大海，水系发达河道纵横，早期居民多以采捕为生。水有柔的一面，但也有险恶的一面，易于发生灾害。江南居民很早就"以船为车，以楫为马，往若飘风，去则难从"①。在长期的征服江河海洋的过程中，江南居民又养成刚毅的品性，形成心胸旷放、豪迈勇武的气质。所以，江南文化特征还有刚性的一面。大禹为民除害治理水灾的传说，体现了不怕挫折勇于牺牲的刚强品性。吴、越青铜宝剑锋利无比又精美非凡，将实用的刚强和艺术的秀丽巧妙结合，充分体现了柔中寓刚的特点。吴越争霸期间，勾践卧薪尝胆，隐忍坚强，发愤报仇的经历也是生动的例子。勾践面对失败，含垢忍辱，蓄势待发，支撑他的是坚忍不拔的意志与精神，这是人们都熟悉的材料。

典籍中对江南居民爱剑好勇，轻死易发的记载，也说明了早期江南文化的这种刚性特征。先秦时期吴越人的武勇好斗，汉代至隋朝多有记载，如《汉书·地理志》称："吴粤之君皆好勇，故其民至今好用剑，轻死易发。"这种刚性特征，经过东晋以后的发展逐渐弱化，但没有消失。魏晋南朝时期，江南上层社会已经普遍崇尚文教，但下层民风还是勇悍刚强。《晋书·华谭传》云："吴阻长江，旧俗轻悍。"前引《隋书·地理志》的记载也说明这种特征并未彻底消失，而以变异的方式存在着，尤其在下层民间存在着，在南朝、唐五代甚至宋时仍然如此。

朱长文《吴郡图经续志》卷上记载，晋会稽太守糜豹向唐景询问吴地风俗所尚，唐景答曰："文为儒宗，武为将帅。"很能说明其时江南文武并重之特点。范成大《吴郡志》卷二引华谊语曰："吴有发剑之节，赵有挟色之客。"又引《郡国志》云："吴俗好用剑轻死，又六朝时多斗将战士。"都生动说明六朝时吴地江南武风犹存的状况，史料很多，是毋庸置疑的。

唐代的江南尚文已占主导地位，但好武之风也未全消失。中唐时，李绅过吴门，江南给他的印象是："旧风犹越鼓，余俗尚吴钩。"②可见此时江南民间勇武犹存。元稹长期任职于越州，在其《春分投简阳明洞天作》中对江南的民风有这样的描写："旌旗遮屿浦，士女满阛阓。似木吴儿劲，如花越女

---

① 袁康，吴平辑录，乐祖谋点校.越绝书·卷八[M].上海：上海古籍出版社，1985.
② 李绅.过吴门二十四韵[M]//彭定求，等.全唐诗·卷四八一.北京：中华书局,1960.

姝。"①后两句乃互文之修辞手法，实际就是吴越的男儿劲，吴越的女儿姝。江南女子之艳丽，自然没有异议，而吴儿则是挺拔刚劲如大树，与后来人们所熟悉的江南男性的形象很不一样。元稹此诗还描写江南居民的朴野古质："郡邑移仙界，山川展画图。……闾阎随地胜，风俗与华殊。跣足沿流妇，丫头避役奴。雕题虽少有，鸡卜尚多巫。乡味尤珍蛤，家神爱事乌。"白居易在和诗中也说"勾践遗风霸"②，可见春秋时吴越尚武之风在唐时依然留存。

《唐语林》卷一记载了一位江南少年历经十年为亲人复仇的材料："衢州人余长安，父叔二人为同郡方金所杀，长安八岁自誓，十七乃复仇。……时裴垍为宰相。"其勇武复仇的意志与勾践甚为类似。刘禹锡概括和州风俗云："本吴风俗剽，兼楚语音伧。"③和州与江南为邻，介于吴楚之间，故其风俗语言兼有二地特点，由其民风剽悍亦可想见吴地江南之民风仍然带有刚性的一面。晚唐吴融居松江，在《祝风三十二韵》诗中称"吴中多豪士"④，五代时钱塘居民还是"船车楫马，轻死好剑，率以武力竞"⑤，也能说明晚唐五代江南的情况。

这种情况，到宋依然存在。杨万里曾经对金陵一带风俗有一评述："金陵六朝之故国也。有孙仲谋宋武之遗烈，故其俗毅且英。"又有游九言称其"每爱金陵土风质厚尚气"⑥。宋人评溧阳土风："是邑有李太白之英风，故其人多秀而文；有伍子胥之故迹，故其俗多义而勇。"⑦这已经不是个别材料，联系元稹等文人的描写，不难看出唐宋江南民风的特征。

这种风气不仅在唐代民间较普遍遗留，甚至在许多江南文士身上仍有体现。当然有的表现得直接，而有的间接一些。比如，初唐四杰之一的骆宾王，性格权奇倜傥非同凡俗⑧，闻一多云其"天生一副侠骨，专喜欢管闲事，打抱

① 彭定求，等．全唐诗·卷四二三[M]．北京：中华书局，1960．
② 白居易．和元微之春日投简阳明洞天五十韵[M]//彭定求，等．全唐诗·卷四四九[M]．北京：中华书局，1960．
③ 刘禹锡．历阳书事七十韵[M]//彭定求，等．全唐诗·卷三六三[M]．北京：中华书局，1960．
④ 彭定求，等．全唐诗·卷六八五[M]．北京：中华书局，1960．
⑤ 潜说友．咸淳临安志·卷五六[M]．宋元方志丛刊本．北京：中华书局，1990．
⑥ 周应合．景定建康志·卷四二[M]．宋元方志丛刊本．北京：中华书局，1990．
⑦ 周应合．景定建康志·卷四二[M]．宋元方志丛刊本．北京：中华书局，1990．
⑧ 马茂元，王松龄．骆宾王评传[M]//山东大学文史哲研究所．中国历代著名文学家评传：第二卷．济南：山东教育出版社，1983．

不平，杀人报仇，帮痴心女子打负心汉"①。其好友卢照邻在四川任新都县尉，与一郭姓女子相爱，后卢抛弃已有孕在身的郭氏一去不回。骆宾王创作了著名的长篇七言歌行《艳情代郭氏赠卢照邻》，帮助郭氏申诉，表达了对那些弱小的不幸女子的深切同情。他另外还有一篇《代女道士王灵妃赠道士李荣》，具体事实不得而知，但从内容看，应该与上篇类似。他还两次从军边塞②，文明年间，徐敬业在扬州起兵反武则天，他毅然参加并为艺文令③，其名篇《为徐敬业传檄天下》，斥责武后罪状，行文气势磅礴，极富慷慨激扬之气，可以想见骆宾王之刚毅悍勇的个性。安史之乱中，人们熟知的盐官人许远，与张巡困守睢阳英勇抗击叛军，最后食尽无援城陷被俘，慷慨就义。其坚忍不拔视死如归的英雄性格，千载以下仍然令人肃然起敬。

中唐著名古文家睦州皇甫湜，亦性情豪纵不羁。《新唐书》卷一七六本传云其"辨急使酒，数忤同省"；又载其为裴度判官，裴度修福先寺将立碑，拟请白居易撰写碑文，"皇甫湜怒曰：'舍湜而远取居易，请从此辞。'裴谢之。湜即请斗酒，饮酣，援笔立就"。裴度赠其丰厚的润笔，湜犹怒而嫌不足，裴度笑称其"不羁之才"④。晚唐台州诗人罗虬，喜爱一歌女红儿，但为他人所得，竟一怒之下手刃红儿。罗虬因爱生恨最终杀害无辜，自然是极端自私残忍，应遭谴责，但这种行为让人看到其身上的狠勇之气，应带有传统江南民风的烙印。五代新城杜建徽随钱镠征伐，多立战功，军中称之"虎子"。其《自叙》诗序云其征战"皆单衣入阵，敌无不披靡。年老尚能骑射，尝从击球于广场，兴酣，有宿中箭镞自臂中飞出，人皆壮之"，杜建徽少年骁勇，勇武刚强令人赞叹⑤。

但江南文化这种刚性特征更多的是以另外一种转化变异的方式表现出来，许多江南文士性情上都有清狂豪迈奔放洒脱之风。魏晋以来，江南文士多崇尚自然，追求精神的无拘束与自由。加上东晋以后"玄风南渡"，北方士人带来了尚老庄的风气，北方文人的放诞精神融入江南风俗中，"时贵游子弟多慕

---

① 闻一多宫体诗的自赎 [M]// 闻一多全集：丙集．武汉：湖北人民出版社，1993.
② 傅璇琮．唐才子传校笺·卷一 [M]．北京：中华书局,1987.
③ 欧阳修．新唐书·卷九三 李勣传附李敬业传 [M]．北京：中华书局，1975.
④ 欧阳修．新唐书·卷一七六皇甫湜本传 [M]．北京：中华书局，1975.
⑤ 彭定求，等．全唐诗·卷七六三 [M]．北京：中华书局,1960.

王澄、谢鲲为达"①，竞相标榜狂傲放诞的生活态度，"盖放荡之至，竟似习与性成矣"②。杜牧《润州二首》诗中也说"大抵南朝多旷达，可怜东晋最风流"③，清狂放诞成为南朝文士精神的突出表现。

唐代江南文士在魏晋玄学、名士风流以及佛道思想的影响下，狂逸、放旷人生态度非常突出，比如，初唐的骆宾王，盛唐的贺知章、张旭，中唐的顾况、张志和，晚唐的贯休等，或多或少或明或暗地体现了这种文化特征。

越州贺知章倜傥超迈，诙谐善谑，诗歌、书法具有清逸之气。《旧唐书》卷一九○本传称其"晚年尤加纵诞，无复规检，自号'四明狂客'，又称秘书外监，遨游里巷，醉后属词，动成卷轴，文不加点，咸有可观"。李白对这位提携赏识自己的老诗人极为钦佩，赞云"镜湖流水漾清波，狂客归舟逸兴多"④。杜甫亦然，他在贺知章去世后，对其表达了深沉的敬仰与感伤之情："贺公雅吴语，在位常清狂。……爽气不可致，斯人今已亡。"⑤与贺知章差不多同时的窦灵长所作《述书赋》评其："湖山降礼，狂客风流。落笔精绝，芳林寡俦。……雍容省闼，高逸豁达。解朝服而归乡，敛霓裳而辞阙。"⑥都突出了其个性狂放的特点。另外，初唐苏州朱子奢"风流蕴藉，颇滑稽，又辅之以文义"⑦，亦甚类贺氏。

婺州文士冯衮性豪迈不羁，咸通中为苏州刺史，《太平广记》卷二五一载其"牧苏州，江外优佚，暇日多纵饮博，因会宾僚掷卢。冯突胜，以所得均遗一座。乃吟曰'八尺台盘照面新，千金一掷斗精神。合是赌时须赌取，不妨回首乞闲人'"，其豪放如此。其从侄冯涓也是性滑稽，恃才傲物，语多讥诮⑧。同郡诗僧贯休，为人有清傲之气。曾经作诗献给吴越王钱镠，钱颇赞赏其中"满堂花醉三千客，一剑霜寒十四州"之句，但想让他将十四州改为四十州，贯休却直截了当地说："州亦难添，诗亦不改。"对君王不知迎合不去

---

① 房玄龄，等.晋书·卷七十[M].北京：中华书局，1974.
② 章太炎.太炎文录·卷一.
③ 彭定求，等.全唐诗·卷五二二[M].北京：中华书局，1960.
④ 彭定求，等.全唐诗·卷一七六[M].北京：中华书局，1960.
⑤ 杜甫.《遣兴五首》其四[M]//彭定求，等.全唐诗·卷二一八.北京：中华书局，1960.
⑥ 董诰，等.全唐文·卷四四七[M].上海：上海古籍出版社，1990.
⑦ 刘昫，等.旧唐书·卷一八九[M].北京：中华书局，1975.
⑧ 计有功.唐诗纪事·卷六六[M].上海：上海古籍出版社，1987.

奉承，可谓狂傲不羁我行我素①。五代吴县沈颜"疾当世文章浮靡，仿古著书百篇曰《聱书》，凡十卷。自序云：'孟轲以后，千余年儒者咸未有闻焉。天厌其极，付在鄙子。'"②其恃才自负自许如此，足见其雄豪之气。

江南文士性情之狂放不羁还表现在艺术创作尤其是书画创作的张狂独特的方式上。苏州诗人、草书家张旭好酒使气，纵情奔放，时称张颠。杜甫《饮中八仙歌》对此有传神的描写："张旭三杯草圣传，脱帽露顶王公前，挥毫落纸如云烟。"将张旭的高傲癫狂笑傲公卿的气质、酒酣挥笔的形象做了传神刻画。李颀笔下的张旭则是："张公姓嗜酒，豁达无所营。皓首穷草隶，时称太湖精。露顶据胡床，长叫三两声。兴来洒素笔，挥笔如流星。"③韩愈《送高闲上人序》有更详细的描写：

> 往时张旭善草书，不治他伎，喜怒窘穷，忧悲愉佚，怨恨思慕，酣醉无聊不平，有动于心，必于草书焉发之。观于物，见山水崖谷，鸟兽虫鱼，草木之花实，日月列星，风雨水火，雷霆霹雳，歌舞战斗，天地事物之变，可喜可愕，一寓于书：故旭之书，变动犹鬼神，不可端倪，以此终其身，而名后世。④

元陶宗仪《书史会要》载："旭喜酒，叫呼狂走方落笔。一日酒醉，以发濡墨作大字，既醒视之，自以为神。"⑤这些材料都充分说明张旭"外师造化，中得心源"，以书法写其豪放洒脱心胸的情形。盛唐前期张旭、贺知章等江南文士的狂放、傲诞的人生态度，是整个盛唐士风快意任情、豪放向上精神的生动写照。

中唐时金华张志和性情放达，不乐仕进而流连山水。其好友颜真卿《浪迹先生玄真子张志和碑铭》称其"扁舟垂纶，浮三江，泛五湖，自谓'烟波钓徒'"；"欲以大布为褐裘，嫂徐氏闻之，手为织纴，一制七年，方暑不

---

① 计有功.唐诗纪事·卷七五[M].上海：上海古籍出版社，1987.
② 吴任臣.十国春秋·卷一一 沈颜本传[M].四库全书本.
③ 李颀.赠张旭[M]//彭定求，等.全唐诗·卷一三二.北京：中华书局,1960.
④ 马其昶.韩昌黎文集校注·卷四[M].上海：上海古籍出版社，1986.
⑤ 陶宗仪.书史会要[M].上海：上海书店，1984.

解";又"立性孤峻……视轩裳如草芥,屏嗜欲若泥沙"①。张彦远《历代名画记》卷一〇云其"性高迈不拘检"。志和又善书法绘画,"书迹狂逸,自为渔歌,便画之,甚有逸趣"②;朱景玄《唐朝名画录》因其绘画"非画之本法"而列之于逸品。颜真卿碑文对其画法有绝妙描述:"性好画山水,皆因酒酣乘兴,击鼓吹笛,或闭目或背面,舞笔飞墨,应节而成。"③显然他作画纵酒伴乐泼墨挥毫,狂放至极不同一般。

苏州诗人顾况性情豪迈旷放,甚具不羁之气。李肇《国史补》称:"吴人顾况,词句清绝,杂之以诙谐,尤多轻薄……傲视朝列。"《旧唐书》本传则云其:"性诙谐,虽王公之贵与之交者必戏侮之。"④又工画山水,其作画方式同样奇特:

> 大历中,吴士姓顾以画山水历托诸侯之门。每画先帖绢数十幅于地,乃研墨汁及调诸彩色,各贮一器,使数十人吹角击鼓,百人齐声喊叫。顾子著锦袄锦缠头,饮酒半酣,绕绢帖走十余匝,取墨汁摊写于绢上,次写诸色,乃以长巾一一倾覆于所写之处,使人坐压,已执巾角而曳之,回环既遍。然后以笔墨随势开决,为峰峦岛屿之状。夫画者淡雅之事,今顾子瞑目鼓噪,有□(缺一字)戟之象,其画之妙者乎?⑤

顾况饮酒半酣,使几十人吹角击鼓,百人齐声大叫,然后作画,癫狂甚似张旭。作画方式竟与张旭、张志和完全一致。清人查世澧《重刻顾华阳集序》称顾况:"观其气度之磊落,诗笔之骏发踔厉,语必惊人,正孔门中狂者。"⑥正说明了顾况狂放的气质个性。

唐末会稽处士孙位,性格豪放散漫,常与禅僧道士往来,工书画。《宣

---

① 董诰,等.全唐文·卷三四〇[M].上海:上海古籍出版社,1990.
② 陶宗仪.书史会要·卷五[M].上海:上海书店,1984.
③ 陶宗仪.书史会要[M].上海:上海书店,1984.
④ 刘昫,等.旧唐书·卷一三〇[M].北京:中华书局,1975.
⑤ 封演.封氏闻见记·卷五 图画[M].文渊阁四库全书本.
⑥ 赵昌平校编.顾况诗集[M].南昌:江西人民出版社,1983.

和画谱》云其："举止疏野，襟韵旷达。喜饮酒，罕见其醉。乐与幽人为物外交。"《益州名画录》载其："豪贵相请，礼貌少慢，纵赠千金，难留一笔。"

显然，唐代江南文士身上流淌着江南文化的刚性精神。江南文化的刚性特征与柔性特征是并存的两个方面，早期刚性显著一些，魏晋以后柔性显著一些。以往许多研究者往往较多论及江南文化的柔性特点，并认为江南文化在魏晋以后完全失去勇悍的刚性特征，这是值得商榷的。江南文化特征表现出全面的细、柔恐怕要等到宋代以后，尤其是明清时期。

三、江南文化具有开放性与包容性的特点

自远古以来就不断地吸收、融合着其他区域文化。先秦时期江南文化和楚文化及中原文化曾有过长期的交融，而中原文化更始终影响着其后来的发展。江南文化的开放性是其不断向前发展的重要原因。

从吴之立国即可说明这种交流由来已久。吴太伯是周太王的长子，为"让国"于季历及其子昌，来到遥远的江南荆蛮之地。[①]江南土著非常推崇他的举动，《史记·吴太伯世家》载吴土著"从而归之千余家"，自动归顺拥戴太伯，后来的吴就是从此发展壮大。这说明了吴立国之初北方中原文化即开始融入吴越当地文化的事实。春秋之后，吴、越与北方及楚国有着密切的交流，江南文化更是在与楚文化、中原文化的交融中发展。《荀子·儒教》载：夏人南来，"居楚而楚，居越而越"。楚国灭越以后，越文化向东南沿海地区渗透，楚文化就占据了吴越文化的核心地区。《汉书·地理志》云："本吴粤（越）与楚接比，数相并兼，故民俗略同。"也证明了吴越在和楚相互征战兼并的同时，楚文化与江南文化交融的事实。阖闾重用楚国的伍子胥、齐国的孙武，吴人言偃（子游）北上齐鲁，师从孔子，成为孔门较有成就的弟子[②]；越王勾践重用楚国的范蠡、文种，都是在这一文化交融的大背景之下发生的。

秦统一中国以后，采取彻底的文化统一政策，并大规模地移民江南。秦汉时期，强势的大一统的中原文化冲击着各区域文化，吴、越与其他地区的人民的相互迁移也使得这一时期吴、越的文化个性被中原文化所掩盖，但也

---

① 关于"让国"已经有学者提出怀疑，认为其实质应该是太伯在周王室内部政治斗争失败后被迫南下荆蛮。见虞友谦.吴文化传统之政治解读[J].东南文化（南京），2001（7）.

② 司马迁.史记·卷67 仲尼弟子列传第七[M].北京：中华书局，1959.

正是中原文化这时的强势影响，使江南文化得到了新的充实与整合。

另外，还可以从佛教在江南的传播说明江南文化的开放性。佛教作为一种异域文化，在东汉末年传入中土以后，在江南传播尤为迅速。东吴时孙权在召见高僧康僧会后，"大加服，即为建塔，以始有佛寺，故号建初寺，因名其地为佛陀里。由是江左大法遂兴"①。佛教在江南的影响和势力很快就与北方分庭抗礼。到了东晋南朝，随着政治中心的南移，江南佛教流播更广。宫廷与民间普遍流行这种新的文化，江南名刹众多，信佛者日众。至唐代江南更是禅僧云集，禅宗在此迅速流播。由此即可看到江南文化对外来文化的自觉吸收与融合而呈现的开放性包容性特征。

东汉以后，江南文化优势开始逐渐建立。后来许多著名江南人物的祖先都是此时从北方迁移到江南的，如王充在其《论衡·自纪篇》中提到自己的祖先为北方魏郡人，因战功被封于会稽阳亭，后代即定居于会稽。再如会稽士族贺氏，《三国志·贺齐传》注引虞预《晋书》云："贺氏本姓庆氏，齐伯父纯，儒学有重名。汉安帝时，为侍中江夏太守，去官。与江夏黄琼、汉中杨厚俱公车征，避安帝父孝德皇帝讳，改为贺氏。"据曹道衡先生研究，庆氏为西汉庆普之后，为沛人，显然会稽贺氏也是从淮河地区迁移到江南的。②三国时期孙权的许多重要官员将领来自北方，如鲁肃、吕蒙、张昭、张纮、周泰等。永嘉、安史之乱中，江南广泛接纳北方士人与北方文化，也能说明这一点。

唐代安史之乱及中唐中原藩镇相互争战时期，大量北方士人避乱江南，江南本土居民对待其中的富有才学的文士往往钦佩有加，而且许多江南子弟跟从这些南来的文士学习游历。比如，华阴道士吴筠、大诗人李白及冀州文士孔巢父隐居越州时"诗篇酬和，逍遥泉石"，江南人多从之③。举家迁居苏州的弘农杨凭、杨凝、杨凌三兄弟有文名，吴人因而非常尊崇他们。权德舆在《兵部郎中杨君集序》中云："君讳凝，字懋功。孝弟纯懿，中和特立。早岁违难于江湖间，与伯氏嗣仁，叔氏恭履，修天爵，振儒行。东吴贤士大夫号为'三杨'。"④博陵崔翰避乱江南，"通儒书，作五字句诗，敦行孝悌，诙谐纵谑，

---

① 梁慧皎.高僧传·卷一 康僧会传[M].北京：中华书局，1992.
② 曹道衡.南朝文学与北朝文学研究[M].南京：江苏古籍出版社1999：96.
③ 权德舆.吴尊师传[M]//董诰，等.全唐文·卷五○八[M].上海：上海古籍出版社，1990.
④ 董诰，等.全唐文·卷四八九[M].上海：上海古籍出版社，1990.

卓诡不羁，友善饮酒，江南人士多从之游"①。殷怦迁居吴郡，因其"善属文，弱冠游太学，籍甚于公卿间"，故而其子云"吴中士大夫得从府君游者，乡党以为荣"②。

江南沿海在唐代还是对外交流的重要口岸，唐僧鉴真东渡日本的出海港即在越州。来华日僧空海（遍照金刚）于元和元年春离开长安，经越州出海回国，在越州曾谒见华严和尚神秀，得其赠送的佛教典籍。据《宋史》卷四九一《日本国传》："桓武天皇，遣藤元葛野与空海大师及延历寺僧澄入唐。诣天台山传智者正观义，当元和元年也。"空海又向越州官方请求赐予各类典籍带回国内，并作《与越州节度使求内外经书启》，索书范围包括"三教之中经律论疏传记，乃至诗赋碑铭卜医，五明所摄之教，可以发蒙济物者"。从后来空海的文章考察，越州刺史满足了他的要求。据王利器先生研究，空海此次从越州所得书籍，卷数达二百五十多卷③。越州文士朱千乘、朱少端、郑壬、昙靖、鸿渐等人还作诗送之，圣贤《广传》引《杂英集》即载有朱千乘《送日本国三藏空海上人朝宗我唐兼贡方物而归海诗叙》及朱少瑞《送空海上人朝谒后归日本国》诗歌④。

江南士人乐意与外来之文士交往相处并向他们学习，广泛的对外交流易于使人视野开阔并接受异域文化。江南文化开放性的特征由来已久。

四、江南文化具有突出的崇文特征，社会普遍崇尚文教，重视文化教育

江南自然条件优越，物产丰富，一经大规模开发很快即成为富饶之地。司马迁《史记·货殖列传》云：吴地"有海盐之饶，章山之铜，三江五湖之利"。班固《汉书·食货志》则称："吴以诸侯，即山铸钱，富埒天子。"正因此，东晋以后汉族政权南迁江南后的开发，使江南经济实力迅速增强。在此基础上，文教日益兴盛。永嘉北方士人的大量南渡，更从外部促使江南文化

---

① 韩愈.崔评事墓志铭[M]//马其昶.韩昌黎文集校注·卷六.上海：上海古籍出版社，1986.
② 冯宿.殷公家庙碑[M]//董诰，等.全唐文·卷六二四.上海：上海古籍出版社，1990.
③ 王利器.文镜秘府论校注[M].北京：中国社科出版社，1983.
④ 王利器《文镜秘府论校注》附录三《唐人赠诗》载朱千乘《送日本国三藏空海上人朝宗我唐兼贡方物而归海诗叙》及另外四位诗人的诗歌共计5篇。

快速发展。东晋以后江南士族多以文才相尚,《梁书·江淹传》载:"近世取人,多由文史。"武力强宗逐渐向文化立族过渡,江南很快成为当时汉民族的文化中心。唐人对此多有论及,刘知几云:"自晋咸、洛不守,龟鼎南迁,江左为礼乐之乡,金陵实图书之府。"①李华称衢州:"俗尚文学,有古遗风。"②陶翰说得很直接:"长江之南,世有词人。"③一直到宋代此论犹存,北宋沈立《金陵记》记载金陵士风:"其人士习王谢之遗风,以文章取功名者甚众。"④朱长文《吴郡图经续志》卷上"风俗"条评价吴郡之风俗:"盖朱买臣、陆机、顾野王之徒,显名于历代,而人尚文。"这种概括也完全适用于整个江南的情况。

东晋南朝统治者对文教的提倡也是形成崇文状况的重要因素。定都江南的统治者往往很重视文教事业,对江南文学的发展起到了强力推动作用。南朝帝王爱好文学者甚多,对待文士的态度与北朝统治者不一样。裴子野《雕虫论》云:南朝统治者"每有祯祥,及幸宴集,辄陈诗展义,且以命朝臣,其戎士武夫,则托请不暇,困于课限,或买以应诏焉。于是天下向风,人自藻饰,雕虫之艺,盛于时矣"。梁武帝萧衍、昭明太子萧统、简文帝萧纲、梁元帝萧绎都才华横溢,能诗能文。他们广泛接纳文士,频繁进行文学活动。史载:"自中原沸腾,五马南渡,缀文之士,无乏于时。降及梁朝,其流弥盛。盖由时主儒雅,笃好文章,故才秀之士,焕乎俱集。"⑤梁高祖"每所御幸,辄命群臣赋诗,其文善者,赐以金帛,诣阙庭而献赋颂者,或引见焉"⑥。梁代君臣爱好文学对江南文化传统的改变起到了直接的作用。《隋书·经籍志》云:"梁武敦悦诗书,下化其上,四境之内,家有文史。""家有文史"的记载不免夸大,但梁朝君臣对待文学的态度确实对社会风气的转变有着巨大的作用,这是毫无疑问的。

东晋南朝世家大族拥有政治与文化双重优势,使得他们的内部出现众多文学艺术之士,甚至代代相传,出现众多文学艺术世家。江南地区一时文学、

---

① 刘知几.史通·内篇·言语[M].沈阳:辽宁教育出版社,1997.
② 李华.衢州刺史厅壁记[M].董诰,等.全唐文·卷三一六.上海:上海古籍出版社,1990.
③ 陶翰.送惠上人还江东序[M]//李昉,等.文苑英华·卷七二〇.北京:中华书局,1966.
④ 周应合.景定建康志·卷四二[M].宋元方志丛刊本.北京:中华书局,1990.
⑤ 李延寿.南史·文学传序[M].北京:中华书局,1975.
⑥ 姚思廉.梁书·文学传序[M].北京:中华书局,1973.

书法、绘画人才辈出。刘师培即指出:"江左以来,其文学之士,大抵出于世族。"① 同时江南出现了大量的职业化文士,他们往往聚集在王室、权臣周围,形成影响很大的文学创作集团。如东晋桓温幕下聚集了袁乔、孙盛、习凿齿、袁宏、王珣、顾恺之等人;梁昭明太子萧统门下集聚了一批诗人、赋家;简文帝萧纲在东宫时,雅好文学,网罗了许多著名诗人,兴起宫体诗的创作热潮。《南史》卷四九《刘峻传》载:"梁武帝招文学之士,有高才者,多被引进,擢以不次。……武帝每集文士策经史事,范云、沈约之徒,皆引短推长。"他们不仅著述丰富,且热爱文学创作,梁武帝君臣对其时文学繁荣起到引领作用。

东晋、南朝时期,江南公学、家学发达,世家大族藏书、读书风气盛行。学校的建立加速了文化的传播,也促进了民风的转变。朝廷与私人兴建学校蔚然成风,其中以都城建康最为突出。比如,东晋王导、戴邈请兴学校,遂建太学;范宁用自己的俸禄在馀杭等地兴办学校,生徒达一千多人②。宋元嘉时立国学,南齐也承前朝之制建国学;梁代天监年间,设置五经博士开馆授学,每馆生员数百,"怀经负笈者,云会京师"③。与此同时,南朝私学也十分兴盛,而且都得到朝廷的支持。比如:东晋末年隐居庐山的周续之,入宋后被刘裕召至建康,"为开馆东郭外,招聚生徒"授学④。元嘉十五年,朝廷征召雷次宗于京师鸡笼山开馆授学,"聚徒教授,置生百余人"⑤。元嘉间何尚之为丹阳尹,聚生徒授玄学,东海徐秀,庐江何昙、黄回,颍川荀子华,太原孙宗昌、王延秀,鲁郡孔惠宣等皆慕名来学,时称南学⑥。南齐时吴苞在建康蒋山建馆授学⑦,臧荣绪隐居京口教授学徒⑧。诸葛璩"性勤于诲诱,后生就学者日至,居宅狭陋无以容之。太守张友为起讲舍……旦夕讲诵不辍"⑨。江南南朝时崇文尚学之风可见一斑。与此同时江南出现了很多藏书家。南齐吴兴沈

---

① 刘师培.中国中古文学史讲义,文载李妙根编.刘师培论学论政[M].上海:复旦大学出版社,1990.
② 房玄龄,等.晋书·卷七五 范汪传[M].北京:中华书局,1974.
③ 姚思廉.梁书·卷四八[M].北京:中华书局,1973.
④ 沈约.宋书·卷九三[M].北京:中华书局,1974.
⑤ 沈约.宋书·卷九三[M].北京:中华书局,1974.
⑥ 沈约.宋书·卷六六[M].北京:中华书局,1974.
⑦ 齐书·高逸传
⑧ 萧子显.南齐书·卷五四[M].北京:中华书局,1972.
⑨ 姚思廉.梁书·卷五一[M].北京:中华书局,1973.

麟士酷好坟典,"隐居余不吴差山,讲经教授,从学士数十百人,各营屋宇,依止其侧,时为之语曰:吴差山中有贤士,开门教授居成市。……守操终老,读书不倦。遭火烧书数千卷"[①]。梁代山阴孔休源"聚书盈七千卷,手自校治"[②]。吴郡陆澄藏书万余卷,其子陆少玄与好友张率"尽读其书"[③]。吴兴沈约"好坟典,聚书至二万卷,京师莫比"[④]。

东晋南朝江南崇文尚学的风气,对后来的江南社会产生了持久深入的影响。初唐洛阳张通"晚节好学,招请名流,特玩班书,泛涉诸史,缮缃编而满箧,集青汗而盈架。……门多贵木,席子有胜宾。至于两馆词人,三吴彦士,粉署含香之侣,石室藏书之寮,莫不咸得缔交,俱来接赏"[⑤],可见此时人们心目中三吴地区即为盛产文人之地。晚唐苏州徐修矩"守世书万卷,悠游自适",皮日休任职苏州时曾经向其借书数千卷[⑥]。徐氏非世家大族,而藏书万卷,唐代苏州崇文风气可见一斑。顾况《湖州刺史厅壁记》历述晋以来担任湖州地方长官的风流儒雅之士,字里行间充满了对江南深厚人文传统的赞叹:

> 江表大郡,吴兴为一。……其冠簪之盛,汉晋以来,敌天下三分之一。……其鸿名大德,在晋则顾府君秘,秘子众,陆玩、陆纳、谢安、谢万、王羲之、坦之、献之,在宋则谢庄、张永、储彦回,在齐则王僧虔,在梁则柳恽、张谡,在陈则吴明彻,在隋在李德林。国朝则周择从,令闻也;颜鲁公,忠烈也;袁给事高,谠正也;刘员外全白,文翰也。[⑦]

吴兴人物兴盛代代相继,这应该是魏晋以来整个江南文化崇文倾向的缩影。

---

① 李延寿. 南史·卷七六 隐逸传[M]. 北京:中华书局,1975.
② 姚思廉. 梁书·卷三六本传[M]. 北京:中华书局,1973.
③ 李延寿. 南史·卷三一[M]. 北京:中华书局,1975.
④ 李延寿. 南史·卷一三[M]. 北京:中华书局,1975.
⑤ 吴树平,等. 隋唐五代墓志汇编·洛阳卷·第六册[M]. 天津:天津古籍出版社,1989.
⑥ 皮日休. 二游诗序[M]// 彭定求,等. 全唐诗·卷六〇九. 北京:中华书局,1960.
⑦ 董诰,等. 全唐文·卷五二九[M]. 上海:上海古籍出版社,1990.

第二章
唐代江南文化发展的经济与社会背景

第一节 唐代江南经济繁荣与古代经济重心南移

东晋以前华夏经济与文化的中心一直在黄河中下游地区,华北一带的经济、文化发展水平都超过了南方。几个著名的古都如长安、洛阳、开封、临淄等,均在黄河及其最大的支流渭河河谷地区和山东地区。关中、山东是全国最先进的地区。秦汉时中国的人口、物产绝大部分集中于这些地区。《史记·货殖列传》载:"关中之地,于天下三分之一,而人众不过什三,然量其富,什居其六。"淮河与长江以南地区则为蛮荒之地,所谓"楚越之地,地广人稀,饭稻羹鱼,或火耕水耨"。可见长江流域及以南地区生产力落后,生活条件简陋,江南自然也不例外。

中国经济文化中心在东晋南朝以后,开始了一个较为漫长的南移过程。明清之际的王夫之看到了中国长期以来区域文化特性的嬗变以及文化中心的转移现象,即所谓地气南徙:"吴楚闽越汉以前夷也,而今为文教之薮。""齐晋燕赵,唐隋以前之中夏也,而今之椎钝骛戾者,十九而抱禽心矣。"在解释其成因时,他认为乃因"天地之气衰旺,彼此迭相异也"[1];又因"天地有迁流之运"[2]。他把区域经济文化状况的变化,归结于天地之气当然是错误的。促成这种转移的关键还是社会与人的因素,其中战争与动乱的影响更为直接。永

---

[1] 王夫之.思问录·外篇[M].北京:中华书局,1956.
[2] 王夫之.读通鉴论·卷二六[M].北京:中华书局,1975.

嘉之乱、安史之乱、靖康之难,就是促成经济文化重心南迁的重要因素之一,陈正祥先生称之为"逼使文化中心南迁的三次大波澜"[1]。学术界对这个过程的完成时间还有着争论。同时我们也看到,经济和文化的发展也并不同步,文化的发展自然要晚于经济的发展。陈正祥先生认为,经济中心的南移始于东晋南朝,在初盛唐时期南方超过了北方。文化中心的南移,则要到北宋末才最终完成。这一看法大体是正确的,唐代江南经济有了巨大发展,在深度与广度上要大大超过前代,从盛唐开始江南经济即能与北方经济相抗衡。但是,在文化上,我们认为虽然江南总体超过北方要等到宋代,但并不排除东晋以后局部阶段南方超过北方,如南朝的文化,中晚唐五代的江南文化其实都明显超过北方。

一、唐代以前江南的经济发展状况

唐代以前,黄河中下游平原一直是中国最重要的经济区和经济重心之所在。这里集中了全国大部分的人口,大部分的财富亦生产、集中于此。江南在汉代以前社会经济发展还是比较落后的,《吴越春秋·阖闾内传第四》中阖闾云:"吾国僻远,顾在东南之地,险阻润湿,又有江海之害。君无守御,民无所依,仓库不设,田畴不垦。"[2]《越绝书》卷第十二载越王勾践在听取富邦强兵之策时感叹越国"地狭民少"[3]。

但是从东汉末年开始,北方经济因战乱灾荒出现了几次衰退。汉末北方群雄纷争,导致"白骨露于野,千里无鸡鸣"的凄惨景象;西晋末,中原再乱,"百姓流亡,中原萧条,千里无烟"[4]。十六国和北朝时期政权频繁更替,征战不断,严重影响着北方经济的发展。与此相对的是,江南从孙吴到南朝社会动荡较少,加上北方中原居民大规模地向南方迁移,经济发展速度大大快于北方。孙吴时期"江南沃野千里"[5],建业、丹阳、会稽等地区已经有了很好的

---

[1] 陈正祥.中国文化地理[M].北京:生活·读书·新知三联书店,1983.
[2] 周生春.吴越春秋辑校汇考[M].上海:上海古籍出版社,1997.
[3] 袁康,吴平辑录,乐祖谋点校.越绝书[M].上海:上海古籍出版社,1985.
[4] 房玄龄,等.晋书·卷一〇九 前燕慕容皝载记[M].北京:中华书局,1974.
[5] 陈寿.三国志·卷五四[M].北京:中华书局,1982.

发展，建业一带"其四野则畛畷无数，膏腴兼倍"①。不过在很长一段时间内，中国经济文化中心还是在北方，南方的实力还难与北方抗衡。三国时期，魏国最为强大，邺、洛阳是当时的文化中心，故其最终消灭蜀、吴，统一中国。即使是西晋初期，在北方人的眼中，南方甚至不值一提，"吴楚之民，脆弱寡能，英才大贤，不出其土；比技量力，不足与中国抗衡"②。江南得到开发的地区主要集中在建业、丹阳郡、会稽郡等较小的范围。西晋后期，新开发的地区才逐步扩大到宣城、东阳、临海等地。

到永嘉之乱晋室南迁以后，江南经济进入一个快速发展阶段，这时中原人民亦大量南迁，带动了南方地区的开发。据郑学檬研究，自永嘉到元嘉年间，北方人口迁移到南方的共计约90万，其中"江苏的江南部分及浙江的北部为最多，约三十余万"③，也就是说部分江南地区集中了南迁人口的三分之一。晋宋间，南方的经济文化又有了进一步的发展，《晋书·食货志》记载东南地区到东晋末，"天下无事，时和年丰，百姓乐业，谷帛殷阜，几乎家给人足矣"。《宋书》卷五四载：

> 江南之为国，盛矣。虽南包象浦，西括邛山，至于外奉贡赋，内充府实，止于荆、扬二州。……自元熙十一年司马休之外奔，至于元嘉末，三十有九载，兵车勿用，民不外劳，役宽务简，氓庶繁息，至余粮栖亩，户不夜扃，盖东西之极盛也。既扬部分析，境极江南，考之汉域，惟丹阳会稽而已。自晋氏迁流，迄于太元之世，百许年中，无风尘之警，区域之内，晏如也。及孙恩寇乱，歼亡事极，自此以至大明之季，年逾六纪，民户繁育，将曩时一矣。地广野丰，民勤本业，一岁或稔，则数郡忘饥。会土带海傍湖，良畴亦数十万顷，膏腴上地，亩直一金，鄠、杜之间，不能比也。荆城跨南楚之富，扬部有全吴之沃，鱼盐杞梓之利，充仞八方；丝绵布帛之饶，覆衣天下。

---

① 左思.吴都赋[M]//萧统.文选·卷五.李善注.北京：中华书局,1986.
② 袁准.献言于曹爽宜捐淮汉已南[M]//严可均.全上古三代秦汉三国六朝文·全晋文·卷五四.北京：中华书局,1958.
③ 郑学檬.中国古代经济重心南移和唐宋江南经济研究[M].长沙：岳麓书社，1996：9.

这里的江南是广义的江南，指荆州、扬州等汉水、长江中下游南方地区，而扬州则指长江下游以丹阳与会稽为主的地区，实际上就是本书所讨论的江南区域。由此可见东晋南朝江南经济开发所取得的成就。

隋时太湖周围地区的经济已经甚为可观了，《隋书》卷三一《地理志》载："宣城、毗陵、吴郡、会稽、馀杭、东阳，其俗亦同。然数郡山川沃衍，有海陆之饶，珍异所聚，故商贾并凑。"大运河的开通将太湖沿岸的常州、苏州、湖州及南面的杭州、睦州、西北的润州等地连成一片，构成了以太湖为中心的经济区，并且与淮南经济区联系，最终促进了该地区的经济发展。不过隋朝立国甚短，加之隋文帝一开始采取对江南的高压政策，江南地区百姓起义不断，使得隋朝江南的发展受到限制。

总之，东晋南朝以来江南的开发已经取得了较大的进步，基本上改变了汉代以前落后蛮荒的面貌，但是，江南内部地区间发展仍很不平衡。全国经济的重心总体上还在北方，正如郑学檬所云："六朝的南方，四百年间，赖自然资源丰富和江河湖泊与海上交通之利，社会相对安定，经济发展起点低，又得北方劳动力南徙之助，经济发展比北方快，然其经济基础薄弱，仅属局部开发，还不可轻言其经济发展水平和实力超过北方。""（北方）维持着总体上高于南方的经济水平和经济实力。"①

二、唐代江南经济发展状况

（一）经济的发展与人口的增加

唐朝建立以后，江南经济步入了新的快速发展的时期，一方面，江南有着得天独厚的自然条件，这里大部分地区为平原，小部分是山地、丘陵，土地肥沃，气候湿润温暖。植被良好，物产丰富。江南作为水乡泽国有着众多的湖泊，其间大小水道河汊纵横密布，水生资源极其丰富，交通运输也很便利，非常适合农业开发。另一方面，江南在唐代整体上是安定的，只是经历了几次相对较小的动乱，主要有天宝末永王李璘之乱，上元初刘展之乱，宝应初袁晁浙东叛乱，永泰元年方清之乱。总的来看，这些战乱时间很短，危

---

① 郑学檬.中国古代经济重心南移和唐宋江南经济研究[M].长沙：岳麓书社，1996.

害规模远远不及北方的战乱，社会的安定和平为经济发展提供了良好的条件。

另外江南地方官员非常重视水利建设，为农业生产提供了基础和保证，像润州丹阳练塘，永泰间疏浚后，"幅员四十里，菰蒲菱芡之多，龟鱼鳖蜃之生，厌饫江淮，膏润数州。其傍大族强家，泄流为田，专利上腴，亩收倍钟，富剧淫衍"①。据《新唐书》卷四一注文，常州武进"有孟渎，引江水南注通漕，溉田四千顷，元和八年刺史因故渠开"。无锡"南五里有泰伯渎，东连蠡湖，亦元和八年孟简所开"。苏州海盐"有古泾三百一，长庆之令李谔开，以御水旱"；又"西北六十里有汉塘，大和七年开"。湖州乌程"东百二十三里有官池，元和中刺史范传正开。东南二十五里有凌波塘，宝历中刺史崔玄亮开。北二里有蒲帆塘，刺史杨汉工开"。武康"有西湖，溉田三千顷，其后堙废，贞元十三年，刺史于頔复之，人赖其利"。安吉"北三十里有邸阁池，北十七里有石鼓堰，引天目山水溉田百顷"。杭州，据《新唐书》卷19白居易，长庆二年白为杭州刺史，"始筑堤钱塘湖，钟洩其水，溉田千顷"。钱塘"南五里有沙河塘，咸通二年刺史崔彦曾开"。馀杭北三里有北湖，"溉田千余顷"。富阳"北十四里有阳陂湖，贞观十二年令郝某开。南六十步有堤，登封元年令李濬时筑，东自海，西至于苋浦，以捍水患。贞元七年，令郑早又增修之"。

越州会稽"有防海塘，自上虞江抵山阴百余里，以畜水溉田"。山阴"北三十里有越王山堰，贞元元年，观察使皇甫政凿山以畜洩水利，又东北二十里作朱储斗门。北五里有新河，西北十里有运道塘，皆元和十年观察使孟简开"。诸暨"有湖塘，天宝中令郭密之筑，溉田二十余顷"。上虞"有任屿湖，宝历二年令金尧恭置，溉田二百顷"。明州"南二里有小江湖，溉田八百顷，开元中令王元纬置，民立祠祀之。东二十五里有西湖，溉田五百顷，天宝二年令陆南金开广之。西十二里有广德湖，溉田四百顷，贞元九年，刺史任侗因故迹增修。西南四十里有仲夏堰，溉田数千顷，大和六年刺史于季友筑"。②宣州宣城"东十六里有德政陂，引渠溉田二百顷，大历二年观察使陈少游置"。南陵"有大农陂，溉田千顷，元和四年，宁国令范某因废陂置，为

---

① 李华.润州丹阳县复练塘颂并序[M]//董诰，等.全唐文·卷三一四.上海：上海古籍出版社，1990.
② 欧阳修.新唐书·卷四一[M].北京：中华书局，1975：1058-1062.

石堰三百步,水所及者六十里。有永丰陂,在青衣江中,咸通五年置"。① 这些水利设施的修建,大大提高了江南农业的发展水平,对江南整体经济的发展起到了极其重要的作用。

1. 初盛唐江南的经济发展

根据翁俊雄先生的研究,唐建国不久江南地道区的人口比隋大业年间有了显著的增加,幅度达128%。而其中,由东向西成递减之势。江南道范围内属于本书江南范围地区的人口增加最多。以下是这时期江南几个州的人口密度(单位:平方千米):杭州18.97,润州16.05,常州13.17,湖州11.86,婺州10.81,越州8.63,睦州7.31,宣州是3.05,苏州、台州、歙州在3左右。

可见江南重要州郡的人口密度是比较高的。而天宝年间,江南东道的人口密集程度仅次于河北、河南,而居全国第三位了。江南几个主要州的人口密度有了很大的提高:润州83,常州81,婺州67,杭州72,越州57。②

显然初盛唐期间江南地区户数与人口数有了大幅度的增加。据《旧唐书·地理志》的资料统计,由唐初到天宝的一百多年间,全唐户数平均增加了200%,人口平均增加了312%。同期江南地区的户数平均增加了415.4%,人口则平均增加了499.2%,两项指标均远远超过全国平均指标。江南内部户数与人口增长最快的是润州、常州、苏州、台州、睦州、歙州和宣州。李吉甫《元和郡县图志》记载了元和年间润州、常州、苏州、湖州等地的户口数比《新唐书·地理志》记载的开元年间的数量少了很多。郑学檬先生在解释其原因时指出,中唐间江南的在籍户口减少的趋势背后,所隐藏着的是人口由农业部门向航运、手工业、商业转移的动向③,这恰恰表明江南社会经济的新的发展和大的进步。

从初盛唐间江南地区行政区划的变动,也可看出江南经济的快速发展。据《旧唐书》《新唐书》二书地理志载,江南在初盛唐时增设了四州,即温州、衢州、明州和池州。从太宗到玄宗时期,增设县达四十二个。其中高宗朝增设九个,则天朝增设十八个,玄宗朝增设十个。这表明贞观之治以后以及开元之治间,江南社会、经济的迅速发展带来人口的增加。人口增加使得江南

---

① 欧阳修.新唐书·卷四一[M].北京:中华书局,1975:1066.
② 翁俊雄.唐初政区与人口[M].北京:北京师范大学出版社,1990.
③ 郑学檬.中国古代经济重心南移和唐宋江南经济研究[M].长沙:岳麓书社,1996.

自然环境优越的条件得以充分发挥，粮食生产及手工业生产得到发展。早在高祖武德六年，唐朝廷即"运江淮之米，以实洛阳"，这是江南经济发展的重要表现。

初盛唐江南经济加速发展，经济上南北均势被打破，南方已经逐渐赶上并开始有超过北方的趋势。

2. 中晚唐江南经济的发展

安史之乱的爆发，深刻地推动着中国经济文化南移的进程。安史之乱中朝廷所能有效管辖的地区主要是关中及淮南、江南东西、剑南、山南、岭南道等地区，其中只有江南东西道的两浙地区、剑南道的西川地区比较富庶，朝廷之财赋主要依仗江淮地区，"方今用兵，财赋为急，财赋所产，江淮居多"①。江南的地位迅速上升，甚至有人提出迁都金陵的建议②。随着江南经济的迅速发展，社会财富不断增加，中唐以后唐朝廷的财政收入更是主要仰仗江南，所谓"军国费用，取资江淮"③。典籍中对此记载甚多，比如：

  天宝以后，中原释耒，辇越而衣，漕吴而食。④

  凡东南邑郡无不通水，故天下货利，舟楫居多。转载使岁运米二百万石输关中，皆自通济渠入河而至也。⑤

  三江五湖，贡输红粒，云帆桂楫，输纳帝乡。⑥

  浙右之疆，包流山川，控带六州，天下之盛府也。国之盈虚于是乎在。⑦

  今天下以江淮为国命，杭州户十万，税钱五十万。⑧

---

① 司马光. 资治通鉴·卷二一八 至德元载 [M]. 北京：中华书局，1956.
② 李白. 为宋中丞请都金陵表 [M]// 李太白集·卷二六，王琦注 [M]. 北京：中华书局，1977.
③ 董诰，等. 全唐文·卷六三 [M]. 上海：上海古籍出版社，1990.
④ 吕温. 故太子少保赠尚书左仆射京兆府君神道碑 [M]// 董诰，等. 全唐文·卷六三〇. 上海：上海古籍出版社，1990.
⑤ 李肇. 唐国史补·卷下 [M]. 上海：上海古籍出版社，1979.
⑥ 刘昫，等. 旧唐书·卷一二三 刘晏传 [M]. 北京：中华书局，1975.
⑦ 李观. 浙西观察判官厅壁记 [M]// 董诰，等. 全唐文·卷五三四. 上海：上海古籍出版社，1990.
⑧ 杜牧. 上宰相求杭州启 [M]// 董诰，等. 全唐文·卷七五三. 上海：上海古籍出版社，1990.

第二章 唐代江南文化发展的经济与社会背景

赋出天下而江南居十九。①

江东诸州……赋取所资，漕挽所出，军国大计，仰于江淮。②

唐宪宗元和十四年七月上尊号时下敕书：天宝以后，戎事方殷，两河宿兵，户赋不加，军国费用，取资江淮。③

以上材料中的"江淮""东南""江南"地区中，两浙——也就是本书讨论的江南地区是朝廷最主要的财赋来源。李伯重指出"唐代中后期国家赋入，主要部分是来自江南七州，所谓'天下以江淮为国命'，实际很大程度上乃是以江南七州为国命"④。其江南七州是指浙东浙西的苏州、常州、润州、湖州、杭州、越州、明州，即本书所论江南的主要部分。杜牧称"三吴者国用半在焉"⑤，据《元和郡县图志》卷二五，三吴为吴郡、吴兴、丹阳，就是江南太湖一带。李吉甫《元和国计簿》称："每岁县赋入倚办，止于浙西、浙东、宣歙、淮南、江西、鄂岳、福建、湖南等八道。"德宗时期，宰相李泌让王纬去浙西担任观察使，德宗问其为何不将王纬留在朝廷任给事中，李泌云："浙西赋入尤剧，纬清而忠，能惠养民，故遣之。"⑥可见安史之乱后浙东、浙西地区在当时的重要地位，直接关系着唐朝廷的命运。《资治通鉴》卷二三二记载了这样一条材料：贞元二年"关中仓廪竭，……上忧之甚。会韩滉运米三万斛至陕，李泌即奏之，上喜遽至东宫，谓太子曰：'米已至陕，吾父子得生矣。'"德宗因东南漕粮运至京而喜不自禁，江南财赋之重要、江南财力在维持国家统一与安全方面所发挥的作用可见一斑。正如王夫之《读通鉴论》所云：安史之乱后，唐各藩镇相继为乱，"而唐终不倾者，东南之为根本也"。陈寅恪先生《唐代政治史述论稿》更精辟指出安史之乱后李唐王朝得以继续维持，"除文化势力外，仅恃东南八道财赋之供给"，"仰东南财赋以存亡"，等到黄巢起义

---

① 韩愈.送陆歙州诗序[M]// 马其昶.韩昌黎文集校注·卷四.上海：上海古籍出版社，1986.
② 权德舆.论淮江水灾上疏[M]// 董诰，等.全唐文·卷四八六.上海：上海古籍出版社，1990.
③ 董诰，等.全唐文·卷63[M].上海：上海古籍出版社，1990.
④ 李伯重.唐代江南农业的发展[M].北京：农业出版社，1990：281.
⑤ 杜牧.唐故银青光禄大夫……赠吏部尚书崔公行状[M]// 董诰，等.全唐文·卷七五六.上海：上海古籍出版社，1990.
⑥ 欧阳修.新唐书·卷一五九王纬传[M].北京：中华书局，1975.

将东南区域经济几乎全加破坏,大唐帝国遂告灭亡①。

另外,我们从江南地区州县等级的变化,也可看出江南经济地位上升的情况。唐代根据各个地区的战略位置、户口、自然条件与社会发展状况等差异,将州县划分为不同的等级。如州分府、辅州、雄州、望州、紧州、上州、中州、下州;县分赤、次赤、畿、次畿、望、紧、上、中、中下、下。根据《唐六典·户部》的记载,唐前期(天宝以前),有三府、四辅州、六雄州、十望州,全部在北方黄河流域。县中的赤县、次赤县、畿县也全在京兆、河南、太原等地,"在唐前期85个望县中,关内、河南、河北、河东等北方四道有65个,占总数的3/4,山南、江南、剑南等南方四道有20个,只占总数的1/4"②。

但到了唐代后期情况就不同了。据《新唐书·地理志》大历十三年,苏州因人口的增加、社会经济的大发展,升为雄州。越州则为中都督府。润州、宣州、越州、常州四州升为望州。此外的湖州、杭州、睦州、明州、衢州、括州、婺州、温州、台州、歙州、池州全部为上州。唐代后期新增加的望县江南道最多,"唐后期江南道的望县数量的增长以及有上县的数量均居全国之首"③。而据我们的统计,唐后期江南东西道共有望县32个,其中江南地区就有26个,占了总数的81.2%。换句话说,江南地区望县及上县的数量冠于整个江南道。

再看江南内部县的等级构成情况,我们据《新唐书·地理志》编制了《唐代江南地区各州县等级表》(参见下表),由表中可见,中晚唐江南16州共计94县,其中望县26,占总数的27.6%;紧县24,占总数的25.5%;上县36,占总数的38.2%;中县6,占总数的6.3%;中下县2,占总数的2.1%;没有下县。中县和中下县主要集中在括州(中县2)、歙州(中下县2)、池州(中县2)。这些材料也充分说明了中唐以后江南地区社会经济的快速发展状况。

---

① 陈寅恪.唐代政治史述论稿:上篇[M].上海:上海古籍出版社,1997:20.
② 翁俊雄.唐代的州县等级制度[J].北京师范学院学报,1991(1).
③ 翁俊雄.唐代的州县等级制度[J].北京师范学院学报,1991(1).

唐代江南地区州县等级

州级			县级				
中都督府	雄州	上州	望县	紧县	上县	中县	中下县
		润州	丹徒 曲阿 句容 江宁	金坛 延陵			
		常州	晋陵 武进 无锡 江阴	义兴			
	苏州		吴县 嘉兴 昆山 长州	常熟 海盐	华亭		
		湖州	乌程 长城	安吉	武康 德清		
		杭州	钱塘 馀杭	盐官 临安 富阳 于潜	新城	唐山（紫溪）	
		睦州		桐庐	清溪 寿昌 分水 建德 遂安		
越州			会稽 诸暨 剡县	山阴 余姚 萧山（永兴）	上虞		
		明州			鄮县 奉化 慈溪	象山	
		衢州	信安	龙丘	须江 常山		
		处州（括州）			缙云 松阳 遂昌 丽水	龙泉 青田	
		婺州	金华 东阳 永康	义乌 兰溪	武成 浦阳		
		温州			永嘉 安固 横乐 城阳		
		台州	临海		黄岩 乐安 宁海 唐兴		
		宣州	宣城 南陵	当涂 泾县 广德 宁国 溧阳	旌德 太平 溧水		

续表

州级			县级				
		歙州		歙县	休宁 黟县 婺源		绩溪 祁门
		池州		秋浦	青阳	石埭 至德	
1	1	14	26	24	36	6	2

正因此，我们看到唐代许多诗人笔下的江南粮田千顷、稻花飘香。白居易在苏州所作《九日宴集醉题郡楼兼呈周殷二判官》称："江南九月未摇落，柳青蒲绿稻穗香。"①苏州诗人殷尧藩《寄许浑秀才》称："秋稼连千顷，春花醉几场。"《喜雨》称："浙东飞雨过江来，一元和气归中正。千里稻花应秀色，酒樽风月醉亭台。"《送客游吴》亦云："吴国水中央，波涛白茫茫。衣逢梅雨渍，船入稻花香。"②皮日休《太湖诗·崦里》云："崦里何幽奇，膏腴二十顷。风吹稻花香，直过龟山顶。"③这些作品无不形象地描绘了中晚唐时期江南丰收富饶的景象。

中晚唐时期许多官僚、士人在江南购置产业，也说明江南社会经济迅速发展后，对士人具有越来越大的吸引力。《唐语林》卷七载：池州李宽与其兄桂林大夫"同营别业于金陵，甲第之盛，冠于邑下"。山阳人孙泰，中和间以二十万钱置别墅于阳羡④；江南军使苏建雄"有别墅在毗陵，恒使傔人李诚，来往检视"⑤。杜牧曾经以在京任职难以养家上书朝廷，请求至杭州任职。《樊川文集》卷十六《上宰相求杭州启》云："某前任刺史七年，给弟妹衣食有余……今秋已来，弟妹频以寒馁来告。某一院家累亦四十口，狗为朱马，缊作由袍，其于妻儿，固宜穷饿。是作刺史则一家骨肉四处皆泰，为京官则一家骨肉四处皆困。"此启作于大中三年，次年诗人又有《上宰相求湖州启》，

---

① 白居易集·卷二一.
② 殷尧藩诗均见 彭定求，等.全唐诗·卷四九二[M].北京：中华书局,1960.
③ 彭定求，等.全唐诗·卷六一〇[M].北京：中华书局,1960.
④ 李昉，等.太平广记·卷一一七 孙泰[M].北京：中华书局,1961.
⑤ 李昉，等.太平广记·卷三九五 李诚[M].北京：中华书局,1961.

还是请求到江南名郡任职。这让我们从一个侧面看到此时江南在士人心中的具体地位。

五代时期,统治江南的主要是吴、南唐和吴越政权。浙西地区属吴和南唐,浙东则属吴越国。唐代末年江南虽然也经历了战乱的破坏,但因这里建立的割据政权延续时间都很长,吴和南唐加起来85年,吴越则达86年,相对于北方政权的频繁更替,江南的混乱形势得以较快地结束,后来也没有遇到像中原晋、汉等政权所经历的大战乱和严重的自然灾害,生产与社会生活得以慢慢恢复。江南割据朝廷的统治者都相继采取了一系列让人民休养生息的政策,同时还推行一些招纳人才的措施,如杨行密在吴"招抚流散,轻徭薄敛,未及数年,公私富庶,几复承平之旧"①。李昇建南唐代吴,鼓励农业发展,使江南经济进一步恢复并向前发展。钱镠建立吴越国后,更是停止征伐,恢复生产,保全国力,所谓"偃息兵戈,四境粗安耕织"②。他还制定了更加宽简的农业政策,"屡蠲逋租,永为定式""荒田任开,不起税额"③。又加强水利工程的建设,兴建海塘、疏浚西湖、开发太湖沿岸低洼土地。这一系列措施的实行使吴越国社会稳定,经济繁荣不亚于唐代。

(二)江南的城市发展

随着唐代江南经济的进步,江南城市也有了空前的发展。润州、常州、宣州、越州、苏州、杭州、金陵等都是唐朝廷重要的中心城市,此外还有一些新发展起来的城市,如初唐的台州、温州、衢州,盛唐的明州,中唐的池州等。唐代江南城市的经济实力远远超过前代。

1. 润州

润州位于大运河和长江的汇合点上,是隋唐的交通枢纽,漕运的重要中转站,为东南地区粮食和物资的集散地。《隋书》卷三一《地理志》云:"京口东连吴会,南接江湖,西连都邑,亦一都会也。"中唐以后它又是浙西观察使的治所,常衮称其为"三吴都会,有盐井铜山,有豪门大贾,利之所聚"④;李

---

① 司马光.资治通鉴·卷二五九 昭宗景福元年[M].北京:中华书局,1956.
② 吴任臣.十国春秋·卷七八[M].四库全书本.
③ 钱俨.吴越备史·吴越州考[M].四库全书本.
④ 常衮.授李栖筠浙西观察使制[M]//董诰,等.全唐文·卷四一三.上海:上海古籍出版社,1990.

德裕则称其"水国逾千里,风帆过万艘"①。

2. 常州

常州在江南的城市中地位也非常重要,崔佑甫称"当全吴之中,据名城沃土,兵兴之后,中华翦覆,吴中州府此焉称大"②。梁肃云:"常州为江左大郡,兵食之所资,财赋之所出,公家之所给,岁以万计。"③李华谓:"当楚越之襟束,居三吴之高爽,其地恒稳,故有嘉称,领五县,版图十余万,望高地剧,此关外名邦。"④贞元三年孙会为常州刺史,其兄孙成任苏州刺史,兄弟同时刺守江南重镇,一时传为佳话,时任道州刺守的李萼撰《二孙邻郡诗》赞美孙氏二人在江南的德政。梁肃《贺苏常二孙使君邻郡诗序》形容二孙治下的常州、苏州:"面五湖赋大江,列城十二县,环池二千里。政教同和,风雨同节,礼让同俗,熙熙然有太平之风。"⑤

3. 苏州

苏州是江南地区最发达的城市,白居易称"浙右列郡,吴郡为大,地广人庶"⑥;又云"杭土丽且康,苏民富且庶"⑦;"况当今国用多出江南,江南诸州,苏为最大。兵数不少,税额至多"⑧。元锡则认为"东吴繁剧,首冠江淮"⑨。宋范成大云:"唐时,苏之繁雄固为浙右第一矣。"⑩龚明之亦云:"姑苏自刘、白、韦为太守时,风物雄丽,为东南之冠。"⑪

4. 湖州

湖州的发展也令人瞩目,顾况《湖州刺史厅壁记》云:"江表大郡,吴兴为一。……其野星纪,其薮具区,其贡橘柚、纤缟、茶、纻,其英灵所诞,

---

① 李德裕.述梦诗[M]//彭定求,等.全唐诗·卷四七五.北京:中华书局,1960.
② 崔佑甫.故常州刺史独孤公神道碑铭[M]//董诰,等.全唐文·卷四〇九.上海:上海古籍出版社,1990.
③ 梁肃云.独孤公行状[M]//董诰,等.全唐文·卷五二二.上海:上海古籍出版社,1990.
④ 李华.常州刺史厅壁记[M]//董诰,等.全唐文·卷三一六.上海:上海古籍出版社,1990.
⑤ 董诰,等.全唐文·卷五一八[M].上海:上海古籍出版社,1990.
⑥ 白居易.张正甫苏州刺史制[M]//白居易全集·卷五五.上海:上海古籍出版社,1999.
⑦ 白居易.和三月三十日四十韵[M]//彭定求,等.全唐诗·卷四四五.北京:中华书局,1960.
⑧ 白居易.苏州刺史谢上表[M]//白居易全集·卷六八.上海:上海古籍出版社,1999.
⑨ 元锡.苏州刺史谢上表[M]//董诰,等.全唐文·卷六九三.上海:上海古籍出版社,1990.
⑩ 范成大.吴郡志·卷五〇 杂志[M].陆振岳校点.南京:江苏古籍出版社,1999.
⑪ 龚明之.中吴纪闻·卷六[M].四库全书本.

山泽所通，舟车所会，物土所产，雄于楚越。虽临淄之富不若也。"①大历初韦泛客游吴兴，维舟兴国佛寺之水岸，当时正是正月十五望夜，当地"士女繁会"，热闹非凡②。

5. 杭州

白居易《卢元辅除杭州刺史制》称："江南列郡，馀杭为大。"其商业与水上运输极为繁荣，李华谓："东南名郡……咽喉吴越，势雄江海，国家阜成兆人，户口日增……水牵卉服，陆控山夷，骈樯二十里，开肆三万室。"③我们还可以从杭州元宵灯会的情况了解当时的繁荣，唐代民俗重元宵，两京及其他重要城市均有非常盛大的灯会。白居易《正月十五日夜月》咏杭州元宵："岁熟人心乐，朝游复夜游。春风来海上，明月在江头。灯火家家市，笙歌处处楼。无妨思帝里，不合厌杭州。"谭其骧先生认为唐代杭州社会与经济发展成就有如下几个方面：海上贸易的开辟、居民饮水问题的解决、农田水利的兴建和西湖风景的播扬④。杭州在中唐以前是不及苏州的，宋王明清《玉照新志》也有记载："杭州在唐，繁雄不及姑苏、会稽二郡，因钱氏建国始盛。"⑤但经过中唐的发展，尤其是白居易等著名人士的诗文赞扬后，杭州名声越来越大，逐渐与苏州比肩。唐末五代时两浙在钱氏的保据下免遭战争的破坏，杭州"当舟辐凑之会，是江湖冲要之津"⑥，更是一跃成为江南最繁盛的城市，所谓"轻勤秀丽，东南为甲，富兼华夷，馀杭又为甲，百事繁庶，地上天宫也"⑦，几乎就是人间天堂。另外，钱塘江两岸，在唐代以前，常常是分属两个政区，春秋时为吴国和越国，秦汉时为吴郡和会稽郡，中唐后为浙西道和浙东道。浙西的都会在苏州，浙东的都会在越州。五代时吴越钱氏兼有两浙后，杭州占据了政治地理中心的位置，自然成为"东南第一州"。

6. 越州

越州是唐代东南地区的繁华都会。杜牧云越州"西界浙河，东奄左海，

---

① 董诰，等.全唐文·卷五二九[M].上海：上海古籍出版社，1990.
② 李昉，等.太平广记·卷一四九[M].北京：中华书局，1961.
③ 李华.杭州刺史厅壁记[M]//董诰，等.全唐文·卷三一六.上海：上海古籍出版社，1990.
④ 谭其骧.杭州都市发展之经过[M]//谭其骧.长水集[M].北京：人民文学出版社，1987.
⑤ 王明清.玉照新志·卷五，汪新森、朱菊如校点[M].上海：上海古籍出版社，1991.
⑥ 钱镠.镇东军墙隍神庙记[M]//董诰，等.全唐文·卷一三〇.上海：上海古籍出版社，1990.
⑦ 陶谷.清异录·卷上"地上天宫"条[M].北京：中华书局,1991.

机杼耕稼，提封七州。其间茧税鱼盐，衣食半天下"①。《旧唐书》地理志载：武德年间越州户数为25890，人口124010。据《元和郡县图志》卷26载，盛唐时期的开元年间越州户数则增加到107645，乡210，并引《宋略》云"会稽山阴，编户三万，号为天下繁剧"②。另据《旧唐书》地理志，越州人口529589人。文人描写越州繁盛之诗文甚多，比如，杜甫《壮游》有"越女天下白，鉴湖五月凉"之名句。孙逖《送裴参军充大税使序》："会稽郡者，海之西镇，国之东门，都会蕃育，膏肆兼倍。"③崔元翰《判曹食堂壁记》云："越州号为中府，连帅治所，监六郡督诸军。视其馆谷之冲，广轮之度，则弥地竟海重山阻江，铜盐材竹之货殖，舟车包筐之委输，固已被四方而盈二都矣。"④元稹《再酬复言和夸州宅》诗："会稽天下本无俦，任取苏杭作辈流。"⑤白居易《和微之春日投简阳明洞天五十韵》："越国强仍大，稽城高且孤。利饶盐煮海，名胜水澄湖。牛斗天垂象，台明地展图。瑰奇填市井，佳丽溢闉阇。"⑥刘禹锡《酬浙东李侍郎越州春晚即事长句》："越中蔼蔼繁华地，秦望峰前禹穴西。"⑦

7. 宣州

宣州至盛唐时已较为繁盛，天宝间李白从弟宣州长史李昭称："宣州自古为名邑上郡，星分牛斗，地控荆吴，为天下之心腹，实江南之奥壤。既有山川之胜，又兼海陆之丰。永嘉以后，衣冠避难，多来江左。六朝文物，举于斯邑，至今余风犹存，虽闾巷之间，吟咏不辍。宣城为郡治所，据山为城，枕水为邑，山为陵阳，水为宛溪。……北望敬亭崛起于川原之中，横峙若屏障，连绵三十里，尤为一郡之雄秀。此高人逸士所必仰止而快登也！"⑧李白则赞美宣州"鱼盐满市井，布帛如云烟"⑨。中唐时元稹又称"宣城重地，较缗

---

① 杜牧.李讷除浙东观察使兼御史大夫制[M]//董诰,等.全唐文·卷七四八.上海：上海古籍出版社，1990.
② 李吉甫.元和郡县图志[M].北京：中华书局，1983.
③ 董诰,等.全唐文·卷三一二[M].上海：上海古籍出版社，1990.
④ 董诰,等.全唐文·卷五二三[M].上海：上海古籍出版社，1990.
⑤ 元稹.元稹集·外集卷第七续补一,[M].冀勤点校.北京：中华书局,1982.
⑥ 白居易.白居易全集·卷二六[M].上海：上海古籍出版社，1999.
⑦ 刘禹锡.刘禹锡集·卷三六[M].卞孝萱校订.北京：中华书局,1990.
⑧ 黎晨,李默纂修.宁国府志[M]//天一阁藏明代方志选刊.上海：上海古籍书店，1981.
⑨ 李白.赠宣城宇文太守兼呈崔侍御[M]//瞿蜕园,朱金城.李白集校注·卷一二.上海：上海古籍出版社,1980.

之数，岁不下百余万"①。因交通的便利和物产的丰富，其经济文化发展迅速，大历年间成为重要的商业城市，"通商鬻货，万货云从；闸道都会，敦儒泮宫"②。晚唐诗人杜牧称宣州"赋多口众，最于江南"③；唐末沈颜云其"实为奥区，凡厥贡之盛，厥土之饶，则古所良也"④，经济繁荣兴盛是可以想见的。

(三) 江南的手工业和商业

与唐代江南的人口、城市等发展相联系的是其手工业与商业的发展。

江南的手工业发展最突出的是纺织业尤其是丝织业的繁荣。唐以前丝绸主要产于河北、河南及蜀，正如严耕望所云："吴于江南为开发最早之地，经六朝之经营，一般工业当不在北国之下，惟迄隋之统一，吴之丝织业，似尚不能与大河南北相抗衡。"但到了开元时，江南的丝织和绫罗均成为特贡产品，技巧和质量都已经超过北方。⑤《旧唐书》卷一〇五载天宝元年三月韦坚开广运潭，运输物资到长安，以数百舟船陈列各地特产，其中"丹阳郡船，即京口绫衫段。晋陵郡船，即折造官端绫绣。会稽郡船，即铜器、罗、吴绫、绛纱。……吴郡，即三破糯米、方丈绫……"越州手工业发达，尤其是丝织、造纸、制瓷等。盛唐时期，会稽郡生产的丝织品就有罗、吴绫、绛纱等，均充贡品。会稽与吴郡等地的丝织品均已是著名手工业产品。据李肇《唐国史补》云"初，越人不工机杼，薛兼训为江东节制，乃募军中未有室者，厚给货币，密令北地娶织妇以归。岁得数百人。由是越俗大化，竞添花样绫纱，妙称江左矣"⑥。薛兼训肃宗宝应中自殿中监兼御史中丞授越州刺史、浙东节度使。丁忧免。后加御史大夫，再知越州。安史之乱间及其后，北方织妇大量嫁到越州，大大提高了丝织业的质量。同时因为北方移民的影响，安史之乱后，越州丝织业快速发展，《元和郡县图志》卷二十六载，越州"自贞元之后，凡贡之外，别进异文吴绫，及花鼓歇单丝吴绫、吴朱纱等纤丽之物，凡数十

---

① 元稹.授卢萼监察里行宣州判官制[M]//董诰，等.全唐文·卷六四八.上海：上海古籍出版社，1990.
② 阙名.大唐宣州刺史薛公去思碑[M]//董诰，等.全唐文·卷九九〇.上海：上海古籍出版社，1990.
③ 杜牧.宣州观察使御使大夫韦公墓志铭[M]//董诰，等.全唐文·卷七五五.上海：上海古籍出版社，1990.
④ 沈颜.宣州重建小厅记[M]//董诰，等.全唐文·卷八六八.上海：上海古籍出版社，1990.
⑤ 严耕望.唐代纺织工业之地理分布[M]//唐史研究丛稿.香港：新亚研究所出版社，1969.
⑥ 李肇.唐国史补·卷下[M].四库全书本.

品"①。而中唐以后，因中原战乱，北方丝织业衰落，朝廷所需丝织品均取自于蜀和江南。《旧唐书》卷一七四载李德裕任浙西观察使期间，朝廷派往浙西的"征贡之使，道路相继"，"又诏进可幅盘条缭绫一千匹"。说明了安史之乱以后江南丝织业超过北方的状况。而到晚唐五代时，江南丝绸纺织更是空前发展，正如罗隐所云"蜀桑万亩，吴蚕万机"②。

除丝织业外，江南的茶叶、盐业、竹编、酿酒、造纸、制瓷等手工业也有大的发展，在此基础上，商业活动十分发达，《唐国史补》卷下云："凡东南郡邑，无不通水，天下货利舟楫居多。"并出现了特有的商业与娱乐集市——草市。张籍诗《江南曲》云："江南人家多橘树，吴姬舟上织白纻。……江村亥日长为市，落帆度桥来浦里。……长江日午酤春酒，高高酒旗悬江口。倡楼两岸悬水栅，夜唱竹枝留北客。"③白居易诗《望亭驿酬别周判官》："灯火穿村市，笙歌上驿楼。何言五十里，已不属苏州。"④《东楼南望八韵》："鱼盐聚为市，烟火起成村。"杜牧《上李太尉论劫江贼》亦称"凡江淮草市，尽近水际，富室大户，多居其间"⑤。

总之，江南经济在唐代都处在一个快速发展的阶段，尤其是中唐以后实力更加突出。不过江南地区内部各地区之间的发展是有差距、不平衡的。环太湖及钱塘江两岸地区最发达。最南端的地区因多山地、地理位置偏远，相对要落后一些。整个江南地区经济社会发展水平呈现了梯级格局，北部最高，西部中部居中，南部稍次。

第二节 唐后期江南的三次北方移民浪潮

从魏晋到唐代，中国北方爆发了几次大规模的战乱，致使大量人口南迁。其结果是促进了长江流域的开发以及经济文化的发展，使南方特别是江南经

---

① 李吉甫.元和郡县图志[M].北京：中华书局，1983.
② 罗隐.市赋[M]//董诰，等.全唐文·卷八九四.上海：上海古籍出版社，1990.
③ 彭定求，等.全唐诗·卷一九[M].北京：中华书局，1960.
④ 白居易.白居易全集·卷二四[M].上海：上海古籍出版社，1999.
⑤ 董诰，等.全唐文·卷七五一[M].上海：上海古籍出版社，1990.

济文化的地位不断上升。这期间比较大规模的移民主要集中于永嘉之乱和安史之乱时期。唐代安史之乱以后大量中原士人与百姓南迁江南,这是中国经济与人口历史上的重要事件,对江南的经济文化产生了重要影响。

一、安史之乱期间江南的北方移民

唐朝建立后的一百多年时间里,社会经济得到了极大的发展,国力强盛,经济繁荣。但到天宝间唐玄宗晚年贪图逸乐,失去了早年励精图治的精神,宠信胡人安禄山。岑仲勉《隋唐史》卷二十七云:"禄山本出身市侩,复加以玄宗不次超擢,宠任无间,遂欲效法王世充而作统治汉土之计。"安禄山于天宝十四载十一月在范阳反叛,"自燕以下十七州,皆东北蕃诸降胡散处幽州、营州界内,以州名羁縻之,无所役属,安禄山之乱,一切驱之为寇,遂扰中原"①。这场空前动乱到肃宗宝应二年才被勉强平定,成为唐朝由盛而衰的转折点。

安史之乱使中原的河南、河北、关中等富庶地区陷入旷日持久的战乱之中,经济遭到极大的破坏。《旧唐书》卷一二〇《郭子仪传》记载:"宫室焚烧,十不存一,百曹荒废,曾无尺椽。中间畿内,不满千户,井邑榛棘,豺狼所嗥。"在这种情形下,百姓士人大规模逃往相对安定的南方。北方移民的去向是江南、淮南、山南东道、江南西道等地区,其中主要是江南和淮南,多分布在钱塘江以北诸州和钱塘江以南的越州等江南地区。周振鹤先生认为,安史之乱引发的南下移民浪潮分三道波痕:"第一道涌得最远,达到湘南、岭南、闽南等地,第二道集中于长江沿线的苏南浙北、皖南赣北、鄂南湘西北一带,第三道则停留在淮南江北、鄂北和川中地区。"其中间一道也就是江南地区,集中了最多的移民。②此次江南地区移民主要集中在苏州、润州、常州、杭州、越州、金陵以及宣州、歙州、池州等地。

关于此时的江南移民,唐代典籍尤其是文人诗文中保留了大量有关记载。李白《为宋中丞请都金陵表》称:"今自河之北,为胡所凌;自河之南,孤城四垒。……天下衣冠士庶,避地东吴,永嘉南迁,未盛于此。"③其《永王东巡

---

① 刘昫,等.旧唐书·卷三九[M].北京:中华书局,1975.
② 周振鹤.唐代安史之乱和北方人民的南迁[M]//中华文史论丛(二、三期合刊).上海:上海古籍出版社,1987.
③ 瞿蜕园,朱金城.李白集校注·卷二六[M].上海:上海古籍出版社,1980.

歌》亦云："三川北虏乱如麻，四海南奔似永嘉。"① 梁肃《吴县令厅壁记》载："国家当上元之际，中夏多难，衣冠南避，寓于兹土，参编户之一。"② 皇甫冉《送李录事赴饶州》云："北人南去雪纷纷，雁叫汀沙不可闻。"③ 于邵《河南于氏家谱后序》称："洎天宝末……中原失守，族类逃难，不南驰吴越，则北走沙朔，或转死沟壑。"④ 李白屡屡将安史之乱中中原人民逃难与晋永嘉之乱对比，可见其规模之大，范围之广。

二、中唐藩镇叛乱期间的北方移民

安史之乱后唐王朝国力开始走下坡路，可谓一蹶不振。更严重的是安史之乱酿下中晚唐的藩镇之祸，从此中原不再太平，各藩镇节度挟兵自重，战乱相继。对生产力造成很大的破坏，同时政府与藩镇沉重的赋税，都继续迫使人民流亡。大历十一年，汴宋军乱，汴将李灵耀反叛。建中二年起，唐朝廷经历了征讨成德军节度使李惟岳、魏博节度使田悦、襄阳节度使梁崇义，李希烈、朱滔、王武俊叛唐，朱泚占领长安称帝等一系列的战乱，直至贞元二年才渐渐平息。另外，建中元年朝廷实行两税法，均田农民处境进一步恶化，"以轻重不一的旧额为定额，势必造成'旧重之处'民户流向'旧轻之乡'"⑤。所以，两税法的推行也导致了程度不等的移民现象。此类移民主要去向是"山南东道、淮南道、江南东西道、剑南道以及岭南道"，与"安史之乱后民户迁徙的方向大体一致"，其中移民江南东道的主要集中于润州、苏州、杭州和越州等地。⑥

动乱中北方大量的文士也和民众一起避乱江南，从而形成中唐非常突出的文化现象，白居易、韩愈建中年间为躲避两河地区战乱相继流落江南就是最典型的例子。关于中唐北方士人避乱江南的问题我们将在第九章专门讨论。

---

① 瞿蜕园，朱金城. 李白集校注·卷八 [M]. 上海：上海古籍出版社，1980.
② 董诰，等. 全唐文·卷五一九 [M]. 上海：上海古籍出版社，1990.
③ 彭定求，等. 全唐诗·卷二四九 [M]. 北京：中华书局，1960.
④ 李昉，等. 文苑英华·卷七三七 [M]. 北京：中华书局，1966.
⑤ 翁俊雄. 唐后期民户大迁徙与两税法 [J]. 历史研究（京），1994（3）.
⑥ 翁俊雄. 唐后期民户大迁徙与两税法 [J]. 历史研究（京），1994（3）.

三、唐代末年的北方移民

晚唐五代之际，黄巢起义加上军阀混战，使北方长期陷入战火，"唐季之乱，四方豪杰与京都士族往往避地江湖"①，新的移民浪潮也就不可避免了。著名作家韦庄黄巢乱时正在长安应举，后逃离长安至洛阳，作长篇叙事诗《秦妇吟》。诗末有"适闻有客金陵至，见说江南风景异"和"避难却为阙下人，怀安却羡江南鬼"之句，明显流露了南迁江南之意。韦庄又有《避地越中作》《婺州屏居……》《东阳赠别》等诗，可知韦庄此后在江南润州、婺州等之地避乱的经历，具体时间在中和三年龙纪元年间，②其词《菩萨蛮》（人人尽说江南好）就是此时在江南游历思乡之作。不过，此时移民去向更多集中于皖南的池州、歙州，据王象之《舆地纪胜》卷二二载："五代之际，衣冠士族避难于此，皆获免焉。"据嘉庆《宁国府志》卷31"人物流寓条"，"吕从庆、字世膺，河南人，避黄巢乱，与弟从善隐歙之竭田，后从庆入旌德万山中。……作诗有吾亦陶彭泽之句，卒年九十有七"。③罗愿《新安志》卷一《风俗》亦云："黄巢之乱，中原衣冠避地保于此，后或去或留，俗益向风雅。"④避难到歙州的百姓士人主要居住于地势广衺的黄墩一带，《新安志》卷三《水源》载："黄墩地广衍，黄巢之乱，中原衣冠避地者有相与保于此，及事定留居新安，或稍散之旁郡。"移居到会稽的难民也有类似情况，杜氏家族本京兆人，"五季之乱，南渡至会稽，乐其风土，因居焉"⑤。说明许多从北方来的士民因留恋江南良好自然与人文环境，从此定居此地。罗愿"俗益向风雅"的记述，则说明了北方移民对皖南民风雅化的良好促进作用。

当然，我们在探讨北方移民对江南经济与文化发展促进作用的同时，也要对其作用的深度做恰如其分的评价，不能过分地夸大其影响力。北方移民只是促进江南经济与文化发展诸多力量中的一种，是充分条件，而非必要条件。正如汪篯先生所指出的：将唐后期江南经济发展的原因归于大量北方人口南移，是不准确的。并认为"唐代江南经济的发展是由自身发展规律所决

---

① 苏颂.龙图阁直学士知成都府李公墓志铭[M].苏魏公文集·卷五五.文渊阁四库全书本.
② 傅璇琮.唐才子传校笺·卷十 韦庄条[M].北京：中华书局,1990.
③ 宣城市地方志办公室.宁国府志[M].扬州：扬州广陵古籍刻印社, 2006.
④ 罗愿.新安志[M].《宋元方志丛刊》本.北京：中华书局, 1990.
⑤ 李光.杜府君墓志铭[M]//李光.庄简集·卷一八.文渊阁四库全书本.

定的，与接受北方先进的生产方式有关"①。我们既要看到安史之乱后，南北方人口的比例有了重大改变，南方人口在总体上开始超过北方，但又不能把南方人口的增长看成是北人南迁的结果。一个显著的事实是：早在天宝元年时，江南道的人口数量已经跃居全国的第二位了。另外我们还要看到，安史之乱之后北方南迁者以士人即衣冠之士为多，而且乱定以后很多人又重新回到北方。这与晋永嘉南迁，士族带着大量的百姓南迁并最终定居于南方不一样。安史之乱后南方在人口上确立了对北方的优势，是南方经济长期发展的结果，是经济重心南移的反映。

唐代北方人民南迁江南的文化意义要大于经济意义，江南在战乱中大量接受北方移民，保存了中原地区的文化精英，移民又对江南地区的社会风尚的雅化起到直接影响，因而对江南文化的发展起到了良好的促进作用。大量文士集中江南，倡导诗文创作，直接带来了中唐江南文学的繁荣，也使得江南文化的转型进一步深入。在此基础上，江南在唐代相当长的时间里，"成为一个与京城并立的文化中心"②。同时，战乱移民还加强了江南传统文化在唐代文化中的影响，提高了其地位。比如许多北方作家深受江南文化的熏陶，中晚唐时期齐梁文学再度成为作家学习模仿的对象，这些都影响了中晚唐文学的面貌与发展。

第三节 江南普通家族士人力量的崛起

唐代前期，文化中心在北方的长安、洛阳。随着江南经济的发展，尤其是唐代经济重心的逐渐南移，安史之乱以后，江南成为两京之外的另一个文化中心。经济重心南移的影响是多方面的，它带来了江南文化的进一步发展。政治上，中唐以后，江南庶族地主力量不断上升，并日益谋求在朝廷权力中心的发展。王叔文、王伾领导的永贞革新，实际上反映了南方庶族地主集团的政治要求，虽然他们很快失败，但这却是一个重要标志：长期以来北方政

---

① 汪篯. 汉唐史论稿[M]. 北京：北京大学出版社，1992：180.
② 查屏球. 唐学与唐诗：第一章[M]. 北京：商务印书馆，2000：12.

治力量主宰政权的状况开始改变。

江南世家大族在经历了魏晋南北朝时期的辉煌之后,隋唐之际就开始逐渐衰落。其社会政治上的优势地位逐渐丧失,慢慢沦为普通家族①。隋灭陈后,"江南士人,悉播迁入京师"②,大量江南贵族被迫迁往北方长安。离开了故土的根基,江南世家大族势力受到很大打击。隋文帝一吞并江南即强制推行北方的制度,如改变南朝原有的行政区划,撤换南方地方长官,推行户籍制度、灌输北方统治者的意识形态等。推行这些政策的目无非是要提高中央集权,削弱南方世家大族势力,改变江南世族垄断乡村的社会基础。③这自然会激起江南大族的不满与反抗,正如司马光所评:"江表自东晋已来,刑法疏缓,世族凌驾寒门;平陈之后,牧民者尽更变之。苏威复作《五教》,使民无长幼悉诵之,士民嗟怨。"④文帝开皇十年(590)、炀帝大业九年(613),江南地区出现的反隋动乱,世家大族人士多有响应,可见文帝时期江南大族在政治上是受到压制的。另外,当时中央朝廷六部尚书以上官职中,以两京地区的官员为主,江南士人只能在学术领域占有一席之地。

隋炀帝登基后,出于政治与个人的原因,才开始重用南方人士,如吴郡陆知命,会稽虞世基、虞绰,丹阳耿询,吴兴姚察等。因此到唐建国之时,江东世家大族才得以保持了较雄厚的地方势力基础。⑤唐初,朝廷虽然采取关中本位政策,依赖关陇集团,但江南大族仍然有许多人在朝廷中担任要职,如太宗时越州虞世南官居秘书监,杭州褚遂良、许敬宗任宰相;高宗时苏州陆敦信,则天时吴兴沈君谅,宣州史务滋,苏州陆元方、顾琮,中宗朝润州桓彦范,睿宗时苏州陆象先等,均曾任职宰相。唐太宗时期,江南世族子弟在儒学、文学等方面多显赫者,因而颇受重用。元代胡三省曾论及这一现象:"唐太宗以武定祸乱,出入行间与之俱者,皆西北骁勇之士。至天下既定,精选弘文学士,日夕与之议论商榷者,皆东南儒生也。"⑥这些地位显赫的江南儒

---

① 方北辰.魏晋南朝江东世家大族述论[M].台北:文津出版社,1991.
② 魏征.隋书·卷二一[M].北京:中华书局,1973.
③ 韩昇.南方复起与隋文帝江南政策的转变[J].北京:厦门大学学报,1998(2).
④ 司马光.资治通鉴·卷一七七 文帝开皇十年[M].北京:中华书局,1956.
⑤ 方北辰.魏晋南朝江东世家大族述论[M].台北:文津出版社,1991:139.
⑥ 司马光.资治通鉴·卷一九二 武德九年九月条注[M].北京:中华书局,1956.

学与文学之士有：苏州陆德明，秦王府文学馆学士、太学博士；朱子奢，弘文馆学士；张后胤，国子祭酒，散骑常侍；润州许叔牙，崇贤馆学士等。《唐五代墓志汇编》收录了一则卒于显庆四年的苏州士人陆绍的墓志，文称陆绍：

> 即吴郡之公子也。渐姁川之余润焉，紫气垂时，大夫见称于英彦；黄精降祉，太守标誉于神明。簪祖蝉联，屡传于芳绩；珪璋特达，每著于嘉声。……绍拜文德皇后挽郎，即拜韩王府兵曹参军，袭延陵县公。帝萼名蕃，皇枝望府，偶桂山之清宴；允属英寮，篚竹苑之良游。仍纡逸器，萧何旧爵，还承继绝之思。魏子新封，将延必复之庆。加以弋钓经籍，琴瑟文史，览风雅之奥，景慕复珪，窥道德之门。①

墓志对陆氏家族的描写不免夸饰，但从中我们仍然可以看出唐初这些江南世家大族的荣耀与自负。

到武则天时代，朝廷采取了压制世家大族的政策，使得江南传统世族的势力受到很大打击，垄断地位逐渐丧失。与之相对，因江南各地区社会经济的发展，新兴家族却不断增加。而科举制度的确立也从根本上改变了魏晋的选官制度，给广大新兴地主阶层提供了参与政治的机会。安史之乱以后世家大族的衰落速度加快，方北辰将《隋书》《新唐书》正传、附传中江东政治人物数量进行了统计对比，认为隋唐时期出自江南世家大族的政治人物，有73%产生于天宝之前，自此以后，数量大幅减少；与此相反，出自江南普通家族的政治人物，天宝前的比例不到百分之四十，此后的数量明显增多。天宝之前，出自江南世家大族的政治人物多于出自江南普通家族的政治人物；天宝之后，却是后者大大超过了前者，竟为前者的三倍多②。

显然，江南地区普通家族所出的政治人物，数量上已超过了江南世家大族所出的政治人物。唐代江南世家大族的衰落，早在宋代就有人注意到了，谈钥在《嘉泰吴兴志》中即称唐代江南"三百年间人物见于史册者，反不逮昔。

---

① 吴树平，等.唐五代墓志汇编·洛阳卷·第六册[M].天津：天津古籍出版社，1989.
② 方北辰.魏晋南朝江东世家大族述论[M].台北：文津出版社，1999：141.

盖唐都长安，东南人物之仕显者，率迁迩焉。岁久而为土著。如姚思廉、元崇，吴太常卿时之后也。谱系甚明"。《旧唐书》卷七三姚思廉本传载，姚为雍州万年人，其父姚察本为吴兴人，陈吏部尚书，入隋为太子内舍人、秘书丞。陈亡时，姚察即迁居关中，后遂为长安人。元崇，即开元名相姚崇。《新唐书》卷七四宰相世系表载，其先亦出自吴兴武康。谈钥说的这种现象，实际上就是江南世家大族在唐代的没落。隋唐之际南方士人被迫迁居北方固然是一个原因，但主要的还在于江南世家的力量在唐代下降了，所以正史中记载的江南人士当然较以前为少。

与此形成对比的是江南普通家族力量的崛起。唐代前期江南普通家族士人任宰相的只有高智周、刘祎之二人，而同期大族任宰相的却有六人，后期就倒过来了，世家大族有陆贽、张镒、陆希声、陆扆四人，普通家族有舒元舆、刘邺、蒋伸和王叔文、王伾（顺宗朝二王用事，权力与宰相无异）五人。顺宗朝永贞革新政治集团的核心是江南人士，二王、陆质、凌准为地道的吴人，另外刘禹锡、吕温均因父辈避乱、仕任江南而生长于此，刘在嘉兴，吕在浙西。柳宗元虽为北方人，但其父亲天宝末亦有避乱吴地经历，与江南有密切关系。永贞革新的思想基础为起于江南的春秋之学，啖助讲春秋之学于江南，赵匡、陆质传之。顺宗即位，陆质为给事中、皇太子侍读，为太子讲学。啖助之春秋学，采用公羊之义，认为春秋用二帝三王法，以夏为本，在中唐就有尊王权、反藩镇的现实意义。王伾、韦执宜变法，即用啖助之经义，以尊王攘夷为旨归。刘禹锡曾经与柳宗元、韩泰从施士匄听毛诗。[①]施士匄亦为吴人，精《春秋》之学。可见，中唐时期，江南普通士人集团的崛起及其参与朝廷政治的愿望。另外我们从《旧唐书》《新唐书》当中的列传记载的人物也可以看出，以唐玄宗天宝中为转折点，出自江南地区普通家族的人物在唐代中后期有较大幅度的增加，[②]也体现了其力量的上升。在这一背景之下，江南文化繁荣，涌现大批文士就是顺理成章的了。

盛唐以后，大量江南普通家族子弟出现于政治、学术、文学舞台。常州蒋子慎族、蒋乂族，湖州徐齐聃族、钱起族，苏州归崇敬族、沈既济族等都

---

① 王谠.唐语林·卷二[M].上海：上海古籍出版社，1978.
② 史念海.两《唐书》列传人物籍贯的地理分布[M]//尹达，等.纪念顾颉刚学术书中集.成都：巴蜀书社，1990.

是新崛起的江南普通家族的代表。他们其中许多人往往出身贫寒,最终通过个人的努力,勤奋为学而获得高位,取得突出成就。以下略举几例。

嘉兴徐岱"家世以农为业",是典型的普通地主家庭。岱勤苦好学,"于学无所不通,辩论明锐,座人常屈"①。大历间被刘晏荐为校书郎。贞元间出为水部郎中,充皇太子及舒王侍读,后为太常博士。

苏州归崇敬,祖、父均不显,少勤学,后以经业擢第。天宝末,在朝为史馆修撰,还"以家贫求外职"。其子归登,元和间为工部侍郎、兵部侍郎、工部尚书。归登之子归融,进士擢第。大和间为户部侍郎,开成间兼御史中丞,后为山南节度使。归融子仁晦、仁翰、仁宪、仁绍、仁泽均进士及第,"咸通中并至达官"②。

中唐著名诗人李绅,《云溪友议》卷上载:"李初贫,游无锡惠山寺,累以佛经为文稿,被主藏僧殴打,故终身憾焉。"李绅贫苦如此,可见其家庭地位之低微。后于元和间进士及第,穆宗朝为翰林学士,文宗朝为浙东观察使、淮南节度使,武宗时为中书侍郎。

晚唐刘三复,润州句容人,名臣刘邺之父。《唐语林》载其"少贫苦,有才学"。又据《旧唐书》本传,其"聪敏绝人,幼善属文。少孤贫,母有废疾,三复丐食供奉,不离左右"。后得李德裕赏识提携,大和中为员外郎,会昌中为刑部侍郎、弘文馆学士。③

总之,随着经济重心逐渐南移与江南经济的快速发展,盛唐以后江南成为整个朝廷财赋的根本。江南经济力量的上升为其文化的发展奠定了重要的物质基础。与此相关,江南普通家族势力快速发展,出自这些家族的文士构成唐代江南文化与文学发展的中坚力量。安史之乱及其后的中原士人百姓大规模移民,促进了江南文化的繁荣与发展。江南最终成为除了长安、洛阳之外的又一个文化中心。

---

① 欧阳修. 新唐书·卷一六一本传 [M]. 北京:中华书局,1975.
② 刘昫,等. 旧唐书·卷一四九 [M]. 北京:中华书局,1975.
③ 刘昫,等. 旧唐书·卷一七七 [M]. 北京:中华书局,1975.

第三章

唐代江南籍诗人创作述论

第一节 唐五代时期江南籍诗人的创作实绩

江南是唐代文学创作的主要地区，江南诗人是唐诗人队伍中的重要力量。在唐诗发展的各个时期尤其是中晚唐，江南诗人均做出了重要贡献。从时间上看，初盛唐时期是江南诗歌创作的发展阶段，中晚唐则是繁荣兴盛阶段。从空间上看，江南诗人主要集中于环太湖、浙东及徽南等地。对于唐代江南文学的繁荣兴盛现象早有学者关注，比如宋末谢翱即称："唐代言诗在江东者，戴发运叔伦、许刺史浑、润人丘员外丹、丘庶子为、顾著作况、陆处士龟蒙。姑苏人孟先生郊、严处士恽、释子皎然。吴兴人骆宾王、张处士志和、僧贯休。金华人贺宾客知章。四明人严长史维、秦征君系、吴舍人融、僧澈，越人张处士祜，金陵人吴韵州武陵，广信人罗给事隐，新城人项少府斯，天台人薛补阙令之。……其他虽遗逸不可概举。"[①] 由于历史的原因，谢翱对所举诗人的占籍有一些是不准确的，但他注意到了唐代江南诗人众多的现象，这是非常重要的。

为弄清唐五代时期整个江南地区本土作家的创作情况，我们有必要对他们籍贯分布及现存诗作数量进行全面的清理统计。本书诗人之占籍均据陈尚君师之《唐代诗人占籍考》[②]，并参以周勋初主编《唐诗大辞典》[③]、周祖譔主编

---

① 谢翱.睦州诗派序[M]//晞发集·卷十.四库全书本.
② 陈尚君.唐代诗人占籍考[M]//唐代文学丛考.北京：中国社会科学出版社，1997.
③ 周勋初.唐诗大辞典[M].南京：江苏古籍出版社，1990.

《中国文学家大辞典·唐五代卷》[1]等研究成果。诗作之统计则以《全唐诗》《全唐诗补编》[2]所收作品为限，无作品存世者不计。州郡按照《新唐书》地理志三十一先后顺序排列。[3]

一、润州　丹阳郡（今江苏省镇江市）。计有46位诗人，存诗总数1658首74句

1. 丹徒　共计8人，存诗518首7句。

马怀素12首。申构堂2句。张众甫3首。权澈2首。权器4首。权德舆493首5句。权审2首。慧忠2首。

2. 曲阿（丹阳）　共计14人，存诗440首28句。

丁仙芝15首6句。蔡希逸1首4句。蔡希周1首。蔡希寂6首2句。谈戭1首2句。周瑀3首。张彦雄2句。张潮5首2句。张晕2首。陶翰18首。皇甫冉247首2句。皇甫曾53首。延寿88首8句。朱华1首。

3. 金坛　只戴叔伦1人，存诗301首7句。

4. 延陵　共计5人，存诗333首。

包融9首。包何19首。包佶39首。储光羲226首。储嗣宗40首。

5. 句容　共计7人，存诗18首24句。

沈如筠4首4句。殷遥5首2句。樊光1首2句。周元范2首8句。祝元膺3首8句。刘三复1首。刘邺2首。

6. 江宁　共计11人，存诗48首8句。

庾抱6首。玄逵1首。智威2首。余延寿3首。孙处玄2首4句。冷朝阳12首。戴偃1首4句。印崇粲1首。卢郢2首。朱存17首。徐熙1首。

二、常州　晋陵郡（毗陵郡，今江苏常州市）。计有30位诗人，存诗总数290首23句

1. 晋陵　共计5人，存诗9首3句。

---

[1] 周祖譔. 中国文学家大辞典·唐五代卷[M]. 北京：中华书局, 1992.
[2] 彭定求, 等. 全唐诗[M]. 北京：中华书局, 1979; 陈尚君. 全唐诗补编[M]. 北京：中华书局, 1992.
[3] 陈尚君的《唐代诗人占籍考》将歙州列入江南东道，查《新唐书》地理志歙州入江南西道，本书从《新唐书》。

义褒3首。高智周1句。刘祎之5首。吴丹1首。胡徽2句。

2. 武进　只宋维1人，存诗3首。

3. 义兴　共计7人，存诗48首2句。

薛登1首。许景先6首。蒋挺1首。蒋冽7首。蒋涣5首。蒋防13首2句。蒋佶15首

4. 无锡　共2人，存诗142首10句。

李绅141首10句。李虞1首。

5. 常州　共15人，存诗88首8句。

刘子翼2首。灵默1首。胡伯崇1首。郭郧1首。喻凫65首12句。慎氏1首。魏朴5首。谬独一2句。萧钧1首。萧嵩2首。萧华1首。萧仿2首。萧遘3首2句。萧祐（祜）2首。萧建1首。

三、苏州　吴郡（今江苏苏州市）。计有69位诗人，存诗总数1937首109句

1. 吴县　共30人，存诗902首39句。

陈子良13首2句。陆揩1首。朱子奢2首。董思恭20首。陆余庆子1首。陆海2首4句。陆长源3首4句。陆象先1首。陆翚1首6句。陆龟蒙626首15句。陆善经2首。陆涓1首。陆翱2首。陆希声22首。张旭10首。崔国辅41首。陈羽65首4句。曲信陵6首2句。归登1首。归氏子1首。归处讷5首。李观4首。陈谏1首。沈传师7首。沈询1首。裴夷直58首。谭铢2首。羊昭业1首。郑賨2句。沈颜2首。

2. 嘉兴　共11人，存诗160首9句。

丘为18首。丘丹13首。朱巨川3首。朱宿1首。陆瀍1首。陆贽3首3句。陆亘1首。殷尧藩87首6句。文喜2首。文偃30首。唐西雅1首。

3. 昆山　共2人，存诗2首。

张后胤1首。陶岘1首。

4. 海盐　共3人，存诗325首18句。

顾况244首20句[①]。顾非熊80首。屠瓌智1首。

---

① 彭定求，等.全唐诗·卷七九四录韩章、清昼和顾况合作的联句《送昼公联句》，其中标注顾况的为2句，计入其句。

5. 苏州　共23人，存诗548首41句。

朱佐日1首。孙翌1首。张諴2句。陈润11首6句。陆质1首。鉴空1首。戴察1首。张籍456首8句。张萧远3首9句。张聿7首。李谅2首。严休复2首1句。朱景玄16首2句。陆贞洞1首。顾在镕3首。杨发14首。杨乘5首。杨收4首。杨凝式5首3句。吴仁璧11首8句。崔庸1首。无作1首。范赞时1首。

四、湖州　吴兴郡（今浙江湖州）。计有29位诗人，存诗1723首23句

1. 乌程　只丘光庭1人，存诗7首。

2. 武康　共5人，存诗506首。

沈叔安2首。明解2首。姚发1首。姚康4首。孟郊497首。

3. 长城　共7人，存诗1098首5句。

陈叔达11首。陈商2句。皎然537首。钱起432首2句。钱徽1首2句。钱可复1首。钱珝116首。

4. 德清　只赞宁1人，存诗7首8句。

5. 湖州　共15人，存诗105首10句。

沈颂6首。沈千运5首。沈亚之27首2句。沈韬文1首。潘述12首。陆畅37首8句。陆肱1首。石贯1首。丘上卿1首。严惲1首。姚赞1首。吴党1首。自在7首。洪諲1首。令参3首。

五、杭州　馀杭郡（今浙江杭州市）。计有35位诗人，存诗871首49句

1. 钱塘　共计10人，存诗79首2句。

褚亮34首2句。褚遂良5首。褚琇1首。玄览1首。范燈2首。徐灵府3首。郑巢9首。朱冲和2首。洪寿1首。吴二娘1首。

2. 盐官　共4人，存诗9首。

许远1首。许玫1首。马湘5首。慧棱2首。

3. 馀杭　共5人，存诗180首1句。

朱君绪4首。金昌绪1首。罗邺156首1句。文益14首。延沼5首。

4. 临安 共11人，存诗54首10句。

钱镠20首6句。钱元瓘2首。钱元㺷1首。钱弘僔1首。钱弘佐2首。钱弘倧4首。钱弘俶2句。钱俶15首2句。钱信1首。钱昱3首。钱惟治5首。

5. 新城 共5人，存诗549首36句。

许敬宗48首1句。袁不约4首4句。罗隐495首31句。杜棱1首。杜建徽1首。

六、睦州 新定郡（今浙江建德）。计有18位诗人，存诗1093首140句

1. 清溪共计10人，存诗79首2共4人，存诗372首13句。

皇甫湜3首。皇甫松13首2句。方干355首11句。赵崇1首。①

2. 寿昌共计10人，存诗79首2只李频1人，存诗209首8句。

3. 桐庐共计10人，存诗79首2共4人，存诗157首65句。

章八元6首。章孝标75首40句。章碣26首1句。周朴50首24句。

4. 分水共计10人，存诗79首2共4人，存诗298首48句。

徐凝105首12句。施肩吾188首36句。何希尧4首。罗万象1首。

5. 睦州 共5人，存诗57首6句。

奚贾3首6句。孙颀2首。喻坦之19首。翁洮13首。许彬20首。

七、越州 会稽郡（今浙江绍兴）。计有30位诗人，存诗808首51句

1. 会稽 共8人，存诗117首30句。

孔德绍12首2句。陈允初11首。康造1首。秦系42首。清江21首2句。灵澈17首26句。罗珦1首。罗让2首。

2. 山阴 共5人，存诗391首14句。

孔绍安7首。贺敳1首。严维78首12句。澄观1首。吴融304首2句。

3. 诸暨 共3人，存诗40首。

陈寡言3首。良价36首。周镛1首。

4. 余姚 只虞世南1人，存诗32首。

---

① 张忱石点校.朗官石柱题名考·卷八，[M].北京：中华书局,1997年.

5. 剡县　共2人，存诗6首。

徐浩2首。叶简4首。

6. 永兴　只贺知章1人，存诗21首3句。

7. 越州　共10人，存诗201首4句。

万齐融4首。贺朝8首。朱庆馀177首。朱可名1首。庄南杰6首。范氏子4句。若耶溪女子1首。诸葛觉1首。遇臻1首。越溪杨女2首。

八、明州　余姚郡（今浙江宁波）。计有6位诗人，存诗48首

1. 奉化　共4人，存诗37首。

邢允中2首。宗亮4首。孙郃7首。契此24首。

2. 明州　共2人，存诗11首。

胡幽贞2首。吴商浩9首。

九、衢州　信安郡（今浙江衢州）。计有3位诗人，存诗14首2句

1. 龙丘　只徐安贞1人，存诗11首2句。

2. 须江　只大义1人，存诗2首。

3. 常山　只江景防1人，存诗1首。

十、处（括）州　缙云郡（今浙江丽水）。计有3位诗人，存诗176首12句

1. 括苍　只叶法善1人，存诗3首。

2. 缙云　只杜光庭1人，存诗172首12句。

3. 龙泉　只德韶1人，存诗1首。

十一、婺州　东阳郡（今浙江金华）。计有17位诗人，存诗931首54句

1. 金华　共4人，存诗20首2句。

张志和9首。张松龄1首。舒道纪2首。处默8首2句。

2. 义乌　只骆宾王1人，存诗131首。

3. 东阳　共8人，存诗25首10句。

楼颖5首。滕珦1首。滕迈2首2句。滕倪1首4句。舒元舆6首。冯宿3首。冯宓2首。冯涓5首4句。

4. 兰溪　只贯休1人，存诗737首28句。

5. 永康　只彭晓1人，存诗2首。

6. 婺州　共2人，存诗16首14句。

刘昭禹15首14句。方龟精1首。

十二、温州　永嘉郡（今浙江温州）。计有10位诗人，存诗22首2句

1. 永嘉　共6人，存诗7首2句。

玄觉1首。释玄宗2首。薛正明1首。朱著1首2句。朱褒1首。永安1首。

2. 安固　只吴畦1人，存诗1首。

3. 温州　共3人，存诗14首。

道怤9首。晓荣2首。本先3首。

十三、台州　临海郡（今浙江临海）。计有8位诗人，存诗205首22句

1. 临海　只清观1人，存诗2句。

2. 黄岩　只重机1人，存诗1首。

3. 乐安　共3人，存诗102首8句。

项斯98首8句。蒋琰2首。张文伏2首。

4. 宁海　只怀玉1人，存诗1首。

5. 台州　共2人，存诗101首12句。

林员籍2句。罗虬101首10句。

十四、宣州　宣城郡（今安徽宣城）。计有14位诗人，存诗728首14句

1. 宣城　共3人，存诗2首6句。

梅远2首。邵拙2句。高元矩4句。

2. 当涂　只张惟俭1人，存诗1首。

3. 泾县　共3人，存诗219首，6句。

左难当1首。许棠155首6句。汪遵63首。

4. 旌德　只江全铭1人，存诗1首。

5. 溧水　共2人，存诗4首。

刘太真3首。刘太冲1首。

6. 宣州　共4人，存诗501首2句。

刘处约1首。刘长卿495首2句。罗立言1首。正原4首。

十五、歙州　新安郡（今安徽歙县）。计有9位诗人，存诗15首2句

1. 歙县　共2人，存诗3首2句。

许宣平3首。清澜2句。

2. 休宁　共2人，存诗2首。

查文徽1首。查元方1首。

3. 歙州　共5人，存诗10首。

吴少微6首。吴巩1首。汪万于1首。汪极1首。王希羽1首。

十六、池州（今安徽池州）。计有14位诗人，共存诗589首23句

1. 秋浦　共4人，存诗15首1句。

高霁1首。卢嗣立1首。武瓘3首。顾云10首1句。

2. 青阳　共5人，存诗68首6句。

韦权舆1首。费冠卿12首。周繇22首2句。殷文圭30首7句。汤悦6首。

3. 石埭　只杜荀鹤1人，存诗330首16句。

4. 池州　共4人，存诗176首。

王季文2首。张乔172首。康軿1首。杨文郁1首。

十七、占籍江南而确切州县不详的诗人，共有17位，存诗299首29句

法振17首2句。栖白20首。郭夔1首。孙革1首。颜荛2首6句。颜萱3首。崔涂101首。张蠙104首3句。成彦雄27首4句。朱贞白7首1句。韩溉7首2句。陈季卿5首。张芬1首。刘章1首。韩浚1首。

任右元1首。王操6句。

十八、关于以上统计数据的说明

1.《唐代诗人占籍考》所载之江南籍诗人

《全唐诗》《全唐诗补编》收录诗人总数大约为3700人，其中相当部分的诗人籍里无考。陈尚君师《唐代诗人占籍考》考订唐现有诗歌存世、籍里明确的诗人总数是1924人。其中属于我们所讨论的江南地区的诗人，其构成与数量为：江南东道的润州、常州、苏州、湖州、杭州、睦州、越州、明州、衢州、处（括）州、婺州、温州、台州十三州共计297人，江南西道的宣州、歙州、池州三州共计35人，确切州县不详的共计16人。总计348人。

2.《唐代诗人占籍考》外可补者

《唐代诗人占籍考》对江南地区诗人占籍尚有个别遗漏，主要是没有将《全唐诗补编》中新发现的诗人全部收入。同时也有个别诗人《全唐诗》中可以确定为江南籍的诗人而未收，或者可以确定具体州县者。根据这几种情况，我们增补了10人、调整了1人。具体如下：

（1）增补占籍明确江南者9人。

润州：慧忠，俗姓王，润州人。住金陵牛头山，大历四年卒。见《全唐诗续拾》卷一五。朱华，曲阿（丹阳）人。与宰相令狐楚同时，曾任楚州录事参军。见《全唐诗》卷七七九。事迹见《新唐书》宰相世系表四下。

常州：义兴，蒋佶，《全唐诗》卷七七一误为蒋吉。蒋乂之子，任刺史、国子祭酒。事迹见《旧唐书》卷一四九蒋乂传附。陈尚君师《唐代诗人占籍考》收蒋吉入"确切州县不详者"类，岑仲勉《读全唐诗札记》疑蒋吉为蒋佶之误，

我们采用岑说，[1]由确切州县不详类调入。

越州：澄观，俗姓夏侯，山阴人。天台宗名僧，元和元年卒。见《全唐诗续拾》卷一九。越溪杨女，越渔人杨父之女，《全唐诗》卷八〇一存其与丈夫谢生联句诗二首。

杭州：吴二娘，江南歌妓，与白居易同时。见《全唐诗续拾》卷二八。

宣州：正原，俗姓蔡。咸通十年卒，年七十八。见《全唐诗续拾》卷三一。

江宁：徐熙，江南士族。为李后主爱重。见《全唐诗续拾》卷四四。

池州：杨文郁，南唐进士。见《全唐诗续拾》卷四四。

（2）增补占籍江南确切州县不详者2人。

任右元，南唐时江南道士。见《全唐诗续拾》卷四四。

王操，字正美，江左人。由南唐入宋。见《全唐诗续拾》卷四四。

3. 关于确切州县不详的诗人之构成

此部分诗人之籍里，典籍记载多为笼统的江南、江东或江左，而具体乡里无考。从时代上看，有三分之一生活于五代，我们知道五代宋初人多用"江南"称南唐，所以这些诗人基本是属于本书讨论的江南范围。江东、江左在唐人心目中又几乎等同于狭义江南。兼之这些人的数量有限，虽然其中应该含有本书所述江南范围以外的诗人，但数量微乎其微，对统计结果影响不大，所以我们将之作为江南籍诗人合为一类。[2]

4. 最终的统计结果

唐五代江南地区有诗作存世的诗人总数为358人，分布于江南东道润州、常州、苏州、湖州、杭州、睦州、越州、歙州、明州、衢州、括州、婺州、温州、台州十四州及江南西道的宣州、池州两州，共十六个州。江南诗人存诗总数11410首632句。现据此编成《唐五代江南各州县诗人与存诗数量统计表》，详见本章附录一。

---

[1] 周祖譔. 中国文学家大辞典·唐五代卷[M]. 北京：中华书局，1992.
[2] 《唐代诗人占籍考》中州县不祥者中的"江东"籍的刘驾，据《唐才子传校笺·卷七》梁超然先生考订其为江州都昌或浔阳人，不在本书讨论的江南范围之内，故除外。

第二节　由统计结果分析看江南文化中心地位的形成

从上一节的统计，我们可以概括出唐代江南籍诗人分布状况以及诗歌创作的总体区域特征。

第一，在整个唐五代有诗作存世的诗人中，江南地区诗人数量、诗作数量最为突出。

我们先来看江南籍诗人数量在唐代诗人总数中的比重。现存唐代诗歌总数和有诗存世的诗人数，因彭定求《全唐诗》和王重民《补全唐诗》《补全唐诗续拾》，孙望《全唐诗补逸》，童养年《全唐诗续补遗》及陈尚君师《全唐诗续拾》而网罗殆尽。诗人总数为3700余人，诗歌总数约为55000首。不过这3700多诗人中很大一部分是籍里无考的，陈尚君师《唐代诗人占籍考》广泛利用各种文献资料及学术界最新成果，考辨出1900多位诗人之籍里，基本上将唐五代较重要诗人的籍里考订完备，结论精当严密。现在，我们即利用其成果，同时补充其遗漏的少量籍里确定的诗人，编成《唐代各地区诗人数量统计表》如下。

道	京畿道	关内道	都畿道	河南道	河东道	河北道	山南东道	山南西道	陇右道	淮南道	江南东道	江南西道	黔中道	剑南道	岭南道	其他	总数
人数	226	6	200	157	149	245	77	4	27	60	429	159	0	66	27	101	1933
排序	3	12	4	6	7	2	8	13	11	10	1	5	13	9	11		

（表中地区划分按照开元年间十五道的建制，"其他"栏包括唐宗室、籍里不明、四裔及外域诗人。）

从该表中可以看出，唐代十五道之间江南东道和江南西道诗人最多，达588人，占总数的30.4%。而这其中我们所讨论的358位江南诗人占江南东西道诗人总数的60.7%，占有诗歌存世的唐代诗人总数的18.5%。也就是说，唐代江南诗人差不多占有诗歌存世的所有唐代诗人总数的1/5，这是甚为可观的。

我们再来考察唐代江南诗人的创作数量。江南诗人存诗数是11410首，即使不统计残句数量，也占了唐诗总数55000首的20.7%。考虑到众多籍里、身世不明的诗人中，江南诗人应占不小比例的事实，江南诗人的实际存诗数量显然超过现存唐诗总数的1/5。

还可从《全唐诗》中诗人存诗卷数分析。《全唐诗》存诗一卷以上的诗人总数为249人，其中江南诗人60人，占总数的24%。这60位江南诗人的编诗总卷数为157卷，占《全唐诗》总卷数的17.4%。其中存诗四卷以上的有14人，存诗十卷以上的有5人。当然我们也看到《全唐诗》编卷并不十分严格统一，一卷诗的分量有时还相差殊远，最少的仅七八首，最多的却达一百多首，所以存诗卷数并不能完全准确地反映诗人作品数量的差别。不过从《全唐诗》的整体看，编卷如此悬殊的并不很多。因此，一般来说卷数可以作为衡量诗人创作实绩的一个重要参数，这样就不难看出江南诗人在整个《全唐诗》中的突出地位。显然，江南诗人是唐代文学创作的一支非常重要的力量，江南诗人是唐代文学创作的主力军。

第二，从唐代江南诗人的空间分布上考察，江南内部各州的诗人及存诗数量不平衡，反映了江南地区内部不同地区经济文化发展水平的差异。

由本章附录表一反映的诗人与存诗数量的区域分布，我们可以将整个江南地区细分为三个板块。

1. 环太湖流域及钱塘江下游杭州湾两岸地区

该区包括苏州、润州、杭州、越州、常州、湖州六州。共有239位诗人，占江南地区诗人总数的66.7%；存诗总数为7287首，占总数的63.7%。其中，苏州有69人，占总数的19.3%；润州有46人，占总数的12.6%；杭州有35人，占总数的9.8%；越州、常州各有30人，各占总数的8.4%；湖州有29人，占总数的8.1%。显然，环太湖流域及钱塘江下游杭州湾两岸的地区集中了江南半数以上的诗人。这是诗人高密度区，是江南文化最发达的地区。

2. 紧靠着第一区之南部和西南部的地区

该区包括婺州、睦州、宣州、池州四州。共有诗人63人，占江南地区诗人总数的17.6%；存诗数量3344首，占整个地区存诗总数的29.3%。各州诗人数量在14至18人之间；存诗数量都分别在500至1000首之间。这一地区多为山地与丘陵，经济上较第一区稍差，诗歌创作状况仍处于比较突出的位置。

该区是诗人中等密度区,是江南文化区域的次发达地区。

3.浙江南部、东部濒海及徽南顶部地区

该区包括衢州、括州、温州、台州、明州及歙州六州。共有39位诗人,占江南地区诗人总数的10.7%,存诗数量为480首,占总数的4.2%。从地理上看,这类地区属于江南的边缘区域;从经济上看,开发要迟一些,相对于第一、第二区是较落后地区。该区为诗人低密度区,文化上为一般发展地区。

江南地区内部的诗人与诗作数量呈现了明显的梯级变化特征,以第一区为中心,向南向西逐级递减。将这一状况与江南地区内部的经济状况进行对比,我们会发现两者的特征完全一致。苏州、润州、湖州、杭州、越州、宣州等地区是江南最早开发、经济最发达的地方,也是六朝文化最发达的地区,而这几州恰恰是唐代江南区域中诗人与创作数量最丰富的地区。

结合整个唐代中后期赋税主要依赖于江南及古代经济重心南移的事实,可以看出唐江南地区文学发展的总体状况、内部的区域状况与江南地区经济地位的演变一致,可见其文学兴盛是建立在经济迅速发展的基础之上的。正如明清及近代江南地区文化空前繁荣与江南经济领先全国相关联一样,唐江南诗歌创作与其经济状况有着必然的联系。唐代江南地区的经济得到更充分的发展,其文化繁荣是历史与现实双重因素作用的结果,它既与魏晋南北朝隋唐时期社会、经济、文化等的发展状况密切相关,也与这一时期江南人文地理因素积淀的特有传统相关。这充分说明文化发展对社会经济发展的依赖性,也说明文化传统在现实文化发展中的重要影响。

第三,从江南诗人在初唐、盛唐、中唐、晚唐、五代五个时期的纵向分布上考察,江南本土诗人数量总体上呈逐渐上升的趋势。具体表现为初唐较少,盛唐渐多,中晚唐异军突起的态势。这从一个侧面展示了唐代江南文化中心地位形成的历史轨迹。

从附表二《唐五代江南籍诗人分阶段数量统计表》,我们即可具体地看出,唐江南诗人数量分布在唐不同时期是有明显差异的,总体上前少后多。有诗存世的352位诗人中(世次不详的6人除外),初唐33人,盛唐54人,中唐112人,晚唐94人,五代59人,后期大大超过前期。江南所属各州诗人数量的分布,也大多呈现这种由少而多的趋势。比如,苏州,初盛唐共有16人,但在中晚唐五代达到52人。常州,初盛唐12人,中晚唐五代18人。湖州,初盛唐6人，中晚唐五代23人。杭州，初盛唐7人，中晚唐五代28人。睦州，初唐没有一位诗人有作品流传至今，盛唐仅1人，而在中晚唐达到17人。越州，初盛唐是7人，中晚唐则达20人。宣州前期2人，中晚唐五代12人。池州，初盛唐2人，中晚唐五代则有11人，变化非常明显。另外我们还注意到，江南诗人中籍里不详者所生活的大致时代，也基本集中在中唐以后。

不过，润州的情况比较特殊，初唐时期只有3人，但盛唐猛增至20人，其中18人均出自《丹阳集》。《丹阳集》为盛唐润州诗人殷璠所编，共收录润州延陵、曲阿、句容、江宁、丹徒五县的18位诗人的作品，正是因为殷璠的努力使大量盛唐润州诗人得以传世[①]。润州中晚唐时期仍有17位诗人，如果再加上五代的6人，则中晚唐五代诗人数达到23人，同样远远超过其初唐时期，这与整个江南地区诗歌创作状况的整体趋势还是一致的。

事实上，江南地区全部十六州中有十五州的中晚唐诗人数绝对超过初盛唐。它揭示了唐代江南文学发展的大致进程：诗人由少到多、诗歌创作相应从一般到繁荣兴盛。具体而言，初唐时期为江南文学发展的起步阶段，盛唐时期开始上升为勃兴阶段，中晚唐时期则俊彦云集、佳作如林，当为高潮阶段。与此相应我们看到，安史之乱后的中晚唐时期江南地区作为唐代文化中心地位最终形成。

我们可以从唐代江南不同时期诗人构成变化的角度寻绎这种发展的原因。初盛唐的江南诗人比较多的出身于江南世家大族，如虞世南、褚亮、陈叔达、孔绍安、许敬宗等，中晚唐时期来自世家大族的诗人大幅减少。本书前一节已经论述了唐代江南世家大族的没落和普通士人的崛起，唐代政治力量的这种变化必然对江南文学的发展产生显著的影响。唐初朝廷采取关中本位政策，关陇集团是主要的政治力量，而江南世族则因袭梁、陈与隋代的政治与文学地位，入唐后得以在政治上得到朝廷的重视，这样，高祖、太宗朝江南世族文人成为这一阶段文学创作的主要力量，虞世南等人就是代表。到了高宗、则天朝，政治上则压制打击关陇集团和江南世族，同时大兴科举，大量普通中下层文士进入朝廷政治生活、登上文学舞台。此后，普通家族文士成为唐

[①] 《丹阳集》大约在南宋后期就已亡佚，陈尚君师从明刻《吟窗杂录》中辑出该集中殷璠对十六位入选诗人的诗歌评论，另外还有为《全唐诗》未收录的诗歌数首，今人得以窥其大概。详见陈尚君.殷璠《丹阳集》辑考[M]//唐代文学丛考.北京：中国社科出版社，1997.

代文学的主要力量，唐代文学也才真正进入辉煌繁荣的阶段。江南因经济的大发展与东晋南朝以来的深厚文化传统的双重作用，普通中下层文士成批涌现，在此基础上，他们成为唐代文学创作的主力也就是顺理成章的了。其实，当代许多学者也注意到了这一文化现象。

傅璇琮先生在20世纪80年代初就指出，安史之乱以后的大历时期唐代诗人大致可以分为两个大的群体："一是以长安和洛阳为中心，那就是钱起、卢纶、韩翃等大历十才子诗人，他们的作品较多地呈献当时的达官贵人。一是以江东吴越为中心，那就是刘长卿、李嘉祐等人，作品多描写山水风景。"[①] 傅文所指称的江东吴越诗人是一个范围很广的群体，包括了北方南来仕宦、漫游或安史之乱中及以后避乱定居在此的诗人，但主体是大量的江南诗人。美国哈佛学者斯蒂芬·欧文（宇文所安）认为："八世纪后期，长江下游地区成为一个诗歌活动中心，与都城相匹敌。这一时期的著名文学人物大多曾在东南地区游览、仕宦或避难。"[②] 贾晋华也指出："安史之乱中，北方士大夫纷纷避难南渡，形成文人词客荟集江左的局面。由于战乱引起的南北政治、经济形势的变动，这种'词人多在江外'的现象一直延续到大历中。……这些诗会（指浙东、浙西文人群体在越州、湖州的联唱诗会）的兴起，加上这一时期虽未参加这两个集团，却基本上活动于江南地区的刘长卿、李嘉祐、张继、戴叔伦、顾况、皇甫冉、秦系、朱放、灵一、灵澈等诗人，从而使得江南地区呈现出文学创作的繁盛局面，标志着南方文学的重新崛起。从此以后，文学中心又开始逐渐南移了。"[③] 中晚唐江南文坛堪称俊彦云集盛况空前，难怪辛文房在《唐才子传》卷五《朱放传》中发出"时江、浙名士如林，风流儒雅，俱从高义"的赞叹。

显然，唐五代江南诗人与创作数量空前，是唐代诗人队伍中极其重要的力量。在时间与空间分布上，呈现着突出的地域特征。江南地区诗歌创作的繁荣既是唐代经济、文化发展的必然结果，也是长期以来江南逐渐积淀的独特深厚的区域文化底蕴在唐代的集中体现和新的发展。

---

① 傅璇琮.唐代诗人丛考·李嘉祐考[M].北京：中华书局，1980.
② 斯蒂芬·欧文（宇文所安）.盛唐诗[M].贾晋华，译.哈尔滨：黑龙江人民出版社，1992.
③ 贾晋华.唐代集会总集与诗人群研究[M].北京：北京大学出版社，2001：101.

第三节　江南诗人在唐诗发展中的独特贡献

一、江南诗人的诗歌创作在唐诗发展的每个阶段都有着不可忽视的作用与贡献

唐江南籍众多诗人中，诗歌风格鲜明并对唐诗发展产生一定影响者众多。如虞世南、褚亮、许敬宗、骆宾王、贺知章、包融、张旭、储光羲、戴叔伦、刘长卿、严维、钱起、权德舆、顾况、皎然、张籍、李绅、孟郊、秦系、张祜、朱庆馀、殷尧藩、鲍溶、施肩吾、陆龟蒙、项斯、罗隐、方干、吴融、贯休等。这些作家诗歌风格不一，成就高下不等，但都是唐诗史上不同时期的重要作家，都从不同方面为唐诗的发展做出了贡献。

武德初，李世民秦王府著名十八学士中来自江南者即有虞世南、褚亮、许敬宗三人，他们是初唐宫廷诗人的代表。[①]虞世南是唐初深得唐太宗赞誉的馆阁诗人，其雍容俊朗的诗歌为当时"文学之宗"。《贞观政要》卷二云："贞观初，太宗引（世南）为上宾，因为文馆，馆中号为多士，咸推世南为文学之宗。"又载："太宗尝称世南有五绝：一曰德行，二曰忠直，三曰博学，四曰词藻，五曰书翰。"[②]。褚亮与虞世南齐名，卢照邻评价其诗文"风标特峻"[③]。

高宗、武则天时期，骆宾王与王勃、杨炯和卢照邻并称"初唐四杰"。他们首变齐梁风气，开始创造风骨兼备的新文学，给唐诗注入青春的朝气与活力。骆宾王在七言歌行、五言律上贡献突出，明吴之器《骆丞列传》称他："五言气象雄杰，构思精沉，含初包盛，卓然鲜俪。七言缀锦贯珠，汪洋洪肆。"

初盛唐之际，江南诗人贺知章、贺朝、包融、万齐融等，"悉富才学，名冠当时"[④]。他们的诗文创作文辞俊秀，名扬京都。贺知章、包融、张旭与张若虚并称"吴中四士"，贺知章与张旭又为盛唐"酒中八仙"之重要成员，他们

---

① 刘昫，等.旧唐书·卷七二　褚亮传[M].北京：中华书局，1975.
② 吴兢.贞观政要[M].上海：上海古籍出版社，1978.
③ 卢照邻.南阳公集序[M]//卢照邻集笺注·卷六，祝尚书笺注.上海：上海古籍出版社，1994.
④ 谈钥.嘉泰吴兴志·卷一六[M].宋元方志丛刊本.北京：中华书局，1990.此志载包融为吴兴人，又云后徙居延陵。

性情狂放不羁，充分反映了盛唐激情澎湃豪迈奔放的时代精神，而他们兴象宛然情思浓郁的诗歌创作，更标志着盛唐气象的形成。贺知章豪放旷达，其诗于清新自然中蕴含放达之气。包融"实以文藻盛名，扬于开元中"①，诗歌"情幽语奇"②。张旭不仅精于草书，诗歌创作亦"清逸可爱"③。储光羲则是盛唐山水田园诗人的重要代表，其诗能以清幽之笔触抒发隐逸之趣，"格调高远，趣远情深，削尽常言，挟风雅之迹、浩然之气"④。

中晚唐时期江南籍诗人更为活跃，成就与影响最为突出。这一时期绝大多数的唐诗流派的创立、诗歌思潮的产生与传播、新风格的建立和新的手法的运用，都有江南籍诗人的参与，他们中很多人起着关键性的作用甚至是主要作用。如大历时期地方官诗人刘长卿、戴叔伦、严维，台阁诗人钱起、权德舆⑤，以顾况和大诗僧皎然为代表的"吴中诗派"⑥，隐逸诗人代表秦系等，他们都在盛唐之后以不同的创作新变完成了开元与贞元、元和两个诗歌创作高潮间的过渡。其后的贞元、元和时期，江南诗人更是成为中唐两个最大诗歌流派的主要力量：张籍、李绅乃元白新乐府运动的先导与中坚；孟郊首创奇古峭劲诗风，直接开启韩孟奇崛诗派，继老杜之后进一步促进了中国古代诗歌的大转变。张祜、朱庆馀等则是由贞元向大中过渡的诗人；包佶还是当时的诗坛盟主，文士如果得到其赏识等于跳龙门⑦；江南隐士张志和模仿学习民间曲子词，极大促进了唐代文人词的创作。

晚唐五代之际的陆龟蒙、贯休、项斯、罗隐、杜荀鹤、章碣、钱珝、吴融等，也是在不同方面有所拓新的诗人。咸通中，著名的"咸通十哲"绝大多数都是江南诗人，许棠为宣州人，张乔、周繇、张蠙为池州人，喻坦之为睦州人，故而辛文房称"当时东南多才子"⑧。

---

① 梁肃.秘书监包府君集序[M]// 董诰，等.全唐文·卷五一八.上海：上海古籍出版社，1990.
② 陈应行.吟窗杂录·卷二六 历代吟谱[M].北京：中华书局，1997.
③ 杨慎.升庵集·卷五四[M].四库全书本.
④ 殷璠.河岳英灵集[M]// 傅璇琮.唐人选唐诗新编.西安：陕西人民教育出版社，1996.
⑤ 蒋寅.大历诗人研究：上编[M].北京：中华书局，1995.
⑥ 赵昌平."吴中诗派"与中唐诗歌[M]// 赵昌平自选集.桂林：广西师大出版社，1997.
⑦ 皎然.赠包中丞书[M]// 董诰，等.全唐文·卷九一七.上海：上海古籍出版社，1990.
⑧ 辛文房.唐才子传·卷一〇.

二、唐代江南诗僧众多且创作成就突出

唐代江南诗人构成上的一个突出特点是诗僧众多，现在有诗作存世的江南诗僧为40人，占整个唐代有作品存世的132名诗僧的1/3。更重要的是江南诗僧几乎囊括了整个唐五代最杰出诗僧。对此唐人多有记载，《唐语林》卷四载："江南多名僧，贞元、元和已来，越州有清江、清昼；婺州有干俊、干辅。时谓之会稽二清，东阳二干。"刘禹锡《澈上人文集纪》亦云："世之言诗僧，多出江左。灵一导其源，护国袭之，清江扬其波，法振沿之，如幺弦孤韵，瞥入人耳，非大乐之音。独吴兴昼公，能备众体。昼公后澈公承之。"《宋高僧传》卷一五道标传也称："标经行之外，尤练诗章，辞体古健，比之潘刘。当时吴兴有昼（皎然），会稽有灵澈，相与酬唱，递作笙簧。"

诗僧众多的现象是与江南文化传统分不开的。江南文化本来就具有较为浓厚的宗教性内涵，从汉至唐代，江南因地理的相对偏远，受儒家影响要比中原晚一些、轻一些，在文化个性上也就比中原更自由、活跃，佛教、道教在此的流播非常迅速，进而与古老的好神巫的传统结合，产生了鲜明的宗教特质。

吴越先民自古就是"信巫鬼，重淫祀"[①]。江南水网密布，人们舟船为生，为适应水上作业的要求和威慑水中鬼怪的心理愿望，有"断发文身"（《庄子·逍遥游》）的习俗。断发就是剪短发，文身是在身体上涂绘龙蛇等图案。据《说苑》卷十二载："彼越亦天子之封也。不得冀兖之州，乃处海垂之际，屏外蕃以为居，而蛟龙又与我争焉。是以剪发文身，烂然成章以像龙子者，将避水神也。"[②]可见吴越先民在与水患斗争中逐渐形成敬事鬼神的信仰传统。在长期的历史进程中，吴、越民间信仰体系极其庞杂，有众多的地方性神祇崇拜。这些神祇涉及吴越居民生活的各个方面，可以说五花八门，种类极其繁多。据《吴越民间信仰民俗》的研究，吴越民间信仰神有：古代神话人物神，最典型的是大禹，禹王庙遍布整个江南；自然崇拜神，人们认为万物有灵，从而对鱼、蛇、鸟、龙等都有崇拜，如越王勾践时代就"春祭三江，秋祭五湖"；历史人物神，如太伯庙、吴王夫差庙、越王庙、伍子胥庙、季子庙、西

---

① 班固. 汉书·地理志[M]. 北京：中华书局，1962.
② 刘向. 说苑[M]. 四库全书本.

施庙、项羽庙以及众多历代孝女、烈女庙所祭祀的人物神等。①另外有学者认为，郭茂倩《乐府诗集》"清商曲"中的十八首《神弦曲》均为南朝民间的祭祀仪式歌。而隋唐时期这种信巫鬼好淫祀之状况仍然十分普遍：

《隋书·地理志》：江南……其俗信鬼神，好淫祀。②

张鷟《朝野佥载》卷三：江淮南好鬼，多邪俗，病即祀之，无医人。③

崔龟从《宣州昭亭山梓华君神祠记》：吴越之俗尚鬼，民有病者不谒医而祷神。④

《太平广记》卷三〇三：吴俗畏鬼，每州县必有城隍庙。

唐初狄仁杰为冬官侍郎充江南安抚使对江南"岁时尚淫祀"的风俗极为不满，因此强制进行大规模的移风易俗，江南其时"庙凡一千七百余所，人杰并令焚之"，诸如供奉周赧王、项羽、吴夫概王、春申君等的庙宇都在毁弃之列，只保留了夏禹、吴太伯、季札、伍子胥四庙。⑤但这并没有从根本上改变江南的这一文化传统，所以到了中唐贞元间，于頔为湖州、苏州刺史，"吴俗事鬼，頔疾其淫祠废生业，神宇皆撤去，唯吴太伯、伍员等三数庙存焉"⑥，又重新废除当地众多祠庙。然而这次效果更差，距此不到三十年的长庆三年，浙西观察使李德裕又上书朝廷，请求"去管内淫祠一千一十五所"⑦。可见江南重鬼神的风俗与淫祠传统之根深蒂固，朝廷采取强制措施是很难改变的。

这种信巫鬼、重淫祀的民间信仰传统，自然有助于佛教在江南地区的流传。佛教传入江南始于三国孙吴时期，康居国僧人康僧会说服孙权信佛，孙权在建业为之建造佛寺，由此"江左大法遂兴"⑧。到了东晋南朝时期，因统治

---

① 姜彬.吴越民间信仰民俗.[M].上海：上海文艺出版社，1992.
② 魏征.隋书·卷三一[M].北京：中华书局，1973.
③ 张鷟.朝野佥载[M].北京：中华书局，1979.
④ 董诰，等.全唐文·卷七二九[M].上海：上海古籍出版社，1990.
⑤ 刘昫，等.旧唐书·卷八九狄仁杰传[M].北京：中华书局，1975；王谠.唐语林·卷三[M].上海：上海古籍出版社，1978.
⑥ 刘昫，等.旧唐书·卷一五六[M].北京：中华书局，1975.
⑦ 刘昫，等.旧唐书·穆宗纪[M].北京：中华书局，1975.
⑧ 高僧传·康僧会传.

者的提倡江南佛教有了进一步的发展，佛教风靡朝野，寺院遍布各地。所谓"东晋偏安一百四载，立寺乃一千七百六十有八，可谓侈盛；自宋迄梁，代有增加"。梁朝一代佛寺更增加至二千八百四十六所①，因此到晚唐杜牧仍然感叹"南朝四百八十寺，多少楼台烟雨中"。另外，东晋时期剡中成为大乘般若学的荟萃之地，其六家七宗的五宗都在此传法。陈隋之际，高僧智顗则于天台山建寺十二所，授生徒数千，开创了天台宗。正是在这一背景之下，唐代江南佛教尤其是禅宗风靡不衰，涌现了众多的高僧，形成唐代江南文化特有的风景。据《续高僧传》《宋高僧传》《大唐西域求法高僧传》等典籍，唐代能具体确定籍贯的高僧有664人②，其中属于江南道的195人，占总数的29.4%。而属于本书所论江南范围的则达到145人，占整个唐代高僧总数的21.8%，占江南道高僧数的74.4%，显然，唐代江南集中了绝大多数的高僧。当然，佛教钟情江南除了此地特有的文化传统特别适合其生存发展外，还有其他因素诸如优美的山水与东晋以来江南日益浓郁的文化氛围的影响。这些高僧精通佛法，又有很高的文学修养，参禅悟道之余，频繁与文士交往，参与各种诗歌创作活动。不仅大大促进了江南诗歌创作的繁荣，同时对唐代诗歌的发展也做出了重要的贡献。

　　唐代江南有诗作存世的四十多位诗僧中，皎然、灵澈、清江、贯休无疑是成就最杰出者，实际上他们也是整个唐代诗歌创作成就最杰出的诗僧。

　　皎然，字清昼，湖州长城人，俗姓谢③。开元末因进士试不第，遂出家，主要居住于湖州，为中唐重要诗人、诗评家。《全唐诗》编皎然诗为七卷，其存诗总数537首。他的《诗式》是唐代最重要的诗歌理论著作，同时也是中国文学批评史上极具价值的著作。皎然论诗标举意境，并开以禅理论诗之先河。其理论主张不仅成为中晚唐许多重要流派与作家创作的理论基础，还直接影响了宋代的诗歌理论与创作。贞元八年朝廷集贤殿御书院征求皎然文集，湖州刺史于頔采其诗歌编为《杼山集》十卷，在序中称："有唐吴兴开士释皎然，字清昼，即康乐之十世孙，得诗人之奥旨，传乃祖之菁华，江南词人，莫不

---

① 沈曾植. 南朝寺考序·释迦氏谱.
② 李映辉. 唐代高僧籍贯的地理分布 [J]. 中国历史地理论丛，1997（3）
③ 皎然自称为谢灵运裔孙，贾晋华《皎然非谢灵运裔孙考辨》考皎然实为梁代吴兴太守谢朏之七世孙，谢灵运实际上是皎然九世从祖。贾晋华. 皎然非谢灵运裔孙考辨 [J]. 江海学刊，1992（2）.

楷范。"①对皎然在唐代文坛的影响做了高度评价。《宋高僧传》卷二九《皎然传》也称其："于篇什中，吟咏情性，所谓造其微矣。文章俊丽，当时号为释门伟器哉。"又云其"与武丘山元浩、会稽灵澈为道交，故时谚曰：'雪之昼，能清秀。'……昼生常与韦应物、卢幼平、吴季德、李崿、皇甫曾、梁肃、崔子向、薛逢、吕渭、杨逵，或簪组，或布衣，与之交结，必高吟乐道"。皎然的诗歌创作体现了王维之后诗、禅结合的新倾向，表现出一种独特的清逸清狂的风格，难怪严羽在《沧浪诗话》中推尊皎然的诗歌"在唐诸僧之上"②。

会稽灵澈，俗姓汤，字源澄，会稽人。肃宗、代宗年间曾跟从越州诗人严维学习诗歌创作，颇为知名。贞元间西游京师，名振辇下。皎然《答权三从事德舆书》赞云："灵澈上人，足下素识，具文章，挺瑰奇，自齐梁以来诗僧未见其偶。"《宋高僧传》则云其："吟咏情性，尤见所长。……建中、贞元已来，江表谚曰：'越之澈，洞冰雪。'可谓一代胜士，与杭标、雪昼分鼎足矣。"③皎然读了灵澈《归湘南作》诗后竟然有了"欲弃笔砚"的念头，对灵澈钦佩有加，并专门将他推荐给润州诗人包佶。包佶见了灵澈"礼遇非轻"，"又权德舆闻澈之誉，书闻昼公（皎然）回简极笔称之"，均说明灵澈的诗才之出众。④灵澈一生还与刘长卿、皇甫曾、皎然、卢纶、刘禹锡、柳宗元、李翱等众多著名文士交游唱酬。灵澈的诗题材上多记有赠别酬答之作，工于造句，诗风孤高萧瑟别具特色，典型地体现了大历时期诗僧创作的世俗化倾向。⑤元和十一年，灵澈终于宣州开元寺，柳宗元闻之作三首诗歌悼念，中有句云"桂江日夜流千里，挥泪何时道甬东"⑥，感情极为沉痛；又以东晋南朝名僧支遁、汤惠休喻灵澈，并且认为灵澈超过了支遁："早岁京华听越吟，闻君江海分逾深。他时若写兰亭会，莫画高僧支道林。"⑦支遁参与了王羲之兰亭之会，将来

---

① 董诰,等.全唐文·卷五四四[M].上海：上海古籍出版社，1990.
② 严羽.沧浪诗话校释·诗评[M].北京：人民文学出版社，1983.
③ 宋赞宁.宋高僧传·卷十五 唐会稽云门寺灵澈传[M].北京：中华书局,1987.
④ 宋赞宁.宋高僧传·卷十五 唐会稽云门寺灵澈传[M].北京：中华书局,1987.
⑤ 蒋寅.大历诗人研究：上编[M].北京：中华书局,1995：370.
⑥ 柳宗元.《韩漳州书报彻上人亡因寄二绝》其二[M]// 彭定求,等.全唐诗·卷三五二.北京：中华书局,1960.
⑦ 《韩漳州书报彻上人亡因寄二绝》其一，柳宗元另一首诗为《闻彻上人亡寄侍郎杨丈》。见 彭定求,等.全唐诗·卷三五二[M].北京：中华书局,1960.

如果再画兰亭雅宴图，就不用画支遁了，柳诗表达了对灵澈的高度赞扬。灵澈一生赋诗约两千首，门人秀峰选择三百首编《澈上人文集》十卷，又选其唱和酬答诗为十卷，刘禹锡为之作序。惜二集皆亡佚。

会稽清江，会稽人。幼即出家，聪慧过人，当时人誉之为"释门千里驹"，又"善篇章，儒家笔语，体高辞典，又擅一隅之美"①。大历、贞元间，以能诗闻名江南，与卢纶、皎然、朱湾、严维、姚南仲等诗人交游并诗歌唱酬。与皎然齐名，时称会稽"二清"。灵澈与清江虽然现在存诗不多，但在当时的影响却是非同凡响的。《全唐诗》卷八一二录灵澈诗一卷，诗多为送别赠答及行旅抒怀之作，风格清畅自然。

婺州贯休，俗姓姜，七岁出家于兰溪和安寺。少年时期即负诗名，后广交文士，与唐末五代著名诗人陈陶、方干、李频、许棠、曹松、吴融、韦庄、罗隐等都有唱酬。贯休又工书画，尤擅画罗汉。宋晁公武《郡斋读书志》著录其《禅月集》三〇卷。《全唐诗》编贯休诗为十二卷，存诗总数737首，是唐五代存诗最多的诗僧。其诗兼收并蓄，学白居易兼韩孟，同时又吸取王梵志、寒山等通俗诗人的浅易质朴，最终形成自己的幽劲粗豪的诗风，从而在唐代诗僧中卓然独立。

江南其他诗僧如法振、处默、栖白、文偃、文益、自在、道标、清越等，诗歌成就也较为突出。

天宝大历间的法振与诗人王昌龄、皇甫冉、韩翃、李益等为诗友。金华处默，"能诗多奇句"②，贯休幼年时即与其"隔篱论诗互吟，寻偶对"③，处默又与罗隐、郑谷等诗人为诗友。栖白则与姚合、贾岛、李频、李洞、许棠、张乔、罗邺、曹松等诗人交游唱酬。嘉兴文偃，俗姓张，唐末五代云门宗创始人。其禅法主张一字一语含藏无限旨趣，对宋代严羽以禅喻诗有一定影响。其诗歌创作以七言歌行成就突出，其名篇《北邙行》篇幅宏大词语丰赡，与初唐卢照邻、骆宾王等人的歌行艺术上一脉相承。馀杭文益，五代法眼宗创始人，诗学支遁、汤惠休，文笔颇佳，所作偈颂多流布人口。吴兴自在，早岁在江南出家后即往诸方参学，元和间居洛阳香山。曾作《三伤歌》，以燕

---

① 宋赞宁. 宋高僧传·卷一五 唐襄州辩觉寺清江传 [M]. 北京：中华书局, 1987.
② 吴任臣. 十国春秋·卷八九 僧汇征传 [M]. 四库全书本.
③ 宋赞宁. 宋高僧传·卷三〇 贯休传 [M]. 北京：中华书局, 1987.

子、鹨鸟、蜜蜂三动物类比俗人之贪多子女、贪生、贪财富，为著名佛家劝世诗，所谓"辞理俱美，警发迷蒙"，流传一时。①富阳道标，永泰年间住持南天竺寺，其徒多归之。尝于飞来峰之南西岭下葺茅为堂，号西岭草堂。好作诗，辞体古健，与吴兴皎然、会稽灵澈唱和，惜诗作皆不存。越州淡然，俗姓诸葛，名珏，贞元、元和间旅居洛阳，与韩愈、孟郊、李益等人交往，在他离洛阳赴越州时，孟郊有组诗《送淡公十二首》，二人交谊甚深。宣城清越，自幼在敬亭山下新兴寺出家，唐武宗灭佛毁寺，会昌四年（844）新兴寺惨遭浩劫。清越栖身开元寺，发愿重建本寺。曾上疏宣歙观察使裴休请求支持，后多方奔走募化，懿宗咸通初年新兴寺得以重建。清越作《新兴寺佛殿石阶记》，《全唐文》卷九二〇收录此记。清越善诗能文，与许棠、张乔、方干、齐己等诗人交游。诗僧齐己对清越颇为推崇，有《寄敬亭清越》诗云："敬亭山色古，庙与寺松连。住此修行过，春风四十年。鼎尝天柱茗，诗磋剡溪牋。"②许棠曾作《寄敬亭山清越上人》，张乔以赠清越为题的诗计有三首；清越有《赠方干》诗，其中名句"弟子已得桂，先生犹灌园"③流传甚广。

另外尚有一些颇有个性的江南诗僧。仲濬，宣城人。盛唐灵源寺僧，有文名。李白有诗《赠宣州灵源寺仲濬公》，中有"此中积龙象，独许濬公殊。风韵逸江左，文章动海隅。观心同水月，解领得明珠。今日逢支遁，高谈出有无"之句，赞扬仲濬诗文声誉流布江左与东南沿海，禅悟境界高深。④清观，台州临海人。俗姓屈，字明中。幼年于天台山国清寺出家。少览百家之书，弥通三教。善属文，长于诗歌。大中间，柳公权曾作诗序送之。《全唐诗逸》卷中录其诗2句。麻衣禅师：据嘉庆《宁国府志》卷三十一人物志，宣城太平县麻衣禅师，中和二年炼药翠微峰下，身衣麻衣。宣宗灭毁佛殿，麻衣禅师作诗达禁中。《全唐诗补编·续拾》存其诗一首。希觉，俗姓商，字顺之，晋陵人。曾庸书于罗隐家。文德元年于温州开元寺出家。后入天台山、杭州大钱寺及千佛寺。擅长诗文。著作有《拟馋书》五卷、杂诗赋15卷等，惜均亡佚。

---

① 宋赞宁.宋高僧传·卷一一[M].北京：中华书局,1987.
② 彭定求,等.全唐诗·卷八四〇[M].北京：中华书局,1960.
③ 此诗南宋计有功《唐诗纪事》、南宋理宗嘉熙四年所刊《禅月集》、清彭定求编《全唐诗》录在贯休名下，但据五代王定保王定保.唐摭言·卷四、宋曾慥《类说》卷三四、明陶宗仪《说郛》卷三五上等为清越所作。
④ 瞿蜕园,朱金城.李白集校注·卷十二[M].上海：上海古籍出版社,1980.

唐代著名诗僧寒山子也主要生活于江南天台山，与台州国清寺僧人丰干、拾得交往。杜光庭《仙传拾遗》载："寒山子者，不知其名氏。大历中，隐居天台翠屏山，其山深邃，当暑有雪，亦名寒岩，因自号寒山子。好为诗，每得一篇一句，辄题于树间石上。有好事者，随而录之，凡三百余首，多述山林幽隐之兴，或讥讽时态，能警励流俗。桐柏征君徐灵府，序而集之，分为三卷，行于人间。"① 据此，寒山那些讥讽警戒俗世之人的浅易诙谐的通俗诗作，也大多创作于天台。

另外，我们还要看到江南浓郁的佛教文化范围，对江南普通诗人的浸润与影响。比如，湖州诗人潘述好佛，曾经受南宗禅法；晋陵高智周"尝出家为沙门，乡里惜其才学，勉以进士充赋，擢第"②，后为弘文馆学士；著名诗人顾况思想上不仅受老庄和道教影响，同时也糅合了佛教的内容。

显然，由唐代尤其是盛唐以后江南文学的繁荣兴盛状况与江南本土诗人的独特贡献，可以进一步说明在长期的经济文化发展的历史积累以及唐代现实政治经济文化状况的综合作用下，江南文化远承东晋南朝之后又一次在全国崛起，并成为唐代文化又一中心的事实。而从江南诗歌创作的总体态势的分析也可以得出这样的结论：如果说初盛唐文学中心在北方，那么中晚唐则北方与江南并为中心，有些时候江南甚至超过北方。

附表一：唐五代江南各州县诗人与存诗数量统计

序号	州郡	县（州治）	诗人数	总数	诗歌数	总数	残句数	总数
一	润州	丹徒	8	46	518	1658	7	74
		曲阿（丹阳）	14		440		28	
		金坛	1		301		7	
		延陵	5		333		0	
		句容	7		18		24	
		江宁	11		48		8	
二	常州	晋陵	5	30	9	290	3	23
		武进	1		3		0	

---

① 李昉，等. 太平广记·卷五五 [M]. 北京：中华书局，1961.

② 李昉，等. 太平广记·卷一四七 [M]. 北京：中华书局，1961.

续表

序号	州郡	县(州治)	诗人数	总数	诗歌数	总数	残句数	总数
二	常州	义兴	7	30	48	290	2	23
		无锡	2		142		10	
		常州	15		88		8	
三	苏州	吴县	30	69	902	1937	39	109
		嘉兴	11		160		9	
		昆山	2		2		0	
		海盐	3		325		20	
		苏州	23		548		41	
四	湖州	乌程	1	29	7	1723	0	23
		武康	5		506		0	
		长城	7		1098		5	
		德清	1		7		8	
		湖州	15		105		10	
五	杭州	钱塘	10	35	79	871	2	49
		盐官	4		9		0	
		馀杭	5		180		1	
		临安	11		54		10	
		新城	5		549		36	
六	睦州	清溪	4	18	372	1093	13	140
		寿昌	1		209		8	
		桐庐	4		157		65	
		分水	4		298		48	
		睦州(建德)	5		57		6	
七	越州	会稽	8	30	117	808	30	51
		山阴	5		391		14	
		诸暨	3		40		0	
		余姚	1		32		0	
		剡县	2		6		0	
		永兴	1		21		3	
		越州	10		201		4	

续表

序号	州郡	县(州治)	诗人数	总数	诗歌数	总数	残句数	总数
八	明州	奉化	4	6	37	48	0	0
		明州	2		11		0	
九	衢州	龙丘	1	3	11	14	2	2
		须江	1		2		0	
		常山	1		1		0	
十	处(括)州	括苍	1	3	3	176	0	
		缙云	1		172		12	
		龙泉	1		1		0	
十一	婺州	金华	4	17	20	931	2	54
		义乌	1		131		0	
		东阳	8		25		10	
		兰溪	1		737		28	
		永康	1		2		0	
		婺州	2		16		14	
十二	温州	永嘉	6	10	7	22	2	2
		安固	1		1		0	
		温州	3		14		0	
十三	台州	临海	1	8	0	205	2	22
		黄岩	1		1		0	
		乐安	3		102		8	
		宁海	1		1		0	
		台州	2		101		12	
十四	宣州	宣城	3	14	2	728	6	14
		当涂	1		1		0	
		泾县	3		219		6	
		旌德	1		1		0	
		溧水	2		4		0	
		宣州	4		501		2	

续表

序号	州郡	县(州治)	诗人数	总数	诗歌数	总数	残句数	总数
十五	歙州	歙县	2	9	3	15	2	2
		休宁	2		2		0	
		歙州	5		10		0	
十六	池州	秋浦	4	14	15	592	1	26
		青阳	5		71		9	
		石埭	1		330		16	
		池州	4		176		0	
十七	其他		17		299		29	
	总计		358		11410		632	

(本表州郡按照《新唐书》地理志三十一顺序排列,"其他"栏为乡里不详之江南诗人。)

附表二：唐五代江南籍诗人分阶段数量统计表

本表说明：

本表之初、盛、中、晚唐的断限，取学术界通行的年限，具体为初唐（618—712）、盛唐（712—763）、中唐（763—840）、晚唐五代（840—960）；

凡生平跨两个时期的诗人之归类，视其主要活动年代及创作情况而定；

州县按照《新唐书》卷41顺序先后排列。

州郡	时期	初唐	盛唐	中唐	晚唐	五代	世次不详	合计
一 润州丹阳郡	丹徒	1	2	4	1			8
	曲阿(丹阳)		10	3			1	14
	金坛			1				1
	延陵		2	2	1			5
	句容		3	2	2			7
	江宁	2	3	1		5		11
	小计	3	20	13	4	6		46

续表

州郡		时期	初唐	盛唐	中唐	晚唐	五代	世次不详	合计
二	常州晋陵郡	晋陵	3		1	1			5
		武进					1		1
		义兴	1	4	1	1			7
		无锡			2				2
		常州	2	2	5	6			15
		小计	6	6	9	7	2		30
三	苏州吴郡	吴县	6	4	10	5	4	1	30
		嘉兴		1	7	2	1		11
		昆山	1	1					2
		海盐			1	2			3
		苏州	1	2	10	7	3		23
		小计	8	8	28	20	4	1	69
四	湖州吴兴郡	乌程			1				1
		武康	2	1	2				5
		长城	1		6				7
		德清					1		1
		湖州		2	4	5	3	1	15
		小计	3	3	12	6	4	1	29
五	杭州馀杭郡	钱塘	2	2	5		1		10
		盐官		1	2	1			4
		馀杭		1	1	1	2		5
		临安					11		11
		新城	1		1	2	1		5
		小计	3	4	9	4	15		35
六	睦州新定郡	清溪			1	3			4
		寿昌				1			1
		桐庐			2	2			4
		分水			4				4
		睦州		1	1	3			5
		小计		1	8	9			18

续表

	州郡	时期	初唐	盛唐	中唐	晚唐	五代	世次不详	合计
七	越州会稽郡	会稽	1		7				8
		山阴	2		2	1			5
		诸暨			1	2			3
		余姚	1						1
		剡县			1		1		2
		永兴			1				1
		越州		2	2	4	1	1	10
		小计	4	4	12	8	1	1	30
八	明州余姚郡	奉化			1	3			4
		明州				1		1	2
		小计			1	4		1	6
九	衢州信安郡	龙丘		1					1
		须江			1				1
		常山					1		1
		小计		1	1		1		3
十	处州缙云郡	括苍	1						1
		缙云					1		1
		龙泉					1		1
		小计	1				2		3
十一	婺州东阳郡	金华			2		2		4
		义乌	1						1
		东阳		1	5	2			8
		兰溪				1			1
		永康				1			1
		婺州					2		2
		小计	1	1	7	3	5		17

续表

州郡		时期	初唐	盛唐	中唐	晚唐	五代	世次不详	合计
十二	温州永嘉郡	永嘉	1	1		3	1		6
		安固				1			1
		温州				1	2		3
		小计	1	1		5	3		10
十三	台州临海郡	临海				1			1
		黄岩					1		1
		乐安				2	1		3
		宁海		1					1
		台州			1	1			2
		小计		1	1	4	2		8
十四	宣州宣城郡	宣城					3		3
		当涂			1				1
		泾县	1			2			3
		旌德				1			1
		溧水			2				2
		宣州	1		3				4
		小计	2		6	3	3		14
十五	歙州新安郡	歙县		1		1			2
		休宁					2		2
		歙州	1	1	1	2			5
		小计	1	2	1	3	2		9
十六	池州	秋浦		1		3			4
		青阳		1	1	2	1		5
		石埭				1			1
		池州				3	1		4
		小计		2	1	9	2		14
十七	不详	小计			4	5	6	2	17
	总计	358	33	54	112	95	59	5	358

第四章
私学兴盛与江南家族诗人群体

魏晋南朝以来,江南文化所表现的崇尚文教、日益雅化的倾向在唐代得到进一步的发展。隋唐之前的社会是典型的世族社会,亦即门阀社会,世族的典型特征既有门第更有文化优势,即使有些世族一开始是靠军功起家,但其后也必然逐渐以文化立足。当代许多学者即认为判定世族的重要标准是文化,如果一个家族只有经济实力则往往只能算豪强。南朝时期世家大族普遍重视对子弟的教育,读书为学蔚然成风,再加上统治者的大力提倡,江南文化由此蓬勃发展。本书前已论及唐代江南世家大族逐渐衰落、普通家族兴起的情势,但这种重视文化教育、文化立足取代武力强宗的特征,却得以由普通士人家族继承并发扬光大,甚至比以前表现得更加突出。唐代江南籍诗人中家族诗人群体众多,就是这一文化现象的具体表现,它既是魏晋以后江南形成的崇尚文教传统的自然延续,同时也是唐代江南地区的教育尤其是私学教育兴盛的结果。

第一节 唐代的教育状况及江南官学

一、唐代教育简况

(一)完备的官学体系与唐初官学的繁荣

唐代是我国古代教育的大发展时期,有着较为完备的教育体系。正如宋景德年间馀杭县令章得一《重建庙学记》所云:"周秦汉魏晋宋齐梁唐而下,旋及圣朝历数千百年,期间尊戴夫子之道者,未有若唐室。"①

唐代的教育体制主要由官学和私学构成,官学又可分为中央官学和地方官学。唐初高祖、太宗都非常重视学校教育,构建了自上而下由国子学、太学、四门学、州学和县学组成的教育体系,官学因此非常发达,所谓"自京师、郡县皆有学焉"②。除了国子等学外,中央朝廷还设崇文馆、弘文馆,"精选天下贤良文学之士"为学士,管理经籍图书,教授生徒。贞观时期,中央官学的规模非常庞大,甚至吸引了周边属国的贵族子弟入学。《新唐书》卷一九八《儒学传》载贞观年间:

> 诏罢周公祠,更以孔子为先圣,颜氏为先师,尽召天下惇师老德以为学官。数临幸观释菜,命祭酒博士讲经论义,赐以束帛。生能通一经者,得署吏。广学舍千二百区,三学益生员,并置术、算二学,皆有博士。大抵诸生员至三千二百。……四方秀艾,挟策负素,纷集京师。文治蔚然勃兴。于是,新罗、高昌、百济、吐蕃、高丽等群酋长并遣子弟入学,鼓箧踵堂者,凡八千人。

可见朝廷官学之兴盛。唐朝州县地方政府则设州学与县学,开元时朝廷还一度鼓励各地办乡学,《唐会要》卷三五记载了一则朝廷公文:"古者乡有序,党有塾,将以弘长儒教,诱进学徒。……其天下州县,每乡之内,各里置一学,仍择师资,令其教授。"同时唐朝各州县普遍设立孔庙,亦称文宣王庙,祭祀儒家圣贤。《嘉泰吴兴志》卷一一引《南唐志》云:"高祖初制郡学,县各置生员。贞观四年,诏州县学皆作孔子庙。"形成孔庙与州、县学相连的状况,"庙以崇先,圣学以明人伦,郡邑庙学大备于唐"③。所以在很长时间里,官学生员是科举考生的主要来源,进士也多出自官学。

(二) 官学衰微与私学兴盛

唐初教育主要以官学为主,士人以进入官学为荣。但是,从武则天时期

---

① 潜说友.咸淳临安志·卷五六[M].宋元方志丛刊本.北京:中华书局,1990.
② 杜佑.通典·选举三[M].四库全书本.
③ 徐硕.至元嘉禾志·卷七"学校"条[M].宋元方志丛刊本.北京:中华书局,1990.

开始，官学就开始衰微。《旧唐书》卷一八九上《儒学传序》云：

> 则天称制，以权道临下，不吝官爵，取悦当时。……至于博士、助教，唯有学官之名，多非儒雅之实。……因是，生徒不复以经学为意，唯苟希侥幸。二十年间，学校顿时隳废矣。

官学不振有政治方面的原因，主要是科举的兴起，进士科所需的诗赋之学在以教授儒家经典为主的国学中是难以学好的，所谓"搜章摘句，不足以立功"①。另外，官学教育内容枯燥，方法死板，也是导致其衰微的因素。宋朱长文《吴郡府学记》即指出："唐之文物盛矣，而尚赋以取人，世薄经术，以文辞相夸。夫文所以宣志也，观其文则志可廋哉。故元臣硕老，多由辞科以出。"②这种情况下，官学衰微是必然趋势。到天宝年间尤其是安史之乱爆发以后，中央与地方官学废毁更甚：

> 唐肃宗乾元元年"以兵革未息，又诏罢州县学生，以俟丰岁。③
> 倾自羯胡乱华，乘舆避狄，中夏凋耗，生人流离。儒硕解散，国学毁废。生徒无鼓箧之志，博士有倚席之讥。④
> 今之胶庠不闻弦歌，而室庐圮废，生徒衰少，非学官不能振举也，病无赀财以给其用。⑤

连绵不绝的战乱加剧了学校的毁弃。此后，整个唐代的政治、经济状况发生了重要变化，尤其地方割据势力的兴起，中央集权的削弱，都加剧了官学的衰微，国学、州县学废毁甚多。

---

① 欧阳修.新唐书·卷一五三 段秀实传[M].北京：中华书局，1975.
② 范成大.吴郡志·卷四[M].陆振岳校点.南京：江苏古籍出版社，1999.
③ 刘昫，等.旧唐书·卷二四[M].北京：中华书局，1975.
④ 李绛.请崇国学疏[M]//董诰，等.全唐文·卷六四五.上海：上海古籍出版社，1990.
⑤ 刘禹锡.奏记丞相府论学事[M]//刘禹锡集·卷二〇.卞孝萱校订.北京：中华书局，1990.

二、唐代江南的官学

江南地方官学大多数建于唐初。因材料缺乏，难以弄清整个唐代江南十六州的州、县学情况，就我们所能收集到的材料来看，江南官学多集中于浙西太湖周围经济最发达的地区。即使是安史之乱后官学零落残破的情况下，仍有许多州县的地方官员重修或新建官学，江南地区重视教育的传统可谓深入人心。

润州。《唐语林》卷二载："韩晋公（滉）治《左氏》，浙江东西道制节……在军中撰《左氏通例》一卷，刻石金陵府学。"韩滉于建中年间任浙江东西道观察使，将自己的著作刻于金陵府学，则江宁府学建立当在建中之前。另据《景定建康志》卷三十《儒学志三》：句容县学"始建于唐开元十一年，在县衙之东"；溧水县学始建于唐武德元年，文宣王庙在县东三十步；同书还记载宋时溧阳县府内存一残碑，记叙了唐代溧阳县令柳均兴建学校教授生徒的内容，可惜碑文后不存。

苏州。大历三年，李栖筠任苏州刺史兼浙西团练观察使，于平定方清之乱后，在州"增学庐，表宿儒河南褚冲、吴何员等，超拜学官为之师，身执经问义，远弥趋慕，至徒数百人"①。大历九年，王纲任昆山县令，修缮毁弃的文宣王庙，并建县学于庙后。梁肃特撰《昆山县学记》予以纪颂，此文是现存唐代唯一的一篇县学记。文称：

> 学之制，与政损益。故学举则道举，政污则道污。昆，吴东鄙之县。先是，县有文宣王庙，庙堂之后有学室。中年，兵馑荐臻，堂宇大坏。方郡县多故，未遑缮完。其后，长民者，或因而葺之，以民尚未泰，故讲习之事设而不备。大历九年，太原王纲以大理司直兼县令。既释奠于庙，退而叹曰：'夫化民成俗，以学为本。是而不崇，何政之有？'乃谕三老主吏，整序民，饰班事。大启室于庙垣之右，聚五经于其间。以邑人沈嗣宗躬履经学，俾为博士。于是遐迩学徒，或童或冠，不召而至，如归市焉。公听治之暇，则往敷大猷以耸之，博考明德以翼之。优而柔之，使自

---

① 欧阳修.新唐书·卷一四六[M].北京：中华书局，1975.

求之。揭而厉之，使自趋之。故民见德而兴，行之于乡党，洽于四境。父笃其子，兄勉其弟。有不被儒服而行，莫不耻焉。①

昆山县学早已有之，只是因袁晁战乱而损坏。梁文详细记载了昆山县学重新修建的过程，我们既看到地方官员对兴学的重视，更看到当地耆旧长民的热心支持。吴地士人向学的热情则生动说明了江南的尚文好学传统的深厚。

常州。大历初，李栖筠为常州刺史"乃大起学校，堂上画《孝友传》示诸生，为乡饮酒礼，登歌降饮，人人知劝"②。及其后，独孤及刺守常州又大兴儒学，梁肃《陪独孤常州观讲〈论语〉序》记载其事：

> 晋陵守河南独孤公，以德行文学为政，一年儒术大行，与洙泗同风。公以为使民悦以从政，教莫先乎讲习，括五经英华，使夫子微言不绝，莫备乎《论语》。于是，俾儒者陈生以《鲁论》二十篇于郡学之中，率先讲授。乃季冬月朔，公既视政，与二三宾客躬往观焉。已而，公遂言曰："昔文翁用儒变蜀，蜀至于鲁。当大历初元，新被兵馑之苦，今御史大夫赞皇李公为是邦，愍学道圮阙，开此庠序。自后孝秀并兴，与计偕者，岁数十人。子衿之诗起而复废，乡饮酒之礼废而复兴，至于今风俗遂敦美矣哉！仁人之化也。"……士有获在左右，睹公之施教，退谓人曰："夫四时继气而成物，仁贤继功而成化，是学校也。非赞皇不启，非我公不大。"③

独孤及于大历八年任常州刺史，他是唐代古文运动的重要先驱者，喜奖掖后进，当时许多年轻文士在江南从其学古文，梁肃就是其中的一员。正是因为独孤及"以德行文学为政"，兴学崇教，进一步推动了江南尚学尚文的风气。

明州。明州州学始建于盛唐，据《宝庆四明志》卷二："唐州县皆有学，开元二十六年明始置州学。宜随州立矣。宝应、广德间，州毁于袁晁之

---

① 董诰，等.全唐文·卷五一九[M].上海：上海古籍出版社，1990.
② 欧阳修.新唐书·卷一四六[M].北京：中华书局，1975.
③ 董诰，等.全唐文·卷五一九[M].上海：上海古籍出版社，1990.

乱。……裴儆殿邦而茨塾兴。岂兵革抢攘之后，姑以茨屋为学乎。贞元四年，守王沐始建夫子庙。"同书卷十二记载，鄞县学在元和九年建于县之东。同书卷二一载，象山县"至圣文宣王庙与学，同建于唐会昌六年，在县东南一百步"。

另外，还有一些关于湖州、杭州和越州官学的材料，《嘉泰吴兴志》卷一一载：湖州州学在乌程县孔庙旁，"唐初有孔子庙在霅溪南，学附焉"；德清县"旧学在德清县南一百二十步，至圣文宣王殿在县学"。《咸淳临安志》卷五六载，富阳县学"在县东，唐武德七年建，中毁于盗"；新城县学"在县东三十步，唐长寿中置"。《嘉泰会稽志》卷一载，诸暨县学在长山之麓，"旧县西有夫子庙，唐天宝中令郭密之迁于长山下"。

从以上材料可以看出，许多江南地方官秉承南朝重学的传统在当地全力办学。但是，因官学先天的不足，尤其是武后之后社会形势的变化，江南官学与其他地区的官学一样日益衰微。江南的教育仍以私学为主，私学对江南文化的影响更直接。

第二节　江南私学教育的兴盛

私学是唐代教育体制的有机组成部分，是官学的重要补充。武则天以后唐代官学的衰微促进了私学的兴盛。到了玄宗时期，因社会变革加剧，朝廷甚至下诏"许百姓任立私学，欲其寄州县受业者，亦听"[①]，可见在此时私学的大发展最终使得朝廷对其采取了鼓励的政策。唐代私学的形式多样，主要有隐居读书、私人授学、私塾、家学等；私学的内容广泛；教学方法新颖活泼，多提倡个人领悟。这些使得私学更容易吸引士人。唐代私学承担了更为广泛而直接的文化传承任务。

唐代的长安、洛阳及周围地区因有利的政治原因私学较为发达，而江南则是另外一个重要的私学发达地区。经济重心的南移以及魏晋以来江南深厚的文化传统均刺激了江南私学的发展。安史之乱后，大量士人避乱江南，也直接推动了其进一步繁荣。

---

① 王溥. 唐会要・卷三五 [M]. 北京：中华书局，1955.

一、唐代江南私学的主要形式

唐时江南私学的形式主要是私人授学、私塾和家学等。家学的情形我们将在下一节专门论述，此节主要分析江南私学的私人授学、私塾和家庭启蒙教育的情况。

（一）私人授学

私人授学主要是那些在儒学等方面颇有造诣的学者和那些文学成就突出的文士私相指导弟子。授学者既可以是普通士人，也可以是在职官员，他们具有某一方面的成就从而指导慕名求教者。授学内容既有传统经学，又有诗文创作。初唐时期，丹徒马怀素"客江都，师事李善。贫无资，昼樵，夜辄然以读书。遂博通经史。擢进士第，又中文学优赡科"[①]。盛中唐之际，啖助、赵匡、陆质的春秋学派在江南的兴起也是一典型的例子。天宝末至大历间，啖助由关中旅居江南，在此传其春秋之学。据陆质《春秋例统序》载：

> 啖先生讳助，字叔佐，关中人也。聪悟简淡，博通深识。天宝末，客于江东，因中原难兴，遂不还归。以文学入仕，为台州临海尉，复为润州丹阳主簿，秩满因家焉。陋巷狭居，晏如也。始以上元辛丑岁，集三传，释《春秋》，至大历庚戌岁而毕。赵子时官于宣歙之使府，因往还浙中，途过丹阳，诣室而访之，深话经意，事多响合。期返驾之日，当更讨论。……是岁，先生即世（逝），时年四十有七。是冬也，赵子随使府迁镇于浙东。淳痛师学之不彰，乃与先生之子异，躬自缮写，共载以诣赵子，赵子因损益焉。淳随而纂会之，至大历乙卯岁而成书。[②]

天宝末年啖助客游江南，因安史之乱骤然爆发留居于此。后以文学才能而被朝廷选拔，任职于台州、润州，期满后不愿返回北方，最后安家于丹阳，著《春秋三传集解》，并在此授学。《新唐书》卷一二五《儒学传》云："助门人赵匡、陆质，其高弟也。"吴郡陆质和任职于宣歙观察使府的赵匡是其最得

---

① 欧阳修.新唐书·卷一九九[M].北京：中华书局，1975.

② 董诰，等.全唐文·卷六一八[M].上海：上海古籍出版社，1990.

意的弟子。陆质，本名淳，因避唐宪宗讳改。除陆、赵外还有卢庇从啖助学，《旧唐书》卷一五五窦群传载："群兄常、牟，弟巩，皆登进士第，惟群独为处士，隐居毗陵，以节操闻。……后学《春秋》于啖助之门人卢庇者，著书三十四卷，号《史记名臣疏》。"卢庇不仅从啖助学，自己学成后又在江南授学，隐居江南的窦群就曾师事之。后来，永贞革新的主将吕温、柳宗元等都从陆质学，同时其他文人如韩愈、卢仝等人也接受了其影响。所以，兴于江南的啖助、赵匡之春秋之学，由南而北逐渐进入朝廷，不仅导致了中唐学风的新变，还成为永贞革新的理论基础，成为唐代江南私学中影响最大的学派。有学者指出这一学派在江南地区的流传发展，反映了江南地方文化在中唐文化中的特殊地位[①]。

江南私人授学中更普遍也更重要的内容，还是文士之间诗文创作方法的指导与传授。江南文人间诗文授学的现象很普遍，风气非常浓厚。其中突出的是在韩、柳之前，古文运动的先驱萧颖士、独孤及等散文家在江南的古文传授。如宣州刘太冲、刘太真兄弟和金坛戴叔伦俱师从萧颖士学习古文。顾况《信州刺史刘府君集序》云：太真"天宝中与兄太冲登秀才之科，兰陵萧茂挺目以孔门游夏"[②]。《旧唐书》卷一三七亦云：太真"涉学，善属文，少师事词人萧颖士"。而戴叔伦"初抠衣于兰陵萧茂挺，以文学政事见称萧门"[③]，《新唐书》卷一四三亦称其"师事萧颖士，为门人冠"。

独孤及本为洛阳人，安史之乱起至越州避乱，乾元间入浙东节度使幕府，宝应间又任湖州武康县令。大历八年任常州刺史，至十二年卒于任上。故其中年后基本上均生活在江南。所以，大历间众多文人慕名来到江南游学于其门下，如梁肃、朱巨川、权德舆、高参、赵憬、崔元翰、陈京、唐次、齐抗等，其中苏州朱巨川、润州权德舆最为突出。据梁肃《常州刺史独孤公行状》："艺文之士，遭公发扬，威名比肩于朝廷，则有故中书舍人吴郡朱巨川。"[④]权德舆十六岁时由丹徒至常州学于独孤及，所谓"辨方之年，违离江

---

① 查屏球. 唐学与唐诗[M]. 北京：商务印书馆，2000：27.
② 董诰，等. 全唐文·卷五二八[M]. 上海：上海古籍出版社，1990.
③ 权德舆. 唐容州刺史戴公墓志铭[M]// 李昉，等. 文苑英华·卷九五二. 北京：中华书局，1966.
④ 董诰，等. 全唐文·卷五二二[M]. 上海：上海古籍出版社，1990.

缴；志学之岁，伏谒于郡斋。……话言诱掖，造次敢忘"①。另外，苏州李观从学于独孤及之弟子梁肃，著名古文家睦州皇甫湜师事韩愈学古文，为韩门著名弟子，则是众所周知的。

江南诗人之间的师从之风亦非常兴盛。盛唐后期吴兴沈千运擅长古体诗创作，风格质朴高古，独挺于流俗之中，向他学诗的人很多。元结编《箧中集》以其诗置之首，并云其"凡所为文，皆与时异，故朋友后生，稍见师效，能侣类者，有五六人"②。中唐时越州诗人严维亦以指导后辈诗人著称，睦州章八元、会稽诗僧灵澈等均是其得意弟子。据高仲武《中兴间气集》载，"八元尝于都亭偶题数言，盖激楚之音也。会稽严维到驿，问八元曰：'尔能从我学诗乎？'曰：'能。'少顷遂发，八元已辞家。维大异之，遂亲指谕。数年词赋擢第"。八元大历间登进士第，后有章才子之称。其写景诗多佳句，元稹、白居易见其《题慈恩寺塔》诗，惊叹"不谓严维出此弟子"，赞美之情溢于言表。③足见严维之师名甚大。灵澈幼出家于云门寺，据刘禹锡《澈上人文集纪》载，其"从越客严维学诗，遂籍籍有声"④。灵澈从严维学诗约在至德至大历初，到大历中期灵澈即以擅长诗歌闻名于江南。

据刘禹锡《澈上人文集纪》⑤、权德舆《送刘秀才登科后侍从赴东京觐省序》⑥等材料，著名诗人刘禹锡幼年曾在江南向皎然、灵澈、权德舆等诗坛前辈学诗。

吴郡诗人张籍乐于奖掖后进，江南地区青年文士如朱庆馀、项斯等均得其赏识指导。越州诗人朱庆馀尤得其欣赏，朱之《闺意献张水部》与张之《酬朱庆馀》，问答之间，巧用比兴，韵味悠长，堪称珠联璧合，成为诗坛千古佳话。朱庆馀不仅因才华得张籍赏识提携顺利高中进士第，其诗歌创作也甚得张籍诗风之熏染。张洎《项斯诗集序》云："张水部为律格诗，尤工于匠物，字清意远，不涉旧体，天下莫能窥其奥，惟朱庆馀一人亲授其旨。"⑦辛文

---

① 权德舆.祭独孤常州文[M]//董诰,等.全唐文·卷五○九.上海：上海古籍出版社,1990.
② 元结.箧中集[M]//唐人选唐诗十种.上海：中华书局上海编辑所,1958.
③ 计有功.唐诗纪事·卷二六章八元条[M].上海：上海古籍出版社,1987.
④ 刘禹锡.刘禹锡集·卷一九[M].卞孝萱校订.北京：中华书局,1990.
⑤ 刘禹锡.刘禹锡集·卷一九[M].卞孝萱校订.北京：中华书局,1990.
⑥ 董诰,等.全唐文·卷四九一[M].上海：上海古籍出版社,1990.
⑦ 唐文拾遗·卷四七.

房《唐才子传》称朱诗"得张水部诗旨,气平意绝",二人实质上有师生情谊。临海诗人项斯早年亦得张籍赏识指导,《项斯诗集序》又载:"宝历、开成之际,君声价藉甚,时特为水部之所知赏,故其格颇与水部相类,词清妙而句美丽奇绝。"

晚唐睦州诗人群体的从师学诗之风亦非常突出。如方干师事徐凝学习诗法,《郡斋读书志》卷一八载:"徐凝有诗名,见干,器之,授以格律。"寿昌李频又师事方干学诗,《唐摭言》卷四《师友》条云:"李频师方干,后频及第,诗僧清越赠干诗云:'弟子已得桂,先生犹灌园。'"学生倒先于老师及第,方干命运多艰着实令人同情。

唐代江南文学创作的繁荣,除了历史文化传统与现实政治经济等的作用外,江南文士这种乐于从学之风也是一个重要因素。

(二)私塾与寺学

私塾是私人出资聘请教师对子弟进行启蒙教育的一种私学形式。唐代尤其是中唐时期,私塾较为普遍。元稹幼年丧父,家境困窘,靠"母兄乞丐以供资养","幼年之学,不蒙师训",而邻居家的儿童却"有父兄为开学校"[①]。元稹所指邻居所开学校,显然是私塾。韩愈曾请好友张籍教授其子韩昶诗书,也应属于私塾性质。江南的情形也一样,元稹曾提及在越州"平水市中(稹自注:镜湖傍草市名)见村校诸童竞习诗,召而问之,皆对曰:'先生教我乐天、微之诗'"[②]。同州冯翊人杨遗直,家世为儒,后来"客于苏州,讲学为事,遂家于吴"[③]。薛用弱《集异记》蒋琛条载:"雪人蒋琛,精熟二经,常教授乡里。每秋冬,于雪溪太湖中流设网罟以给食。"[④]平水集市中的村校、杨遗直在苏州以讲学为业、蒋琛在家乡教授所得微薄,均当为私塾性质。这些私塾多为普通家庭为子弟开设,教学内容亦较为丰富,既有儒家经典,更有当时诗人的诗歌作品。

唐代还有一种比较特别的私塾,即由佛寺创办的寺学。佛寺面向普通士人子弟,提供读书修业的图书、场地及基本的生活条件。而且寺学所教者,

---

① 元稹.同州刺史谢上表[M]//元稹集·卷三三.冀勤点校.北京:中华书局,1982.
② 元稹.白氏长庆集序[M]//元稹集·卷五一.冀勤点校.北京:中华书局,1982.
③ 刘昫,等.旧唐书·卷一七七 杨收传[M].北京:中华书局,1975.
④ 集异记[M].北京:中华书局,1980.

均为普通教育,并非佛学。敦煌文书中此类材料甚多,日本学者那波利贞《唐钞本杂钞考》认为寺学"非敦煌一地之特殊现象,而可视为大唐天下各州之共同现象"①。严耕望先生也认为:僧侣设学,教授俗家子弟,"既为社会服务,亦籍此可以吸引优良信徒。寒士既不能自给,自乐于投身寺院习业"②。佛寺实际上是义务办学,由此吸引社会青年,通过潜移默化的方式使他们习染亲近佛理。这些从学者学成后,多离开佛寺参加科举。江南风俗本来就信巫鬼,佛教更是甚为流行,名刹众多,故而佛寺之学颇众,许多士人尤其是贫寒子弟寄居僧舍求学修业。其中,无锡惠山寺、池州九华山寺、剡川天宫精舍的寺学尤为知名。

李绅曾先后在家乡惠山寺以及会稽、剡川等地的佛寺读书学习,《云溪友议》卷上载:"李初贫,游无锡惠山寺,累以佛经为文稿,被主藏僧殴打,故终身憾焉。后之剡川天宫精舍……经数年而辞别赴举。"李绅在《上家山》诗序中亦云:"余顷居梅里。常于惠山肄业,旧室犹在,垂白重游,追感多思。"另外他诗集中还有《忆题惠山寺草堂》诗③。其子李浚《慧山寺家山记》亦载此段经历:"金陵之属郡毗陵南无锡县有佛寺曰慧山寺,浚家山也。贞元、元和中,先丞相太尉文肃公心宁色养,家寓是县,因肄业于慧山。始年十五六。"④李绅到惠山寺习业乃因家境贫寒,且多受屈辱,这是进寺学的多数士人子弟的共同经历。李鹫也曾经在惠山寺习业三年,其《题惠山寺诗序》记云:"太和五年四月,予自江东将西归浔阳,路出锡邑。因肄业于惠山寺。居三岁,其所讽念《左氏春秋》《诗》《易》及司马迁班固史、屈原《离骚》、庄周、韩非书记,及著歌诗数百篇。"⑤另外,他还有《惠山寺肄业送怀坦上人》诗可证⑥。由此可见李在惠山寺习学内容丰富,经史子集皆备,而且进行诗歌创作。

李元平乃"故睦州刺史伯诚之子,大历五年,客于东阳寺中读书岁余"⑦。

---

① 严耕望.唐人习业山林寺院之风尚[M]//严耕望.唐史研究丛稿.香港:新亚研究所,1969.
② 严耕望.唐人习业山林寺院之风尚[M]//严耕望.唐史研究丛稿.香港:新亚研究所,1969.
③ 两诗俱见《过梅里七首》,彭定求,等.全唐诗·卷四八一[M].北京:中华书局,1960.
④ 董诰,等.全唐文·卷八一六[M].上海:上海古籍出版社,1990.
⑤ 董诰,等.全唐文·卷七二四[M].上海:上海古籍出版社,1990.
⑥ 彭定求,等.全唐诗·卷六〇七[M].北京:中华书局,1960.
⑦ 李昉,等.太平广记·卷一一二引 异物志[M].北京:中华书局,1961.

赵璘进士试之前曾在会稽戢山戒珠寺习业，咸通三年其任衢州刺史时所作《书戒珠寺》载此事："长庆中始冠，将为进士生，寓此肄业。"①李嘉祐《送王正字山寺读书》送王姓友人往会稽山寺读书，诗云："欲究先儒教，还过支遁居。山阶闲听法，竹径独看书。"②李蟠大和中也曾经在常州南五十里的离墨山善权寺习业。③

名僧灵一居会稽若耶溪云门寺，从学者四方而至。④儒僧彦范隐居宣州当涂山中讲学授业，《唐语林》卷四载：

  宣州当涂隐居山岩，即陶贞白炼丹所也。……后为佛舍，有僧名彦范，俗姓刘，虽为沙门，而通儒学，邑人呼为刘九经。颜鲁公、韩晋公、刘忠州、穆监宁、独孤常州，皆与之善。各执经受业者数十人。……唯颇嗜饮酒，亦不乱。学者有携壶至者，欣然受之。每饮三数杯，则讲说方锐。所居有小圃，自植茶。

灵一既是名僧，更是诗人；彦范虽为沙门，兼通儒学。因而他们在寺中给士子授学，应该是以诗歌及儒学为主。而且他们亲自教授，又与一般寺学只是为士子提供学习场所与基本学习条件有所不同。江南寺学为士人尤其是贫寒者提供了难得的学习处所与条件，对文化传播起到了很重要的作用。

（三）隐居山林读书修业——一种特殊的私学

安史之乱以后士子隐居山林乡村习学成为一种社会风尚。江南士人比较集中的隐居修业处主要集中于浙东的会稽、剡中、四明山和浙西的九华山等地。

嘉兴诗人丘为，"初累举不第，归山读书数年"⑤。其读书之山在何处尚难以确定，由"归山"推测当在其家乡嘉兴；丘为诗集中还有早年所作《泛若耶溪》，故读书处也有可能在若耶溪。另据《旧唐书》卷一三六，齐抗"少隐会稽剡中读书"。齐抗为定州人，于天宝末避安史之乱而至越州隐居读书。

---

① 董诰,等.全唐文·卷七九一[M].上海：上海古籍出版社,1990.
② 彭定求,等.全唐诗·卷二〇六[M].北京：中华书局,1960.
③ 李蟠.请自出俸钱收赎善权寺事奏[M]//董诰,等.全唐文·卷七八八.上海：上海古籍出版社,1990.
④ 辛文房.唐才子传·卷三.
⑤ 辛文房.唐才子传·卷二.

睦州李频隐居家乡西山读书，《新唐书》卷二〇三云其："少秀悟，逮长，庐西山，多所记览。"又据《太平广记》卷一九六引《北梦琐言》载，唐末蜀人许寂少隐四明山，"学《易》于晋征君"。池州顾云、杜荀鹤、殷文圭等人则在九华山习业，《唐诗纪事》卷六七云："（顾云）池州盐醝之子也。……与杜荀鹤、殷文圭友善，同肄业九华。咸通中登第。"另外，从钱起《山斋读书寄时校书杜叟》诗①、皎然《送裴秀才往会稽山读书》及《同明府章送沈秀才还石门山读书》等诗②，亦可略见唐代士人习业江南山林的情况。

（四）母亲授学——家庭启蒙教育的特殊情况

唐代士人家庭往往很早就对子弟进行启蒙教育。比如，权德舆"生三岁，知变四声，四岁能为诗"，如此小的年纪即能懂四声作诗，应该出于其父权皋的教育。义兴蒋乂幼年从外祖吴兢学，也是具有代表性的例子。这种启蒙教育除了父教子或祖教孙外，还有兄诲弟。丹阳皇甫冉、皇甫曾兄弟即是如此，据独孤及《唐故左补阙安定皇甫公集序》云："母弟殿中侍御史曾字孝常，与君同秉学诗之训，君有诲诱之助焉。既而丽藻竞爽，盛名相亚，同乎声者，方之景阳、孟阳。"③皇甫冉不仅与弟弟一起学诗，而且还辅导教诲弟弟，最终二人俱能为诗，时人将他们比作西晋著名兄弟诗人张载、张协。

但是当士人家庭中父亲早逝、家境不济，难以让子弟入官学又请不起私人教师的时候，母亲或家庭中的其他女性成员，往往亲自承担教育子弟的责任。教育内容较多的是启蒙教育，但也有的是经学、文学等的教育。唐代富有才学能诗文的女性甚多，兼之她们天性的温柔以及母爱的博大深沉，使得这些知识女性的教育较为成功。著名文士颜真卿、元稹等人都是母亲授学成才的好例子。在江南，这样的知识女性也很多。

山阴孔绍安少以文词知名，高祖时为内史舍人，后以中书舍人与崔善为等主修《梁史》。其孙孔若思，早孤，母亲褚氏"亲自教训，遂以学行知名"。后若思明经及第，中宗时为吏部侍郎④。

吴郡陆善经为国子司业、集贤殿学士，女陆氏贤明有法度，嫁同郡张诫，

---

① 彭定求，等. 全唐诗·卷二三八 [M]. 北京：中华书局,1960.
② 彭定求，等. 全唐诗·卷八一九 [M]. 北京：中华书局,1960.
③ 董诰，等. 全唐文·卷三八八 [M]. 上海：上海古籍出版社，1990.
④ 刘昫，等. 旧唐书·卷一九〇上 [M]. 北京：中华书局，1975.

生平仲、平叔、平季三子。张诫去世,"诸子尚幼,夫人勤求衣食,亲执诗、书,讽而导之,咸为令子"。平叔穆宗朝仕至户部侍郎。白居易在张诫墓志中对陆氏教诲后代之功进行了热情赞扬:"(平叔)能振才业,致名位,追爵命,揭碑表,继父志,扬祖德,亦由夫人慈善教诱之德,浸渍而成就之。不其然乎!"① 陆氏在诸子年幼时承担训教子弟的责任,教育非常成功。

无锡李绅六岁而孤,孝养其母卢氏,所谓"年虽幼,承顺无违;家虽贫,甘旨无缺"②。卢氏则"教以经义,绅能为歌诗,乡赋之年讽诵多在人口"③。李绅元和元年登进士第,穆宗朝为翰林学士,与李德裕、元稹同为"三俊",会昌中拜相。文学上,与白居易、元稹同倡新乐府运动,俱为中唐著名诗人。

苏州杨收七岁丧父,母长孙夫人亲自为杨收授学。收聪颖秀出,十三岁即"略通经义,善于文咏,吴人呼为'神童',每良辰美景吴人造门观神童,请为诗什,观者压败其藩。"④ 杨收后进士及第,咸通中充翰林学士,又居相位。有意思的是,长孙夫人的孙女,即杨收兄杨发之女杨子书"自童年则不随稚辈游戏……诸兄所习史氏经籍、子集文选,必从授之,览不再绎,尽得理义,勤于习学"⑤。长孙夫人好学的传统在杨家的后代女性身上得到继承发扬。

显然,唐代士人家庭对后代的教育,不仅面向男性,也面向女性。女性受教育的机会很多,否则在日后是无法亲教子女的。杨子书从小就与兄弟一起学习,自然会为将来子女的教育打下基础。范摅《云溪友议》卷上所载慎氏的材料也颇能说明问题。慎氏为"毗陵庆亭儒家之女",蕲春人严灌夫到江南游历与之成婚,后二人归蕲春。十余年后,慎氏因未生育遭灌夫遗弃,慎氏临别赋诗云:"当时心事已相关,雨散云飞一晌间。便是孤帆从此去,不堪重过望夫山。"⑥ 整首诗既回味当初夫妇的恩爱,更痛惜如今的被弃,爱恨交织,孤苦悲凄,十分感人。灌夫看后当即回心转意,二人和好如初。慎氏出

---

① 白居易.唐赠尚书工部侍郎吴郡张公神道碑铭[M]// 白居易全集·卷四一.上海:上海古籍出版社,1999.
② 白居易.淮南节度使检校尚书右仆射赵郡李公家庙碑[M]// 白居易全集·卷七一.上海:上海古籍出版社,1999.
③ 刘昫,等.旧唐书·卷一七三 李绅传[M].北京:中华书局,1975.
④ 欧阳修.新唐书·卷七一[M].北京:中华书局,1975.
⑤ 陆增祥.八琼室金石补正·卷七七 唐卷第四九[M].北京:文物出版社,1987.
⑥ 彭定求,等.全唐诗·卷七九九[M].北京:中华书局,1960.

生于江南儒学之家，聪明颖秀，因无子被丈夫驱逐在当时是合法的，面对这种不幸，慎氏采取了以情打动丈夫的方法，如果不是从小就有良好的教育，又岂能在关键时候以自己的才华改变自己的命运。

二、江南私学教育的特点

私学为江南士人提供了公学之外的重要教育方式，而江南文化教育尤其是私学发达是江南文学发展兴盛的重要保证。综合起来看，江南私学教育具有以下特点。

（1）中晚唐江南私学教育明显盛于初盛唐。以上所举材料中私人授学、隐居山林寺院修业、母亲授学等例子基本上是天宝以后的，可见私学在中晚唐的历史背景下的高度发展。私人授学的材料中，江南文士对后辈的诗文创作方法的指导与传授更是集中于安史之乱以后。这种前期少中后期较多的情形，实际上反映了整个唐代教育的整体发展状况，即唐初官学教育发达，后来私学教育逐渐超过官学成为士人子弟教育主要的方式。唐代后期江南文化的蓬勃发展以及普通士人家族大量增加就是建立在这一基础之上的。

（2）私学教育中的授学者既有学者、官员，也有一般文士，还有父母亲等家庭长辈。从授学的学者文士的籍贯来看，既有江南本土者，也有北方南来者。北方南来者主要是经学方面的学者和中唐古文运动的一些先驱，如啖助、赵匡和萧颖士、独孤及等即为典型。江南本土授学者，如严维、皎然、张籍、姚合、方干等，除了家庭启蒙教育，较多集中于文学与艺术，而文学方面诗歌又多于散文。这说明了中晚唐江南诗歌创作的兴盛状况，与我们在第三章中的分析结论是一致的。

（3）江南地区不同的私学教育形式相互补充、相互衔接，构成了一个较为灵活而又完整的由低级到高级的教育体制，使得士人学习有比较好的系统性与连续性。私塾以及家学中的大部分母亲教子，主要是承担学龄儿童的启蒙教育，属于初级教育，目的在于为日后的中高级教育打下基础。私人授学、山林修业、寺学、家学传承则更多为经学、文学、艺术等方面的教育，属于中高级的教育。一般情况下，士人幼年在家庭或私塾接受父母亲与教师的启蒙，然后或到山林、寺院刻苦修业，或投某一学者、著名文学之士门下进行专门学习。最终目的都是为士人将来的科举考试做准备。

（4）开展家学教育的家庭有传统江南世家大族，但更多是普通家族甚至是平民家庭。其中世家大族和官僚家庭，由于良好的家学渊源，教授者多有较丰富的知识，且大多擅长文学与艺术，家学教育自然受到重视，比如吴郡陆氏作为传统世族，家学条件优良渊源深厚。江南家学也存在于较为贫寒的家庭，像李绅与杨收等均为普通士人家庭，家境并不宽裕，但其女性成员依然具有很好的诗书文化素养，并能进行子女启蒙与诗书教育，这也说明了唐代江南社会整体教育的水平。

（5）私学教育的内容既有儒家经义也有书画技艺、文章诗赋。天宝以前以经义居多，以后则诗文居多。私学教育成果很突出。开展家学教育以及具有深厚家学传统的家族子弟，日后大多明经或进士及第，许多人成为著名的官僚。而那些在山林读书修业或师从名家学文学诗者，也大多成为著名文士。这些都说明，江南私学对唐代江南地区文学发展具有促进作用。

第三节　江南家族诗人群体的地理分布与构成

关于唐代父子、兄弟或祖孙俱为诗人即家族诗人众多的现象，早就有学者提及。辛文房《唐才子传》卷二《包融传》之末赞语论之甚详：

> 夫人之于学，苦心难，既苦心，成业难；成业者获名不朽，兼父子、兄弟间尤难。历观唐人，父子如三包，六窦，张碧、张瀛，顾况、非熊，章孝标、章碣，温庭筠、温宪，公孙如杜审言、杜甫，钱起、钱翊，兄弟如皇甫冉、皇甫曾，李宣古、李宣远，姚系、姚伦等，皆联玉无瑕，清尘远播。芝兰继芳，重难改于父道；骚雅接响，庶不慊于祖风。四难之间，挥麈之际，亦可以为美谈矣。①

---

① 傅璇琮.唐才子传校笺：第一册[M].北京：中华书局,1990：228，1987.

第四章　私学兴盛与江南家族诗人群体

明代胡应麟也注意到了这种现象，在《诗薮》中说：

> 唐诗赋程士，故父子兄弟文学并称者甚众。而又不能如汉魏之烜赫。①

众多家族父子、弟兄芝兰继芳、骚雅接响，苦心成业并获名不朽。显然，文学家族兴盛是唐代重要的文化现象。我们发现，在所有唐代家族诗人群体中，江南家族诗人占了不小的比例。国内也有学者的研究开始涉及唐代江南的文学家族，遗憾的是只是将之作为对其他地区文学士族研究的参照，未及充分展开和深入研究。②需要说明的是，我们没有使用江南文学士族的概念。理由是世族、士族、望族、世家大族、郡姓、著姓、大姓、门阀、门户等概念，在中古时期指称内涵基本上是一致的，都是指在全国有影响的显贵的著姓。唐太宗令高俭、韦挺等修《氏族志》，对山东崔、卢等世族后代偃然自高尤为不满，认为"太上有立德，其次有立功，其次有立言，其次有爵为公卿、大夫，世世不绝"，才称得上"门户"，因而以当日冠冕为等级高下。③太宗代表的是新兴权力阶层的利益，强调家族的德行与官爵高下，不过这个靠权力强行推广的标准，并不能马上取代传统的根深蒂固的世族门阀观念。而史念海先生概括的四点简明要素，似乎更能代表整个唐代普遍性的士族评价标准：

> 第一是有相当长久的历史；第二是其祖上曾经有过高官厚爵的人物；第三，族派繁衍，枝叶茂盛；第四是聚族而居，族大势强，引人注意。尤其是聚族而居，成为社会上以郡望相标榜的根据。④

显然，这些条件对唐代大多数文学家族来说很难全部具备，同时鉴于唐

---

① 胡应麟.诗薮·外编卷三[M].上海：上海古籍出版社，1979.
② 李浩.唐代三大地域文学士族研究[M].北京：中华书局2002.
③ 欧阳修.新唐书·卷九五高俭传[M].北京：中华书局，1975.
④ 史念海.两《唐书》列传人物籍贯的地理分布[M]//尹达，等.纪念顾颉刚学术书集.成都：巴蜀书社，1990.

代世族力量在初唐以后逐渐衰落的事实，我们认为"文学家族"的概念更具有广泛意义，也更接近唐代社会与文学发展的实际。

一、江南家族诗人群体分布

我们主要根据陈尚君师《唐代诗人占籍考》的研究成果，再结合其他材料，对现有诗歌传世的江南家族诗人群体进行较为系统的清理。现详列江南家族诗人群体如下。

（一）润州

丹徒权氏家族：权澈为前秦权翼之后，进士及第，有文名，李华编其文集二十卷并为之序，今佚。① 权澈四子"骅、轶、申、器，悉忠信好学，善属文"②。权器大历中客居苏州，参与颜真卿、皎然湖州诗会联唱。器族侄权德舆为贞元、元和间的文坛盟主，兼善诗文。其文弘博雅正，尤善碑铭，被当时朝野奉为宗匠。其诗多五古、五律，张荐称为"词致清深，华彩巨丽，言必合雅，情皆中节"③。其著述甚丰，今仅存《权载之集》五十卷。德舆子权璩，进士及第。德舆从侄权审，作诗千首，多为时人传诵。

曲阿蔡氏家族：蔡希逸、希周、希寂三兄弟俱工诗，希逸、希寂善书法，希周、希寂进士及第。殷璠收三人诗入《丹阳集》，并称"希周词彩明媚，殊得风规"；"希寂词句清迥，情理绵密"④。

皇甫家族：皇甫冉、皇甫曾兄弟为秘书少监、集贤院修撰皇甫彬之侄，俱进士及第。⑤ 冉十岁即能文，十五岁时为张九龄赏识，独孤及认为其得崔颢、王维之门而入，且"其诗大略以古之比兴犹今之声略，涵咏风骚，宪章颜谢"⑥。曾，工诗，高仲武《中兴间气集》称其诗："体制清洁，华不胜文。"《新唐书·艺

---

① 独孤及.唐故朝议大夫高平郡别驾权公神道碑铭[M]//董诰,等.全唐文·卷三九〇.上海：上海古籍出版社,1990；欧阳修.新唐书·宰相世系表[M].北京：中华书局,1975.
② 独孤及.唐故朝议大夫高平郡别驾权公神道碑铭[M]//董诰,等.全唐文·卷三九〇.上海：上海古籍出版社,1990.
③ 张荐.答权载之书[M]//董诰,等.全唐文·卷四五五.上海：上海古籍出版社,1990.
④ 陈应行.吟窗杂录·卷二六[M]//历代吟谱.北京：中华书局,1997.
⑤ 欧阳修.新唐书·艺文志四[M].北京：中华书局,1975.
⑥ 独孤及.唐故左补阙安定皇甫公集序[M]//董诰,等.全唐文·卷三八八[M].上海：上海古籍出版社,1990.

文志》著录《皇甫冉诗集》三卷、《直斋书录解题》著录《皇甫曾诗集》一卷。

延陵包氏家族：包融为"吴中四士"之一，以文词扬名于神龙及开元前期。殷璠编其诗入《丹阳集》并评为情幽语奇①。二子包佶、包何并称"二包"，天宝六载、七载相继进士及第。包佶"偃息文苑，优游汉庭。雅韵拔俗，清机入冥。立言大旨，为经为纪。中行文质，不华不俚。鲁史一字，诗人四始。溯其源流，用制颓靡"②，在贞元前期文坛具有领袖地位。《直斋书录解题》著录《包何诗》《包佶诗》各一卷。

储氏家族：储光羲为盛唐山水田园诗派的重要作家，兼善经学，殷璠《河岳英灵集》卷下谓："璠尝睹公《正论》十五卷，《九经外义疏》二十卷，言博理当，实可谓经国之大才。"③惜二书久亡佚。其诗歌则"格高调逸，趣远情深"。顾况为《储光羲集》作序，云集有七十卷。南宋时《郡斋读书志》等仅著录五卷。曾孙储嗣宗，大中间进士及第，善山水诗，与顾况子非熊为诗友。《直斋书录解题》著录其集一卷。

句容刘氏家族：刘三复诗文俱佳，尤长于表状。初为金坛尉，李德裕镇浙西，三复代为起草文书，得其嘉叹赏识，遂辟为宾佐④。《新唐书·艺文志》著录《刘三复表状》十卷，已佚。子刘邺幼而聪颖，大中间为翰林学士，赐进士第，宣宗朝历官显要。《新唐书·艺文志》著录其《甘棠集》三卷，《宋史·艺文志》著录《刘邺集》四卷，《从事》四卷等。

（二）常州

义兴蒋氏家族：蒋挺举进士，开元初任监察御史。二子蒋洌、蒋涣并进士及第居官显要。洌，天宝中历礼、户二部侍郎、尚书左丞。芮挺章《国秀集》录其诗两首。涣官终礼部尚书，善诗，以五律见长，与钱起、耿湋等诗人交善。

常州萧氏家族：萧钧高宗朝为弘文馆、崇贤馆学士，善文，有才誉。《旧唐书·经籍志》著录其文集三十卷。孙萧嵩，开元间为中书舍人、兵部侍郎、尚书右丞相。嵩子萧华，开元间为工部侍郎，上元间为集贤殿崇文馆大学士，

---

① 殷璠.吟窗杂录·卷二六[M]//历代吟谱[M].北京：中华书局，1997.
② 权德舆.祭故秘书包监文[M]//董诰，等.全唐文·卷五〇八[M].上海：上海古籍出版社，1990.
③ 傅璇琮.唐人选唐诗新编[M].西安：陕西人民教育出版社，1996：178.
④ 王谠.唐语林·卷三"赏誉"条[M].上海：上海古籍出版社，1978.

监修国史，肃宗时为相。华孙萧仿，大和元年进士及第。咸通间任散骑常侍，知礼部贡举，并为相、弘文馆大学士。嵩五世孙萧遘，进士及第，中和间为相，监修国史。

（三）苏州

吴县陆氏家族：陆余庆，武后时为监察御史、中书舍人，与陈子昂等人为"方外十友"；"虽才学不逮子昂等，而风流强辩过之"。余庆一子，失名字，善诗，曾作诗嘲余庆"善论事而谬于判决"①。余庆孙陆海永泰中为京兆户曹，后为潮州刺史。长于五言诗，为贺知章赏识。陆海之弟长源，与湖州诗人孟郊为好友，诗歌唱酬甚密。

余庆侄元方，明经及第，武后时宰相。三子象先、景倩、景融尤为知名。象先举制科高第，开元间为工部尚书、户部尚书。象先四世孙陆翚为汝州参军，能诗，六世侄孙陆龟蒙，举进士不第，隐居松江甫里、太湖等地。诗文赋并长，与皮日休齐名。乾符六年自编作品集《笠泽丛书》，著述甚丰。现存宋人辑《甫里先生集》二十卷。

元方之伯父陆柬之，书法名家，官太子司议郎。②其子彦远，亦著名书法家。

象先从侄陆涓，大历间曾预颜真卿湖州诗会联唱。涓孙陆翱，善作咏物诗，"为诗有情思……题鹦鹉、早莺、柳絮、燕子，皆传于时"③；且"才调宛丽"④。景融四世孙陆希声，乾宁二年拜户部侍郎。"好学多才艺，勤于读史，非寝食未尝释卷，中朝子弟好读史者无及"⑤，博学善文，又精书法。《新唐书·艺文志》著录其《颐山诗》一卷，已佚。

归氏家族：归崇敬明经登第，天宝间为左拾遗，肃宗朝为史馆修撰，大历间拜国子司业，兼集贤学士，德宗时为翰林学士。博学能文。子归登。贞元初登贤良方正能言极谏科，后为右拾遗、起居舍人、兵部员外郎等职。工草隶，善文，权德舆称其"词学精实，晦而不耀"⑥。顺宗为太子时，崇敬父

---

① 彭定求，等.全唐诗·卷八六九[M].北京：中华书局,1960.
② 欧阳修.新唐书·卷一一六[M].北京：中华书局, 1975.
③ 王谠.唐语林·卷二[M].上海：上海古籍出版社, 1978.
④ 刘崇远.金华子杂编·卷上.
⑤ 王谠.唐语林·卷二[M].上海：上海古籍出版社, 1978.
⑥ 权德舆.起居舍人举人自代状[M]董诰，等.全唐文·卷四八七.上海：上海古籍出版社, 1990.

子侍读。登子归融，元和中进士及第，文宗时任翰林学士、户部侍郎，后为山南西道节度使。融子仁绍，咸通十年以状元登进士第，中和间为礼部侍郎。融曾孙处讷，喜作嘲谑诗，时人皆畏其咏。

沈氏家族：沈既济，贞元中官至礼部员外郎。精于小说创作，为中唐著名传奇作家，《枕中记》《任氏传》等流传甚广，对元代戏剧、清代小说均有影响。子传师，少年聪颖，并为杜佑赏识器重。贞元二十一年权德舆知贡举时进士及第，在德舆门生中颇突出，时人比之颜子。曾与白居易、沈亚之、李德裕等诗人相唱和。子沈询，《新唐书》本传云其"亦能文辞"，历官清显，曾为翰林学士、吏部侍郎、浙东观察使等职，甚得宣宗器重。《唐语林》卷一载："上（宣宗）慎重名器，未尝容易，服章之赐，一朝无滥邀者……沈询自礼部侍郎为浙东观察，方赐紫。"传师之孙沈颜，天复初登进士第，五代时仕吴，曾为兵部郎中，翰林学士。少年即善文辞，为文敏捷有"下水船"之誉；曾撰太祖神道碑，时人推为巨手。又善琴奕，皆臻神境。①《新唐书·艺文志》著录其《聱书》十卷，今佚。② 沈氏为唐代史学世家，兼长文学。

嘉兴丘氏家族：丘为、丘丹兄弟俱有诗名。丘为天宝间进士及第，曾任主客郎中、左散骑常侍等职。与王维、刘长卿等诗人友善，多有诗歌唱和。《新唐书·艺文志》著录《丘为集》，已佚。丘丹广德至大历初在浙东观察使幕府，曾参与鲍防、严维等的浙东诗会联唱。

朱氏家族：朱巨川明经及第，大历间为起居舍人、知制诰，拜中书舍人。善诗文，所著文多为时人所称。子朱宿，约于建中间登进士第，贞元间于无锡与窦群、王武陵等诗歌唱和，后官右拾遗。

陆氏家族：陆瀍，据《新唐书·宰相世系表》，瀍属于陆氏侍郎枝，晋中书侍郎陆瓘之后。贞元元年登进士第，后为户部郎中、给事中。瀍弟陆侃，溧阳令。侃子陆贽，进士及第，建中间为翰林学士，贞元间为兵部侍郎、拜相。为中唐著名政治家，善文，尤长于制诰政论。权德舆《翰苑集序》称其"榷古扬今，雄文藻思"，政论之文昭昭然与金石不朽。今存《陆宣公翰苑集》二十二卷。

---

① 吴任臣.十国春秋·本传[M].四库全书本.
② 沈颜是沈枢还是沈询之子，文献无明确记载。但据《新唐书·卷一三二》，沈询咸通四年为昭义节度使时全家皆为家奴杀害，故沈颜当为沈枢之子。

海盐顾氏家族：顾况，进士及第。贞元间为秘书省著作佐郎，后贬饶州司户。贞元九年后去官，隐居茅山为道士。工诗善画，尤长于歌行，为"吴中诗派"代表。今存《华阳集》三卷。子非熊进士及第，大中间为盱眙尉。少俊悟，早有诗名，"近体诗俊婉可讽"①，与王建、贾岛、姚合、朱庆馀等诗人交友。后亦归隐茅山以终。《新唐书·艺文志》著录《顾非熊诗》一卷。

苏州张氏家族：张籍，贞元间进士及第。为国子助教、水部员外郎及国子司业等职。与元白、孟郊俱为元和体开创者，为天下宗匠。今存《张司业集》八卷。弟萧远，元和间进士及第，工诗，与舒元舆齐名，张为《诗人主客图》将其列为瑰奇美丽主之升堂者。

杨氏家族：杨发，大和间进士及第，为苏州刺史、岭南东道节度使。工诗，乃"当时声韵之伟者"，风格浏亮清新，"颇惊凡听"②。弟杨收，博闻强记，善属文，会昌元年进士及第，咸通间居相位。发子杨乘，大中元年进士及第，曾任殿中侍御使。"有俊才，尤能为诗歌"③。张为《诗人主客图》将其列为"广大教化主"之上入室者。发侄孙凝式，天佑二年进士及第，历后梁、后唐、后晋要职。博览经籍，善属文，工草书。亦长于歌诗，风格诙谐清丽。杨氏三代以文学著称于时，时人号为"修行杨家"。

（四）湖州

长城钱氏家族：钱起，天宝间进士及第，建中初任考功郎中。肃、代间著名诗人，大历十才子之首也，又与郎士元并称"钱郎"。高仲武《中兴间气集》评价其诗："体格新奇，理致清赡。"今存《钱考功集》十卷。子钱徽，贞元初进士及第，元和间为翰林学士、礼部侍郎，长庆间为湖州刺史、工部侍郎等职。工诗善文，与中唐著名文士白居易、刘禹锡韩愈诗文往还。徽子可复，元和间登进士第。大和间曾任凤翔节度副使。徽孙钱珝，广明元年进士及第，工诗，尤擅绝句。《新唐书·艺文志》著录其《舟中录》二十卷，《宋史·艺文志》著录《钱珝制集》十卷，均已佚。

乌程丘氏家族：丘光庭，唐末太学博士，与罗隐交善。能诗，著述颇丰。《宋史·艺文志》著录其《兼明书》十二卷、《规书》一卷；尤袤《遂初堂书

---

① 胡震亨.唐音癸签·卷七[M].上海：上海古籍出版社，1981.
② 辛文房.唐才子传·卷七.
③ 刘昫，等.旧唐书·卷一七七[M].北京：中华书局，1975.

目》著录其《古贤姓名相同录》一卷。今存《兼明书》五卷及《海潮论》一卷。弟光业，《宋史·艺文志》著录《丘光业诗》一卷，今佚。

武康姚氏家族：姚南仲，乾元中中制科，贞元间为御史中丞、给事中、郑滑节度使、右仆射。工诗文，权德舆《右仆射赠太子太保姚公集序》称其："歌诗有逸韵，叙事为实录，皆据根柢而无枝叶，惜惜然君子硕儒之言。"①《新唐书·艺文志》著录有《姚南仲集》十卷，已佚。南仲孙姚康，元和十五年登进士第。文宗时为户部员外郎，精于史学。据《旧唐书》卷十八康著有《帝王政纂》十卷，《统史》三百卷。《新唐书·艺文志》著录其《科第录》十六卷，均亡佚。

（五）杭州

钱塘褚氏家族：褚氏为江南望族，褚亮由陈、隋入唐，秦王府文学馆十八学士之一，与虞世南同为唐初重要宫廷诗人。子遂良，太宗、高宗朝名臣。博涉经史，著名书法家。《旧唐书·经籍志》《新唐书·艺文志》著录《褚亮集》《褚遂良集》各二十卷，均佚。遂良从孙褚琇，开元间为常州刺史。

盐官许远家族：许敬宗为隋朝礼部侍郎许善心之子，入唐为秦王府学士，贞观间为著作郎、兼修国史，高宗朝为弘文馆学士、兼修国史及礼部尚书。先后参与《晋书》《高祖实录》《姓氏谱》《西域国志》等的撰修。《新唐书·艺文志》著录其文集八十卷，已佚。其曾孙许远，天宝间为剑南节度从事。安史之乱起，为睢阳太守，与张巡等坚守，直至兵粮俱尽，城破被俘在洛阳英勇就义。

临安钱氏家族：钱镠，吴越国王，在位保境安民而礼敬文士，能文工书，尤爱诗歌。其子孙亦多能为诗，子元瓘嗣吴越王，一生诗作甚丰，有《锦楼集》十卷，今佚。元瓘子俶、弘儇、弘佐、弘倧、弘偡、信等俱善诗。弘佐子钱昱，博学善文，兼善书，著文集《贰卿文稿》等，俱佚。弘倧嗣王位，有《越中吟》二十卷，亦亡佚。弘倧子惟治能诗善书，诗学晚唐皮日休、陆龟蒙。

新城杜氏家族：杜棱为吴越国润州刺史，以武艺见称。子杜建徽为常州刺史、左丞相。父子二人虽武将而能赋诗。

---

① 董诰，等．全唐文·卷四八九[M]．上海：上海古籍出版社，1990．

（六）睦州

清溪皇甫家族：皇甫湜为中唐著名古文家，与韩愈有师友之谊。元和元年进士及第，不久又登贤良方正科。有《皇甫持正文集》六卷存世。子皇甫松，工诗词能文，其词入选《花间集》，为晚唐著名词人。其词"措词闲雅，犹存古诗遗意。唐词于飞卿而外，出其右者鲜矣。五代而后，更不复见此笔墨"①。《新唐书·艺文志》著录其《醉乡日月》三卷，已佚。

桐庐章氏家族：章八元，曾从严维学诗，诗才颇得白居易、元稹等赞赏。大历间登进士第。子孝标进士及第，诗才敏捷，尤擅七言诗，风格爽朗。张为《诗人主客图》列为"瑰奇美丽主"武元衡之及门。《新唐书·艺文志》著录《章孝标诗》一卷。孝标子章碣居钱塘，屡举不第。擅诗，创七律变体诗，上下句双用韵，奇数句押一仄韵，偶数句押一平韵，时多仿效者。《新唐书·艺文志》著录《章八元诗》《章碣诗》各一卷，均已佚。

（七）越州

会稽罗氏家族：罗珦，少好学，元和间为太子宾客。子罗让，少以文学知名，尤工诗。贞元间登进士第，元和元年又因才识兼茂明于体用科及第。后任监察御史、吏部员外郎、江西观察使等职。《新唐书·艺文志》著录《罗让集》三十卷，已佚。让子劭京，进士及第。

余姚虞氏家族：虞世南幼年与兄世基受学于江南名士顾野王，有文才，为徐陵称许。隋朝为秘书郎。入唐为秦王府参军、弘文馆学士，贞观间为著作郎、秘书监等职。工书法，擅诗文。为唐初重要宫廷诗人，诗风绮丽雅正。《旧唐书·经籍志》等著录其文集三十卷，已佚。其子纂、郁、焕俱擅书法。

山阴贺氏家族：贺德仁与从兄贺德基"咸以词学见称"，德仁入唐为太子洗马；其侄贺纪、贺敳，"亦以博学知名。高宗时，纪官至太子洗马，修《五礼》，敳至率更令，兼太子侍读。兄弟并为崇贤馆学士，学者荣之"②。《新唐书·艺文志》著录《贺德仁集》二十卷，已佚。

（八）婺州

金华张氏家族：张志和，明经及第，肃宗朝待诏翰林，授左金吾卫录事参军。不久贬南浦尉，遇赦后即浪迹江湖，隐居会稽。兼擅诗词书画。兄松

---

① 陈廷焯. 白雨斋词话·卷七 [M]. 北京：人民文学出版社，1959.
② 刘昫，等. 旧唐书·卷一九〇上 [M]. 北京：中华书局，1975.

>>> 第四章 私学兴盛与江南家族诗人群体

龄,浦阳尉,颜真卿云其"亦有文学"①。

东阳滕氏家族:滕珦,进士及第。元和间为太学博士,历茂王傅。大和三年归老还乡。子滕迈,元和十年进士及第。后任台州、睦州刺史等职。父子俱能诗。《新唐书·艺文志》著录《滕珦集》,已佚。滕迈与赵嘏、章孝标等诗人友善,其咏柳之《杨柳枝词》当时颇为流传。滕迈族弟滕倪苦吟为诗,声名早播,被迈誉为"千里之驹"。

冯氏家族:冯宿,贞元八年进士及第。元和间为太常博士。后任工部侍郎、兵部侍郎、东川节度使等职。长于赋文制诰,韩愈有《与冯宿书中书》与之讨论古文。《新唐书·艺文志》著录《冯宿集》四十卷,已佚。弟冯定,"权德舆掌贡士,擢居上第";"与宿俱有文学,而定过之",工古体诗,兼擅音乐。长庆中,其文远播至新罗和西域②。定四子皆进士登第,长子冯衮咸通间为给事中、苏州刺史。宿孙冯涓,进士及第,擅文尤工章奏。何光远《鉴戒录》称其"所著文章,回超群品,诸儒称之为大手笔"。《十国春秋》著录其《南冠集》《龙吟集》《长乐集》等,均不存。

(九)温州

永嘉朱氏家族:朱著,乾宁间为温州刺史。弟朱褒中和间为温州刺史,与杜荀鹤友善。荀鹤《寄温州朱尚书并呈军倅崔大夫》诗称其"篇章高体谢宣城"③。

(十)宣州

宣州刘氏家族:刘处约,历任吏部员外郎、考功员外郎等职。孙长卿,天宝后期进士及第,与元结、张继、严维、皎然、独孤及等著名文士交往,为中唐前期著名诗人,尤善五律,自号"五言长城"。有诗文合集《刘随州文集》十一卷存世。

溧水刘氏家族:刘太冲、刘太真兄弟俱曾师事萧颖士,天宝十二、十三载相继进士及第。太冲曾为平原太守颜真卿从事,太真建中间为中书舍人,贞元间为礼部侍郎,两次知贡举。《旧唐书》卷一三七云其"尤长于诗句,每

---

① 颜真卿.浪迹先生玄真子张志和碑[M]//董诰,等.全唐文·卷三四〇.上海:上海古籍出版社,1990.
② 刘昫,等.旧唐书·卷一六八[M].北京:中华书局,1975.
③ 彭定求,等.全唐诗·卷六九二[M].北京:中华书局,1960.

出一篇，人皆讽诵"。德宗时君臣唱和，太真诗被评为上等，其从表兄弟顾况曾为其文集作序。《新唐书·艺文志》著录其集三十卷，已佚。

（十一）歙州

休宁查氏家族：查文徽，少好学，手写经史数百卷。南唐中主时为中书舍人、工部尚书，与冯延巳友善。子元方，南唐后主时为水部员外郎，入宋为殿中侍御史。

歙州吴氏家族：吴少微，举进士。与富嘉谟友善，为文以经典为本，崇尚雅正，风格浑厚雄劲，时人钦慕之，文体一变，称为"富吴体"。《旧唐书·经籍志》著录其文集一卷，已佚。子吴巩，开元初登才高未达沉迹下僚科，后为中书舍人、集贤院直学士。

（十二）池州

青阳殷氏家族：殷文圭，曾居九华山苦学，以致笔砚破穿，乾宁间进士及第。擅诗文，著述甚多。《直斋书录解题》著录《殷文圭集》一卷，《宋史·艺文志》著录其《登龙集》十五卷、《笔耕词》二十卷等，均亡佚。子崇义，避讳改名汤悦，少颖悟能文，精于史学。仕南唐为枢密使、右仆射。入宋预修《江南录》《太平御览》等。

二、对江南家族诗人群体的统计分析

（一）江南家族诗人群体的地理与历史分布特点

统计以上材料，江南地区16州中12州有家族诗人分布，涉及家族的数量达38个，主要集中于江南北部环太湖及钱塘江下游两岸经济发达地区，其中苏州9个，润州6个，杭州4个，湖州、越州各3个，常州2个，总共27个，占总数的71.4%。中部次发达地区婺州、睦州、歙州、池州、宣州，共10个，占总数的26%。而浙江东南地区则只有温州有1个，所占比重甚小。江南文学家族的分布具有明显的区域差异，即在总体上呈现了由北往南逐渐减少的趋势。经济开发较早、文化传统更深的发达地区集中了大部分的家族诗人群体，如丹徒权氏、曲阿蔡氏、延陵包氏、义兴蒋氏、常州萧氏、吴县陆氏归氏、苏州张氏杨氏、长城钱氏、钱塘储氏、临安钱氏等。他们或父子或兄弟或叔侄或祖孙同为诗人，有的甚至一家数代相继擅场诗坛。考虑到我们主要收录的是现有存诗的家族诗人的事实，唐代江南家族诗人的实际分布应该更广、人数更多。

唐代江南家族诗人历史的纵向分布特点也非常鲜明，除了常州兰陵萧氏、苏州陆氏、丹徒权氏等少量几个文学大族诗人群体几乎延续整个唐代之外，绝大多数文学家族不超过四代。其中处于初盛唐阶段的有曲阿蔡希周、义兴蒋挺、钱塘褚亮、歙州吴少微4个家族，处于五代的有临安钱镠和查文徽家族2个，其余24个全部在中晚唐时期。由此我们可以看出唐代中后期江南文化兴盛的状况，当然这也是江南成为唐代又一文化中心的具体表现。

（二）江南家族诗人进士及第比例甚高

江南地区因为经济的发展与教育的发达，参加科举的人数众多，且在初唐以后，明经、进士与制科及第人数非常突出。这也形成了江南地区家族诗人进士及第比例甚高的状况，祖孙、父子、兄弟及第的现象较为普遍。

江南文学家族诗人中，进士及第者88人。

具体各家族的情况是：冯氏家族12人，萧氏家族9人，归氏家族8人，杨氏家族8人，蒋氏家族7人，陆氏家族6人，钱氏家族5人。江南进士诗人中状元3人，另外权德舆虽然为中进士，但是却是三掌贡举。

各州的进士及第情况如下。

苏州30人：陆余庆、陆元方（制科）、陆象先（制科）、陆翱；陆瀛、陆贽（进士、制科）；归登（制科）、归融、归仁晦、归仁翰、归仁宪、归仁绍（状元）、归仁泽（状元）、归黯（状元）；沈传师、沈询（父子）、沈颜；丘为；朱宿；陆宬；顾况、顾非熊（父子）；张籍、张萧远（兄弟）；杨发、杨假、杨收、杨严、杨乘、杨涉、杨注、杨凝式。

常州15人：蒋洌、蒋涣（兄弟）；蒋兆、蒋伸（兄弟），蒋凝①；萧俛、萧杰、萧仿、萧廪、萧顷、萧遘、萧建，萧立（制科）、萧邺。

婺州14人：腾珦、腾迈（父子）；冯宿、冯图、冯陶、冯韬（父子四人），冯定、冯衮、冯颛、冯轩、冯岩（父子五人）、冯审、冯宽、冯缄。

润州13人：权澈、权皋、权璩；蔡氏家族3人：蔡希逸、蔡希寂（兄弟同年）、蔡希周；皇甫冉、皇甫曾（兄弟）；包佶、包何（兄弟）；储光羲、储嗣宗；刘邺（赐进士第）。

---

① 蒋凝，《新唐书·艺文志》载其为江东人，具体籍贯不详，姑入常州义兴。

湖州7人：钱起、钱徽、钱可复、钱可及、钱珝；姚南仲（制科）、姚康（祖孙）。

睦州3人：皇甫湜；章八元、章孝标（父子）。

宣州3人：刘长卿、刘太冲、刘太真（兄弟）。

越州2人：罗让、罗劭京（父子）。

池州1人：殷文圭。

（三）家族诗人群体的构成与来源

1. 文学家族诗人内部构成状况

（1）家族成员连续数代出现诗人，或祖、父、孙同为诗人，或父、子同为诗人，或叔、侄同为诗人等。连续三代以上擅长文学者，集中于丹徒权德舆、吴县陆余庆、沈传师、苏州杨发、钱塘褚亮、长城钱起，桐庐章八元、临安钱镠等家族。父子诗人则有延陵包氏、句容刘氏、义兴蒋氏、嘉兴朱氏、新城杜氏、海盐顾氏、东阳滕氏、会稽罗氏、清溪皇甫氏、休宁查氏、歙州吴氏、青阳殷氏等家族。叔侄诗人有嘉兴陆氏、东阳冯氏等家族。

（2）兄弟诗人，包括同胞兄弟、叔伯或远房兄弟几种情形。如苏州张籍、张萧远，义兴蒋洌、蒋涣，东阳冯宿、冯定，金华张松龄、张志和，嘉兴丘为、丘丹，永嘉朱著、朱褒，溧水刘太冲、刘太真等。

（3）隔代出现诗人。有隔一代的，表现为祖孙诗人；有隔几代的，乃后代远承先人传统。如常州萧钧、延陵储光羲、吴县归登、武康姚南仲、宣州刘处约等家族。

家族诗人内部构成，最常见的是第一种和第二种情况，尤其以父子诗人、兄弟诗人为多。

2. 江南文学家族来源

江南文学家族的来源主要有传统世家大族、新兴的普通家族两类。传统世家大族诗人家族群体有10个，占总数的26%。其中，出自江南原有世家大族的有7个，主要集中于初盛唐时期，数量上已经不占优势。不过如常州萧氏、苏州陆氏、钱塘褚氏、余姚虞氏等诗人群体，仍然凭借他们不凡的文化实力，延续陈、隋以来的余威，取得了突出的成绩。另外一些北方地区的大族，在移民江南后往往能继承保持其原先的家学传统，在政治与文学上有新的成就。比如，润州的权氏、苏州杨氏、宣州刘氏等。这说明，江南具有良好的文化氛围，为其他地区的大族继续发展并发挥他们的文化优势创造了良好的条件。

江南文学家族中普通家族为28个，占总数的74%。显然，江南文学家族的主力仍然是新兴的尤其是盛唐以后的普通家族，他们绝大多数没有什么根基，主要依靠诗赋才华，通过科举走上仕途。又往往借助新的家学传统，延续着他们的文学优势。典型的如吴县沈既济族、延陵包佶族、长城钱起族、睦州皇甫湜族、桐庐章八元族等都是如此。

第四节　江南家族诗人与家学渊源

一、家学兴盛与文学家族的形成

在魏晋以来南方人口不断增加、经济持续发展的基础之上，江南地区的学术、文学、艺术也得到崭新的发展，逐步积淀了鲜明而丰厚的文化底蕴。江南原有世家大族自汉代形成后，在这一时期特殊的政治背景下得到发展与壮大。在文化高度繁荣兴盛的唐代，他们的政治地位虽然有升有降，但他们重视学术、文学与艺术的文化传统则得以在江南社会不断延续。唐江南家族诗人众多，应是这种趋势使然。像苏州陆氏家族在汉朝时即与顾、朱、张号为"吴中四姓"，在孙吴时期更是权倾朝野，两晋时期陆机、陆云为太康文学的代表最负时誉，在南朝其家族势力依然根深叶茂，而在唐代其家族诗人尚有十多人。另外，因战乱迁移南方的大量北方世族也主要集中在江南的环太湖、浙东及宣州地区，《南史·宋本纪上》载："晋氏东迁，刘氏移居晋陵丹徒之京口里。"《南史·齐本纪上》亦载："中朝丧乱，皇太祖淮阴令整，字公齐，过江居晋陵武进县东城里，寓居江左者，皆侨置本土，加以南名，更为'南'兰陵人也。"南朝宋、齐的皇族均由这些侨居江南的世族产生。这两类世族出于政治利益的需要，多数时间里和平共处，并且随着时间的推移北方世族日渐本土化[①]。晋与南朝统治者在政治上均依靠他们，形成了当时特有的门阀政

---

① 崔瑞德《剑桥中国隋唐史·导言》："南朝的中心在长江下游，但在这几个世纪的主要成就表现在中国人开始向江南地区移民，表现在安抚和同化那里的土著。"（崔瑞德. 剑桥中国隋唐史 [M]. 北京：中国社会科学出版社，1990.）

治。门阀政治随着科举制度的确立逐渐消失,传统旧世家大族也逐渐衰落,但是普遍重视文化与教育的传统却被唐代江南士人家族所继承,并进一步发扬光大。

唐代诗赋取士制度的实行具有非常重要的文化意义。科举考试与唐代文学发展的关系比较复杂,因为诗赋考试本身确实会限制举子思想感情的表达,形式上也有固定的程式化要求,因此很难出现好的作品。程千帆、傅璇琮等学者甚至认为进士科考试对文学发展具有促退作用[①],诚为精辟之论。但是,我们仍然要看到,诗赋取士制度对唐代文学潜在的巨大的影响。唐代科举制度的推行极大地促进了唐代教育尤其是私学教育的发展与普及,唐代教育具有前代不可比拟的广泛的社会性,而这不仅造就了大量中下层文人,同时也为唐代文学繁荣创造了可能的文化条件与基础。由上一节江南私学的兴盛状况即可看出,江南家族诗人群体众多有其必然性。

家族是文化传递的重要载体。陈寅恪先生曾对魏晋南北朝时期家族在学术发展中的重要意义进行阐述:"盖自汉代学校制度废弛,博士传习之风气止息以后,学术中心移于家族,而家族复限于地域,故魏、晋、南北朝之学术、宗教皆与家族、地域两点不可分离。"[②]隋唐时期的情况亦颇类似。一个家族要获得或维持其政治地位,必然重视文化教育。而一个家族又常常有其擅长之学术,其优势往往超越官学。家学既然成为传递、延续政治优势的媒介,自然也就承担起了文化、学术等的传播责任。唐代社会重门第的观念依然存在,所谓"门户历代人贤,名节风教,为衣冠顾瞩,始可称举"[③],所以世家大族常常以家学方式来维持其特殊的地位,自然更加重视文化、重视对子弟的教育、重视家学传承,所谓"以文承祖,以经传代"[④]。毛汉光在分析了兰陵萧氏人物在唐代的遭际状况后认为,中唐以后"大士族子孙若不带进士第,愈来愈难位列显官"[⑤],实际上也说明了文化、文学等在维持世族自身政治经济地位的重

---

① 程千帆.唐代进士行卷与文学[M].上海:上海古籍出版社,1980年版;傅璇琮.唐代科举与文学[M].西安:陕西人民出版社,1980.
② 陈寅恪.隋唐制度渊源略论稿[M].北京:中华书局,1963:17.
③ 刘昫,等.旧唐书·卷一九〇 袁谊传[M].北京:中华书局,1975.
④ 李纾.故中书舍人吴郡朱府君神道碑[M]//董诰,等.全唐文·卷三九五.上海:上海古籍出版社,1990.
⑤ 毛汉光.中国中古社会史论[M].上海:上海世纪出版集团,2002:361.

要价值。唐代江南的旧世族在很长一段时间里仍然具有相当的势力,许多旧世族既是官宦世家,又是文化世家。

优良家学传统常常是某一家族持久兴盛的重要保证,例如,越州名族孔绍先极其推崇弟弟孔绍安,认为:"本朝沦陷,分从湮灭,但见此弟,窃谓家族不亡矣。"[①]士人家族中每个成员都会以其家学为荣,并自觉地维护家族的利益。典型的如诗人杜甫以自己的家族世代"奉儒守官"为荣,其祖父杜审言为诗人,故他说"吾祖诗冠古"[②];他在儿子生日时写诗告诉他"诗是吾家事"[③],目的很明显,要子孙牢记家族荣誉,同时要不断努力,维持家族这种传统。显然,家学传承承担了维持家族持久兴盛的重担。

在唐代的现实政治社会状况下,旧世族要避免家族的衰落,只有继承和发展家学文化传统。而对普通庶族士人而言,现实的希望激发起他们通过提高自身文化素质而参与政治的热情。当他们通过为学跻身于上层社会之后,家学也成为延续地位的必要手段。他们也只有通过建立家学传统,才能巩固地位,传之子孙。大量士人家庭重视私学教育,尤其致力诗赋教育,客观上就为文学创作准备了庞大的后备力量。因此两者共同推进了唐代家学的发展,反过来自然形成家族诗人群体众多的局面。这是私学尤其是家学兴盛与唐代文学发展之间的内在联系,同时也是江南家族诗人群体大量出现的文化动因。

二、江南文学家族的家学渊源

家学是唐代非常重要的私学形式,与官学及其他私学形式相比,家学有着比较突出的长期性、稳定性,也较少受到外部环境的影响。某一家学文化传统一经建立,往往能在其家族内部或几个家族之间延续或传递。江南文学家族家学内容包括儒学、诗文、书法、绘画等,而世家大族与普通家族的家学优势各有侧重。

(一)江南传统世家大族的家学

传统世家大族家学渊源深厚,个别江南大族的家学优势从南朝一直延续到唐末,且家学内容较为丰富,有经学、史学与文学、书法等。比如,润州

---

① 刘昫,等.旧唐书·卷一九〇[M].北京:中华书局,1975.
② 杜甫.赠蜀僧闾丘师兄[M]//彭定求,等.全唐诗·卷二一九.北京:中华书局,1960.
③ 杜甫.宗武生日[M]//彭定求,等.全唐诗·卷二二一.北京:中华书局,1960.

许叔牙贞观时为晋王文学侍读、太常博士、弘文馆直学士，精于《毛诗》《礼记》，曾撰《毛诗纂义》十卷；其子许子儒高宗时为奉常博士、弘文馆学士，曾注《史记》，未就而终。① 再比如，昆山张后胤家族为江南经学世家，其父张冲为陈国子博士，著有《春秋义略》及《孝经义》《论语义》等经学著作②；后胤"以学行禅其家"，曾为李世民讲授《春秋》；其孙张承休，举贤良方正，为恒州长史，为人"希言笃行，去华崇实……精于物理，敏于从政"③；其曾孙张镒，德宗朝宰相，撰有《三礼图》《五经微旨》《孟子音义》等。④

义兴蒋瑰开元间为弘文馆学士，子将明为集贤殿学士。将明子蒋乂少年时期即从外祖父著名史学家吴兢习学，"以外舍富有坟典，幼便记览不倦。……弱冠博通群籍，而史才尤长。……居史任二十年，所著《大唐宰辅录》七十卷、《凌烟阁功臣》《秦府十八学士》《史臣等传》四十卷"⑤。乂有五子，其中系、伸、偕尤知名，"父子并为学士，儒者荣之"。系，太和初，拜史馆修撰，典实有父风，预修《宪宗实录》；伸，进士及第，大中间为史馆修撰、翰林学士，颇得宣宗信任，懿宗朝监修国史；偕，亦有史才，为史馆修撰，咸通中预修《文宗实录》。蒋氏三世代出名儒，踵修国史，世称良史。与吴郡沈氏以及河东柳氏为中唐最著名的史学世家。

另外，常州之秦景通与秦暐兄弟俱精史学，"精于《汉书》，当时习《汉书》者皆宗师之，常称景通为大秦君，暐为小秦君"⑥。越州贺德仁贺知章之族祖，善词学，其侄贺纪、贺敳，以博学知名。纪曾修《五礼》，敳为太子侍读，兄弟并为崇贤馆学士⑦。另外，颜真卿《送刘太冲序》称："自开府垂明于宋室，泽州考绩于国朝。道素相承，世传儒雅。尚矣！……则公山正礼策高足于前，冲与太真嗣家声于后。"⑧ 可见刘氏出身望族并世有儒学。这些都是以儒学、史学为家学优势的江南家族的代表。

---

① 刘昫，等.旧唐书·卷一八九[M].北京：中华书局，1975.
② 魏征.隋书·卷七五 儒林传[M].北京：中华书局，1973.
③ 张说.恒州长史张府君墓志铭[M]// 李昉，等.文苑英华·卷九五五.北京：中华书局，1966.
④ 刘昫，等.旧唐书·卷一五二 张镒本传[M].北京：中华书局，1975.
⑤ 刘昫，等.旧唐书·卷一四九[M].北京：中华书局，1975.
⑥ 刘昫，等.旧唐书·卷一八九[M].北京：中华书局，1975.
⑦ 刘昫，等.旧唐书·卷一九〇上[M].北京：中华书局，1975.
⑧ 董诰，等.全唐文·卷三三七[M].上海：上海古籍出版社，1990.

唐代江南文学家族家学另一个重要内容则是书法。比如，会稽徐师道家族四世精于书法。师道善书，传其子峤（一作峤之），峤传子浩。据《旧唐书》卷一三七，"浩少举明经，工草隶，以文学为张说所器重"。《宣和书谱》称："峤之父师道已精于书，峤之复以法授其子浩，盖三世矣，是亦熟于翰墨场者也。"丹阳蔡希逸家族亦以书法见称于时。希逸与弟希寂、希综并工翰墨，希逸、希寂尤善草隶，兄弟诸人皆为时所重。蔡希综所撰《法书论》还记载其"从叔父右卫率府兵曹蔡有邻，继于八体之迹"[①]。

作为江南文化传统世家，常州萧氏、吴郡陆氏等家族的情况更为典型。

常州萧氏拥有深厚的礼学、史学、文学、书法等家学渊源，其后代人才辈出，家族兴盛几乎延续整个唐代。萧瑀高祖时为相，以书法、文学擅名于世。其侄萧钧"博学有才望，撰《韵旨》二十卷。钧孙萧嵩精于礼学，《新唐书·艺文志》录其《开元礼义镜》一百卷，《开元礼》一百五十卷。嵩子萧华上元间监修国史，嵩孙萧复德宗时为相，复四世孙萧遘擅书法，监修国史。《新唐书》卷一〇一在其家族传后赞称"名德相望，与唐盛衰"，可见其家学传统之绵长。

吴县陆氏为江南世家大族，在唐前期政治上颇为显赫。在经学、文学、书法方面有着显著的家学优势。据《新唐书·宰相世系表》及《旧唐书》，陆余庆与陆士季同为晋太尉兴平康伯陆玩之后，即属太尉枝。

陆士季曾从同郡江南名士顾野王习《左氏春秋》，兼善《史记》与《汉书》之学，贞观时为太学博士、弘文馆学士。其子元感少传父学，老而无倦，"此《易》所谓'干父之蛊'，《诗》所谓'聿修厥德'者也"[②]。士季之孙陆南金开元间为奉礼郎，"颇涉经史，言行修谨，左丞相张说及宗人太子少保象先皆钦重之"[③]。

陆余庆后裔中，陆长源善书法，精于史学，《新唐书·艺文志》史部编年类著录其《唐春秋》六十卷，《辨疑志》三卷。陆龟蒙通六经大义，尤精《春秋》之学。陆希声精于儒学，通《易》《春秋》《老子》，又工书法，著有《周易传》二卷、《春秋通例》三卷、《道德经传》四卷等，惜今皆不存。

---

① 董诰，等.全唐文·卷三六五[M].上海：上海古籍出版社，1990.
② 徐硕.至元嘉禾志·卷二一[M].宋元方志丛刊本.北京：中华书局,1990.
③ 刘昫，等.旧唐书·卷一八八[M].北京：中华书局，1975.

陆氏家族的书法与越州虞世南族有着密切的关系，虞世南精于正、行、隶、草书，得唐太宗称赏，有五绝之赞。其子虞篆，孙虞郁、虞焕俱以书法见称于时。陆柬之为虞世南之外甥，幼年即学书于舅，晚年有出蓝之誉。柬之子彦远，承父书法，人称"小陆"。柬之侄孙景融，亦"博学，工笔札"①，以工书著称。至晚唐，景融四世孙陆希声复振家学，精于正书。得撅、押、钩、格、抵笔法，为一时之绝。陆氏书法家学又传至同郡张旭，旭为彦远之外甥，学书于彦远，工正、草书，后为盛唐草书名家，时称"张颠"。

由此可见江南书法名家多承深厚久远之家学传统，渊源有自，代出才俊。越州虞氏与吴郡陆氏、张氏有着姻亲关系，也证明这三个家族精于书法实际上就是源于同一家学传统。

江南文学家族中那些由北方迁居江南的移民家族，他们原先多为北方的大族，到江南后也能在新的环境里继承保持其原先的家学传统并发扬光大，如润州的权氏、苏州杨氏家族皆然。权氏郡望陇西天水，天宝中权皋迁家于丹阳，权德舆即生于江南。权氏世有文学，权德舆五代祖权崇本，与五代伯祖权崇基、权崇先，皆以文学、政事显名于贞观、永徽间。曾祖权无待，进士擢第，善文章。②祖父权倕，权德舆《伏蒙十六叔寄示喜庆感怀三十韵因献之》诗自注云："王父，右羽林录事府君，与席文公建侯友善，又与苏司业源明、包著作融，为文章之友。唱酬往复，各有文集。"③席豫、苏源明、包融俱为盛唐著名文士，权倕与他们为文友，亦善诗文无疑。德舆父亲权皋避乱江南时，与李华、柳识、韩洄等人友善，诸人对其评价颇高。我们将在第九章详细讨论德舆避乱江南的成长经历。

苏州杨氏亦为北方移民家庭，杨遗直本同州冯翊人，"位终濠州录事参军，家世为儒，遗直客于苏州，讲学为事，因家于吴"④。可见杨氏擅儒学、文学，其子孙多以文学登第。遗直四子发、假、收、严，发子杨乘，收三子鉴、巨、鏻，严二子涉、注等均进士及第，可见其良好的家学。

---

① 欧阳修. 新唐书·卷一一六 景融本传[M]. 北京：中华书局，1975.
② 权德舆. 唐故东京安国寺契微和尚塔铭[M]// 董诰，等. 全唐文·卷五〇一. 上海：上海古籍出版社，1990.
③ 彭定求，等. 全唐诗·卷三二二[M]. 北京：中华书局，1960.
④ 刘昫，等. 旧唐书·卷一七七[M]. 北京：中华书局，1975.

(二) 江南普通家族的家学

江南普通士人家族家学的情况与大族有所不同，多数是凭借某一成员刻苦为学，或中进士第任职朝廷，或以出众的诗文创作扬名于时而起家。所以，绝大多数普通士人家族往往是以文学作为家学的根基，只有少量的是礼学、老庄之学。我们分析几个具有代表性的例子。

延陵包融，梁肃《秘书监包府君集序》称其："实以文藻盛名，扬于开元中。泊公（包佶）与兄起居何，又世其业，竟爽于天宝之后，一动一静，必行于文辞，由是议者称为'二包'。孝友之美，闻于天下，拟诸孔门，则何居德行，公居政事，而偕以文为主，不其伟欤！"[①]二包"世其业"，即指继承父亲之文学之长，无疑梁肃是将文学看成包氏之祖业的。

吴县归崇敬家颇贫寒，玄宗时任职长安"以家贫求外职"。"少勤学，以经业擢第"。归崇敬所长为礼学，所谓"治礼家学，多识容典。……论撰数十篇"，大历间"与诸儒官同修《通志》，崇敬知《礼仪志》，众称允当"[②]。子归登亦通经术，有文学，工书法。归登子归融，亦精于礼学，"会昌后，儒臣少，朝廷礼典多本融议"[③]。融四子仁晦、仁翰、仁宪、仁召、仁泽，皆登进士第，咸通时并致显达。[④] 归氏以礼学、文学为家学传统，四世显达。

东阳冯宿、冯定兄弟俱善文学，《旧唐书》卷一六八本传云："卯岁随父子华庐祖墓……宿昆弟二人，皆幼有文学。"昆弟二人幼小即能文，当从其父学。宿、定均进士及第。冯定善诗文，尤善古体诗，颇得文宗赏识，其文甚至流传到边疆及外域。他们的子孙多人进士及第，并多有善文学者。

句容刘三复少孤贫，母有残疾，三复乞食以供养。后凭文学才华为李德裕赏识。《旧唐书》卷一七七载其："聪敏绝人，幼善属文。……长庆中，李德裕拜浙西观察使，三复以德裕禁密大臣，以所业文诣郡干谒。德裕阅其文，倒屣迎之，乃辟为从事。"刘禹锡亦"深重其才"。三复后得德裕之力，任刑部侍郎、弘文馆学士判官事。三复工诗文，尤其长于表状。其子刘邺"六七岁能赋诗，李德裕尤怜之，与诸子同砚席师学"；后以"文章客游江浙，每有

---

① 董诰，等. 全唐文·卷五一八 [M]. 上海：上海古籍出版社，1990.
② 刘昫，等. 旧唐书·卷一四九 [M]. 北京：中华书局，1975.
③ 欧阳修. 新唐书·卷一六四 [M]. 北京：中华书局，1975.
④ 刘昫，等. 旧唐书·卷一四九 [M]. 北京：中华书局，1975.

制作，人皆称诵"①，宣宗、僖宗朝显贵。刘氏父子以文学擅长而立足。

金华张志和兄弟以好道隐逸著称，其学实源于父张游朝。张游朝好道并精于道家、名家之学，且有著述。据颜真卿《浪迹先生玄真子张志和碑》载："父游朝，清真好道，著《南华象罔说》十卷，又著《冲虚白马非马证》八卷，代莫知之。"②《新唐书》卷一九六亦载其"父游朝，通庄、列二子书，为《象罔》《白马证》诸篇佐其说"。张游朝所著二书宋代尚有流传，《新唐书·艺文志三》有著录。张志和本人亦多道家著作，《新唐书·艺文志三》道家类著录其《太易》十五卷，《玄真子》十二卷。显然，志和兄弟高蹈避世潇洒江湖，是有其家学背景的。

三、江南文学家族之间的联系及其文化适应性

唐代江南文学家族之间往往联系紧密，许多还有姻亲关系，彼此提携，形成较强的政治与文化优势地位。同时这些文学家族的家学传统在历史的发展中往往有所变化，也就是常常根据政治文化形势的发展，对家学内容做出一些调整，表现出灵活的文化适应性，这也是总体上江南文学家族兴盛不衰的内在原因。

江南文学家族之间的联姻，既使得他们的家学优势得到扩大，又能够在政治上相互依靠与帮助。突出的是苏州、常州与越州家族的联姻。苏州陆象先乃越州贺知章族姑之子，二人甚相亲善，象先尤其敬仰贺知章之风流旷达，曾云："贺兄言论倜傥，真可谓风流之士。吾与子弟离阔，都不思之，一日不见贺兄，则鄙吝生矣。"③贺知章进士及第后，通过象先援引得任四门博士。越州虞世南为同郡孔绍安之外兄。吴郡陆柬之乃虞世南的外甥。盛唐名士张旭为陆柬之子陆彦远之外甥。越州虞氏与吴郡陆氏、张氏的联姻，直接导致了书法在这一家学文化优势在三个家族之间的延续和扩展，这些家族精于书法实际上源于同一家学传统。明王鏊即看出这三家之间的姻亲关系和书法传承的联系："陆柬之郡人，仁公子虞世南甥，官著作郎，少依舅氏临书，冠古无比，隶行皆入妙品。李嗣真云：'柬之学虞草体，用笔则青于蓝。'子彦远传父

---

① 刘昫，等.旧唐书·卷一七七 本传[M].北京：中华书局，1975.
② 董诰，等.全唐文·卷三四〇[M].上海：上海古籍出版社，1990.
③ 刘昫，等.旧唐书·卷一九〇[M].北京：中华书局，1975.

业，授张旭。旭即彦远甥也。"①

另外，常州萧嵩娶越州贺晦之女，吴郡陆象先亦娶贺氏之女，二人为僚婿。景云中象先为中书侍郎，萧嵩得其援引为监察御史。后象先知政事，又骤擢嵩为殿中侍御史。②另外吴郡陆南金因通经史，言行修谨，亦得陆象先的钦重。③义兴蒋绘娶同乡高宗朝显官高智周之女，此后蒋氏家族开始发迹。蒋绘孙蒋洌也得到了吴郡陆余庆的提携援引，陆氏于寒品晚进，必悉力荐藉，开元初年任河南、河北宣抚使时向朝廷推荐蒋洌等人。④会稽罗珦为盛唐名士徐浩之外甥，徐浩不仅善文，且擅长书法，贾至称其"有凌云之词赋，兼临池之翰墨"⑤。徐浩还将兄之女许配罗珦。顾况与刘太冲、刘太真为从表兄弟。顾况尤与太真交往密切，贞元初二人与包佶等在长安诗文唱和，一时"举国传览，以为盛观"⑥。两个家族的诗人是相互提携相互促进的。前已提及的张籍赏识提携朱庆馀、项斯也是这方面的例子。

另外还有许多江南家族与皇族以及其他地区士族联姻的情况，比如唐初大臣萧瑀之曾孙女嫁阎立本之孙，⑦萧瑀之孙萧守规则娶河东柳则之孙女为妻。⑧作为南朝的最显赫的世族，萧氏一支入唐后，其后代中多有与皇室及其他世家大族联姻者，萧锐尚襄城公主，萧衡尚新昌公主，萧升尚郜国公主，这种联姻对兰陵萧氏等江南文学家族的兴旺具有重要影响。

江南文学家族的家学内容并非固定不变的，族人往往会根据形势的发展对其进行相应的调整。吴县沈传师家族颇具有代表性。沈传师父亲沈既济为礼部员外郎，精于史学，又长于传奇创作。史称其"博通群籍，史笔尤工，吏部员外郎杨炎见而称之。建中初，炎为宰相，荐既济才堪史任，召拜左拾遗，史馆修撰"⑨。沈既济史学类著作有《建中实录》及《选举录》各十卷。沈

---

① 王鏊.姑苏志·卷五六[M].四库全书本.
② 刘昫，等.旧唐书·卷九九[M].北京：中华书局，1975.
③ 刘昫，等.旧唐书·卷一八八[M].北京：中华书局，1975.
④ 欧阳修.新唐书·卷一一六[M].北京：中华书局，1975.
⑤ 贾至.授徐浩尚书左丞[M]//董诰，等.全唐文·卷三六五.上海：上海古籍出版社，1990.
⑥ 刘太真.顾著作宣平里赋诗序[M]//董诰，等.全唐文·卷三九五.上海：上海古籍出版社，1990.
⑦ 景遐东.新出土阎仲连、萧守规墓志与唐代江南文化世家姻亲研究[J].苏州大学学报，2015（1）.
⑧ 杨作龙，赵水森.洛阳新出土墓志释录[M].北京：北京图书馆出版社，2004.
⑨ 刘昫，等.旧唐书·卷一四九 沈传师传[M].北京：中华书局，1975.

传师受父亲影响，亦长于史学，尤精于《春秋》之学；又工书法，楷、吏、行、草皆有名于时。他充分地继承了沈既济的史学传统，进士及第后，"登制科乙第，召充校书郎……直史馆、专左拾遗，左补阙，并兼史职。……传师在史馆，预修《宪宗实录》"①。后来出朝领湖南江西观察使，仍然奉诏在镇继续修实录，时人引以为荣。《新唐书·艺文志》著录其《宪宗实录》40卷。传师德行高尚，在官廉洁，观察三郡去镇无余蓄。他在京城的住处隘陋，却不加修葺，而其所辟宾僚，却无非名士。其子沈枢、沈询承祖父与父亲的志业，皆登进士第，并致时名。显然，沈氏家族以史学、文学起家，第一、第二代善史学、文学，以史学成就为主，第三、第四代的沈询与沈颜建树在诗歌散文创作，则主要继承家族的文学传统，史学渐衰。

另外，张志和家族的情形也具有代表性。张志和为唐初著名经学家张后胤的五代孙，张后胤子孙四世均以经学传家，但张游朝及其子张志和却习老庄之学，可见张后胤的后代中张游朝这一支已经由儒学向老庄之学转变②。而张后胤的另一位四世孙张镒则继续秉承经学传统，德宗朝为宰相。

士人家学的变化，与家族在政治社会中的地位升降变化有一定联系。当然也与时代变迁相关，安史之乱后许多的士人因社会的转型，或仕途不顺，人生价值观念会产生变化，往往远离政治隐逸江湖山林。这种背景下，家学传统自然也会相应地发生变化。

江南教育尤其是私学教育的兴盛，为江南文学繁荣奠定了重要的基础。文学家族众多，家族诗人迭出，是唐代江南非常引人注目的文化现象。江南家族诗人是唐代文学创作队伍中的突出群体，他们大多具有悠久深厚的家学渊源，而且特点鲜明。无论是江南世家大族还是普通家族的家学渊源，均直接决定了江南文学的繁荣与快速发展。

---

① 刘昫，等.旧唐书·卷一四九[M].北京：中华书局，1975.
② 郭锋.唐代士族个案研究[M].厦门：厦门大学出版社，1999：151.

第五章
群贤宴集与唐代江南的诗酒文会

文人宴集诗酒风流是唐代江南文化中颇具代表性的文化现象。其中中唐时期江南地区文士的诗会活动尤为突出。大量文士或仕职、或漫游、或避乱于此,在江南优美的山水之间,文人墨客追慕江南文化传统之高雅脱俗之风,继承与模仿东晋王羲之兰亭宴集的风流雅韵,频繁而广泛地开展诗酒文会。作为一种有意识的文学群体创作活动,江南文士开展诗酒文会直接推动了唐代江南文学的繁荣发展。江南山水优美,社会经济繁荣,又具有深厚浓郁的文化氛围。正是在这样的环境中,唐代文学在此得到新的发展。

第一节 江南文士宴集与诗酒文会传统

文人诗酒宴集在江南有着悠久的传统,其中影响最大,几乎是后代文士高雅脱俗风流宴集榜样的,无疑是东晋王羲之在会稽山阴的兰亭之会。《晋书》卷八〇对此次盛会有详细记载:"羲之雅好服食养性,不乐在京师,初渡浙江,便有终焉之志。会稽有佳山水,名士多居之,谢安未仕时亦居焉。孙绰、李充、许询、支遁等皆以文义冠世,并筑室东土,与羲之同好。尝与同志宴集于会稽山阴之兰亭,羲之自为之序以申其志。"王羲之《兰亭集序》云:

> 永和九年,岁在癸丑,暮春之初,会于会稽山阴之兰亭,修禊事也。群贤毕至,少长咸集。此地有崇山峻岭,茂林修竹。又

有清流激湍，映带左右。引以为流觞曲水，列坐其次。虽无丝竹管弦之盛，一觞一咏，亦足以畅叙幽情。是日也，天朗气清，惠风和畅。仰观宇宙之大，俯察品类之盛，所以游目骋怀，足以极视听之娱，信可乐也。夫人之相与，俯仰一世，或取诸怀抱，悟言一室之内；或因寄所托，放浪形骸之外。虽趣舍万殊，静躁不同，当其欣于所遇，暂得于己，快然自足，曾不知老之将至。及其所之既倦，情随事迁，感慨系之矣。向之所欣，俯仰之间，已为陈迹，犹不能不以之兴怀。况修短随化，终期于尽。古人云："死生亦大矣。"岂不痛哉！每览昔人兴感之由，若合一契，未尝不临文嗟悼，不能喻之于怀。固知一死生为虚诞，齐彭殇为妄作，后之视今，亦犹今之视昔。悲夫！故列叙时人，录其所述，虽世殊事异，所以兴怀，其致一也。后之览者，亦将有感于斯文。

又据《世说新语·企羡篇》刘孝标注，参与兰亭宴集的王羲之、谢安、孙绰等26人赋四言、五言诗37首，前余姚令会稽谢胜等15人不能赋诗，各被罚酒三斗。兰亭聚会在晋穆帝永和九年（353）上巳之日，古人在此日聚水边行修禊之礼，去除不祥、祈求幸福。此时正是江南水清风暖、莺飞草长的暮春时节，故修禊之事又常常成为文士宴饮嬉游欣赏自然美景之会。王羲之兰亭雅集，增添了曲水流觞即席赋诗的内容，使之成为典型的文士风流之会。《兰亭集序》既叙会稽山川之秀美，又抒陶醉其中之逸乐，更借之以传写自然永恒人生短暂的感伤。简洁流畅的叙事、清新俊逸的写景与和缓深沉的抒情说理巧妙结合，堪称绝唱。其传达的鲜明人生态度与生活情趣对后世文人产生了深远影响。

兰亭文士集会开创了江南文人诗酒文会的滥觞，其后流风余韵代代不绝。南朝齐武帝时，竟陵王萧子良为护军将军，在建康鸡笼山下开西邸，招接文士，谢朓、沈约、王融等"竟陵八友"等均与其文会。他们一起吟诗作赋、酬答唱和，极一时之盛。《南史·王僧孺传》载："竟陵王子良尝夜集学士，刻烛为诗，四韵者则刻一对，以此为率。"这已是典型的群体诗会创作方式了。谢朓任宣城太守时陶醉于此处的秀丽明媚风光，与属下诸多文士登临游赏，诗酒欢宴。所谓"嚣尘自兹隔，赏心于此遇"①，其清发风流之气度为众多后世文人追慕。

兰亭诗酒宴集的传统在唐代江南得到进一步的继承与发扬光大，成为唐代江南文化的重要内容之一。我们知道唐初江南的世家大族子弟多在京都长安，普通士人还未形成力量，故而初唐江南地区文士较少。武后开始执政时江南大族也与关中世族一起遭到打击而力量衰微，直到之后的中宗、睿宗朝，由于江南的经济发展，庶族文士开始崛起。所以，江南文士宴集诗文酒会的兴盛也是这以后才渐渐见诸典籍的。唐代开元年间道士吴筠到天台游历就与当地文士为诗文会，据权德舆《吴尊师传》载，吴筠"开元中，南游金陵，访道茅山，久之东游天台。筠尤善著述，在剡与越中文士为诗酒之会，所著歌篇传于京师"②。此后的盛唐时期江南地区文士的诗酒文会日渐增多。天宝年间，大诗人李白游池州，陶醉于九子山壮观秀丽的景色，改山名为九华，并与池州文士高霁、韦权舆赋诗联句。天宝末，李白漫游宣州，在当涂县参与宣州司马武幼成姑熟亭宴集，并作《夏日陪司马武公与群贤宴姑熟亭序》：

> 通驿公馆南有水亭焉，四甍擎飞，嶷绝浦屿。……今宰陇西李公明化，开物成务，又横其梁而阁之。昼鸣闲琴，夕酌清月，盖为接辒轩祖远客之佳境也。……所以司马南邻，当文章之旗鼓；翰林客卿，挥辞锋以战胜。名教乐地，无非得俊之场也。千载一时，言诗纪志。③

李白叙述了姑熟亭之由来，描写群贤宴集为文赋诗之盛况，表达了诗人流连江南山水的酣畅欢快心情。

---

① 谢朓.之宣城郡出新林浦向板桥[M]//谢宣城集校注·卷三.曹融南校注.上海：上海古籍出版社，1991.
② 董诰,等.全唐文·卷五〇八[M].上海：上海古籍出版社，1990.
③ 瞿蜕园,朱金城.李白集校注·卷二七[M].上海：上海古籍出版社，1980.

第二节　中唐时期江南的诗酒文会

安史之乱后江南成为两京外的文化中心，大量文士或避乱，或仕职，或漫游而聚集于此，在优美的山水之间，文人墨客追慕江南文化传统之高雅脱俗之风，频繁而广泛地开展诗酒文会，诚如皇甫冉所云"壶觞须就陶彭泽，风俗犹传晋永和"①，白居易所谓"境牵吟咏真诗国，兴入笙歌好醉乡"②。独孤及乾元、上元间避地越州，有《同徐侍郎五云溪新庭重阳宴集作》诗云：

万峰苍翠色，双溪清浅流。已符东山趣，况值江南秋。白露天地肃，黄花门馆幽。山公惜美景，肯为芳樽留。五马照池塘，繁弦催献酬。临风孟嘉帽，乘兴李膺舟。骋望傲千古，当歌遗四愁。岂令永和人，独擅山阴游。③

大历间浙东鲍防、严维等人的《经兰亭故池联句》亦云：

曲水邀观处，遗芳尚宛然。名从右军出，山在古人前。……赏是文辞会，欢同癸丑年。④

有关江南诗会的记载还有很多，戴叔伦《江乡故人偶集客舍》云："还作江南会，翻疑梦里逢。"⑤孟郊《送陆畅归湖州因凭题故人皎然塔陆羽坟》称："昔游诗会满，今游诗会空。"⑥其《逢江南昼上人会中郑方回》诗叙自己于皎然诗会上与郑方回的相识经过。严维亦有《秋日与诸公文会天（原文缺一字）寺》

---

① 皇甫冉.三月三日义兴李明府后亭泛舟[M]//彭定求，等.全唐诗·卷二四九.北京：中华书局,1960.
② 白居易.见殷尧藩侍御忆江南诗三十首中多叙苏杭胜事，余尝典二郡，因继和之[M]//白居易全集·卷二六.上海：上海古籍出版社，1999.
③ 彭定求，等.全唐诗·卷二四六[M].北京：中华书局,1960.
④ 孔延之.会稽掇英总集·卷一四[M].四库全书本.
⑤ 彭定求，等.全唐诗·卷二七三[M].北京：中华书局,1960.
⑥ 彭定求，等.全唐诗·卷三七九[M].北京：中华书局,1960.

诗①。诗人们自觉继承、模仿兰亭宴集的风流雅韵，频繁开展诗酒文会，直接推动了唐代江南文学的繁荣。

中唐江南文士宴集，较多的是以那些任职江南爱好文学的地方长官或江南本土颇负盛名的文士为中心，周围聚集一批文士进行群体诗歌创作。诗会中诗歌创作形式多种多样，常见的是同咏、分题、分韵、联句等。其中最能体现诗会社交性、群体性特点的莫过于各种或大或小的诗会联句。联句为多人共作一首诗，注重意脉的关联、对偶的精当及语言的丰赡，形式技巧要求很高，颇能显示作家的学识与才华，同时又带有很强的社交娱乐性质，所以成为文人集团群体创作的最好的形式。中唐江南出现了一个诗会联句创作的高潮，现存的唐诗联句大部分是这一时期的作品，而这其中的绝大多数又是江南诗人的作品，或者都有江南诗人的参与，这是颇为值得重视的文学现象。

一、代宗朝越州、湖州等地的诗会

（一）大历年间鲍防、严维浙东越州诗会和颜真卿、皎然浙西湖州诗会

浙东越州鲍防、严维文人集团及浙西湖州颜真卿、皎然集团，多次举办大规模的联唱诗会。参加文士众多，动辄十数人，甚至几十人，堪称规模空前。

浙东诗会大致在广德元年至大历五年间，其创作成果当时结集为《大历浙东联唱集》，《新唐书·艺文志》著录为两卷，惜此书早佚。据贾晋华《〈大历年浙东联唱集〉考述》和蒋寅《大历诗人研究》第一章的研究成果②，该诗会现存作品有：《唐诗纪事》卷四七谢良辅等人名下唱和诗《状江南十二咏》《忆长安十二咏》共24首，《中元日鲍端公宅遇吴天师联句》1首；《会稽掇英总集》卷十四《寻法华寺西溪联句》等联句12首，卷一五诗偈11首；《全唐诗》卷七八九《酒语联句》等3首，卷二一○皇甫曾《题云门邕上人》唱和诗1首③。去掉其中重复收录的作品，共存唱和诗25首，联句14首，诗偈11首。

---

① 彭定求，等. 全唐诗·卷二六三 [M]. 北京：中华书局, 1960.
② 贾文载. 文学遗产：增刊第一八辑 [M]. 太原：山西人民出版社, 1989；蒋寅. 大历诗人研究 [M]. 北京：中华书局, 1995.
③ 《宋高僧传·卷一七 神邕传》载法华寺神邕与皇甫曾等人的唱和诗，今不存。蒋寅认为皇甫冉此诗当为此次唱和之作，本书从此说。

浙东诗会前后计有57人参与，但现在姓名可考的只有48人。①浙东观察使行军司马鲍防、越州诗人诸暨尉严维是诗会的组织者，整个联唱就是以二人为中心展开的，他们参加了绝大多数的联唱。其他主要参与者有吕渭、谢良辅、丘丹、陈允初、郑概、杜奕、范燈、刘蕃、樊珣、贾弇、谢良弼、裴晁、周颂、沈仲昌、袁邕等，人数众多，规模空前，诚为"歌诗盛赋文星动，箫管新亭晦日游"②。

浙东诗会稍后，在浙西湖州出现了另一更大规模的诗会，即颜真卿任湖州刺史时与皎然等文友及幕僚的宴集联唱。颜真卿大历七年九月起任职湖州，至十二年四月入京为刑部侍郎，在湖州近五年。当时皎然居于吴兴杼山，自然成为此次诗会的主力。除颜真卿、皎然外，主要成员为颜真卿主持修纂《韵海镜源》所延请的文士、幕僚及其他从游文士如刘全白、吴筠、颜岘、颜浑、颜颢、颜须、颜顼、颜超、陆羽、陆士修、潘述、萧存、权器、陆涓、李萼、柳淡、杨凭、杨凝、耿湋、崔万、皇甫曾、殷佐明、袁高、蒋志、左辅元、法海、尘外（即韦渠牟）等，前后共有100多人次，规模甚为庞大。其中《登岘山观李左相石尊联句》作者达29人，《竹山连句题潘氏书堂》参与者达17人。据殷亮《颜鲁公行状》载："饯别之文及诸文士唱和之作又为《吴兴集》十卷。"③《吴兴集》是湖州诗会联唱诗作的总集，《新唐书·艺文志》著录于颜真卿名下，现存54首散见于《全唐诗》颜真卿、皎然集中。

这两大诗会的主要成员大多是仕宦江南的地方官员、江南本地文士以及安史之乱中避乱南来的文士，其中江南文士占多数。鲍防和颜真卿则是两大诗会的盟主。

鲍防，襄阳人。天宝十二载进士及第。《旧唐书》卷一四六云其："笃志好学，善属文。"其《感遇诗》17首在天宝间颇为时人传诵。广德元年为浙东节度使薛兼训之从事，但实际上兼任台官之职。鲍防善诗能文深孚众望而成为诗会之主。据穆员《工部尚书鲍防碑》所载："是时中原多故，贤士大夫以

---

① 桑世昌《兰亭考》卷一二于《经兰亭故池联句》下注云："鲍防、严维、刘全白、朱迪共二十五人，具姓名。大历中唱五七人。现本不注姓名于联句下。"《四库全书》本。
② 严维.余姚袛役奉简鲍参军[M]//彭定求，等.全唐诗.卷二六三.北京：中华书局,1960.
③ 董诰，等.全唐文·卷五一四[M].上海：上海古籍出版社，1990.

三江五湖为家，登会稽者若鳞介之集渊薮，以公故也"①，说明鲍防任职越州是文士聚集于此的重要因素。北方士人避乱江南的范围很广，但众多文士齐聚越州，与鲍防的声望和人品密切相关。湖州诗会盟主颜真卿，长安人，开元二十二年进士及第。安史乱起，他任平原太守，英勇抗击叛军居功至伟，为朝野所敬仰。真卿博学多才，工诗文，书法精绝，尤善楷书，世称颜体。殷亮云其"接遇才人，耽嗜文卷，未曾暂废"②。颜真卿到湖州，利用在江南的有利条件，继续组织文士纂修类书《韵海镜源》。颜真卿与修书的文士们在节假日以及闲暇时，举办诗文之会即成为重要的消遣娱乐活动。

显然，无论是鲍防还是颜真卿，他们既是地方首要，又是热爱并擅长文学艺术的名流，喜欢接纳文士，具有广泛的号召力。所以那些因各种原因生活于江南的文士，便如众星拱月齐聚他们的麾下。当然，作为地方首脑也使他们具备良好的物质条件举办大型诗酒文会。

北方南来文士是诗会的重要力量，详考他们的经历，又可以分为南来仕宦者、避乱而迁延于此者、漫游于此者、追随盟主之友人或亲戚等几类。

南来仕宦者主要有：河中人吕渭，安史之乱中其父吕延之任浙东节度使，遂避乱到此。广德元年至大历五年任浙东兵曹参军期间，参与浙东鲍防诗会。后任婺州永康令，仍留江南，大历七年任浙西节度支使，不久又往湖州参与颜真卿诗会。临汝沈仲昌，至德二载任湖州参军，参与了浙东诗会；大历八、九年间任浙西观察从事，又参与颜真卿、皎然诗会。另外，浙东诗会的成员周颂，江陵人，永泰元年任慈溪令；王纲，大历中为昆山令③。浙西诗会的耿湋任朝廷图书使，于大历十一年来江南；袁高，大历中官丹阳令、浙西观察判官，颜真卿离职后继任湖州刺史。

安史乱起避乱或隐居漫游于此者主要有：吴筠避乱先至庐山再至越中，先参与浙东诗会，后又预浙西诗会。唐宗室李聿，玄宗朝任清漳令，迁尚书郎④，由长安到越州避乱参与浙东诗会。浙西诗会的杨凭、杨凝、权器、柳淡（柳中庸）俱为安史之乱中避乱到江南之文士。浙东诗会的徐嶷、浙西诗会的

---

① 李昉，等.文苑英华·卷八九六[M].北京：中华书局，1966.
② 殷亮.颜鲁公行状[M]//董诰，等.全唐文·卷五一四.上海：上海古籍出版社，1990.
③ 梁肃.昆山县学记[M]//董诰，等.全唐文·卷五一九.上海：上海古籍出版社，1990.
④ 董诰，等.全唐文·卷四三五 作者小序[M].上海：上海古籍出版社，1990.

尘外（韦渠牟）则因漫游江南而参与盛会。

追随盟主之亲属、友人主要有：浙东诗会的谢良辅、谢良弼兄弟为鲍防之好友，据顾况《礼部员外郎陶氏集序》载："鲍马二京兆、中书谢舍人良弼良辅、侍御史李封殿中刘全诚，名自公出。"①《唐才子传》卷三载，鲍"与谢良为诗友，时亦称鲍谢云"。谢氏兄弟曾与鲍防同受知于诗人陶翰，同为陶门人，中原动乱时谢氏兄弟即往越州避乱投友。贾弇、贾全兄弟，河北长乐人，为鲍防之外甥，随舅至浙东。浙西诗会中，颜超、颜岘、颜顾为颜真卿之侄，颜浑为其族弟，颜粲、颜颙、颜须、颜顼则为其族侄。

由北方南来文士在江南诗会中的数量，可见穆员所称北方士人南下避乱如鳞介集渊薮之言不虚。其实这种状况浙东联句参加者的诗文中有直接反映，皎然《诗式》卷四"齐梁诗"条云："大历中，词人多在江外。"本次诗会联句诗《秋日宴严长史宅》，郑概首唱即云"北客来江外，秋山到越中"，裴晃继唱"故交多此见，清兴复能同"，词人、北客、故交都来到了江南。很明显，安史之乱后众多的北方士人聚集江南，是此时江南诗酒文会兴盛的重要现实因素。

江南本土士人则是诗会另外一大主力。越州严维，天宝后期在长安与诗人岑参相识，至德二载吏部侍郎李希言知江东贡举时进士及第，崔涣至江南补授官吏，严维释褐授诸暨尉。此后十余年，他均生活于家乡，过着半官半隐的闲适生活。严维当时诗名很大，即如刘长卿、李嘉祐、鲍防、皎然、秦系、包佶、皇甫冉、耿湋、丘为、朱放、灵一等中唐著名文士都与他为诗友，另一方面江南的年轻诗人又多慕名从其学诗，严维实际上成为大历间江南本土文人之领袖。他在浙东诗会中的作用非常突出，既是诗会之组织者，又常常是诗会宴集场所之提供者，其庄园是诗会宴集的主要地点，由《严长史园林联句》《严长史宅联句》之题目即可证。《嘉泰会稽志》卷一四亦载其"大历中与郑概、裴晃、徐嶷、王纲等，宴其园宅，联句赋诗，世传浙东唱和"。湖州皎然，至德后定居家乡，先后住白苹洲草堂、苕溪草堂、龙兴寺、杼山妙喜寺等地。中唐众多文士与之交往，亦为中唐江南文坛的领袖人物。于頔《释皎然杼山集序》对其在唐代文坛的影响做了高度评价："有唐吴兴开士释

---

① 董诰，等.全唐文·卷五二八[M].上海：上海古籍出版社，1990.

皎然，字清昼，即康乐之十世孙，得诗人之奥旨，传乃祖之菁华，江南词人，莫不楷范。"①皎然在诗会中的作用与严维甚为类似。而且，在颜真卿大历十二年离开江南后，皎然继续在江南广招文士开展诗会一直到贞元初年，事实上他成为此间诗会的盟主。

严维、皎然是两大诗会中地位仅次于鲍防与颜真卿的诗人，作为江南本土著名文人，他们不仅尽地主之谊，而且架起北方南来文士和当地文士之间的沟通桥梁，起到不可替代的纽带作用。

其他较突出的江南文士尚有：浙东诗会的丘丹，苏州嘉兴人，至德、乾元间任诸暨令，广德元年后入浙东节度幕府；范噀，钱塘人，大历初入浙东节度幕府；陈允初，会稽人，天宝末在朝任校书郎，安史乱起避乱回乡，后入浙东节度幕府；浙西诗会的潘述，湖州人，大历初任湖州长城丞；陆涓，苏州吴人，大历元年任同官主簿；张志和，金华人，时隐居会稽；强蒙，江南隐士；皇甫曾，丹阳人，大历六年为舒州司马，后卸任闲居丹阳，此时到湖州游历。

从以上分析可以看出，大历江南诗会参与者众多，具有较广泛的地域性。

（二）同时期其他诗会

在以上两地大型的诗会同时或前后，江南地区尚有许多规模稍小的诗会点缀其间。

1. 永泰二年夏刘太真、袁傪宣州诗会

《全唐诗》卷二五二存刘太真与袁傪、崔何、王纬、高傪、李岑、苏寓、袁邕、郭澹《宣州东峰亭各赋一物》诗，同卷又收袁傪、崔何、王纬、郭澹四人《喜陆侍御破石埭草寇东风亭赋诗》。两组诗歌当为永泰间御史中丞袁傪在江南平定方清之乱后聚集文士宴集庆贺胜利而作。

据《新唐书》卷一三二，宣州民方清，"聚众据山洞，西绝江路，劫商旅以为乱"，卷四一："永泰元年，盗方清陷州，州民拒贼，保于山险，二年贼平。"又据独孤及《贺袁傪破贼表》载："臣等伏见河南副元帅行军司马太子右庶子兼御史中丞袁傪露布奏，今年五月十七日破石埭城贼方清，并降乌石山贼陈庄等徒党二万五千五百人者。"②唐裴丹有《重建东峰亭诗序》，载永泰二

---

① 董诰，等. 全唐文·卷五四四[M]. 上海：上海古籍出版社，1990.
② 董诰，等. 全唐文·卷三八四[M]. 上海：上海古籍出版社，1990.

年"御史中丞袁公傪复为江淮招讨使,尽殄江西之寇,回军屯于泾上,命前锋破洞贼方清于石埭。捷书始至,公命宾僚宴贺于斯亭,赋诗纪事,凡七首。从事则曰刘公太真,为首序,王公纬、高公参、崔公何、陆公渭、郭公澹、苏公苏寓,皆当代之英髦,一时之名士,继唱累累,存乎贞石,迄于今七十年矣"①。袁傪于永泰二年夏剿灭方清叛乱,故其与刘太真等人在宣州的诗会即办于此时。

《宣州东峰亭各赋一物》诗为分题同咏的形式,九位参与者每人各咏一物或一景,集中描写宣州东峰亭景物。具体情形是:刘太真咏古壁台,袁傪咏垂涧藤,崔何咏岭上云,王纬咏幽径石,郭澹咏临轩桂,高傪咏林中翠,李岑咏栖烟鸟,苏寓得咏溪草,袁邕咏阴崖竹。九首作品传神刻画了东峰亭的宁静清幽,情绪格调都很统一。比如,刘太真之"深浅松月间,幽人自登历",袁傪之"新花与旧叶,惟有幽人知",王纬之"雨余青石霭,岁晚绿苔幽",袁邕之"终岁寒苔色,寂寥幽思深"等,色彩和谐,形象鲜明,意境浑成,没有各自为政的割裂之感,与浙东越州联唱中的《状江南十二咏》《忆长安》等组诗的分题形式在艺术上有异曲同工之妙。

2. 大历五年至八年间,陈少游、张志和等人的会稽诗会

颜真卿《浪迹先生玄真子张志和碑铭》载:大历间,张志和隐居会稽东郭,"浙江东观察使御史大夫陈公少游闻而谒之,坐必终日。因表其所居曰玄真坊,又以门巷湫隘,出钱买地以立闬闳。旌曰回轩巷,仍命评事刘太真为叙,因赋柏梁之什,文士诗以美之者十五人"②。陈少游随从中十五位文士作柏梁体诗赞美其隐居之山水,也是较典型的诗会。陈任越州刺史在大历五年至八年间,所以此次诗会必在此段时间内,具体年月较难以确定。联系鲍防浙东诗会的情况,张志和是在会稽陈少游诗会以后再往湖州参与颜真卿诗会的。惜刘太真叙及十五位诗人姓名及诗作今均不存。

3. 颜真卿至湖州之前,皎然与卢幼平、韩章、卢藻、顾况、潘述、李恂、汤衡、陆羽等人于湖州举办诗会共作联句

颜调离湖州后,皎然又与湖州刺史袁高、陆长源等多次举办诗会,直到贞元初。参与集会的诗人主要有顾况、秦系、灵澈、朱放、陆羽、张志和、

---

① 嘉庆泾县志·卷三〇.
② 董诰,等.全唐文·卷三四〇[M].上海:上海古籍出版社,1990.

孟郊等。

　　陆羽至德元年后避乱居于湖州霅溪，顾况至德二载于江东采访使李希言下登进士第，后任杭州新亭监盐官，此时来湖州游历。幽州卢幼平乃隋朝诗人卢思道之曾孙，永泰元年为杭州刺史，大历初改任湖州刺史。京兆长安人韩章，玄宗朝宰相韩休之孙，大历五年至十年任湖州武康县令。汤衡，籍里未详，在湖州有庄宅，孟郊有《悼吴兴汤衡评事》诗，中有"君生霅水清，君殁霅水浑"之句，则汤可能为吴兴人，或曾于吴兴任评事之职。

　　《全唐诗》卷七四九有皎然与卢幼平、卢藻、陆羽、潘述、李恂、郑述诚《秋日卢郎中使君幼平泛舟联句》，卢幼平、卢藻、陆羽、潘述等《重联句》，韩章、皎然、顾况《送昼公联句》，皎然与韩章、杨秦卿等《春日会韩武康章后亭联句》及其与汤衡、潘述《与潘述集汤衡宅怀李司直联句》，均为这些诗会的作品。

　　4.大历十一年冬皎然在常州和皇甫曾、王遘、李纵、郑说、崔子向、齐翔等人诗会联句

　　皇甫曾此时居于常州，赵州李纵为李纾之弟，大历间在江南为常州长史。太原祁人王遘大历中为祠部郎中，定州义丰齐翔，大历中官吏部郎中、括州刺史，金陵崔子向，工诗好佛，他们当为到常州游历。皎然到常州遂与诸人诗会宴集，作有《冬日建安寺西院喜昼公自吴兴至联句一首》《建安寺夜会对雨怀皇甫侍御曾联句》《建安寺西院喜王郎中遘恩命初至联句》[①]《建元寺西院李员外纵联句》等诗[②]。

　　浙东、浙西等诗会再加上基本上活动于江南地区的刘长卿、李嘉祐、张继、戴叔伦、顾况、皇甫冉、皇甫曾、秦系、朱放、灵一、灵澈等诗人的创作，共同构成大历时期江南文学的繁荣局面。

二、德宗至穆宗朝江南文士的诗会宴集

（一）建中、贞元间韩滉浙西诗会

　　建中元年，韩滉任浙江东西道观察使，四年负责转输江南粟帛到两京，

---

① 彭定求，等.全唐诗·卷七九四[M].北京：中华书局,1960.
② 彭定求，等.全唐诗·卷七八九[M].北京：中华书局,1960.

贞元元年加江淮转运使。滉工诗文，精《易》《春秋》之学。顾况《韩公行状》称其"敦故旧，重然诺。好古博雅，能书善画"①。其江南幕府聚集了许多文人雅士，戴伟华记大历十四年到贞元三年其江南幕府中的文职僚佐有何士干、顾况、裴枢、陆长源、李伦、元友直、戴嵩、李士举、房武、张宇、刘绪、李季贞、姚南仲、窦皋、房孺复、韦渠牟、崔适等多人②。韩滉公务之余，经常举办文会与幕僚赋诗唱和并作书绘画。顾况《奉和韩晋公晦日呈诸判官》形容其时诗文酒会盛况云："江南无处不闻歌，晦日中军乐更多。"③

（二）贞元间韦应物、房孺复苏、杭诗会

贞元四年冬，韦应物出任苏州刺史，七年罢职后闲居苏州永定寺直到去世。贞元元年房孺复为浙西节度使韩滉从事，四年左右出任杭州刺史。他们在苏州、杭州广招文士又兴起诗会唱和热潮，韦应物也因之成为德宗朝江南文士的核心。

白居易建中、贞元年间避乱流落江南一带，他回忆此时"韦应物为苏州牧，房孺复为杭州牧，皆豪人也。韦嗜酒，每与宾一醉一咏，其风流雅韵多播于吴中，或目韦、房为诗酒仙"④；又据《吴郡图经续记》，韦"当贞元时为郡于此，人赖以安，又能宾儒士，招隐独，顾况、刘长卿、丘丹、秦系、皎然之俦类见旌引，与之酬唱，其贤于人远矣"⑤。可见韦应物在苏州广召文士酬唱宴集的盛况。

贞元五年春，顾况因事由秘书省著作佐郎贬饶州司户，是夏往饶州赴任，相继途经苏州、杭州、睦州而往贬所。在苏州遇韦应物诗文宴集，韦应物于宴会上作《郡斋雨中与诸文士宴集》诗记叙文会情景：

> 兵卫森画戟，宴寝凝清香。海上风雨至，逍遥池阁凉。烦疴近消散，嘉宾复满堂。自惭居处崇，未睹斯民康。理会是非遣，性达形迹忘。鲜肥属时禁，蔬果幸见尝。俯饮一杯酒，仰聆金玉

---

① 董诰，等.全唐文·卷五三〇[M].上海：上海古籍出版社，1990.
② 戴伟华.唐方镇文职僚佐考[M].天津：天津古籍出版社，1994：388-391.
③ 彭定求，等.全唐诗·卷二六七[M].北京：中华书局,1960.
④ 白居易.吴郡诗石记[M]白居易全集·卷五九.上海：上海古籍出版社，1999.
⑤ 朱长文.吴郡图经续记·卷上"牧守"部[M].《江苏地方文献丛书》本.南京：江苏古籍出版社，1999.

章。神欢体自轻，意欲凌风翔。吴中盛文史，群彦今汪洋。方知大藩地，岂曰财赋疆。

顾况作《酬本部韦左司》（又题为《奉和同郎中韦使君郡斋雨中宴集》）和之，诗云："好鸟依佳树，飞雨洒高城。况与二三子，列坐分两楹。文雅一何盛，林塘含馀清。"①顾况接着又在杭州与房孺复、在睦州与韦偿宴集唱和，信州刺史刘太真有《顾十二左迁过韦苏州、房杭州、韦睦州三使君，皆有郡中宴集诗，辞章高丽，鄙夫之所仰慕，顾生既至留连笑语，因亦成篇以继三君子之风焉》诗，可见顾况行程所至，江南郡守都为之举行了诗文酒会。

（三）长庆至大和间杭州、越州与苏州诗会

长庆至大和间元稹、白居易、窦巩、崔玄亮、权德舆、李谅等文士在江南仕职，此时江南又出现了一个诗歌酬唱赠答的热潮。白居易长庆二年为杭州刺史，次年元稹任越州刺史、浙东观察使，是年底崔玄亮又出守湖州。这样，杭州白居易、越州元稹、湖州崔玄亮，三人唱和不断，并将这些诗歌编成《三州唱和集》。

《唐语林》卷二载："白居易，长庆二年以中书舍人为杭州刺史，替严员外休复，休复有时名，居易喜为之代。时吴兴守钱徽，吴郡守李穰，皆文学士，悉生平旧友，日以诗酒寄兴。"白居易三年任满后返京，但不到一年后即宝历元年又出任苏州刺史近一年时间（详见本书附录的内容）。长庆三年元稹秋天出任临郡越州刺史，途经苏杭，二郡太守李谅、白居易分别为其举办诗会宴集。元稹《再酬复言和前篇》云："经过二郡逢贤牧，聚集诸郎宴老身。清夜漫劳红烛会，白头非是翠娥邻。"②从此他们经常诗文唱和，成为文坛佳话。

元稹任浙东观察使直到大和三年，前后共七年。他在此期间除了广泛与周围地区或远方的文友寄赠酬答外，在州府他广辟文士幕僚，如窦巩、卢简求、徐凝、郑鲂、周师范等，元稹在郡经常游历越州之名山胜迹，并与其他文士道士、歌女诗文酒会游乐，每有诗作。《旧唐书》卷一六六记载："改授越州刺史，兼御史大夫、浙东观察使。会稽山水奇秀，稹所辟幕职，皆当时文士，而镜湖、秦望之游，月三四焉。而讽咏诗什，动盈卷帙。副使窦巩，海

---

① 彭定求，等.全唐诗·卷二六四 [M].北京：中华书局,1960.
② 元稹.元稹集·卷二一 [M].冀勤点校.北京：中华书局,1982.

内诗名，与稹酬唱最多，至今称兰亭绝唱。稹既放意娱游……凡在越八年。"《新唐书》卷一七四本传亦云：元稹"在越时，辟窦巩。巩，天下工为诗，与之酬和，故镜湖、秦望之奇益传，时号兰亭绝唱。"徐凝有《春陪相公看花宴会二首》，即为反映其时元稹与文士们诗文宴集之作①，诗云："丞相邀欢事事同，玉箫金管咽东风。百分春酒莫辞醉，明日的无今日红。"②生动表现了此时生活江南的诗人们追慕兰亭雅趣，诗酒流连放意娱游的生活态度。元白同时还与邻郡的刺史进行唱酬，如湖州刺史崔玄亮、苏州刺史李谅、常州刺史贾餗等，形成了一股唱酬赠答与诗文酒会的风潮。中唐时期的江南名流云集诗会不断，用盛况空前来形容是不过分的。

第三节 对中唐江南诗会的评价

中唐江南诗会是江南这片具有浓郁文化气氛的土壤里绽放的芬芳奇葩，在唐代文学史上也应占有一席之地。

第一，大历间江南诗会是在唐代社会发生巨大变化背景下进行的，文士们对安史之乱后的社会现实状况失望不满，故而寻求内心的宁静与安慰，诗会正反映了社会转折时期文人的这种心理。浙东联唱中的《状江南十二咏》按照一年四时十二月的顺序，分咏江南的自然景象与社会风俗，语言流畅，描写生动贴切，形象极其鲜明。贾晋华认为这组作品与同时的《忆长安十二咏》相互关联，"忆长安而望江南，这正是当时南渡文士的典型心理：盛世回忆使他们产生了绵绵不尽的感伤情绪，北方中原的动乱和破坏令他们厌倦失望，唯有眼前宁静富饶的江南美景使他们获得一定的安慰和怡悦。"③文士们在江南以诗酒文会的方式寻求心灵的宁静，他们的联唱作品也就多歌咏江南会稽、湖州等地的美丽景色，歌咏江南历史上风流儒雅的人物，表达对他们的行为的向往与追慕。总之，多表现出此时文士们流连良辰美景的生活情趣。

---

① 傅璇琮.唐才子传校笺·卷六 徐凝条[M].北京：中华书局,1990.
② 彭定求,等.全唐诗·卷四七四[M].北京：中华书局,1960.
③ 贾晋华.唐代集会总集与诗人群研究[M].北京：北京大学出版社,2001：82.

第二，中唐江南诗会创作体现了盛唐以后诗歌创作的新倾向。从唐代文学的历史发展的角度看，大历江南诗人的创作实际表现了在声律风骨兼备的充满激情与理想主义的盛唐诗歌之后，诗歌向较为内敛的细腻纤巧的南朝文风的回归。

大历六年，润州刺史樊晃采杜甫遗文二百九十篇编《杜甫小集》六卷，传于江左。在《杜工部小集序》中他指出，杜甫的诗文因逢战乱，"大雅之作"不为东人之所知，当时江左文士传诵的不过是杜甫的"剧题戏论"而已。这也可以看出当时江南文坛远离战乱，诗文尚闲适轻松的状况。皎然在《诗式》卷四"齐梁诗"一条中提及大历时期江南诗人诗歌创作与齐梁诗的关系："大历中，词人多在江外。皇甫冉、严维、张继素、刘长卿、李嘉祐、朱放，窃占青山白云，春风芳草，以为己有。吾知诗道初丧，正在于此。何得推过齐梁作者？迄今余波尚寝，后生相效，没溺者多。"[①] 皎然论诗是比较重视齐梁诗歌的，反对将齐梁诗歌看成诗道之丧，认为谢朓、沈约等人的诗"格虽弱，气犹正，远比建安，可言体变，不可言道丧"，因此大历间江南的诗人们嘲风月、弄花草的创作虽类似于齐梁诗人，但不能推罪于齐梁诗人。皎然此段话指出了江南诗人此时以吟咏山水风月为主的创作特点，与南朝齐梁文学风格类似，可见中晚唐文学的南朝化倾向即在此时发端。再比如，此时生活于江南的李嘉祐诗歌风格也有类似的变化。李嘉祐乾元二年任江阴令来到江南，上元二年迁台州刺史，直到大历初在江南约有十年的光景。高仲武《中兴间气集》称其"振藻天朝，大收芳誉，中兴高流。与钱、郎别为一体，往往涉于齐梁，绮靡婉丽，盖吴均、何逊之敌也"，指出其诗歌学习南朝齐梁诗歌，风格婉转含蓄韵味绵长能与吴均、何逊匹敌，也正说明两者之间的相似。《四库全书总目提要》在钱起诗集提要中云"大历以还，诗格初变，开、宝浑厚之气，渐远渐漓，风调相高，稍趋浮响"，也指出此时诗坛风尚特点。

韦应物、顾况等人在苏杭的唱和诗歌，也有鲜明的继承宋、齐诗歌的倾向。刘太真《与韦应物书》："顾著作来，以足下《郡斋燕集》相示，是何情致畅茂，遒逸如此？宋齐间，沈、谢、何、刘，始精于理意，缘情体物，备诗人之旨。后之传者，甚失其源。惟足下制其横流。师挚之始，《关雎》之乱，

---

① 李壮鹰. 诗式校注 [M]. 济南：齐鲁书社，1986.

于足下之文见之矣。"①秦系《即事奉呈郎中韦使君》诗，直接将韦应物比作谢玄晖："久卧云间已息机，青袍忽著狎鸥飞。诗兴到来无一事，郡中今有谢玄晖。"②

第三，考察现存唐代文人诗会联唱诗歌，我们可以看出一个有趣的现象：大部分的联句诗作于江南，而江南籍诗人又在大多数的诗会联唱中起着主导作用。《全唐诗》所收联句诗，以盛唐后期李白在池州九华山与宣州高霁、韦权舆的联唱为发端，永泰初宣州刘太真与袁傪等东峰亭联唱继之，到浙东鲍防、严维和稍后的浙西颜真卿、皎然等大规模诗会进入高潮；然后是贞元间皎然、顾况、韦应物、孟郊等继续推进；再到长庆间元白苏杭诗会，元和初韩愈、孟郊、张籍的长安联句，大和间白居易、刘禹锡、李绅等的洛阳诗会联句，再一次兴起联句高潮，之后稍沉寂了一段时间，唐末皮日休、陆龟蒙苏州唱和联句，则是唐代文人诗会联唱的收结。

这些联句诗会，前后是有脉络可寻的，许多文士往往先后参加多个诗会。比如，袁邕既参加了宣州诗会，又出席了越州诗会；吴筠、吕渭、沈仲昌、刘全白、张著等诗人在浙东会稽参与严维联唱后，又到了浙西参加颜真卿、皎然的湖州诗会；韦渠牟先到湖州预浙西诗会，后又入韩滉幕府参加其诗会；而孟郊年轻时参与了湖州皎然等的诗会，顾况也参加了皎然杭州的诗会，后来他两人又成为长安诗会与江南苏杭等地诗会的主力。可见江南诗会具有一定的先后相继关系，诗会规模也经历了由小到大的发展。中唐江南文会直接影响了后来如中唐白居易、裴度、刘禹锡、张籍、李绅、韩愈、孟郊等人的联句，以及晚唐皮日休、陆龟蒙的苏州联唱。从唐代联句创作的整个发展可见江南诗会与江南籍诗人在其中的突出作用与贡献。

第四，江南诗会使得联句诗歌艺术趋于完善成熟，尤以大历时期浙东、浙西诗会成就最为突出。

联句的艺术形式最早可以溯源到汉武帝时代的柏梁台联句，一人咏一句，逐句押韵。后来到南朝宋代孝武帝刘骏有与群臣创作的《华林都亭曲水联句效柏梁体诗》③，齐谢朓与沈约等七人作《阻雪连句遥赠和》诗，形式上是一

---

① 董诰，等.全唐文·卷三九五[M].上海：上海古籍出版社，1990.
② 彭定求，等.全唐诗·卷二六〇[M].北京：中华书局,1960.
③ 逯钦立.先秦汉魏晋南北朝诗·卷二十[M].北京：中华书局，1983.

人四句，类似于一人一首绝句。谢在任宣城太守时，又有《还涂临渚》《纪功曹中园》《闲坐》《侍筵西堂落日望乡》等类似于联句的诗作。后萧纲等人有《曲水联句》，到溉等人有《仪贤堂监策秀才联句》，何逊等人有《拟古三首联句》，形式仍然没有什么变化。显然南朝时期联句形式比较简单，基本上是一人四句隔句押韵，或一人一句逐句押韵，篇幅较短。但据蒋寅的研究，北魏时高祖与大臣郑懿、邢峦等人有《悬瓠方丈竹堂飨侍臣联句》，形式上已经是每人咏两句而各自用韵，所以不同于南朝诸人联句之以"章"为单位，是一个向唐代联句诗发展过程中的转捩点，并完成了联句的定式。①

唐代是联句诗创作的繁荣时期，《全唐诗》卷七八八至七九四录联句一百三十五首，《全唐诗补编》补录十五首，现存唐代联句诗共计一百五十首。其中，属于初唐的联句不多，仅见的只有《全唐诗补编续拾》卷七收录的唐太宗与太子、诸王及群臣共作的一首，形式仍是一人一句，逐句押韵。现存盛唐联句亦较少，主要是李白、杜甫参与的几首，但形式已经是一人一联，隔句押韵，手法与技巧较为纯熟。其中李白在池州和当地文士高霁、韦权舆创作的《改九子山为九华山联句》是现存较早的文士联句，②整个作品咏九华山壮丽景象，境界阔大形象鲜明，且三人之咏起承紧密浑然一体。中晚唐是联句的兴盛与成熟时期，形式已定型，多为一人一联，隔句押韵；或开始由某人写一句，而后每人一句下联，一句上联，如此反复，以至完篇。值得注意的是大历间江南文会联句艺术有许多创新。

首先，形式上丰富多样，可以说集以往联句形式之大成，而又有发展。有三言、四言、五言、六言、七言及一至九字联句等，其中尤其是一字至九字联句、六言联句、《状江南十二咏》《忆长安十二咏》等更具有开拓性。蒋寅指出这些作品成为诗歌史上的独创之体，是非常精辟的。③联唱方式既有一人一句，较多的是一人两句，也有的是一人一章。

其次，江南联句还对唐诗风格的多样化起到一定的推动作用。比如浙西联唱中许多的诗歌内容非常轻松，风格诙谐滑稽。如颜真卿、李萼、皎然等人的《三言拟五杂组联句》《三言重拟五杂组联句》《七言大言联句》《七言小

---

① 蒋寅.大历诗人研究：上编[M].北京：中华书局,1995：149.
② 彭定求，等.全唐诗·卷七八八[M].北京：中华书局,1960.
③ 蒋寅.大历诗人研究：上[M].北京：中华书局,1995：155.

言联句》《七言乐语联句》《七言馋语联句》《七言滑语联句》《七言醉语联句》等①，皆是如此。其中《乐语联句》咏人间最快乐之事：

苦河既济真僧喜（李崿）。新知满座笑相视（颜真卿）。戍客归来见妻子（皎然）。学生放假偷向市（李荐）。②

四位诗人对生活观察细致，描写传神，风趣幽默又富有人情味；而《馋语联句》则几乎就是现代的喜剧小品：

拈馐舐指不知休（李崿），欲炙侍立涎交流（颜真卿）。过屠大嚼肯知羞（皎然），食店门外强淹留（李荐）。③

语言风趣，形象生动，令人忍俊不禁，显示了江南诗会重视娱乐以及艺术风格生动活泼的特点。

大历江南文会不仅对推动联句艺术的完善具有积极的意义，而且反映了江南文士对诗歌形式运用的重视与对多样化诗歌艺术的积极探索。

第五，江南诗会属于集体性的文学活动，具有一定的社会意义。不能将中唐江南诗会仅仅看成是游戏活动，而是文士们通过这种诗酒文会形式，加强彼此的交流，体现了文人们的社交要求。

江南诗会联句诗形式富于变化，因为集体场合多人同赋一首诗歌，对作家思维反应速度有很高要求，颇具竞争性，所以这种形式集娱乐性、游戏性、竞争性于一体，成为文人宴集群体性赋诗的主要形式。当然因其呈才、游戏的性质，自然较难出现脍炙人口的佳作，但就唐代的文学风尚而言，联句却是文人很重视的一种诗歌形式，而且也不乏精致的作品。

更重要的是它为文士切磋诗歌艺术、提高参与者的诗歌技巧提供了一种有效的方式，同时对整个社会又有一种倡导与示范作用，引导社会的文化风气，对促进文学的繁荣具有不可低估的意义。典型的如韦应物苏州诗会对少

---

① 彭定求，等.全唐诗·卷788[M].北京：中华书局,1960.
② 彭定求，等.全唐诗·卷788[M].北京：中华书局,1960.
③ 彭定求，等.全唐诗·卷788[M].北京：中华书局,1960.

年白居易日后人生与创作道路的潜在影响（详见本书附录之内容）。另外，江南诗会中有不少年轻文士，他们在其中得到的锻炼与熏陶对他们日后的文学活动产生了重要影响。比如孟郊参与皎然诗会对他日后与韩愈联句的影响等即是很好的例子。这同样具有积极作用。

第六，江南诗会既有诗歌，也有歌词、绘画、乐舞、书法等，往往是兼有多种艺术形式的盛会。比如，浙西诗会中韦渠牟作《天竺寺十六韵》诗，颜真卿不仅为之作序、和诗，还使画工按其意境作画，所谓"摘句配境，偕为胜绝"[1]。蒋寅、贾晋华等学者则认为浙东诗会中的《状江南十二咏》与《忆长安十二咏》就是长短句歌词。大历六年柳识在润州作《琴会记》记李栖筠、樊晃本年正月在朱方（丹徒）琴会之事，称"赞皇公弦琴，樊公和之"[2]，赞皇公，指李栖筠，弦琴，当指按乐作歌词，然后樊晃和作，则丹徒琴会当为歌乐词会。

最具有代表性的是大历九年颜真卿、张志和湖州诗会上的情形。据朱景玄《唐朝名画录》载："颜鲁公典吴兴，知其（志和）高节，以《渔歌》五首赠之。张乃为卷轴，随句赋象，人物、舟船、鸟兽、烟波、风月，皆依其文，曲尽其妙。"张彦远《历代名画记》卷十则称志和"自为《渔歌》，便画之，甚有逸思"，两书的记载不一致，但据李德裕《玄真子渔歌记》载："德裕顷在内庭，伏睹宪宗皇帝写真求访玄真子《渔歌》，叹不能致。……今乃获之，如遇良宝。"[3]又据沈汾《续仙传》载：张志和"善画……天下山水，皆所游览。鲁国公颜真卿与之友善。真卿为湖州刺史，与门客会饮，乃唱和为《渔父词》，其首唱即志和之词，曰：'西塞山边白鸟飞……。'真卿与陆鸿渐、徐士衡、李成矩，共和二十五首，递相夸赏"[4]。如果再结合颜真卿《浪迹先生玄真子张志和碑铭》的记载当有更清晰的认识：

大历九年秋八月，（张志和）讯真卿于湖州，前御史李崿以缣帐请焉。俄挥洒横抪而纤绔，霏拂乱抢而攒毫。雷驰须臾之

---

[1] 权德舆.右谏议大夫韦君集序[M]//董诰,等.全唐文·卷四九〇.上海：上海古籍出版社，1990.
[2] 董诰,等.全唐文·卷三七七[M].上海：上海古籍出版社，1990.
[3] 董诰,等.全唐文·卷七〇八[M].上海：上海古籍出版社，1990.
[4] 据李昉,等.太平广记·卷二七[M].北京：中华书局，1961.

间，千变万化，蓬壶仿佛而隐，见天水微茫而昭合。观者如堵，轰然愕眙在坐六十余人。元真命各言爵里、纪年、名字、第行，于其下作两句题目，命酒以蕉叶书之，援翰立成，潜皆属对。举席骇叹。竟陵子因命画工图而次焉。①

皎然还有《奉和颜鲁公真卿玄真子舴艋舟歌》《奉和颜尚书真卿观玄真子置酒张乐舞破阵画洞庭之山歌》，可见湖州诗会上具酒与乐舞，张志和不仅咏歌《渔歌子》词，还当场泼墨挥毫。综合以上材料，《渔歌子》是张志和首作，其后颜真卿等多人和作，重要的是湖州诗会是一次诗歌、词、音乐、舞蹈、绘画多种艺术形式兼具的规模较为庞大的缤纷多彩的艺术盛会。《渔歌子》五首以清新自然的语言，生动形象的艺术画面，传神表达了作者的放达超脱的人生情趣，不仅成为百代隐逸词之祖，而且流传至日本，成为日本填词之祖，同时，还是现存几乎最早的文人词完整成熟形式，可见江南诗会对唐代文人词的发展产生了一定的影响。

这种情况，在后来的韩滉浙西诗会、白居易杭州、苏州诗会上都得到继承。韩滉幕府集中了擅长画牛的画家戴嵩、擅长山水画的诗人顾况。《唐语林》卷二记载白居易在杭州，"官妓高玲珑，谢好好巧手应对，善歌舞，从元稹镇会稽，参其酬唱"。他在苏州身边集中了许多歌女，其诗集中多有记载，如《霓裳羽衣歌》："玲珑箜篌谢好筝，陈宠觱篥沈平笙。清弦脆管纤纤手，教得霓裳一曲成。……李娟张态君莫嫌，亦拟随宜且教取。"② 说明白居易江南诗会亦有诗歌、音乐、舞蹈兼具的特点。

江南有悠久丰富的乐舞传统，唐代更是所谓"水国多台榭，吴风尚管弦"③，故而出现众多书法、绘画等艺术家。江南山水优美，经济繁荣，艺术氛围浓郁，江南诗会各种艺术相互浸染彼此促进，文学艺术在此得到新的发展。

---

① 董诰，等. 全唐文·卷三四〇 [M]. 上海：上海古籍出版社，1990.
② 白居易. 白居易全集·卷二一 [M]. 上海：上海古籍出版社，1999.
③ 白居易. 和梦得夏至忆苏州呈卢宾客 [M]// 彭定求，等. 全唐诗·卷四六二. 北京：中华书局，1960.

第六章
青山碧水与文士江南漫游隐逸

江南得天独厚的自然条件及其早有的高蹈脱俗、疏远政治、快意自然的文化氛围，使得江南在不同历史时期吸引着大量文士到此游历隐逸。唐代江南山水优美、经济繁荣、社会安定，同样吸引了大批文士到此漫游、隐居，尤其是安史之乱之后的中晚唐时期，北方频繁的动乱更使江南接纳了大量士人避乱隐居，形成又一颇为重要的文化现象，对唐代文学的发展也产生了不可忽视的影响。

第一节 青山碧水及江南漫游隐逸文化传统

漫游山水、隐逸山林在江南文化史上有着深厚的历史渊源。早在西晋时期，江南士人即为江南风物之美引以为荣，陆机就曾以吴地歌谣《吴趋行》赞云："山泽多藏育，土风清且嘉。"[1]东晋以来，江南得到了持续不断的开发，逐渐由偏僻之地变成富庶之区，江南美丽的自然风物逐渐被人发现，秦汉以后人们对江南的认识终于产生了根本的变化。过去的蛮荒之地变为山水秀美之邦了。正如宋代张方平所云："南国之奥，有佳山水发秀，人自江左而后，清流美士，余风遗韵相续。"[2]苏轼所谓："吴兴自东晋为善地，号山水清远。"[3]

---

[1] 萧统.文选·卷二八[M].李善注.北京：中华书局，1986.
[2] 谈钥.嘉泰吴兴志·卷二〇[M].宋元方志丛刊本.北京：中华书局，1990.
[3] 谈钥.嘉泰吴兴志·卷一三[M].宋元方志丛刊本.北京：中华书局，1990.

江南越来越成为文士心中向往之地。到唐代，江南山水之清秀美丽深深植入文士心中。

江南地区山有九华、天姥、天台、四明、赤城、秦望、钟山、茅山、惠山、虎丘等，水则有长江、新安江、钱塘江、松江、曹娥江、秦淮河、剡溪、若耶溪、雪溪、兰溪，太湖、西湖、镜湖等。同时江南具有悠久深厚的文化积淀，保存着众多名胜古迹，如禹穴、西施浣纱处、馆娃宫、秦望山、石头城、乌衣巷、凤凰台、谢朓楼，并有兰亭曲水、严陵钓台、谢安东山、康乐遗迹、山阴故道等，名山胜迹令人目不暇接。另外，江南还有众多的佛寺道观，以及许多道教传说中神仙居住的洞天福地，如台州赤城洞、括苍洞，润州茅山句曲洞，苏州洞庭湖林屋洞，十大洞天江南占其四；三十六小洞天中十二处在江南，如明州四明山，越州会稽山，处州仙都山、青田山，杭州天目山，金陵钟山等；七十二福地中有十九处在江南[1]。民间众多遇仙得道的传说发生在江南奇秀山水之间，像刘晨、阮肇入天台采药遇仙等，这些都增添了江南山水的神奇魅力。

东晋时江南会稽集中了许多南来士人，《晋书·王羲之传》云："会稽有佳山水，名士多居之，谢安未仕时亦居焉。孙绰、李充、许询、支遁等皆以文义冠世，并筑室东土，与王羲之同好。"秀美的江南山水使南迁的北方士人心醉神迷，《晋书·孙绰传》载孙绰"居于会稽，游放山水，十有余年"。东晋南朝名士对江南山水的极度赞美，典籍记载甚多，最为知名的是顾恺之、王子敬的评述。

> 顾长康从会稽还，人问山川之美，顾云："千岩竞秀，万壑争流，草木蒙笼其上，若云兴霞蔚。"[2]
>
> 王子敬云："从山阴道上行，山川自相映发，使人应接不暇。若秋冬之际，尤难释怀。"[3]

顾恺之、王子敬对江南山水之美的精彩评价在后代可以说是深入人心。

---

[1] 杜光庭.洞天福地记[M].四库全书本.

[2] 刘义庆.世说新语·言语.

[3] 刘义庆.世说新语·言语.

《宋书·谢灵运传》载谢灵运出守永嘉,"既不得志,遂肆意游遨,遍历诸县,动逾旬朔,民间听讼,不复关怀。所至辄为吟咏,以致其意焉",其山水诗主要创作于浙东,并且对唐代众多山水田园诗人产生了重要影响。谢灵运在永嘉时漫游浙东山水,几乎成为唐代文士漫游江南的精神源泉。"昏旦变气候,山水含清晖"①;"池塘生春草,园柳变鸣禽"②,其众多脍炙人口的山水诗无不让唐人对江南山水心生向往并追慕效仿,正如宋之问《宿云门寺》所云:"庶几踪谢客,开山投剡中。"王勃《越州永兴李明府宅送萧三还齐州序》云:"俱游万物之间,相遇三江之表。许玄度之清风朗月,时慰相思;王逸少之修竹茂林,屡陪欢宴。加以惠而好我,携手同行,或登吴会而听越吟,或下宛委而观禹穴。"③李白《梦游天姥吟留别》云:"谢公宿处今尚在,渌水荡漾清猿啼。"《送王屋山人魏万还王屋》称:"缙云川谷难,石门最可观。……路创李北海,岩开谢康乐。"唐人在前代文化传统的引领下,对江南山水与胜迹产生持久、执着的向往。昭明太子编选的《文选》是我国第一部通代诗文总集,同时也是一部南朝文化的教科书,其中所选的主要作品均为南朝作家所作④。唐代士人为科举往往从小即熟读《文选》,所谓"文选烂秀才半",自觉地追慕或不自觉地潜移默化,都使得他们对江南人物事迹非常熟悉,进而产生心理上的认同与向往。

江南很早就具有适宜隐逸的文化氛围。高蹈脱俗、疏远政治、隐逸山林在江南文化史上有着深厚的历史渊源。最远可以追溯到太伯奔吴,太伯、仲雍从中原南迁江南,许多学者都认为其背后可能是政治斗争失败后的一种无奈退让,而非正史所记载的主动谦让王位。不管事实如何,都证明了太伯应该是史载最早从中原避隐江南的人。这之后是季札让国隐居,据《公羊传·襄公二十九年》载,吴王寿梦有四子:诸樊、馀祭、馀昧、季札。因季札贤能,寿梦拟改变传统的君位继承之法,废长立少传位季札,季札辞让不受。寿梦死后,诸樊继位,又想将君位传于季札,遂与馀祭、馀昧相约,国传弟不传

---

① 谢灵运. 石壁精舍还湖中作[M]// 萧统. 文选·卷二二. 李善注. 北京:中华书局,1986.
② 谢灵运. 登池上楼[M]// 萧统. 文选·卷二二. 李善注. 北京:中华书局,1986.
③ 董诰,等. 全唐文·卷一八一[M]. 上海:上海古籍出版社,1990.
④ 莫砺锋先生曾对《文选》入选作品较多的十位作家进行了统计,其中七位是南朝作家。而作品最多的晋代陆机则为吴人,其诗文正是六朝文学先声。莫砺锋. 杜甫评传[M]. 南京:南京大学出版社,1993:318.

子，兄弟相次为君。季札坚拒，遂远离国都，赴延陵隐居直至终生。季札之疏远政治，完全是出自内心，是其人生态度使然。唐吴筠《高士咏》云："太伯全至让，远投蛮夷间。延陵嗣高风，去国不复还。"这代表了古人共同的看法，即季札的去国节操和太伯至让之风一脉相承。再后来就是著名的范蠡，传说其助越灭吴后携西施遁逸，浮五湖而隐居终生。

东汉到南朝江南隐逸之士蔚为大观，较著名的隐逸高蹈之士是严光、梁鸿、张翰等人。会稽严光少有高名，早年曾与刘秀同学，刘即位后他即隐姓埋名，浪迹山林垂钓为业。后刘秀访得之，欲授其官职，严光拒不受，复归隐富春江，躬耕垂钓而终①。东汉扶风梁鸿"家贫而尚节介，博览无不通"，曾作《五噫歌》讽及朝廷，为官府所迫，遂埋名隐遁，与妻子孟光先隐居于齐鲁，"有顷，又去吴。……依大家皋伯通，居庑下，为人赁春"②。梁鸿作为隐居江南的著名高士，颇受唐人景仰，李白《和卢侍御通塘曲》诗云"梁鸿德耀会稽日，宁知此中乐事多"③；皮日休《皋桥》诗称"皋桥依旧绿杨中，闾里犹生隐士风。唯我到来居上馆，不知何道胜梁鸿"④。西晋张翰为官洛阳，刚刚到任，见秋风起遂恋家乡吴郡鲈鱼莼菜美味，不愿为名爵而受羁绊，立刻封挂官印，千里命驾返回家乡。张翰及与之有关的鲈鱼莼菜，几乎成为后世文人不愿为求功名受束缚、归隐田园最形象的代名词。李白称"张翰黄花句，风流五百年"⑤，可见后人对张翰的推崇。

晋会稽夏统隐居家乡孝养老母，曾为母到洛阳买药，置贾充富贵之诱惑于不顾，充叹称"此吴儿木人石心"⑥。其时又有十八名士或游或隐于江南沃州山，沃州山与天姥山齐名，白居易云："东南山水，越为首，剡为面，沃州、天姥为眉目。夫有非常之境，然后有非常之人栖焉。……高士名人戴逵、王洽、刘恢、许元度、殷融、郄超、孙绰、桓彦表、王敬仁、何次道、王文度、谢长霞、袁彦伯、王蒙、卫介、谢万石、蔡叔子、王羲之，凡十八人，或游

---

① 范晔.后汉书·卷八三 逸民传[M].北京：中华书局，1965.
② 范晔.后汉书·卷八三 逸民传[M].北京：中华书局，1965.
③ 彭定求，等.全唐诗·卷一六七[M].北京：中华书局,1960.
④ 彭定求，等.全唐诗·卷六一五[M].北京：中华书局,1960.
⑤ 李白.金陵送张十一再游东吴[M]//彭定求，等.全唐诗·卷一七六.北京：中华书局,1960.
⑥ 房玄龄，等.晋书·卷九四[M].北京：中华书局，1974.

焉，或止焉。"①另外，余姚之虞喜隐居海嵎，有高世之风②。据《宝庆四明志》卷八引夏侯曾《先地志》载："喜所居乃句章之南山，世目其山曰大隐。"③《剡录》卷四引《阮裕别传》云：陈留阮裕"居会稽剡山，志存肥遁。"《世说新语·栖逸》载阮居东山，"萧然无事，内足于怀。有人以问王右军，右军曰：'此君近不惊宠辱，虽古之沈冥，何以过此'"？

南朝时，谢灵运曾隐居会稽始宁，"寻山陟岭，必造幽峻，岩嶂千重，莫不备尽。……尝自始宁南山伐木开径，直至临海"④。吴兴沈道虔亦隐居始宁北石山下，"郡州府凡十二命，皆不就"⑤。吴郡顾欢则隐于剡中天台，并开馆授徒，受业者常近百人。钱塘之褚伯玉少有隐操，后隐剡中瀑布山三十余年，隔绝人物，吴郡守屡次征召不至⑥。山阴孔佑隐居四明山，其子道徽"隐居南山，终身不窥都邑"⑦。梁代萧视素"性静退，少嗜欲，好学，能清言。……求为诸暨县令。到县十余日，挂衣冠于县门而去"⑧。另外，据《南史·隐逸传》载谯国人戴逯隐居剡中，其子戴勃、戴颙亦隐于剡中、桐庐及吴地；鲁人孔淳之性好山水，居剡县，每有所游必穷幽峻，或旬日忘归。此外，另有关康之隐居京口，普明隐居会稽，惠明隐居金华山。

江南自然地貌美丽幽深，有云雾缭绕的山峦，有碧波浩渺之河湖，对高蹈避世的君子再适合不过。正如梁代吴均《与朱元思书》所谓："鸢飞唳天者，望峰息心；经纶世务者，窥谷忘反。"⑨优美绝伦的山水能让最爱追求功名的人流连忘返消去俗念尘心。宋代孙因在《越问·隐逸》中列举了从严光一直到张志和等著名的隐居越地的隐士事迹后，评云："彼皆不事王侯兮，以高尚而辟世。亦地气之所钟兮，多秀水与名山。"⑩历代众多隐士之所以隐居江南，

---

① 白居易.沃州山禅院记[M]//白居易全集·卷六八.上海：上海古籍出版社，1999.
② 房玄龄，等.晋书·卷八十八[M].北京：中华书局，1974.
③ 句章县，唐武德四年析分为姚州、鄞州，后属明州。
④ 房玄龄，等.晋书·谢灵运传[M].北京：中华书局，1974.
⑤ 李延寿.南史·卷六五[M].北京：中华书局，1975.
⑥ 萧子显.南齐书·卷五四[M].北京：中华书局，1972.
⑦ 李延寿.南史·卷六五[M].北京：中华书局，1975.
⑧ 施宿.嘉泰会稽志·卷三[M].宋元方志丛刊本.北京：中华书局，1990.
⑨ 艺文类聚·卷七[M].文渊阁《四库全书》本.
⑩ 张淏.宝庆会稽续志·卷八[M].宋元方志丛刊本.北京：中华书局，1990.

一方面固然是源于他们的高尚避世观念，另一方面则是江南秀水名山起到了很大的催化作用。

第二节 唐代文士漫游江南之风

唐代文人或为科举功名，或为政治理想，寻找仕进机会，广泛交游、干谒；或纯粹为了增长识见阅历，饱览祖国各地风光，漫游成为唐代颇为流行的社会风尚。唐代国家统一，疆域辽阔，经济繁荣，南北交通便利，为文人漫游提供了很好的条件。文士漫游范围很广，北至戈壁大漠，南至潇湘岭外，无不留有他们的足迹。不过，文人漫游去得最多的地区，无疑是长安、洛阳和江南地区。唐代大多数的文士一生中都会到这两地漫游。文士漫游长安、洛阳较多的是出于政治因素，两京之政治地位无疑使得唐代文士将之列为最重要的游历目标，尤其对那些渴求仕进者而言，两京是必去的游历之地。但唐人江南漫游的情况与此则有所不同。更多的士人把漫游江南作为纯粹的精神朝圣之旅、心灵适性之旅来安排，功利性的成分较少。唐代著名文人大多数都到江南漫游过，突出的如宋之问、孟浩然、王维、吴筠、李白、杜甫、崔颢、李德裕、白居易、张继、李贺、温庭筠、韦庄等（江南本土文士尚不计算在内），他们留连江南清秀山水，同时创作了大量诗文作品。漫游江南作为一种文化现象，与唐代文学的发展有着非常重要的联系。

景龙三年宋之问贬越州长史，在州期间遍游越州山水名胜。"穷历剡溪山，置酒赋诗，流布京师，人人传讽"[①]，诚如其诗所谓"越中山海高且深，兴来无处不登临"[②]，禹穴、若耶溪、云门寺、镜湖都留有他的足迹。《渡吴江别王长史》《泛镜湖南溪》《游禹穴回出若耶》《灵隐寺》《游云门寺》等，均是其在江南创作的作品。开元十七年至二十年孟浩然从洛阳到江南润州、杭州、婺州、越州、温州等地漫游，游览天台、剡溪、镜湖、云门寺、若耶溪等名胜，留下《济江问同舟人》《宿建德江》《舟中晓望》《若耶溪泛舟》等脍炙人

---

① 欧阳修.新唐书·宋之问传[M].北京：中华书局，1975.
② 宋之问.桂州三月三日[M]//彭定求，等.全唐诗·卷五十一.北京：中华书局,1960.

口的佳作。王维在开元十五年到十七年间从济州返长安闲居之后，寂寞怅惘而漫游江南，主要到润州、常州、苏州、宣州、越州等地，游历桂苑、茅山、云门寺、若耶溪等名胜，《下京口埭夜行》《夜到润州》《山行》等是其江南之行的收获①。吴筠开元中曾经南游金陵，访道茅山，然后东游天台②；安史之乱起，他又因避乱游浙中，《登北固山望海》《建业怀古》即为其南游吴越所作。

李白一生遍游祖国壮丽山河，对江南山水更是情有独钟。开元十二年他首次出蜀即到金陵、剡中游历，"此行不为鲈鱼鲙，自爱名山入剡中"③，其对越中山水的向往之情溢于言表。天宝末，李白又一次到金陵、宣城漫游，安史之乱起后则避乱居会稽、剡中。其长流夜郎遇赦以后的晚年时光，也主要生活于宣城、金陵等地。"人行明镜中，鸟度屏风里"④，江南清新秀美的自然风光，最切合诗人浪漫清逸的人生情怀。李白一生中创作了众多赞美江南山水的作品，《登金陵凤凰台》《金陵城西楼月下吟》《金陵酒肆留别》《梦游天姥吟留别》《宣州谢朓楼饯别校书叔云》等脍炙人口的浪漫乐章，无不倾注了他浓烈执着的人生之恋，生动体现了他诗歌清新明朗、纵情奔放的艺术风格。

开元十九年杜甫以弱冠之年漫游江南，先至江宁，后至苏州、越州等地，游览了姑苏台、虎丘、镜湖、剡溪、天姥山等名胜，于开元二十三年结束吴越漫游往东京应进士试，游历江南三年多时间。其《壮游》诗回忆此次吴越之行云：

> 东下姑苏台，已具浮海航。到今有遗恨，不得穷扶桑。王谢风流远，阖庐丘墓荒。剑池石壁仄，长洲荷芰香。嵯峨阊门北，清庙映回塘。每趋吴太伯，抚事泪浪浪。枕戈忆勾践，渡浙想秦皇。蒸鱼闻匕首，除道哂要章。越女天下白，鉴湖五月凉。剡溪蕴秀异，欲罢不能忘。归帆拂天姥，中岁贡旧乡。

在苏州、会稽，诗人触景怀古思绪茫茫，而钟灵毓秀的剡溪更令他流连

---

① 史双元.王维漫游江南考述[J].南京师范大学学报，1985（4）.
② 刘昫，等.旧唐书·卷一九二[M].北京：中华书局，1975.
③ 李白.秋下荆门[M]//彭定求，等.全唐诗·卷一八一.北京：中华书局,1960.
④ 李白.宣州清溪[M]//彭定求，等.全唐诗·卷一六七.北京：中华书局,1960.

忘返。杜甫当时应该是创作了许多记游之作，可惜均未能流传下来。

崔颢开元中曾游江南，有《入若耶溪》《舟行入剡》等诗。綦毋潜于天宝初游江南，《春泛若耶溪》《若耶溪逢孔九》等作品记其行事。李德裕青少年时期随父亲李吉甫南游会稽，"随侍先太师忠公在外十四年，上会稽，探禹穴"①。李贺在元和间，其十八岁左右游江南，朱自清先生《李贺年谱》认为其"集中咏南中风土者颇多，其中固有乐府旧题者，然读其诗，若非曾经身历，当不能如彼之亲切眷念，……意贺入京之先，尝往依其十四兄，故得饱领江南风色也"。其《苏小小墓》《罗浮山人与葛篇》《宫娃歌》《石城晓》《江南弄》《莫愁曲》等，均当为此游历而作。

襄州诗人张继于至德、乾元年间在会稽、越中、丹阳，上元间在苏州等地游历②，创作了《会稽郡楼雪霁》《题严陵钓台》《登丹阳楼》《阊门即事》等诗作，而其中的脍炙人口的《枫桥夜泊》更为千年绝唱。

南阳张祜早年寓居苏州，"性爱山水，多游名寺，如杭之灵隐、天竺，苏之灵岩、愣伽，常之惠山、善权，润之甘露、招隐，往往题咏唱绝"③。张祜几乎一生都流连于江南，其诗集中保留了大量漫游，江南的题咏之作。

晚唐太原诗人温庭筠早年在江南漫游生活了很长时间，故其常常自称"江南客""吴客"，将回江南称为"东归"，顾学颉认为："庭筠诗中，言其故乡太原者绝少，而言江南者反多。恐幼时已随家客游江淮，为时且必甚长。"④

20世纪90年代初，竺岳兵等学者指出唐代浙东地区有一条"唐诗之路"，即从绍兴到天台山石梁飞瀑全长一百三十多公里的水道，并且统计出有唐一代共有二百四十多位诗人曾经到此旅行，《唐才子传》所收诗人中几乎超过一半的诗人来过此水道。⑤如果将整个江南地区算进去，显然数字会更可观。并且，本节所举主要是江南之外的作家漫游江南的材料，如果加上江南本土士人，游历江南的唐代文士就更多了。

正因为唐代漫游江南成为一种时尚，唐人赞美江南山水的诗歌不计其数，

---

① 李德裕.平泉山居诫子孙记[M]//李文饶别集·卷九.
② 傅璇琮.唐代诗人丛考[M].北京：中华书局，1980.
③ 辛文房.唐才子传·卷六.
④ 顾学颉.新旧唐书温庭筠传订补[J].国文月刊，第六二期.
⑤ 竺岳兵主编有浙东唐诗之路系列丛书《唐诗之路综论》《唐诗之路唐诗总集》（中国文史出版社，2003）和《唐诗之路唐代诗人行迹考》（中国文史出版社，2004）。

从而构成了唐代山水诗的重要内容。崔颢为越中山水深深吸引,唱出了"青山行不尽,绿水去何长";"多惭越中好,流恨阅时芳"①的由衷赞叹。杜甫面对江南秀美山川同样有依依不舍的留恋之情,所谓"剡溪蕴秀异,欲罢不能忘"②。吴郡诗人顾况盛赞越东山水之美:"余常适越,东至剡,南登天姥。天姥而西即东阳。太末姑蔑之地。盘桓乎弋阳,其山霞锦,其水绀碧,其鸟好音,其草芳蒆。夺人眼睛,犹未丽也。"③权德舆称赞义兴山水:"彼阳羡有佳山水……穷年胜赏,箴仕于斯,其乐如何!"④杜荀鹤诗称:"君到姑苏见,人家尽枕河。古宫闲地少,水港小桥多。"⑤皮日休更直接:"古来伦父爱吴乡,一上胥台不可忘。……宴时不辍琅书味,齐日难判玉脍香。为说松江堪老处,满船烟月湿莎裳。"⑥均生动表达了唐人对江南山水与文化的热爱之情。至于白居易对江南的深情赞美,就更为人熟知了。

唐人对江南山水情有独钟,在诗文中对江南自然山水的描写往往都是突出其"清""丽""佳""奇"等特征。比如,权德舆称"越郡佳山水"⑦"东阳本是佳山水"⑧;卢象称"吴越山多秀"⑨;李益称"越国春山秀"⑩;李华咏衢州"名山大川,既丽且清"⑪;李郢称"南国天台山水奇,石桥危险古来知"⑫;顾云形容会稽"造化之功,东南之胜……湖山清秀,超绝上国"⑬;皇甫湜云"吴中山泉气状英淑怪丽,太湖异石,洞庭朱实,华亭清唳,与虎丘天竺诸佛寺

---

① 崔颢. 舟行入剡 [M]// 彭定求, 等. 全唐诗·卷一三〇. 北京: 中华书局, 1960.
② 杜甫. 壮游 [M]// 彭定求, 等. 全唐诗·卷二二二. 北京: 中华书局, 1960.
③ 顾况. 送张鸣谦适越序 [M]// 董诰, 等. 全唐文·卷五二九. 上海: 上海古籍出版社, 1990.
④ 权德舆. 送三从弟况赴义兴尉序 [M]// 董诰, 等. 全唐文·卷四九二. 上海: 上海古籍出版社, 1990.
⑤ 杜荀鹤. 送人游吴 [M]// 彭定求, 等. 全唐诗·卷六九一. 北京: 中华书局, 1960.
⑥ 皮日休. 吴中言情寄鲁望 [M]// 彭定求, 等. 全唐诗·卷六一三. 北京: 中华书局, 1960.
⑦ 权德舆. 送上虞丞 [M]// 彭定求, 等. 全唐诗·卷三二四. 北京: 中华书局, 1960.
⑧ 刘禹锡. 答东阳于令寒碧图诗 [M]// 彭定求, 等. 全唐诗·卷三六一. 北京: 中华书局, 1960.
⑨ 彭定求, 等. 全唐诗·卷一二二 [M]. 北京: 中华书局, 1960.
⑩ 李益. 送诸暨王主簿之任 [M]// 彭定求, 等. 全唐诗·卷二八二. 北京: 中华书局, 1960.
⑪ 李华. 衢州刺史厅壁记 [M]// 董诰, 等. 全唐文·卷三一六. 上海: 上海古籍出版社, 1990.
⑫ 李郢. 重游天台 [M]// 彭定求, 等. 全唐诗·卷五九〇. 北京: 中华书局, 1960.
⑬ 顾云. 在会稽与京邑游好诗序 [M]// 董诰, 等. 全唐文·卷八一五. 上海: 上海古籍出版社, 1990.

均号秀绝"①。李白形容越州山水如诗如画:"越水绕碧山,周回数千里。乃是天镜中,分明画相似。爱此从冥搜,永怀临湍游。"②元稹称"天下风光数会稽"③。杜牧云睦州:"州在钓台边,溪山实可怜。有家皆掩映,无处不潺湲。好树鸣幽鸟,晴峦入野烟。"④这些作品不仅准确地描写了江南山水美丽清新的特征,也生动反映了唐人的审美情趣与江南山水在唐人心目中的地位。江南山水诗文大量出现无疑大大丰富了唐代文学的内容。

第三节 唐代文士江南隐居

受佛、道思想广泛流行的影响,唐代社会隐逸之风颇为盛行。隐居江南的士人中不乏沽名钓誉走所谓终南捷径者,但整个唐代江南确实是最重要的隐居地之一。江南经济繁荣、山水优美,佛寺道观众多,是理想的隐居之处;而安史之乱之后的中晚唐时期,北方相继不断的动乱更使得大量士人来到江南避乱隐居。再加上江南原有的隐逸文化传统的影响,使得江南成为唐代士人隐居的重要地区之一。唐代士人隐居江南,从纵向上考察,中晚唐多于初盛唐,从空间地域上分析,多集中于浙西的阳羡、昆山、松江、吴兴、九华山,浙东的剡溪、天台、四明等地。

贞观年间,吴兴丘蕴得"授上骑都尉益州新津县丞。既屈千里之才,耻佐一同之任。乃追张衡之素范,归田旧庐。慕潘岳之高踪,闲居养性。每秋旻爽节,临菊岸而飞觞。春序良时,入桃源而动咏。招文举之客,奏嵇康之琴。寄情风月之中,讬意烟霞之表"⑤。丘蕴感怀才不遇而辞官隐居乡里。高宗时,吴兴沈征乃"沈法兴之孙,太子文学,承家之子,博学知古。隐江口山

---

① 皇甫湜.唐故著作左郎顾况集序[M]//董诰,等.全唐文·卷六八六.上海:上海古籍出版社,1990.
② 李白.越中秋怀[M]//彭定求,等.全唐诗·卷一八三.北京:中华书局,1960.
③ 元稹.寄乐天[M]//彭定求,等.全唐诗·卷四一七.北京:中华书局,1960.
④ 杜牧.睦州四韵[M]//彭定求,等.全唐诗·卷五二二.北京:中华书局,1960.
⑤ 吴树平,等.隋唐五代墓志汇编·洛阳卷第二册[M].天津:天津古籍出版社,1989.

峰，孝悌力田，累征不起。县令韦承庆改其所居为茂德乡"①。这两位江南士人均拒绝出仕，一归田旧庐、闲居养性、寄情风月，一茂德孝悌、躬耕田亩，乃真正的高韬脱俗之士。

咸亨初，昆山史德义"隐居虎丘山，以琴书自适。或骑牛带瓢，出入郊郭廛市，号为逸人。高宗闻其名，征赴洛阳，寻称疾东归。公卿以下皆赋诗饯别，德义亦以诗留赠。其才甚美"。后因周兴表荐，武后征召其为朝散大夫。周兴败，史德义亦受牵连免官回乡，"自此声誉稍减于隐居之前"②。史德义隐居实为走终南捷径，可惜做了官却因与周兴扯上关系被罢黜，再回乡隐居则是不得已，故而被人瞧不起，声誉陡降。

景云中新安许宣平隐居歙县城阳山，结庵而居，常负薪以卖，醉归则吟诗。③相传李白读其诗，往新安访之，竟不遇。许不求闻达，难怪李白专门求访而不遇。著名道士司马承祯曾隐居天台山紫霄峰，《旧唐书》卷一九二本传云其"尝遍游名山，乃止于天台山"，武则天、唐玄宗闻其名，均召其至京都，但他每次在长安不久待便回天台，直到开元十五年玄宗令其在王屋山置坛室而居，才最终离开江南。

陶岘乃陶渊明裔孙④，本居庐山，开元时期隐居昆山，并漫游江南山水，其诗自称"匡庐旧业是谁主，吴越新居安此生"⑤。计有功《唐诗纪事》卷二四载其"开元末，家昆山，泛游江湖，自制三舟，与孟彦深、孟云卿、焦遂共载。吴越之士，号为水仙"。范成大则称其为昆山人，并云其"文学自许生知，八音通晓，不谋官游。富田业，择人不欺者，悉付之。身泛江湖，遍游烟水，往往数岁不归。制三舟：一自载，一置宾客，一贮饮馔。与客孟彦深、孟云卿、焦遂共载，逢佳山水，必穷其胜。开元末名闻朝廷，经过郡邑，靡不招之，岘不肯来，自谓麋鹿野人，非王公上客。亦有不招而自诣者。吴越之士号为水仙。常慕谢康乐之为人，言终当乐死山水。浪迹垂三十年，后游

---

① 谈钥.嘉泰吴兴志·卷一六[M].宋元方志丛刊本.北京：中华书局，1990.
② 刘昫，等.旧唐书·卷一九二[M].北京：中华书局，1975.
③ 据宋罗愿《新安志》卷三："城阳山在县南二里，……有观。唐世许宣平隐山之南坞。"
④ 彭定求，等.全唐诗·卷一二四 陶岘小传[M].北京：中华书局,1960.
⑤ 陶岘.西塞山下回舟作[M]//彭定求，等.全唐诗·卷一二四.北京：中华书局,1960.

襄阳西塞，归老于吴"①。其人生最后的时光即是在江南度过的。

天宝中，韦权舆、高霁隐于家乡池州青阳。李白游九华山，与二人诗会联句，其《望九华山赠青阳韦仲堪》诗称："君为东道主，于此卧云松。"与此同时，李汾隐于四明山，《集异记》载："李汾秀才者，越州上虞人也，性好幽寂，常居四明山。"②天宝末，吴筠等人隐居江南会稽的剡中，据权德舆《吴尊师传》载："禄山乱，求还茅山，许之。既而中原大乱，江淮多盗，乃东游会稽，常于天台剡中往来，与诗人李白、孔巢父诗篇酬和，逍遥泉石，人多从之。竟终越中。"③

中晚唐时期隐居江南的士人为数更多。天宝末会稽诗人秦系隐居剡中，薛兼训奏为右卫率府仓曹参军不就。后客泉州，隐居南安九日山，结庐大松之上，穴石为研，注《老子》，弥年不出。刺史薛播多次往见之，而秦系从未至城门。姜公辅被贬谪泉州，见了秦系后，慕其风范，在秦系住处之旁筑室而居，忘流落之苦。不久秦系又归隐越州，贞元间曾为徐泗濠节度使张建封从事，张卒，秦系返江南，隐于茅山而终。④刘克庄《后村诗话新集》卷四云其"先隐剡川，后徙南安九日山，又客丹阳"。秦系在越州主要居于若耶溪、剡山等地，其《献薛仆射》诗序称："系家与剡山，向盈一纪。"其集中又有《将移耶溪旧居留赠严维秘书》诗⑤，可见秦系隐居家乡时间甚长。

京兆韦渠牟大历中隐居建康钟山，自号遗名子，颜真卿题其所隐之堂为遗名先生三教会宗堂。后出家为茅山道士，不久又改信佛，出家为僧，法名尘外。大历末还俗，曾在湖州参与颜真卿诗会联唱。与韦及强蒙，精《论语》，善医术，大历间隐居吴越一带。金华张鹤龄、张志和兄弟隐居越州。《新唐书》卷一九六云：志和"居江湖，自称烟波钓徒，著《玄真子》，亦以自号。……兄鹤龄恐其遁世不还，为筑室越州东郭。茨以生草，椽栋不施斤斧。每垂钓不设饵，志不在鱼也。"其间常出游湖州、无锡等地，李德裕将之比作东汉严光。竟陵陆羽至德间隐居湖州苕溪，自称桑苎翁，阖门著书，"或

---

① 范成大.吴郡志·卷二二[M].陆振岳校点.南京：江苏古籍出版社,1999.
② 李昉，等.太平广记·卷四三九[M].北京：中华书局，1961.
③ 董诰，等.全唐文·卷五○八[M].上海：上海古籍出版社，1990.
④ 欧阳修.新唐书·卷一九二[M].北京：中华书局，1975.
⑤ 彭定求，等.全唐诗·卷二六○[M].北京：中华书局,1960.

独行野中,颂诗击木,徘徊不得意,或恸哭而归。时人谓今接舆也"①。

朱湾,号沧洲子,大历初隐居湖州。大历八年永平军节度使李勉辟为从事,建中四年府罢,又归隐江南。有诗《假摄池州留别东溪隐居》②,据福林《唐湖州杼山皎然传》:"贞元初,(皎然)居于东溪草堂。"③知东溪在湖州。高仲武云其:"率履贞素,放情江湖,郡国交辟,潜跃不起。有唐高人也。"④朱湾后又隐溧阳平陵山,有诗《平陵寓居再逢寒食》⑤,据《元和郡县图志》卷二八平陵山在宣州溧阳县南十八里处;《唐才子传》卷三云其最后归隐并终于会稽山阴。又据朱湾《寻隐者韦九山人于东溪草堂》⑥、王建诗《雨中寄东溪韦处士》⑦,与朱及韦九山人、韦处士等亦隐居东溪。

著名诗僧寒山子隐居于天台山,杜光庭《仙传拾遗》载:"寒山子者,不知其名氏。大历中隐居天台翠屏山,其山深邃,当暑有雪,亦名寒岩,因自号寒山子。好为诗,每得一篇一句,辄题于树间石上,有好事者随而录之,凡三百余首。"⑧殷涣然隐居于丹阳马迹山,"丹阳郭北四十里所,有马迹山。山有奇峰怪石。且多昔贤真仙之所游践。方外士殷涣然,通易经、老、严之旨,居于山下"⑨。越州诗人严维出仕前也曾隐居桐庐,《唐才子传》云其:"维少无宦情,怀家山之乐";"初隐居桐庐,慕子陵之高风。"⑩其弟子章八元在任句容县主簿前隐居于家乡睦州。

吴郡陆俨"早孤,与兄隐居于越,有佳山水,率弟子耕汲于其中"⑪。同郡顾谦褐衣拜贝州宗城县令,因宗城为"戎虏之地,民俗骄傲",未赴任,而"理张翰之扁舟,企陶公之遐躅。浙有胜地,云间故乡,豹隐鸿冥,韬光晦

---

① 欧阳修.新唐书·卷一九二[M].北京:中华书局,1975.
② 彭定求,等.全唐诗·卷三〇六[M].北京:中华书局,1960.
③ 董诰,等.全唐文·卷九一九[M].上海:上海古籍出版社,1990.
④ 高仲武.中兴间气集·卷上.
⑤ 彭定求,等.全唐诗·卷三〇六[M].北京:中华书局,1960.
⑥ 彭定求,等.全唐诗·卷三〇六[M].北京:中华书局,1960.
⑦ 彭定求,等.全唐诗·卷三〇一[M].北京:中华书局,1960.
⑧ 李昉,等.太平广记·卷五五[M].北京:中华书局,1961.
⑨ 权德舆.酬李二十二兄主簿马迹山见寄诗序[M]//彭定求,等.全唐诗·卷三二二.北京:中华书局,1960.
⑩ 傅璇琮.唐才子传校笺·卷三 严维传[M].北京:中华书局,1990:609,604.
⑪ 权德舆.歙州刺史陆君墓志铭[M]//权载之文集·卷二四.

迹。其有岩廊彦士，山岛逸人，每披雾见天，开云睹雉，莫不高山仰止，如不及焉"①。窦群隐居毗陵，《旧唐书》卷一五五窦群传载："惟群独为处士，隐居毗陵，以节操闻。"薛戎隐居于毗陵阳羡山，薛本河中宝鼎人，其父薛同官湖州长史，娶吴郡陆景融之女。韩愈称薛戎"仁孝慈爱忠厚而好学，不应征举，沉浮闾巷间，不以事自累为贵"②；元稹也称其"初不乐为吏，徒以家世多富贵门户，当有持之者。会两弟相继举进士皆中选。公自喜，遂入阳羡山，年四十余不出"③。《旧唐书》卷一五五亦称其："少有学术，不求闻达，居于毗陵之阳羡山。年余四十，不易其操。"后江西观察使李衡屡次征召才为其从事，长庆元年以疾去官，归老苏州私第。

崔公颖隐居于茅山，权德舆《奉送崔二十三丈谕德承恩致仕东归旧山序》云其："初躬耕于延州三茅山之趾，安仁食力，声利不入，……泊然与白云鸥鸟同其无事。去年春，鹤书下江南，江南守臣多方以起之。"④此延州指润州延陵，春秋时吴公子季札曾封延陵，后世遂以"延陵""延州"借指季札，延州亦可代指季札居住之延陵。《元和郡县图志》卷二五"江南道"之一载："延陵县，晋太康二年分曲阿之延陵乡置延陵县，盖因季子以立名也。"

顾况贞元中贬为饶州司户参军，后去职归隐茅山而终。其子顾非熊长期蹭蹬科场，武宗诏有司追发榜及第，后为盱眙尉，不久亦学其父归隐终老茅山。张祜晚年在丹阳隐居以终，颜萱有《过张祜处士丹阳故居》诗。另有曹璩隐居越州，刘禹锡《送曹璩归越中旧隐诗》歌咏其隐居越中的苦读生活："数间茅屋闲临水，一盏秋灯夜读书。地远何当随计吏，策成终自诣公车"。池州费冠卿性爱丘山，隐居家乡九华山。他在元和二年进士及第后，因"以禄不及亲，永怀罔极之念，遂隐于九华。长庆中，殿中侍御史李行修举冠卿孝节，征拜右拾遗，不起。制曰：'前进士费冠卿，尝与计偕，以文中第，归不及于荣养，恨每积于永怀，遂乃屏迹丘园，绝踪仕进，守其至性，十有五年。

---

① 徐硕.至元嘉禾志·卷二一[M].宋元方志丛刊本.北京：中华书局,1990.
② 韩愈.唐故朝散大夫越州刺史薛公墓志铭[M]//马其昶.韩昌黎文集校注·卷七.上海：上海古籍出版社，1986.
③ 元稹.唐故越州刺史兼御史中丞浙江东道观察等使赠左散骑常侍河东薛公神道碑文铭[M]//董诰，等.全唐文·卷六五一.上海：上海古籍出版社，1990.
④ 董诰，等.全唐文·卷四九一[M].上海：上海古籍出版社，1990.

峻节无双，清飚自远'"①。《唐诗纪事》卷六〇载：费冠卿"母卒，既葬而归，叹曰：'干禄养亲耳，得禄而亲丧，何以禄为！'遂隐池州九华山。"《全唐诗》卷四九五尚存其诗《蒙召拜拾遗书情二首》《不赴拾遗招》。

台州项斯长期隐居杭州径山，"初筑草庐于朝阳峰前，交接净者。槃礴宇宙，戴藓花冠，披鹤氅，就松阴，枕白石，饮清泉，长哦细酌，凡如此三十余年"②。长庆初，白居易任杭州刺史，徐凝到杭州与张祜争解元，虽以诗赢得乐天称扬而夺魁，但后来却与张祜一样"终生偃仰"，在大和间游洛阳辞别白居易南归的诗中唱出"欲别朱门泪先尽，白头游子白头归"极凄凉伤感之句③，此后便绝意仕进，归隐家乡睦州，布衣而终。钱塘徐灵府，中晚唐之际为道士，隐于天台山灵盖峰虎头岩，凡十余年，会昌中，朝廷征召不起④。他在拒绝征召的诗歌中写道："将何佐明主，甘老在岩松。"⑤表明了自己无意仕宦的心志。咸通间，陈鸿之子陈琡从徐州郭铨幕携家迁居茅山隐居，"与妻子隔山而居。短褐束绦，焚香习禅而已。或一年半载，与妻子略相面焉。"⑥陈琡隐居茅山修道，虽带上家小却与妻子隔山而居，一年半载才见上一面，实在是一个特立独行的怪人。

晚唐睦州诗人群体中，众多诗人有鲜明的隐逸山林之倾向，尤为引人瞩目，如方干、喻坦之、翁洮、周朴等皆隐居不仕，是其中突出的代表。方干终生隐居会稽镜湖，孙郃《方玄英先生传》说他："一举不得志，遂遁于会稽，渔于鉴湖。"僧可朋称其："月里岂无攀桂分，湖中刚爱钓鱼休。"⑦何光远《鉴戒录》卷八云："干为人唇缺，连应十余举。有司议干，才则才矣，不可与缺唇人科名，四夷所闻，为中原鲜士矣。干潜知所论，遂归镜湖。"从方干本人的诗来看，《鉴戒录》所云为是，方干当为连举不第，遂愤而归隐。齐己《寄镜湖处士方干》："贺监旧山川，空来近百年。闻君与琴鹤，终日在渔船。岛

---

① 王定保.唐摭言·卷八"及第后隐居"条[M].上海：上海古籍出版社，1978.
② 辛文房.唐才子传·卷七.
③ 白居易.自鄂渚至河南将归江外留辞侍郎[M]// 彭定求，等.全唐诗·卷四七四.北京：中华书局,1960.
④ 潜说友.咸淳临安志·卷六九[M].宋元方志丛刊本.北京：中华书局，1990.
⑤ 徐灵府.言志献浙东廉访辞召[M]// 彭定求，等.全唐诗·卷八五二.北京：中华书局,1960.
⑥ 李昉，等.太平广记·卷二〇二 玉堂闲话[M].北京：中华书局，1961.
⑦ 可朋.赠方干[M]// 彭定求，等.全唐诗·卷八四九.北京：中华书局,1960.

露深秋石，湖澄半夜天。云门几回去，题遍好园林。"可见方干长期在越中过着隐居漫游的生活。喻坦之也是在多次赴举失意后，还居故园山林，郁郁以终。翁洮进士及第后，曾官主客员外郎，不久即辞官归隐，朝廷屡次征召不至，以隐居终老。周朴为人孤傲，淡泊名利，隐居山林，唐末居福州乌石山，《嘉定赤城志》还载其曾在天台山为道士。

苏州陆希声咸通间曾隐居义兴，自号"君阳遁叟"，其间创作了许多格调清幽的咏物写景诗，《阳羡杂咏》十九首尤为著名。著名诗人陆龟蒙咸通中举进士不第，即隐居松江甫里，后又浪迹太湖，过着疏放自适的生活。另外，池州张乔在黄巢之乱时隐居九华山，《唐才子传》卷十云其："隐居九华山，有高致，十年不窥园。"奉化诗人孙郃，愤于朱温篡唐，去冠裳服布衣归隐于明州奉化山林间。处士巩畴，籍里不详，"擅玄言之要，通易、老"，隐居九华山[①]。济阳丁翰之隐钱塘龙泓洞附近深山，陆龟蒙曾往拜访之，云其"读老子庄周书，善养生，能鼓琴。……纶巾布裘，貌古意淡。好古文，乐闻歌诗。"[②]毗陵处士魏不琢，隐居家乡二十年，与陆龟蒙、皮日休为友。皮日休曾赠之义钓船、太湖砚、桐庐养和（靠背椅）等，"行以资云水之兴"，并称其"气真而志放，居毗陵凡二纪，闭门穷学"[③]。

河间人张浚隐昆山金凤山，《旧唐书》卷一七九本传云其："倜傥不羁，涉猎文史，好大言，为士友之所摈弃，……愤愤不得志，乃田衣野服，隐于金凤山，学鬼谷纵横之术，欲以捭阖取贵仕。"据《舆地纪胜》卷五"平江府"条，金凤山在吴郡昆山县四十里。任翻（一作蕃），籍里不详，长期寓居浙东台州，宋《嘉定赤城志》卷三二据任翻《台州早春》诗句"岂堪沧海畔，为客十年来"，定其隐居台州；《唐才子传》卷七则载其："家江东，多游会稽、苕、霅间。"则任翻不仅隐居台州，还经常到浙西湖州等地游历。《嘉定赤城志》还引孙郃《才名志》载同时有前进士鄞川人莫彦修隐居台州，又载前进士王展隐居天台山，并以项斯《怀王展先辈在天台山》诗句"赤城山下寺，无计得相随"为证。

另外，中晚唐时期许多文士在江南营置别业田产的现象，这些产业多集

---

① 郑熏.赠巩畴诗序[M]//彭定求，等.全唐诗·卷五四七.北京：中华书局,1960.
② 丁隐君歌序[M]//彭定求，等.全唐诗·卷六二一.北京：中华书局,1960.
③ 皮日休.五贶诗序[M]//彭定求，等.全唐诗·卷六一二.北京：中华书局,1960.

中于常州义兴、润州茅山、苏州等地。

刘长卿在常州义兴置田庄,其诗《酬滁州李十六使君见赠》诗序云:"李公与予,俱于阳羡山中新营别墅,以其同志,因有此作。"李十六,指李幼卿,受知于萧颖士,也在此置业,名玉潭庄又称蒙溪幽居;后任滁州刺史,曾修书与刺史独孤及请其代为照看庄园。其有诗云:"近日霜毛一番新,别时芳草两回春。不堪花落花开处,况是江南江北人。"独孤及回复李幼卿的诗句更云其"日日思琼树,书书话玉潭"①。可见李幼卿对江南别业甚为牵挂,对江南美好风光留恋不已。皇甫冉在义兴营建别墅,其诗《归阳羡兼送刘八长卿》云:"湖上孤帆别,江南谪宦归。前程愁更远,临水泪沾衣。云梦春山遍,潇湘过客稀。武陵招我隐,岁晚闭柴扉。"②《唐才子传》卷三亦载其"调无锡尉,营别墅阳羡山中"。孟郊亦在此有庄宅,其诗《寄义兴小女子》云:"江南庄宅浅,所固唯疏篱。"③可见,孟郊的一些家人长期住在义兴别业。杜牧则在义兴置有田产,其诗《李侍郎于阳羡里富有泉石,牧亦阳羡粗有薄产,叙旧述怀,因献长句四韵》称:"终南山下抛泉洞,阳羡溪中买钓船。"④《咸淳毗陵志》卷一八人物寓贤门载其:"殖产阳羡,因卜居焉。今荆溪被有荒址,旧即牧之水榭,题咏甚多。"后来其子杜晦辞辞官后,即退隐于此别业⑤。

晚唐名臣毕諴则在苏州置有别业,《吴郡图经续志》卷中"宫观"条载:"太和宫,在盘门外,其地唐相毕諴之别业。諴之子师颜及其子宗避巢寇之乱,徙而家焉。"越州诗人吴融,中年后在长洲松江之畔购置田产,其诗《祝风》云:"我有二顷田,长洲东百里。"诗注云:"吾有田在吴,将十祀,耕以为业,终老计。"⑥另外,许浑在丹阳有丁卯别墅,在茅山又置石涵别墅;陆龟蒙在松江、湖州均有别业。

这些别业不一定都是用于隐居,可能为置业,或为终老之计,但众多文士选择在江南置业,仍然说明中晚唐时期江南社会较为稳定、经济繁荣,以

---

① 计有功.唐诗纪事·卷二七[M].上海:上海古籍出版社,1987.
② 彭定求,等.全唐诗·卷二五〇[M].北京:中华书局,1960.
③ 华忱之,喻学才校注.孟郊诗集校注·卷七[M].北京:人民文学出版社,1995.
④ 樊川诗集·卷二.
⑤ 刘崇远.金华子杂编·卷上.
⑥ 唐英歌诗·卷中.

及山水优美对士人所产生的巨大吸引力。

第四节 唐人漫游、隐居江南与诗歌创作

我们知道中国古代文士漫游、隐逸并不限于某一地区,但江南确实表现得更突出更集中。江南文化有疏远政治隐逸山林的传统,同时受老庄出世思想的影响,文士们在此文化氛围之中,流连于让人心旷神怡的青山碧水,寻幽探胜,欢宴交游,自然有益于文学创作。

唐人漫游的主要地区是两个,一是两京,再是江南。文士往长安是漫游较多是功利性的,带有政治的目的,赴举、干谒、求仕,但结果往往是得意者少,失意者多,许多人历经挫折心灵遭重创。文士到江南漫游,则多为观赏优美自然风光、浸润于浓郁的文化氛围、宣泄心中之激情或排解忧愁,更多的是适性之游、快意之游、心灵舒展之游,江南漫游较多是精神性的审美的。安史之乱以后,许多士人更是将江南作为人生归宿。青山碧水往往能激发文士创作灵感,进而促进唐代山水诗的兴盛。

江南优美山水深深吸引唐人。青山秀水,茂林修竹,不仅使人们热爱自然,也促使人们感觉敏锐,富有艺术情趣。其地水秾山妍,其人则多机慧毓秀而清明。奇山秀水不仅洗涤文人的心灵,愉悦文人的精神,也影响着他们的审美情趣。严耕望先生在论述唐人热衷习业山林时认为,唐代经学衰微,文学兴盛,"诗文习业,所赖于师承者少,所赖于环境之陶冶者则甚大,且群居不必多人,故深山邃谷最宜习业。陶气质,润心灵,乃习文之津途"[①]。这段话不仅说明了唐代士人热衷隐居的深层次背景,也说明了优美自然环境对唐代文士文学创作的重要影响。在优美的自然环境中,文士们"澄怀观道",从而超越现实中的自我,获得精神的愉悦、心灵的自由、审美的享受。而江南山水清新秀美、四季皆富有情趣,对诗人陶气质、润心灵再适合不过。江南水道纵横,峰峦叠秀,使人的审美情趣转入曲折、幽深而精巧。正因此,谢灵运、谢朓、沈约,还有王维、孟浩然、崔颢、张继等人的诗歌,才具有生

---

① 严耕望.唐人习业山林寺院之风尚[M]//严耕望.唐史研究丛稿.香港:新亚研究所,1969.

动描写江南自然风光、传神再现山水的特点，这也体现了他们清新自然的审美情趣。陈贻焮先生认为杜甫年轻时期的江南漫游对其影响很大："吴越风景优美，从古以来名胜古迹很多，又是当时人文荟萃之地。青年杜甫来此游历，感受深刻，收获丰富，增长了阅历，提高了美学修养，这无疑有助于其诗歌艺术的成熟。"①杜甫早年诗歌的豪迈俊爽，日后写景诗的体察入微，无疑与其江南之行有关。

当然，不同性格的诗人从江南山水中体会到的感受可能会不同，对他们的诗歌创作也会有不同影响。如李白有着蔑视权贵、粪土王侯、追求个性自由的豪放精神，"我欲因之梦吴越，一夜飞度镜湖月"，诗人狂傲而孤独的心灵在江南山水中找到了寄托。李白天然明朗轻快酣畅的山水诗，固然得益于其家乡蜀地的自然风光，也与其长期在江南等地美丽山水环境的浸润有着至为密切的关系。权德舆《送义兴袁少府赴官序》云："过江山水，阳羡居最。性质夷淡者得之愈深。"②他认为性情平和淡泊的人最能体会江南山水之美，优美山水常常使那些具有尘外之心遁世之志的士人产生心灵的共鸣。贞元五年，权德舆为秦系、刘长卿唱和诗作序，序中提及江南山水对秦系人生态度与思想的影响。

> 儒有秦公绪者，当天宝理平之世，兴丽则、鼓盛名于当时。遭多故，道进身退。越部山水，佐其清机，圆冠野服，翛然自放。宅退心于事外，得佳句于物表，不知华缨丹毂之为贵者，几四十年。③

权德舆指出秦系长期隐居江南，越州山水佐其放达超脱之清机，可谓独具慧眼。

江南漫游还是文士政治失意后，抚平人生创伤的一种方式。孟浩然便颇具有代表性，开元十七年，在他已经是年届不惑，他满怀希望到京城应试，但不幸落第。失望之余，他漫游江南以排遣胸中忧愁。在《自洛之越》中其

---

① 陈贻焮.杜甫评传[M].上海：上海古籍出版社，1982：53.
② 董诰，等.全唐文·卷四九二[M].上海：上海古籍出版社，1990.
③ 权德舆秦征君校书与刘随州唱和诗序[M]//董诰，等.全唐文·卷四九〇.上海：上海古籍出版社，1990.

写道:"遑遑三十载,书剑两无成。山水寻吴越,风尘厌洛京。扁舟泛湖海,长揖谢公卿。"面对落寞凄凉,孟浩然只有向往在江南清新山水中求以抚慰。晚唐睦州诗人群体当中有许多作家,如方干、喻坦之等人,都是在屡次荐举不第后,怀着极度的失望与愤激归隐家乡,并借山水抚慰受创伤的心灵。与孟浩然颇为相类。

江南山水能激发文士们的诗文创作欲望,对唐代山水隐逸诗歌的繁荣产生关键性的作用。正如刘勰所云:"若乃山林皋壤,实文思之奥府。略语则阙,详说则繁。然屈平之所以能洞鉴风骚之情者,抑亦江山之助乎。"① 秀丽山水,千姿百态,变幻莫测,很能启迪人之遐思,所谓"登山则情满于山,观海则意溢于海",奇山妙水对文人创作有着直接感发与启迪作用。唐人对此也有明确的认识,贞元十一年韦夏卿在常州刺史任,修复独孤及所开之东山园林,并作《东山记》云:

> 有唐良二千石独孤公之莅是邦也,……有仁智山水之乐,有风流遐旷之怀,……由是于近郊传舍之东,得崇邱浚壑之地,密林修竹,森蔚其间,白云丹霞,照曜其上,使登临者能赏,游览者忘归。我是以东山定号,始于中峰之顶,建茅茨焉。出云木之高标,视湖山如屏障,城市非远,幽闻鸟声,轩车每来,静见水色。复有南池西馆,宛如方丈瀛洲,秋发芰荷,春生苹藻,晨光炯曜,夕月澄虚,信可以旷高士之襟怀,发诗人之咏歌也。②

此文生动刻画了常州东山四季朝夕的秀美风光,更指出其良辰美景对作家心境的影响,对诗人创作欲望的激发。王武陵的《宿惠山寺诗序》一文有类似观点:

> 戊辰秋八月,吴郡朱遐景自秦还吴,南次无锡。命余及故人窦丹会于惠山之精舍。是时山林始秋,高兴在木,凉风白云,起

---

① 刘勰.文心雕龙·物色篇.
② 韦夏卿.东山记[M]//董诰,等.全唐文·卷四三八.上海:上海古籍出版社,1990.

于座隅。逍遥于长松之下，偃息于磐石之上。仰视云岭，俯瞰寒泉。夕阳西归，皓月东出。群动皆息，视身如空。立言妙论，以极穷奥。丹列有遁世之志，遐景有尘外之心。余亦乐天知命，怡然契合，视富贵如浮云。一歌一咏，以纾情性。夫良辰嘉会，古人所惜。序述不作，是阙文也。山林之下，景物秀茂，赋诗道意，以纪方外之游。①

序记嘉兴诗人朱宿返乡路过无锡，与王武陵、窦丹三人会于惠山，惠山秋日清美景色激起三人的超凡脱俗之意，更激起他们"赋诗道意"之豪情。

唐代文人写山水自然题材的诗歌并不单纯是对自然的客观描摹，此外，更融入了他们丰富的人生情趣，及对生命的种种感悟。他们的江南漫游隐逸之作具有清新自然的风格倾向，往往把对江南山水独特景观特征的描写和诗人高蹈纵逸的人生情趣的抒发有机融合起来。像李白、王维、孟浩然、刘长卿等诗人描写江南山水的作品都有一种清新淡远的意境，具有如后来皎然所要求的"不顾词彩而风流自然""但见情性不睹文字"的美学特性②。李白《经乱后将避地剡中留赠崔宣城》《天台晓望》，刘长卿《送灵澈上人还越中》，朱放《剡山夜月》，方干《登雪窦僧家》，温庭筠《宿一公精舍》等，都是很好的代表。

许多漫游、隐居江南诗人的诗风，还明显地受到江南文化影响，具有明显的清新、秀丽倾向。这既有现实江南自然风物对他们的创作直接感发的作用，也有江南文化特质与文风对他们的审美倾向的潜移默化的熏陶。比如，中晚唐时期的江南本土及漫游隐居此地的诗人张籍、朱庆馀、任翻、章孝标等人的诗歌就有共同的风格倾向，张洎《项斯集序》认为"吴中张水部为律格体诗，……唯朱庆馀一人亲授其旨，沿流而下则有任蕃、陈标、章孝标、倪胜、司空图等咸及门焉"③，将以上作家看作前后因袭的流派；张为《诗人主客图》直接把张籍、朱庆馀、项斯、任蕃及喻凫等诗人作为清奇雅正之主李益的入室、及门。明代杨慎《诗话补遗》卷三指出晚唐诗歌，"一派学张籍，

---

① 彭定求，等. 全唐诗·卷二七五[M]. 北京：中华书局, 1960.
② 《诗式》卷一之"文章宗旨"和"重意诗例"。
③ 唐文拾遗·卷四七.

则朱庆馀、陈标、任蕃、章孝标、司空图、项斯其人也"。而以上数人有些是江南本土诗人,有些是有江南仕宦游学经历的作家,其诗风确实有着共同的清丽悠远的特征。

咸通八年襄阳诗人皮日休登进士第后,次年即到苏州游历,咸通十年其为苏州刺史崔璞辟为军事判官,直到咸通十三年入朝,其间与吴人陆龟蒙、魏不琢、徐修矩、任晦及当地其他文士密切交往。这段生活对皮日休的诗歌创作产生了重要影响,他遍览吴中山水名胜,借徐修矩家藏书数千卷,"未一年,悉偿夙志,酣饫经史,或日晏忘饮食"①。其诗歌创作也有了新的变化,胡震亨即云其:"未第前诗,尚朴涩无采。第后游松陵,如太湖诸篇,才笔开横,富有奇艳句矣。"②显然,皮日休诗歌的变化与江南山水与人文有一定的关系。另外,因为晚唐睦州诗人与山林的密切关系,使得这些诗人多写山村景物与生活,意境清远宁静。他们的山水诗不像盛唐山水田园诗那样明朗清新,而更多的是幽凄、阴郁,完全是唐末之时势及其隐逸生活使然。

总之,众多文士漫游、隐居江南既是对六朝文士传统的继承,同时更是唐代江南经济繁荣、社会安定、文化积淀深厚使然,是江南风物秀美的必然结果。当然众多文士来到江南,他们在江南的文学创作,不仅为唐代诗歌的百花园增添了无数的奇葩,更对江南文化的发展、江南文学的繁荣起到了重要的促进作用。

---

① 皮日休. 二游诗序 [M]// 彭定求, 等. 全唐诗·卷六〇九. 北京: 中华书局, 1960.
② 胡震亨. 唐音统签·卷八 [M]. 四库全书本.

第七章
吴语与唐代文学创作

第一节　吴语的历史发展与其地位变化

语言是文化赖以存在和发展的关键，如果没有符号化交流的手段，人类文化不可能存在。语言联系着人类的历史与未来，这种联系一旦中断，那么一种文化将永远消失。因此，语言是文化的表达方式，又是文化的重要部分。中国自古疆域广大，居民众多，使得汉语有着突出的区域性差别，正如《礼记·王制》所云："五方之民，言语不通，嗜欲不同。"东汉王充《论衡》卷三十亦云："经传之文，贤圣之语，古今言殊，四方谈异也。"语言的区域性差别的具体表现即各地方言的存在。方言主要是语言的地域变体，是语言分化的结果。同属一种语言的方言有共同的历史来源，在语音、词汇和语法结构上各有其特点。早在西汉时期人们已经非常重视对各地方言的研究，并编制了我国第一部记录各地方言词汇的专门著作，即扬雄的《輶轩使者绝代语释别国方言》（简称《方言》）。在所有汉语方言中，产生于江南地区的吴语具有极其鲜明独特的风格特点。软媚轻柔的吴语是江南文化一个非常鲜明的标志，而以这种独特语言演唱的吴歌越吟不仅是中国古代民歌的重要分支，也是古代文人歌咏与学习的对象。

吴语是我国六大方言中最为古老、重要的一种，其源头可以追溯到三千年前西周时期的太伯、仲雍奔吴南迁，随他们而来的移民及语言，在吴越地区扎下根，[①]后来与当地原先古越族的土著语言融合，进而形成吴语的最初基

---

① 周振鹤，游汝杰.方言与中国文化[M].上海：上海人民出版社，1986：47.

础①。春秋时期吴、越"接土为邻境,壤交道属,习俗同,言语通"②,异国同族,语言习俗相同。作为华夏语言的一支,吴语与中原语言有着较大的差别,与吴、越服饰打扮、耕作方式、饮食习惯等,共同构成了极具代表性的江南文化风貌。《战国策·秦策》载"楚陈轸谓秦王曰:今轸将为王吴吟"。可见,当时吴语与秦语之区别甚为明显。随着中国历史进程中南北方不断的交流,汉代以后吴语受到南下北方语言的影响,尤其是晋室南渡大量移民的涌入,吴语也随之发展变化。中唐张籍尚称:"晋家天子作降虏,公卿奔走如牛羊。……北人避胡多在南,南人至今能晋语。"③但是吴方言始终保持着自己的独特地域特点,正如白居易所云"语言诸夏异,衣服一方殊"④,在唐代江南吴语仍然与中原语言有着明显的差异。

吴语在整个古代文化中的地位,经历了一个缓慢的由偏僻蛮夷之音向细腻柔和妙音的转变,也可以说是一个地位由低到高、由被北方人轻视嘲戏到被认同接受甚至模仿的过程。这一过程基本与江南文化发展崛起的过程相一致。

秦汉至西晋时期,吴语在中原地区人们眼中是一种典型的偏僻方言,在作为政治文化中心的北方影响很小。扬雄《方言》所记录的语言,主要是秦晋之语,其中很多词语的释义都是以秦晋语作为中心的,这说明秦晋语在秦汉时期的政治与语言文化上处于中心地位。周祖谟先生指出汉代通行的共同语,即是以秦晋语为主的语言⑤。到了东晋南朝时期,情况开始发生变化,大量北方士族南下,中原语言与吴语有了一次融合,但吴语的地位仍然不能与中原语相比。虽然东晋之初,为了获得江南士族的支持,许多北方士族都学习吴语,正如陈寅恪所云:"'盖东晋之初,基业未固,导(王导)欲笼络江东人心,作吴语者,亦其开济政策之一端也';且导虽能吴语,'但终未发现其作韵语时,以吴音押韵之特征也'⑥。"王导文学创作始终不用吴方言,说明他学吴语显然乃为政治上的权宜之计。不过随着时间的推移,有些南下氏

---

① 颜逸明.吴语概说[M].上海:华东师范大学出版社,1994:20-21.
② 吕不韦.吕氏春秋·直谏.
③ 张籍.永嘉行[M]//彭定求,等.全唐诗·卷三八二.北京:中华书局,1960.
④ 白居易.和微之春日投简阳明洞天五十韵[M]//彭定求,等.全唐诗·卷四四九.北京:中华书局,1960.
⑤ 周祖谟.方言校笺及通检[M].北京:科学出版社,1956.
⑥ 陈寅恪.东晋南朝之吴语[M]//历史语言研究所集刊:第七本第一分.

族的后代生于江南,染其风土,习惯成自然也就渐渐讲吴语了。典型的如琅邪王氏南下会稽,到其子辈就皆作吴音。于是就有了支道林对他们的讥讽,"支道林入东,见王子猷兄弟。还,人问:见诸王何如?答曰:见一群白颈乌,但闻唤哑哑声"。余嘉锡先生曰:"道林之言,讥王氏兄弟作吴音耳。"①支道林将说吴语的诸王子弟形容成白颈乌鸦,可见其对王氏子弟的做法十分不满。由此,北方南渡者心目中对吴语轻视的态度可想而知。当然也有江南士族瞧不起北方语的,顾恺之就是例子,"人问顾长康:'何以不作洛生咏?'答曰:'何至作老婢声'"②;洛生咏即洛下书生咏,是指用北方洛阳一带的口音吟诵诗歌,但这还只是个别现象。

东晋南朝时期,官方语言仍然是中原语,即北语。江南士人仰慕南来中原士大夫之风流,许多任职朝廷者纷纷学习北语,东晋谢安善为洛阳语音吟诗,竟引起建康许多人模仿:"谢安少能作洛下书生咏,有鼻疾,语音浊。后名流多学其咏,弗能及,手掩鼻而吟焉。"③这种情形南朝还存在,张融曾经遇獠贼,将被害,"融神色不动,方作洛生咏,贼异之而不害也"④。融本吴人,危难之时,能为洛生咏,可见其平时即用北语。与此同时,江南民间还是用吴语,形成了陈寅恪先生所指出的"东晋南朝官吏接士人则用北语,庶人则用吴语"的状况⑤。所以,在这种背景下,有一些江南士族在朝廷任职坚持使用吴语就显得很特别。《宋书》卷八一载:"宋世江东贵达者,会稽孔季恭、季恭子灵符、吴兴丘渊之及琛(顾琛),吴音不变。"《南齐书》卷二六王敬则传载其"名位虽达,不以富贵自遇,危拱傍遑,略不矜裾,接士庶皆吴语,而殷勤周悉"。可见当时大多数上层人物使用北方语,但孔季恭、丘渊等却用吴语,所以不同一般。至于东晋南朝文人创作,即使是江南文士,通常也不用吴音、吴语。

长期以来,中国政治经济文化中心具在北方,因吴语与中原语音的巨大差异,讲吴语之江南士族常常遭到那些南来的中原士族的轻视,《世说新

---

① 余嘉锡.世说新语笺疏·轻诋第二六[M].上海:上海古籍出版社,1993.
② 余嘉锡.世说新语笺疏·轻诋第二六[M].上海:上海古籍出版社,1993.
③ 余嘉锡.世说新语笺疏·雅量第六[M].上海:上海古籍出版社,1993.
④ 萧子显.南齐书》张融传[M].北京:中华书局,1972.
⑤ 陈寅恪.东晋南朝之吴语[M]//历史语言研究所集刊:第七本第一分.

语·简傲》载西晋时陆机、陆云入洛阳拜访刘道真,"礼毕,初无他言,唯问:'东吴有长柄壶卢,卿得种来不?'陆兄弟殊失望,乃悔往"。"永安二年,萧衍遣主书陈庆之送北海入洛阳僭帝位,庆之为侍中。"中原士族杨元慎佯为梁朝陈庆之治病,而实加以戏辱云:"吴人之鬼,住居建康,小作冠帽,短制衣裳。自呼阿侬,语则阿傍。"①这些都是北人轻视江南人和吴语的例子。东晋南朝时期,南方朝廷与北方政权交兵时,北人常常以吴语"咿呀"难懂而攻击南人,亦可证明。

这种现象在唐初还存在,唐朝建立后大量江南士人到长安任职,常因语音被嘲戏。高宗永徽间,长孙玄同府中宴会,"其仓曹是吴人,言音多带其声。唤粉粥为粪粥。时肴馔毕陈,蒸炙具下。仓曹曰:'何不先将粪粥来?'举坐咸笑之,玄同曰:'仓曹乃是公侯之子孙,必复其始,诸君何为笑也。'坐中复大笑"②。可见这时北方官僚对吴音还是轻视的。

不过,因江南在南朝成为政治文化中心的缘故,吴语的地位逐渐得到改变。到了隋朝,炀帝甚至因热爱江南文化,喜欢并学习吴语。《大业拾遗记》中就有许多隋炀帝日常生活中使用吴语的记载,并称"帝自达广陵,宫中多效吴音,因有侬语也"③。此外,《资治通鉴》卷一八五亦载:"帝自晓占候卜相,好为吴语;常夜置酒,仰视天文,谓萧后曰:'外间大有人图侬,然侬不失为长城公,卿不失为沈后,且共饮乐耳。'"可见,到这时吴语的地位已经大大提高了。隋唐著名经学家、训诂学家陆德明,"苏州人,博采诸儒训诂,考证各本异同,撰《经典释文》,间用吴语方音释注经籍文字"。《吴郡志》卷三云:"吴语谓来为厘,本于陆德明。'贻我来牟''弃甲复来',皆音厘。德明吴人,岂遂以乡音释注,或自古本有厘音耶!""贻我来牟",出自《诗经》周颂《执竞》;"弃甲复来",出自《左传·宣公二年》。范成大认为两句中的"来"字既可能是陆德明按照其方音作注,也可能原本是读"厘",陆德明首次注明。其实,南朝民歌中就已经有此读音,如吴鼓吹曲《炎经缺》:"显高门,启皇

---

① 杨炫之.洛阳伽蓝记·卷二 [M].周祖谟校释.北京:中华书局,1963.据《梁书》卷32陈庆之传载:"庆之字子云,义兴国山人。高祖东下平建邺,稍为主书。大通初,魏北海王元颢来降,求立为魏王。高祖纳之,以庆之为假节骠勇将军,送颢还北。"
② 李昉,等.太平广记·卷二四九 启颜录 [M].北京:中华书局,1961.
③ 陶宗仪.说郛·卷一一〇上 [M].四库全书本.

基。统罔极,垂将来。"①因此,无论是陆德明第一次用吴音释注经典,抑或明确地标明经典中的吴音,意义都是非同寻常的。

吴语真正摆脱写前秦汉时期那种偏僻文化代名词的地位,还是要等到唐代,具体而言是在盛唐以后。正如前面的分析,江南文化的影响在唐代日益增强,尤其盛唐以后,江南普通士人的力量在朝廷崛起,同时各地士人的漫游几乎都把江南定为目的地之一,江南已经成为唐代文士向往之地。安史之乱后江南又成了北方文士的避难旅居的大后方,唐代经济重心也南移至江南,江南的地位一跃为朝廷之支柱,江南文化中心地位也随之形成。所有这一切,都使得江南吴语的影响随之扩大,地位也迅速上升,以往被视为边远落后文化的状况有了根本改变。盛唐以后,典籍中以吴语口音对江南人士轻视贬低的材料很少出现了。从贺知章、张旭、包融到后来的权德舆、包佶等众多江南士人,都以德行才望为朝野景仰。《全唐诗》卷八六九存贺知章一首谐谑诗《答朝士》,题下注:"朝士以知章吴越人,戏云:南金复生中土。知章赋诗云云。"朝士诗称贺为"南金",可见并无轻视之意,只是就贺从遥远江南来到长安进行善意玩笑罢了。永贞革新主将杭州人王伾,为吴语不善雅言,《旧唐书》云其"貌寝陋,吴语",字里行间多有贬低②。王伾的情况比较特殊,一方面是他的低贱出身及其人格污点所致,更重要的是永贞革新时政治因素的作用,而不是针对吴语本身。更多的情形下,人们不过是就吴语本身的音调特点,对说吴语者以善意嘲戏而已,范摅《云溪友议》卷上记载了一则关于中唐湖州诗人陆畅的材料:

> (陆畅)早耀才名,辇毂不改于乡音。……遇云阳公主下降刘都尉,百僚举为傧相。……内人以陆君吴音,才思敏捷,所调戏应对如流,复以诗嘲之,陆亦酬和,六宫大哈。凡十余篇,嫔娥皆讽诵之。……内人诗云:"十二层楼倚碧空,凤鸾相对立梧桐。双成走报监门卫,莫使吴歈入汉宫。"或谓内学宋若兰、若昭姊妹所作。陆酬曰:"粉面仙郎选圣朝,偶逢秦女学吹箫。须教翡翠

---

① 郭茂倩. 乐府诗集·卷一八 [M]. 北京:中华书局, 1987.
② 刘昫,等. 旧唐书·卷一三五 王伾本传 [M]. 北京:中华书局, 1975.

闻王母，不奈乌鸢噪鹊桥。"

材料中提到，陆畅担任云阳公主婚礼的傧相，性情豪爽文思敏捷，加上他以乡音吴语吟诗，中原人听起来别有一番风味，遂与宫中妃嫔相互赋诗取笑，营造了极其喜庆热闹的氛围可见当时宫女们对吴语的态度显然是善意的，而且带有一种欣赏的态度。此外，唐代士人文学作品运用吴语的现象日益增加，这也说明在唐代，吴语作为江南文化直接的载体，其在整个唐代文化中的地位得到了彻底的改变。

第二节　吴语的特点及唐人对吴语的印象

吴语是江南的地域方言，与其他方言有着明显的差异。相对于中原语言的淳朴爽直，塞外语言的粗犷豪健，吴语语调柔和细腻，特点非常鲜明，故有"吴侬软语"之称。这种语言特色和江南温润的自然条件有一定关系，北齐颜之推所云"南方水土和柔，其音清举而切诣"[1]，明白说明水土柔和和语音清切之间的内在联系。

颜之推概括南方语言特点为清切，并非专指吴语，但包括吴语。东晋羊孚则称吴语"妖而浮"："桓玄问羊孚，何以共重吴声？羊曰：以其妖而浮。"[2] 虽然此处之吴声应指用吴语演唱的歌谣，但也反映了吴语的基本特点。妖，美也；浮，即清切。相似的看法还有很多，隋陆法言《切韵序》云："吴楚则伤轻浅，燕赵则多伤重浊。"唐张守节《史记正义》之《论音例》阐述吴语和中原语音的差别，亦云："方言差别固自不同，河北、江南最为巨异，或失在浮浅，或滞于重浊。""妖而浮""轻浅""浮浅"等，都强调了江南吴语与北方语言重浊的不同。

唐人心目中吴语之风格是轻柔悠扬、婉转动听。唐诗中有不少描写吴语的材料，从其总的情况看，吴语给唐人的心理感觉普遍是"娇""清"，简言

---

[1] 颜氏家训·卷七音辞篇.
[2] 刘义庆.世说新语·言语第二.

之，妩媚而动听。

对江南文化情有独钟的李白云"楚歌吴语娇不成，似能未能最有情"①，称赞吴语娇媚而善于传情。湖州诗人孟郊云："新秋折藕花，应对吴语娇。"②将家乡吴语的娇柔和秋天江南之美景对应，可见其对吴语的深厚感情。李贺诗《荣华乐》咏东汉权臣梁冀的府第歌舞之盛："乱袖交竿管儿舞，吴音绿鸟学言语。"清王琦注云："吴音，吴地之歌声。……谓歌者作吴地之歌声，其音娇好，有似鹦鹉学人言语。"③由此看来把吴语比作鸟语般动听，当始于此。

用吴语作歌称"吴歈"，越地歌曲为"越吟"，因吴越相连一体，都是吴语歌曲，先秦时期就颇为知名。《楚辞·招魂》中即有"吴歈蔡讴"之名，王逸注云："歈、讴，皆歌也。"宋代孙因在《越问序》中云："庄舄越人也，仕楚而为越吟。夏统，越士也，入洛而为越唱。越俗之好吟咏其来尚矣。"④庄舄之典故出自《史记·张仪传》："越人庄舄仕楚执珪，有顷而病。楚王曰：'舄故越之鄙细人也，今仕楚执珪，贵富矣，亦思越不？'中谢对曰：'凡人之思故，在其病也。彼思越则越声，不思越则楚声。'使人往听之，犹尚越声也。"⑤庄舄虽然做了楚国的显官，但他仍然思念家乡，故而总是唱吴语歌谣。西晋时期，"会稽永兴人夏统，有才不仕，养寡母以孝闻。"夏统曾到北方洛阳为母买药，上巳日遇贾充，为其唱《慕歌》《河女》《小海唱》等江南民歌⑥，说明江南士人多喜爱歌谣的特点。中唐苏州诗人顾况在浙江东西节度使韩滉幕府中任判官时有诗云："江南无处不闻歌，晦日军中乐更多。"⑦亦可见江南民间之习俗善乐歌的情况。

吴歈、越吟具有柔和优美的特点。晋代诗人左思《吴都赋》形容吴都馆娃宫集中了南方精美的歌舞："荆艳楚舞，吴愉越吟。翕习容裔，靡靡愔愔。"愉，即歈，就是吴歌。李善注云："翕习容裔，音乐之状；靡靡愔愔，言乐容

---

① 李白.示金陵子[M]//彭定求，等.全唐诗·卷一八四.北京：中华书局,1960.
② 孟郊.送李翱习之[M]//彭定求，等.全唐诗·卷三七九.北京：中华书局,1960.
③ 王琦注.三家评注李长吉歌诗[M].上海：上海古籍出版社,1998：145.
④ 张淏.宝庆会稽续志·卷八[M].宋元方志丛刊本.北京：中华书局,1990.
⑤ 司马迁.史记·卷七〇[M].北京：中华书局,1959.
⑥ 房玄龄，等.晋书·卷九四 夏统本传[M].北京：中华书局,1974.
⑦ 顾况.奉和韩晋公晦日呈诸判官[M]//彭定求，等.全唐诗·卷二六七.北京：中华书局,1960.

与闲丽。"①概括了吴歈越吟柔媚和美的风格，正如明代王鏊所云："吴音清柔，歌则窈窕洞彻，沉沉绵绵，切于感慕。故乐府有《吴趋行》《吴音子》，又曰吴歈，皆以音擅于天下。"②《册府元龟》卷八五七载："赵师，字邪利，天水人也。善琴，贞观初，独步上京。尝云：'吴声清婉，若长江广流，绵绵徐逝，有国士之风；蜀声躁急，若击浪奔雷。'"③赵师作为一位音乐家，以生动的比喻形象说明了吴歌与蜀声的差别，准确抓住了吴歌清新悠长的特点。

吴歈、越吟的又一特点是悠扬。《晋书》描写夏统唱越吟时"以足扣船，引声喉啭，清激慷慨"④。皎然亦云："楚奏铿訇，吴声浏亮。"⑤吴声与楚地音乐构成了鲜明的对比。李白《经乱后将避地剡中留赠崔宣城》云："闷为洛生咏，醉发吴越调。"⑥谢安的洛生咏特点是语音浊，并带较浓之鼻音，故而重浊，适合烦闷时吟咏以排遣忧愁；醉后人多激越，故而以悠扬之吴越曲调抒发豪情。白居易《过李生》诗云："何以醒我酒，吴音吟一声。"吴音可以醒酒，自然浏亮动人。这些例子都说明唐人心目中，吴声与越吟音节悠扬、吴语娇媚婉转悠扬动听的总体特点。

正因此，吴歈越吟在唐代颇为流行。王勃《采莲赋》："鸳鸯绣彩之文履，玳瑁琼华之宝琴。扣舷击榜，吴歈越吟。"⑦其《越州永兴李明府宅送萧三还齐州序》载其在江南游历，与友人相遇于会稽，"携手同行，或登吴会而听越吟，或下宛委而观禹穴。良谈落落，金石丝竹之音辉；雅致飘飘，松柏风云之气状"⑧。宋之问《祭禹庙文》云："日之吉，神之欤，激楚舞，奏越吟。"⑨越吟与其山水名胜一样成为游览会稽的文士必定欣赏的内容。郑锡《正月一日含元殿观百兽率舞赋》载宝应中某年元旦朝廷举办乐舞，"至若吴歈越吟，荆艳楚舞，

---

① 萧统.文选·卷五 赋丙[M].李善注.北京：中华书局，1986.
② 王鏊.姑苏志·卷一三[M].四库全书本.
③ 范成大《吴郡志·卷二》亦有类似记载。
④ 房玄龄，等.晋书·卷九四 夏统本传[M].北京：中华书局，1974.
⑤ 皎然.乌程李明府水堂观玄真子画武城赞[M]// 董诰，等.全唐文·卷九一七.上海：上海古籍出版社，1990.
⑥ 彭定求，等.全唐诗·卷一七一[M].北京：中华书局,1960.
⑦ 董诰，等.全唐文·卷一七七[M].上海：上海古籍出版社，1990.
⑧ 董诰，等.全唐文·卷一八一[M].上海：上海古籍出版社，1990.
⑨ 董诰，等.全唐文·卷二四一[M].上海：上海古籍出版社，1990.

徒慆堙于心耳"①，朝廷欢庆仪式上演奏江南等地的乐歌是十分重要的内容。

李白有《夜泊黄山闻殷十四吴吟》诗，生动描写殷十四吴吟的场景：

> 昨夜谁为吴会吟，风生万壑振空林。龙惊不敢水中卧，猿啸时闻岩下音。我宿黄山碧溪月，听之却罢松间琴。朝来果是沧洲逸，酤酒醍盘饭霜栗。半酣更发江海声，客愁顿向杯中失。

此诗为天宝十三载秋天游当涂西北五里的浮丘山所作，②殷十四当为殷淑。③吴，指吴郡；会，指会稽郡。吴会吟，是吴郡和会稽之吟的意思。清王琦据《三国志》之《孙贲传》和《朱桓传》，认为此诗和李白另一首诗《赠从弟宣州长史昭》一样，吴会是专指吴地而言。④其实，吴吟、越吟泛而论之为一体，与其他地区的音乐不同，独具特色；细而论之，吴吟越吟稍稍有别而已。李白"风生万壑振空林，龙惊不敢水中卧，猿啸时闻岩下音"中，"半酣更发江海声，客愁顿向杯中失"的极具夸饰和形象的描写，表现了吴吟"如风生万壑"、江海之波涛，具有清婉悠扬而富有震撼力量的特点；描写龙惊、猿啸和自己因吴会吟而罢琴、忘却客愁，又从音乐感染力和效果来表现了殷十四的高超演唱技能。

杜甫推崇贺知章性情的清狂脱俗，也喜欢其独特的吴音，在怀念贺的诗歌中写道："贺公雅吴语，在位常清狂。"⑤知章的风流、狂放、乐道、洒脱与其吴语一样，让诗人深情思念。联系杜甫青年时期漫游吴越，日后多用吴语入诗，可以了解他对江南文化的态度。白居易少年时代长期避乱流落江南，对江南感情甚为深厚（详见本书附录之内容）。他不仅极其喜爱江南的自然景色，也十分欣赏吴越歌谣及乐舞，其诗歌对吴音的描写甚多，如在苏州所作

---

① 董诰，等.全唐文·卷四五〇[M].上海：上海古籍出版社，1990.
② 清王琦注《李太白全集·卷二十》，此诗题解云："《江南通志》：黄山在太平府城西北五里，相传浮丘翁牧鸡于此，又名浮丘山。此诗所谓及下首《鸡鸣发黄山》正是其处。在太平州当涂县。与徽州、宁国二郡界内之黄山，名同而地异矣。"中华书局1977.
③ 詹瑛.李白诗文系年[M].北京：人民文学出版社，1984：100.
④ 王琦注.李太白全集·卷十二[M].北京：中华书局,1977.
⑤ 杜甫.《遣兴》五首之四[M]// 彭定求，等.全唐诗·卷二一八.北京：中华书局,1960.

《戏和贾常州醉中二绝句》诗称："越调管吹留客曲,吴吟诗送暖寒杯。"① 白居易宴会上不仅经常演奏江南乐曲,自己还经常运用吴语吟诗。

另外,李贺《江南弄》:"吴歈越吟未终曲,江上团团贴寒玉。"② 南唐徐铉《送应之道人归江西》:"名垂小篆矜垂露,诗作吴吟对绮霞。"③ 均以动人的想象与优美的意象将吴语歌曲与吴音的美感实体化,给人以深刻的印象。李德裕《秋日登郡楼望赞皇山感而成咏》:"越吟因病感,潘鬓入秋悲。北指邯郸道,应无归去期。"④ 以越吟伤病悲秋;薛涛《和郭员外题万里桥》:"万里桥头独越吟,知凭文字写愁心。细侯风韵兼前事,不止为舟也作霖。"⑤ 以越吟写愁怀;李商隐《念远》:"日月淹秦甸,江湖动越吟。苍桐应露下,白阁自云深。"⑥ 则以越吟念远人。在这些诗人的笔下,吴歈越吟优美动人,适合抒发内心各种感情。显然,唐代诗人对江南吴语有着浓厚兴趣,并将其看作是一种娇柔动人的极具江南文化特色的语言。

第三节　吴语、吴越民歌与唐诗

中国古代文学作品几乎从一开始就打上方言的印记,《诗经》十五国风,记十五个地区的方音。《楚辞》"书楚语、作楚声、纪楚地、名楚物"⑦,更为人所熟知。据刘向《说苑·善说》,春秋时的《越人歌》本为越地方言所写,今存歌词为中原语译文:

今夕何夕兮,骞舟中流。今日何日兮,得与王子同舟。蒙羞被好兮,不訾诟耻。心几顽而不绝兮,得知王子。山有木兮木有

---

① 彭定求,等.全唐诗·卷四四七[M].北京:中华书局,1960.
② 彭定求,等.全唐诗·卷二一[M].北京:中华书局,1960.
③ 彭定求,等.全唐诗·卷七五二[M].北京:中华书局,1960.
④ 彭定求,等.全唐诗·卷四七五[M].北京:中华书局,1960.
⑤ 彭定求,等.全唐诗·卷八〇三[M].北京:中华书局,1960.
⑥ 彭定求,等.全唐诗·卷五四一[M].北京:中华书局,1960.
⑦ 黄伯思.东观余论·翼骚序[M].北京:中华书局,1991.

枝,心悦君兮君不知。①

从译文语言之细腻柔婉、感情表达之含蓄深长,亦可想见原来歌曲的韵味。《史记》中用了许多方言词汇,其中亦间用吴语。《吴郡志》卷三载:"吴谓'罢'必缀一'休'字,曰'罢休'。《史记》吴王语孙武曰:'将军罢休。'盖亦古有此语。"南朝乐府民歌中吴声歌曲是极重要的一类,《晋书·乐志》云:"吴歌杂曲,并出江南。"江南,具体而言是以建业为中心的江南地区②,另有些产生于湖州武康,如沈充的《前溪歌》。吴声歌曲原是六朝时期产生于吴地的民歌,后来多杂有文人模仿之作,因体制、语言、风格等方面很好保持了民歌的神韵,现在两者已经很难区分。但是,不管是地道民歌,还是文人拟作,吴声歌曲大量采用吴方言创作,则是没有异议的,如《懊侬歌》《华山畿》《独曲歌》等作品中,表现得非常突出。在唐以前的文学作品中,除了南朝乐府民歌外,诗文中用吴语者并不多。

唐人诗歌等文学作品中也常常使用方言词汇,以实现表意与修辞的需要从而提高表达效果。李白、杜甫、白居易等人都有很多用方言俚语点化入诗的例子,如杜甫的"吾家老孙子,质朴古人风";"客睡何曾着,秋天不肯明";"一夜水高二尺强,数日不可更禁当";"不分桃花红似锦,生憎柳絮白如绵"等,其中"孙子""睡着""禁当""不分""生憎"等词汇都是土语方言,只不过有些用法现在已消失或成为通用语而不被人注意。作为江南文化的重要内容,吴语在唐代常常被北人效仿学习,尤其在文学创作中有许多自觉运用。

唐代吴语的地理分布区域范围较广,除了江南本土作家继承吴地口语特点用于文学创作外,也有许多其他地区的作家学习运用吴语创作,或者吸收其某一方面的特点进行创作,如选择一些吴语词汇、以吴音押韵或模仿吴地歌谣风格等,当然这不排除文人猎奇的因素,但如果许多诗人都有这种倾向,则可说明此语言文化的重要影响力。流行于唐代陆法言的《切韵》,多依吴语吴音,"广明以前,《切韵》多用吴音,而清、青之字不必分用。涪(指李涪)改《切韵》,全刊吴音。当方进而闻于宰相,佥许之。无何巢寇犯阙,因而寝

---

① 逯钦立. 先秦汉魏晋南北朝诗[M]. 北京:中华书局,1983:24.
② 郭茂倩《乐府诗集·卷四四》:"自永嘉渡江之后,下及梁陈,咸都建业,吴声歌曲,起于此也。"

止"①。可见，唐时诗歌许多就是按照吴音用韵。事实上，唐代诗歌创作有在较广的层面上学习吴语的倾向，突出地反映了江南文化在唐代文学中的地位和影响。

一、魏晋隋唐时期典籍中常见的具有鲜明特点的吴语词汇类型

（一）在亲属称谓、人名等名词前加词头"阿"，表示亲密、怜爱等感情色彩

如《淳化阁帖王献之书》："不审阿姨所患得差否？"②《世说新语·容止》："阿奴，恨才不称耳。"此阿奴乃对年幼者之爱称，如今吴语之阿囡。

（二）指代词

这类词最具吴语特色。唐人诗文凡是涉及描写江南风土、表现江南人士或运用吴语者，多用此类词汇。这类词汇又分为以下几部分。

1. 第一人称代词："侬"。与今日吴语"侬"用于第二人称不同，顾野王《玉篇》云："侬，吴人称我是也。"③古代作为吴语的第一人称，"侬"的使用频率很高，江南居民在语言上给人最突出印象的自然是此词的使用，因此吴人常常被称为"吴侬"。"侬"也成为唐代文学作品中，最直接明确的表示江南吴、越特征的词，甚至常常作为"江南""吴越"的替代词。

2. 第三人称代词："渠""伊"等。刘知几云："渠、伊、底、个，江左彼此之辞，乃、若、君、卿，中朝汝我之义。"④如《三国志·吴志·赵达传》："女婿昨来，必是渠所窃。"

3. 疑问代词、指示代词等："谁"称"阿谁"；"什么"称"何物""底"；"这样""若何"称"宁馨"⑤；"这个"称"个"；等等。如薛道衡作《人日》诗，刚写完前两句，"南人嗤之曰：'是底言？谁谓此虏解作诗？'"⑥《南史·宋前废帝妃》："将刀来破我腹，那得生宁馨儿！"封演《封氏闻见记·淳信》："岂

---

① 孙光宪.北梦琐言·卷九[M].四库全书本.
② 钦定重刻淳化阁帖释文·卷七[M].四库全书本.
③ 重修玉篇·卷三[M].四库全书本.
④ 史通·杂说·卷一七[M].四库全书本.
⑤ 《容斋随笔》卷四载："至今吴中人语言尚多用宁馨字为问，犹言'若何'也。"
⑥ 唐刘餗.隋唐嘉话：上[M].北京：中华书局,1979.

可为钱诞个人。"①

（三）其他词汇

此类甚多，难以备载，略举数例。"懊侬"，南朝乐府民歌有《懊侬歌》，"懊侬"即吴语"懊恼"，烦闷愁苦之意。"凔"，吴语以冷为凔。如《世说新语·徘调》："刘真长始见王丞相，时盛暑之月，丞相以腹熨弹棋局，曰：'何乃凔？'刘既出，人问见王公云何，刘曰：未见他异，唯闻作吴语耳。""伧"，吴语对北方中原之人的蔑称。

二、唐代诗人吴语词汇的运用与对江南民歌的学习

（一）在模仿南朝乐府民歌吴歌曲调的作品中，使用吴语方言词汇，以增强民歌韵味，突出江南地域色彩与风情

其中用得最普遍的是代词"侬""渠""阿谁""底"等。唐人拟作乐府歌词甚多，郭茂倩《乐府诗集》收录的文人拟作乐府歌词很大一部分是唐人作品，其中尤以模仿南朝乐府民歌为主，像《子夜歌》《子夜四时歌》《丁督护歌》《独曲歌》《采莲曲》等，都是唐代诗人常用之江南民歌曲调。薛奇童有《吴声子夜歌》②，刘禹锡有《三阁辞四声》，题下自注"吴声"③，元稹《病醉》题下自注云："戏作吴吟。赠卢十九经济、张三十四弘、辛丈丘度。"④温庭筠有《西州词》题下亦自注"吴声"⑤，都直接注明模仿乐府之吴声。崔令钦《教坊记》载有《吴吟子》曲调名，任中敏先生笺订云："歌用吴声"，"其原辞殆为声诗体"，并指出北宋调有《吴音子》应该与之相类。⑥

唐人往往在创作这些乐府民歌体作品时有意识地运用吴方言词汇，如长孙无忌《新曲》二首之一："侬阿家住朝歌下，早传名。结伴来游淇水上，旧长情。"⑦张祜《莫愁乐》："侬居石城下，郎到石城游。自郎石城出，长在石城

---

① 封演.封氏闻见记·卷九[M].四库全书本.
② 彭定求，等.全唐诗·卷二○二[M].北京：中华书局,1960.
③ 彭定求，等.全唐诗·卷三六四[M].北京：中华书局,1960.
④ 彭定求，等.全唐诗·卷四一一[M].北京：中华书局,1960.
⑤ 彭定求，等.全唐诗·卷五七七[M].北京：中华书局,1960.
⑥ 任中敏.教坊记笺订[M].北京：中华书局，2012.
⑦ 彭定求，等.全唐诗·卷三○[M].北京：中华书局,1960.

头。"①李商隐《江南曲》:"郎船安两桨,侬舸动双桡。"②薛能《杨柳枝》:"刘白苏台总近时,当初章句是谁推。纤腰舞尽春杨柳,未有侬家一首诗。"③温庭筠《西州词》:"回头语同伴,定复负情侬。"④陆龟蒙《子夜变歌三首》:"岁月如流迈,行已及素秋。蟋蟀吟堂前,惆怅使侬愁。"⑤晁采《子夜歌十八首》:"夜夜不成寐,拥被啼终夕。郎不信侬时,但看枕上迹。"⑥这些作品都以准确的吴语词汇传写出浓郁的江南地域风情。

另外,李白《琴曲歌辞·山人劝酒》:"春风尔来为阿谁,蝴蝶忽然满芳草。"⑦白居易《杨柳枝》:"一树春风万万枝,嫩于金色软于丝。永丰西角荒园里,尽日无人属阿谁。"⑧张籍《采莲曲》:"船中未满度前洲,借问阿谁家住远。归时共待暮潮上,自弄芙蓉还荡桨。"⑨张祜《独曲歌》:"碓上米不舂,窗中丝罢络。看渠驾去车,定是无四角。""不见心相许,徒云脚漫勤。摘荷空摘叶,是底采莲人。"⑩吴语词汇的运用十分妥帖,使得这些作品极富有南朝乐府民歌的风味。

(二)在描写与江南有关内容的诗作中使用吴语词汇,以切合主题,表现地域特色

包括那些描写江南生活与风情、送别友人往江南或赠别对象为江南籍人士的诗歌作品。王维《赠吴官》描写一位江南籍人士在朝为官,苦于长安夏天的炎热,又不习惯长安的饮食,感叹"不如侬家任挑达,草履捞虾富春渚"。意思是在长安比不上在自己家乡富春江自由快乐,诗人道吴官之心思,对友人的一片深情通过"侬"得以传神体现⑪。王维还有《戏题示萧氏甥》,诗

---

① 彭定求,等.全唐诗·卷二一[M].北京:中华书局,1960.
② 彭定求,等.全唐诗·卷一九[M].北京:中华书局,1960.
③ 彭定求,等.全唐诗·卷二八[M].北京:中华书局,1960.
④ 彭定求,等.全唐诗·卷五七七[M].北京:中华书局,1960.
⑤ 彭定求,等.全唐诗·卷六二七[M].北京:中华书局,1960.
⑥ 彭定求,等.全唐诗·卷八〇〇[M].北京:中华书局,1960.
⑦ 彭定求,等.全唐诗·卷二三[M].北京:中华书局,1960.
⑧ 彭定求,等.全唐诗·卷二八[M].北京:中华书局,1960.
⑨ 彭定求,等.全唐诗·卷三八二[M].北京:中华书局,1960.
⑩ 彭定求,等.全唐诗·卷五一一[M].北京:中华书局,1960.
⑪ 彭定求,等.全唐诗·卷一二五[M].北京:中华书局,1960.

云:"怜尔解临池,渠爷未学诗。"① 诗人萧姓外甥当为江南人,故用"渠""爷"等吴语方言,表达对外甥的喜爱。

李白名篇《金陵酒肆留别》云:"风吹柳花满店香,吴姬压酒唤客尝。"其中"压"字,多为后代诗评家所称赏。赵彦卫《云麓漫钞》云:"李太白诗'吴姬压酒唤客尝',说者以为工在'压'字上,殊不知乃吴人方言耳。至今酒家有旋压酒子相待之语。"胡仔《苕溪渔隐丛话》亦云:"好句须要好字,如李太白诗:'吴姬压酒唤客尝',见新酒初熟,江南风物之美,工在'压'字。"显然,李白借用吴语方言"压",传写出美酒新熟、吴姬热情娇好的江南风情,清新自然又富有欢快奔放意蕴。李白《秋浦歌十七首》作于江南宣州,用吴语甚多。比如,其一:"正西望长安,下见江水流。寄言向江水,汝意忆侬不。"其十四:"赧郎明月夜,歌曲动寒川。"其十五:"白发三千丈,缘愁似个长。"② 这几首诗中之"侬""赧郎""个"均为吴语,元萧士赟注云:"赧郎,吴音也,歌者助语之词。"③

刘禹锡虽然籍贯为彭城,但生长于江南,故深受江南文化的影响。其诗歌中吴语词汇使用也很多。比如,《赠日本僧智藏》:"为问中华学道者,几人雄猛得宁馨。"④ 宁馨,即如此。《福先寺雪中酬别乐天》:"才子从今一分散,便将诗咏向吴侬。"⑤《淮阴行五首》:"何物令侬羡,羡郎船尾燕。衔泥趁樯竿,宿食长相见。"⑥《历阳书事七十韵》称和州"本吴风俗剽,兼楚语音伧",⑦ 即和州地区兼有吴楚两地特点,风俗剽悍似吴,但说话却是伧——即北方人的口音。

白居易《长洲曲新词》:"茂苑绮罗佳丽地,女湖桃李艳阳时。心奴已死胡容老,后辈风流是阿谁。"⑧ 长洲在苏州,白居易晚年在洛阳多有怀念江南生活的作品,感情极为深挚,这里用"侬""阿谁"抒发其对苏州生活的留念,

---

① 彭定求,等.全唐诗·卷一二六[M].北京:中华书局,1960.
② 彭定求,等.全唐诗·卷一六七[M].北京:中华书局,1960.
③ 瞿蜕园,朱金城.李白集校注·卷八[M].上海:上海古籍出版社,1980.
④ 彭定求,等.全唐诗·卷三五九[M].北京:中华书局,1960.
⑤ 彭定求,等.全唐诗·卷三六〇[M].北京:中华书局,1960.
⑥ 彭定求,等.全唐诗·卷三六四[M].北京:中华书局,1960.
⑦ 彭定求,等.全唐诗·卷三六三[M].北京:中华书局,1960.
⑧ 彭定求,等.全唐诗·卷四五七[M].北京:中华书局,1960.

以及岁月流逝人事变化的感慨。另外,其《房家夜宴喜雪戏赠主人》:"不醉遣侬争散得,门前雪片似鹅毛。"① 也是吴语用得很生动的例子。元稹曾经在越州任刺史达八年之久,其诗集中运用吴语的作品亦不少。比如《送王协律游杭越十韵》:"纸乱红蓝压,瓯凝碧玉泥。荆南无底物,来日为侬携。"②《病醉》:"醉伴见侬因病酒,道侬无酒不相窥。那知下药还沾底,人去人来剩一卮。"③《春分投简阳明洞天作》描写江南越中美景与民风,云:"牛侬惊力直,蚕妾笑睢盱。怪我携章甫,嘲人托鹧鸪。"④薛涛《酬杜舍人》:"双鱼底事到侬家,扑手新诗片片霞。唱到白蘋洲畔曲,芙蓉空老蜀江花。"⑤这些作品中吴语词汇的运用、使语言浅易流畅,生活气息浓郁。

皮日休在苏州与陆龟蒙为诗友,创作了许多以江南生活为背景的诗歌,也多用吴语方言词汇。比如,《添鱼具诗·背篷》:"侬家背篷样,似个大龟甲。雨中踽踽时,一向听雯雯。"⑥《奉和鲁望闲居杂题五首·晚秋吟》:"火满酒炉诗在口,今人无计奈侬何。"⑦"侬""雯雯"的衬托,使作品吴越风情十足。而他在《初夏即事寄鲁望》云:"顾予客兹地,薄我皆为伧。唯有陆夫子,尽力提客卿。各负出俗才,俱怀超世情。"⑧诗人客居吴地,难免被当地吴人戏称为伧,多有孤寂之感,幸有友人陆龟蒙与自己经历相似、同有超世之情,得其尽力提携帮助。诗歌生动表现了自己在异域他乡,对知音好友的深深感激之情。《吴中书事寄汉南裴尚书》云:"唯望旧知怜此意,得为伧鬼也逍遥。"⑨此处同样用吴语方言,但表现的情感却有所不同。诗人在江南饮食虽然不太习惯,但是山水优美、心情旷达、自在逍遥,因而自嘲为"伧",传神表现了诗

---

① 彭定求,等.全唐诗·卷四四一[M].北京:中华书局,1960.
② 彭定求,等.全唐诗·卷四〇六[M].北京:中华书局,1960.
③ 彭定求,等.全唐诗·卷四一一[M].北京:中华书局,1960.
④ 彭定求,等.全唐诗·卷四二三[M].北京:中华书局,1960.
⑤ 张蓬舟《薛涛诗笺》(人民文学出版社,1983:34)注云,此诗为薛酬答杜牧《白蘋洲》而作,未知何据。考冯集梧《樊川诗集注》卷三有《题白蘋洲》,作于牧之湖州刺史任上,牧之刺湖州始于大中四年(851)秋,六年迁中书舍人,年底即卒。而据张蓬舟《薛涛年表》薛早于大和六年(832)即已故去,可知此杜舍人非杜牧。
⑥ 彭定求,等.全唐诗·卷六一一[M].北京:中华书局,1960.
⑦ 彭定求,等.全唐诗·卷六一六[M].北京:中华书局,1960.
⑧ 彭定求,等.全唐诗·卷六〇九[M].北京:中华书局,1960.
⑨ 彭定求,等.全唐诗·卷六一四[M].北京:中华书局,1960.

人放达洒脱的人生情怀。

另外，法照《送清江上人》："早晚云门去，侬应逐尔曹。"①李郢《阳羡春歌》："长桥新晴好天气，两市儿郎擢船戏。溪头铙鼓狂杀侬，青盖红裙偶相值。"②李商隐《李肱所遗画松诗书两纸得四十韵》："昔闻咸阳帝，近说稽山侬。"③司空图《力疾山下吴村看杏花十九首》："侬家自有麒麟阁，第一功名只赏诗"；"王老小儿吹笛看，我侬试舞尔侬看"④。徐铉《附书与钟郎中因寄京妓越宾》："暮春桥下手封书，寄向江南问越姑。不道诸郎少欢笑，经年相别忆侬无。"⑤这些诗作中点缀吴语词汇，既扣题，又传写江南地域风情，加强了诗歌的艺术表现效果。

（三）江南本土作家创作中方言词汇的运用

正如顾况《南归》诗所云"乡关殊可望，渐渐入吴音"，⑥吴语是乡关的一部分，江南本土诗人自然对母语有着更深厚的感情。江南籍诗人运用吴语词汇则较非本土作家丰富，也更贴切传神、自如生动。其中，诗人贺知章、顾况堪为代表。贺知章有《答嘲士》诗云：

  钑镂银盘盛蛤蜊，镜湖莼菜乱如丝。乡曲近来佳此味，遮渠不道是吴儿。

后来顾况追和此诗云：

  钑镂银盘盛炒虾，镜湖莼菜乱如麻。汉儿女嫁吴儿妇，吴儿尽是汉儿爷。

以江南特有风物和吴语切合他们作为江南人的身份，表达了对北人的嘲

---

① 彭定求，等.全唐诗·卷八一〇 [M].北京：中华书局,1960.
② 彭定求，等.全唐诗·卷五九〇 [M].北京：中华书局,1960.
③ 彭定求，等.全唐诗·卷五四一 [M].北京：中华书局,1960.
④ 彭定求，等.全唐诗·卷六三四 [M].北京：中华书局,1960.
⑤ 彭定求，等.全唐诗·卷七五三 [M].北京：中华书局,1960.
⑥ 彭定求，等.全唐诗·卷二六六 [M].北京：中华书局,1960.

戏，字里行间颇有自得之意，风格十分幽默风趣。

湖州诗人孟郊诗中的吴语亦较多，如《送淡公》："铜斗饮江酒，手拍铜斗歌。侬是拍浪儿，饮则拜浪婆。脚踏小船头，独速舞短蓑。笑伊渔阳操，空恃文章多。"①淡公为越州诗僧，诗写其放达脱俗的举动，穿插吴语，通俗古朴甚类乐府民歌，故苏轼《读孟郊诗》云："尚爱铜斗歌，鄙俚颇近古。"苏州顾况《谅公洞庭孤橘歌》："不种自生一株橘，谁教渠向阶前出。……待取天公放恩赦，侬家定作湖中客。"②谅公乃太湖洞庭山僧，顾况以吴语咏其门前孤桔，诗风平易亲切。另外，张固《幽闲鼓吹》载白居易向吴人顾况行卷，顾况阅其《赋得古原草送别》后云："道得个语，居即易矣！""个语"，就是"这样的诗歌"，传神刻画了江南名士顾况对年轻白居易非凡诗才的惊讶与欣赏的态度③。

兰溪诗僧贯休《送衲僧之江西》："只有山相伴，终无事可仍。如逢梅岭旦，向道只宁馨。"④《寄郑道士二首》："不知玉质双栖处，两个仙人是阿谁。"⑤台州诗人罗虬《比红儿诗》："花前醉客频相问，不赠红儿赠阿谁"；"渡口诸侬乐未休，竟陵西望路悠悠"。⑥陆龟蒙《奉和袭美吴中言情见寄次韵》："菰烟芦雪是侬乡，钓线随身好坐忘。"⑦南唐李璟《保大五年元日大雪……登楼赋》："坐有宾朋尊有酒，可怜清味属侬家。"⑧等诗句中，将吴语词汇穿插其间，生动贴切而韵味独特。

此外，江南诗人不仅用吴语入诗，还用民歌曲调演唱自己创作的诗歌。开平元年，钱镠被梁太祖封为吴越王，由当初临安一挑担贩盐之平民，成为偏安一隅的割据王，封王不久，他当即仿汉代刘邦"威加海内兮归故乡"，虽然其"威"不过是加江南而已。

钱镠回到家乡临安：

---

① 彭定求，等.全唐诗·卷三七九[M].北京：中华书局,1960.
② 彭定求，等.全唐诗·卷二六五[M].北京：中华书局,1960.
③ 李昉，等.太平广记·卷一七〇[M].北京：中华书局, 1961.
④ 彭定求，等.全唐诗·卷八三三[M].北京：中华书局,1960.
⑤ 彭定求，等.全唐诗·卷八三七[M].北京：中华书局,1960.
⑥ 彭定求，等.全唐诗·卷六六六[M].北京：中华书局,1960.
⑦ 彭定求，等.全唐诗·卷六二四[M].北京：中华书局,1960.
⑧ 彭定求，等.全唐诗·卷八[M].北京：中华书局,1960.

省茔垄，延故老，旌钺鼓吹振耀山谷。……为牛酒大陈乡饮，……镠起，执爵于席，自唱《还乡歌》以娱嫔曰："三节还乡兮挂锦衣，吴越一王驷马归。临安道上列旌旗，碧天明明兮爱日辉。父老远近来相随，家山乡眷兮会时稀，斗牛光起兮天无欺。"时父老虽闻歌进酒，都不之晓。武肃觉其欢意不甚浃洽，再酌酒，高揭吴喉唱山歌以见意，词曰："你辈见侬底欢喜，别是一般滋味子（呼"味"为"寐"），永在我侬心子里。"歌阕，合声赓赞，叫笑振席，欢感闾里。今山民尚有能歌者。①

钱镠一朝发迹，回乡摆阔，并不值得称道，不过其宴饮中两次为众人高唱歌曲的内容倒是值得注意。一开始，他模仿刘邦得志回乡唱《大风歌》而作《还乡歌》，可惜完全是楚地的方言与曲调，江南百姓何能欣赏？父老乡亲一个个只知喝酒，莫名其妙，这与期望的效果相差太远，于是钱镠便扯开嗓子用地地道道的吴语唱家乡的山歌，其中"底欢喜"，就是"欢喜什么"；又把"味"念成"寐"，都是吴语吴音，乡土风味十足，可谓当行本色。于是父老乡亲兴奋不已，"合声赓赞，叫笑振席，欢感闾里"，与民同乐，气氛达到高潮。这则材料生动说明了江南百姓之爱吴声吴歌的习性与吴声歌谣的特点。

三、唐诗中的吴体诗

唐诗中还有一种独特的诗体，即"吴体诗"。盛唐以后诗人多有创作。比如杜甫《愁》诗题下自注"强戏为吴体"②，乃直接模仿吴体诗之作。晚唐陆龟蒙、皮日休有七首吴体酬唱诗，即陆龟蒙的《新秋月夕，客有自远相寻者，作吴体二首以赠》《早春雪中作吴体寄袭美》《独夜有怀因作吴体寄袭美》《早秋吴体寄袭美》③，皮日休的《奉和鲁望早春雪中作吴体见寄》《奉和鲁望独夜有怀吴体见寄》《奉和鲁望早秋吴体次韵》④。

---

① 僧文莹.湘山野录·卷中[M].四库全书本.
② 彭定求，等.全唐诗·卷二三一[M].北京：中华书局,1960.
③ 前三首见彭定求，等.全唐诗·卷六二四[M].北京：中华书局,1960.后一首见卷六二六。
④ 前二首见彭定求，等.全唐诗·卷六一三[M].北京：中华书局,1960.后一首见卷六一四。

关于吴体诗的性质，尚有争论。一般认为是七律拗体。元代方回云："拗字诗在老杜集七言律诗中谓之吴体，老杜七言律一百五十九首，而此体凡十九出不止。句中拗一字，往往神出鬼没，虽拗字甚多，而骨骼愈峻峭。……唐诗多此类，独老杜吴体之所谓拗，则才小者不能为之矣。五言律亦有拗者，止为语句要浑成，气势要顿挫，则换易一两字，平仄无害也。但不如七言吴体全拗尔。"① 他还指出杜甫集中其他属于吴体的诗，如《释闷》；或接近吴体的诗歌，如《十二月一日》三首，他认为这三首诗："气象大，语句熟。虽或拗字近吴体，然他人拘平仄者反不如也。"② 此外，清何焯点校杜诗认为《赤甲》《书梦》等亦为吴体诗③。

　　不过，也有人认为吴体诗是指唐人学习梁代吴均体而创作的一种诗歌。据《梁书》卷四九载：吴均"文体清拔有古气，好事者或学之，谓为'吴均体'。"李绅《过梅里七首》中的《上家山》诗序云："余顷居梅里。常于惠山肄业，旧室犹在，垂白重游，追感多思。因效吴均体。"④ 吴均体的详情已经很难深究，赵昌平先生认为，"无论吴体之吴是指吴中还是吴均，其根本性质为效学吴中俗体诗者"，"吴体实为唐人学习吴中七绝民歌的音节与吴均体风格之糅合"⑤，此为精辟之论。我们认为，吴体一方面指一种带有明显地域特色的吴中诗歌体式，另一方面则与吴均体有关。吴均是吴兴人，吴兴属吴地；更重要的是吴均的诗歌即后人所称的"吴均体"的显著特点就是以吴调吟诗。据皮日休《杂体诗序》引《梁书》云："昭明善赋短韵，吴均善压强韵。"⑥ 为何吴均善于押强韵呢？因为吴语与中原语音差异甚大，中原人认为吴体诗乃强用韵脚，故而整体上给人音节激越悠扬之感。这样来看，吴体诗自然应该是唐人学习仿效吴中俗体诗的产物。

　　综合前人的看法，吴体有几个显著特点。

　　首先，它主要是拗体律诗，并且主要是七律拗体，平仄拗口，音节屈曲劲

---

① 瀛奎律髓 卷二十五 "拗字类".
② 瀛奎律髓·卷十三.
③ 蒋维钧辑录. 义门读书记·卷五五、五六[M]. 四库全书本.
④ 彭定求，等. 全唐诗·卷四八一[M]. 北京：中华书局,1960.
⑤ 赵昌平. "吴中诗派"与中唐诗歌[J]. 中国社会科学, 1984（4）.
⑥ 彭定求，等. 全唐诗·卷六一六[M]. 北京：中华书局,1960.

健，但又细腻温润。宋时刘克庄在论苏舜卿诗歌风格时说："苏子美歌行雄放于圣俞，昂藏不羁如其为人。及蟠屈为吴体，则极平夷妥帖。"①方回评价中唐赵蕃《晚晴》诗"聱牙细润，吴体也"；又认为梅尧臣《依韵和李舍人旅中寒食感事》为吴体诗，其中"一百五日风雨急，斜飘细湿春郊衣"，上句六字仄声，下句五字平声，"愈觉其健"②。明代唐元竑认为："今不知公（杜甫）所指吴体者为何等？读之（作者注：指《愁》诗），但觉拗耳。"③"蟠屈""聱牙"指吴体诗平仄不遵格律而形成的拗口屈曲的特点，"健"则是指其激越劲健的风格。

郭绍虞先生也认为吴体诗为民歌体的拗体，其主要特点在音节和风格两个方面。④吴体诗歌的音节特点与前面分析的吴声特点颇为类似，都表现为激越浏亮，也就是《梁书》所称的清拔。我们可以在杜甫的吴体诗中得到进一步的证实。杜甫晚年时期，唐朝廷国势日衰，诗人漂泊西南，故旧凋零，穷愁潦倒。其中的吴体诗主要创作于此时，因为激越悠扬的吴音更能抒发杜甫沉郁博大的忧国忧民之情。其《西阁二首》之"功名不早立，衰病谢知音。哀世非王粲，终朝学越吟"，吴声越吟为一个类型，学越吟亦即学吴声。⑤另外，杜甫吴体诗的代表作《愁》：

> 江草日日唤愁生，巫峡泠泠非世情。盘涡鹭浴底心性，独树花发自分明。十年戎马暗南国，异域宾客老孤城。渭水秦山得见否，人今罢病虎纵横。

前半部分写在夔州所见之景，触景生愁；后半部分忆洛阳、长安，抒世事日非难返中原的愁绪。此诗为七律的变体，《苕溪渔隐丛话》前集卷十四引《蔡宽夫诗话》云："文章变态固无穷尽，然高下工拙亦各系其人才。子美以'盘涡鹭浴底心性，独树花发自分明'为吴体。"仇兆鳌《杜诗详注》卷十八

---

① 后村集·卷十八 [M]. 四库全书本.
② 瀛奎律髓·卷十七.
③ 杜诗攟·卷三 [M]. 四库全书本.
④ 郭绍虞. 论吴体 [J]. 复旦大学学报 增刊《古典文学论丛》1980（8）.
⑤ 彭定求，等. 全唐诗·卷二二九 [M]. 北京：中华书局,1960.

《愁》题下引黄生注云："皮陆集中亦有吴体诗，乃当时俚俗为此体耳。诗流不屑效之。杜公篇什既众，时出变调，凡集中拗律皆属此体。偶发例于此，曰戏者明其非正律也。杜臆胸有抑郁不平之气，而以拗体发之。公之拗体诗，大都如是。玩诗意当是大厯二年春夔州作。"由此可知，吴体诗作为七律变体，其音节与风格具有拗折峭劲的独特特点。

其次，语言俚俗，乃多用江南吴语方言、俗语之故。宋代王观国在杜诗《中秋月》下注云："谓之吴体，盖自雅颂不作，迄于魏晋南北朝以来，浮靡愈甚，始有为此态者。悉取闾阎鄙媟之语，比类而为之。"①虽然王观国的诗学观念不免迂腐，但他指出吴体诗用"闾阎鄙媟之语"，则指出了其语言方面近俗的特点。唐氏元竑也认为："强戏者，偶一为之。拗体杜集中至多，宁独此也？当时北人皆以南音为鄙俚，公意似在半雅半俗间耳。""鄙俚"就是民间方音，只不过杜甫并非全用吴语罢了，即半雅半俗也②。在语汇的使用上，吴体多用江南俗语入诗，有以俗为奇的特点。

另外，吴体在形式上亦间有杂言体，即吴中俗体。皇甫冉有吴歌体诗歌《杂言迎神词二首》为三三七杂言；陆龟蒙《吴俞儿舞歌》五首也类似。中唐吴中诗派的作家皎然、顾况、灵澈等杂言体更多，而其中三三七句式几乎占了一半。这种杂言形式对唐诗人创作有很明显的影响，白居易《新乐府》等许多作品中句式与吴中俗体很类似，可见其受到吴体的影响。

综合起来看，我们认为吴体是唐代时期用吴语方音创作的拗体律诗和吴中俗体诗，主要是七言，亦有杂言格式，它充分吸收了江南歌谣音节谐婉的特点，风格拗劲、激越。吴体是唐代文学深受吴语及江南文化影响的产物。

总之，唐代诗人对吴语的运用十分突出，无论是吴语词汇的使用，还是对吴歌越吟、吴中俗体诗的模仿，都使唐代诗歌内容更为丰富、表现更加生动、风格更为多样。这不仅反映了唐人对待吴语的态度，也说明了江南文化在唐代文学中的重要地位和深远影响。

---

① 学林·卷八 [M]. 四库全书本.
② 杜诗攟·卷三 [M]. 四库全书本.

第四节 唐文人词创作与江南关系略论

词是配合新兴燕乐曲调并按由乐定辞的方式创作的歌词文学。作为一种新兴的文学样式，词诞生后不久，就开始吸引文人学习、模仿。词确切的产生时间现在还难以确定，但大多数学者都认为它应该起源于隋唐之际。盛唐初期是词的萌芽阶段，文人词创作还处在非自觉的稚嫩状态，作品比较少，词体也尚未稳定，往往介于诗、词之间。但中晚唐之际，词创作已经开始成熟，词的基本体制、格律等形式、规则基本形成，"依曲拍为句""由乐定词""因声度词"的创作方式也得以确立。其中，为词体确立作出巨大贡献、词作较多的作家，主要有张志和、白居易、刘禹锡、温庭筠、皇甫松等人，他们成为词史上第一批自觉、有意识的词创作作家群体，对后来的文人词发展产生了深远的影响。

当我们对这一时期词创作群体主要作家的生平行事、创作背景及其词作的具体内容详细梳理后，不得不面对一个事实，即中唐重要文人词作家，大多为江南作家，或者是有重要江南生活经历的作家，词在这时期的重要表现内容是江南风光与生活，许多著名词作的创作地点也在江南，种种事实说明，中晚唐之际文人词创作的发展与江南及江南区域文化有着种种密切的关系。

第一，中晚唐之际重要的词作家中，江南文人及有重要江南经历的文人占有较大比例。据曾昭岷、王兆鹏等所编的《全唐五代词》统计，现有词作存世的唐代词人共42人，其中属于中晚唐的占绝大多数，达36人。而中晚唐词人中占籍江南的为9人，占总数的25%。而那些非江南籍的词人，往往也有过重要江南生活经历，如白居易、刘禹锡、韦应物、德诚和韦庄等。从此可以看出江南词人在唐代词史上的重要地位。

大历间金华张志和在湖州颜真卿诗会上作《渔歌子》五首，颜真卿及其他文士和作二十五首，另外其兄松龄也有和作。润州戴叔伦，《乐府诗集》卷八二录其《转应词》（即《调笑令》）一首。宣城刘长卿安史之乱后基本仕宦生活于江南，曾任长洲尉、海盐令、睦州司马等，有《谪仙怨》词。新安皇甫松存词二十二首，其中《浪淘沙》《杨柳枝》《梦江南》《采莲子》等词均写江南生活。东阳滕迈开成间为台州刺史，终睦州刺史，存词一首。池州康骈有《广谪仙怨》词一首。五代时期词成为文学创作的主要形式，文人词创作有两个中心，其一即为以金陵为中心的南唐，冯延巳、南唐二主等是典型的江南词人，他们的词创作成就突出，开创了文人词发展的新境界。

刘禹锡与白居易的词在中唐文人词作中，不仅数量众多，而且艺术趋于完美，对唐代曲子词的发展做出很大贡献。他们的创作同样与江南联系密切。

刘禹锡郡望中山或彭城，籍贯洛阳，生长于湖州嘉兴，实为江南人。现存《竹枝词》《浪淘沙》词多首，其中《杨柳枝词九首》即作于苏州刺史任上。白居易少年时期为躲避北方战乱，在江南苏州、杭州等地生活了六七年。后来又在苏、杭任刺史多年，思想上深受快意自然、重逸乐的江南传统文化精神的影响，在任时频繁举行歌舞诗会，对其词创作影响颇大。词《忆江南》即为其晚年在洛阳深情回忆江南生活之作，刘禹锡有和作，并且在题下明确注明"依曲拍为句"，标志着以谱填词时代的来临，从而确立了词体的开端。刘禹锡从小受到吴歌的熏陶，对他后来在巴蜀创作《竹枝词》《浪淘沙》等词有潜在影响。他在《竹枝词》序中说："余来建平，里中儿联歌《竹枝》……聆其音，中黄钟之羽，卒章激 如吴声。"① 可见，建平一带的民歌与吴声是有共同之处的。谢榛《四溟诗话》卷二云刘禹锡《竹枝词》"措词流丽，酷似六朝"，即指出此点。② 其实，不限于《竹枝词》，其他如《浪淘沙词》《踏歌词》《堤上行》《杨柳枝词》等都深具南朝江南民歌韵味，词创作显然深受吴声、楚歌的影响。刘禹锡和白居易在任苏州刺史时，填词甚多，晚唐薛能《柳枝词》称："刘白苏台总近时，当初章句是谁推。纤腰舞尽春杨柳，未有侬家一首诗。"诗末薛能自注云："刘、白二尚书，继为苏州刺史，皆赋《杨柳枝词》，世多传唱，虽有才语，但文字太僻，宫商不高耳。"③ 薛能此词是专门咏刘白的，从此可以看出刘白二人《杨柳枝词》作于苏州。当然，薛能对二人的创作是否定的，观点未必正确，词本来就是流行于民间的新兴音乐文学，它不同于以往的雅乐、清乐，是以燕乐为基础结合民间音乐成分的新音乐文学，通俗活泼就是该词的重要特点，用"宫商不雅"来否定它是不对的。

此外，其他与江南有密切关系的词作家还有许多。韦应物贞元四年出任

---

① 刘禹锡.刘禹锡集·卷二七[M].卞孝萱校订.北京：中华书局，1990.

② 四溟诗话[M].北京：人民文学出版社，1961.

③ 彭定求，等.全唐诗·卷五六一[M].北京：中华书局,1960.

苏州刺史，罢职后仍居苏州直至去世，有《调笑》《三台》等词流传。蜀僧德诚移居苏州华亭县，"小舟往来松江朱泾，以纶钓度日，人号船子和尚"，约于文宗大和、开成年间在松江覆舟而逝。他在松江创作了三十九首《拨棹歌》，集中抒发放达超脱的人生态度①。花间派的重要词人韦庄，黄巢之乱开始后其为避乱漫游江南多年，因此其词如《菩萨蛮》等多描写江南生活。另外，贾晋华认为大历年间鲍防等人的浙东联唱《状江南十二咏》《忆江南十二咏》等作品均为词，并认为它们促进了文人词的发展，对中唐文人填词之风的兴起，影响很大②。鲍防等人的二十四首作品是否为词，尚值得讨论，但指出中唐江南诗会、诗酒歌舞对文人词之影响确实是有道理的。

第二，江南生活是唐五代文人词表现的重要内容。这一时期像《忆江南》《望江南》《渔歌子》《思越人》等，大多专门歌咏江南风光与生活，或者叙写吴越历史故事。情感上多为抒发热爱、向往江南生活的感情，或隐居江南的闲适、洒脱情趣等。词作为南方文学的特征在这一时期代表作家的作品中得到了充分体现。像白居易《忆江南》三首专咏江南风光，已为人们所熟悉。另外，张志和《渔歌子》则专咏江南隐逸题材，甚至到五代孙光宪两首同调作品仍然如此。

草芊芊，波漾漾。湖边草色连波涨。沿蓼岸，泊枫汀，天际玉轮初上。　扣舷歌，联极望。桨声伊轧知何向。黄鹄叫，白鸥眠，谁似侬家疏旷。（其一）

泛流萤，明又灭，夜凉水冷东湾阔。风浩浩，笛寥寥，万顷金波重叠。　杜若洲，香郁烈。一声宿雁霜时节。经霅水，过松江，尽属侬家日月。（其二）③

词中描写江南风光与生活，风格旷达疏朗，吴语方言的使用使词具有浓郁江南生活气息。《花间集》中之《思越人》多专咏西施，孙光宪"古台平"和"渚莲枯"，张泌"燕双飞"，都是如此。

---

① 徐硕.至元嘉禾志·卷一四[M].宋元方志丛刊本.北京：中华书局,1990.
② 贾晋华.唐代集会总集与诗人群研究[M].北京：北京大学出版社，2001：82-83.
③ 曾昭岷，曹济平，王兆鹏，等.全唐五代词·正编卷三[M].北京：中华书局，1999.

第三，许多重要的词调最初产生或流行于江南。最为典型的是《渔歌子》，此调一名《渔父》，据崔令钦《教坊记》其为玄宗时教坊曲。沈汾《续仙传》载："真卿为湖州刺史，与门客会饮，乃唱和为《渔父词》，其首唱即志和之词，曰：'西塞山边白鸟飞，……。'真卿与陆鸿渐、徐士衡、李成矩，共和二十五首，递相夸赏。"① 由此可知，本来源于江南民间渔歌的《渔父》，张志和最先用其填词并命为《渔歌子》，然后颜真卿、陆羽、徐士衡、李成矩等多人和作。作为词调的《渔歌子》始于张志和等江南文士，其起源于江南无疑。这五首作品是现存较早且确定无疑的文人词作，具备了词体的各种特征，对研究词之起源具有重要的作用。另外，其洒脱疏放的隐逸精神与此词清丽疏朗的艺术风格，影响甚大。不久即流传至日本，成为日本填词之祖。

其他创调与江南有密切关系的词还有许多。

《忆江南》本名《谢秋娘》，据段安节《乐府杂录》载："《望江南》始自朱崖李太尉（德裕）镇浙日，为亡妓谢秋娘所撰，本名《谢秋娘》，后改此名。"显然，《忆江南》词调为李德裕在润州时歌女谢秋娘所作，后因白居易词而改今名，又名《江南好》。唐教坊曲中原有《梦江南》，后亦用为《忆江南》词调的异名。

《拨棹歌》，据《机缘集》卷上载，宋代吕益柔将之辑入石刻，并跋云："云间船子和尚……常为《拨棹歌》，其播于人口者才一二首。"② 《拨棹歌》乃德诚到江南后所创，其内容与张志和《渔歌子》一样，都是写旷达洒脱的人生态度和隐逸江南的逍遥生活情趣，正如吕益柔所谓"属词寄意，脱然迥出尘网之外"③，可见张志和与德诚词一脉相承的关系。比如，

独依兰桡入远滩，江花漠漠水漫漫。空钓线，没腥膻。那得凡鱼总上竿。

外却形骸放却情，萧然孤坐一船轻。圆月上，四方明。不是奇人不易行。

---

① 李昉，等.太平广记·卷二七 [M].北京：中华书局，1961.
② 曾昭岷，曹济平，王兆鹏，等.全唐五代词·卷一 [M].北京：中华书局,1999：50.
③ 曾昭岷，曹济平，王兆鹏，等.全唐五代词·卷一 [M].北京：中华书局,1999：50.

据南宋僧晓莹《罗湖野录》卷一所载，蜀僧普首座曰："谁是知音，船子和尚。高风难继，百千年一曲，渔歌少人唱。"《拨棹歌》乃渔歌，将德诚词与张志和《渔歌子》词相对照，两者的句式、音节、字数几乎一样，由此可见，德诚应是根据江南流行的《渔歌子》，稍变其乐调而创作了《拨棹歌》。

《谪仙怨》，据《剧谈录》（卷下）记载，此曲调原为唐玄宗入蜀途中所制。但其流行却在江南，同书窦弘余填同调词序云："大历中，江南人盛为此曲，随州刺史刘长卿左迁睦州司马，祖筵之内，吹之为曲，长卿遂撰其词，意颇自得。盖亦不知本事。……余在童幼，亦闻长老话谪仙之事颇熟。而长卿之词，甚是才丽，与本事意兴不同。余既备知，聊因暇日，辄撰其词，复命乐工唱之，用广不知者。"显然刘长卿的这首词，是按照《谪仙怨》曲调填制的。其内容已经与唐玄宗制调时的本意不一样。窦弘余认为是刘长卿不知此词调之创制原始，所以自己填制一首，内容写玄宗入蜀之事。窦氏填词显然在刘长卿之后，所以《谪仙怨》词当为刘长卿最早在江南填写。

第四，江南歌女在词创作与传播中有着重要的作用。词产生于日常生活中的宴乐场合，它是与音乐紧密相连的，歌女乐工在其中起着非常关键性的作用。这与后来词成为脱离音乐而存在的纯文学创作状况很不一样。

江南自古多出歌女，唐代亦然。于竞《大唐传》云："德清县西前溪村，则南朝集乐之处。今尚有数百家习音乐，江南声妓多自此出。所谓舞出前溪也。"[①]崔颢诗《古意》之"舞爱前溪妙，歌怜子夜长"加以证明，[②]前溪，为古代水名，在吴兴武康今浙江德清县，流经县治之前，故得名前溪。东晋豪族沈充家于此。《前溪》是乐府舞曲，传为李充所作。[③]可见湖州以及其他江南地区是唐代培养歌女的重要地区。中唐著名歌女刘采春、周德华母女长期生活在江南，刘采春长庆三年到大和三年在越州，与浙东观察使元稹交善。《云溪友议》卷下载："湖州崔郎中刍言，初为越副戎，宴席中有德华周氏者，乃刘采春女也。虽《罗唝》之歌，不及其母，而《杨柳》之词，采春难及。"刘采春母女既善唱《罗唝曲》（一名《望夫歌》），又善歌《杨柳枝》。当然，江南歌女演唱的并非全是曲子词，其中很多的是江南乐府歌曲。但当燕乐流行

---

① 谈钥. 嘉泰吴兴志·卷一八 [M]. 宋元方志丛刊本. 北京：中华书局，1990.
② 崔颢此诗，《全唐诗·卷一三〇》作"舞爱前溪绿"。
③ 据《古今乐录》"吴声十曲，七曰《前溪》"。《乐府解题》："《前溪》，舞曲也。"

整个唐代社会时,作为音乐歌舞非常发达的江南也流行这种新兴乐曲,江南歌女两种曲调演唱。更何况江南民歌本身与燕乐新词并非截然对立、水火不容,就像今天传统民歌与流行歌曲之间,仍然可以找到一脉相承之处,并且两者是可以相互借鉴、利用的。对唐代音乐发展的实际而言,不大可能出现按照歌曲性质专门演唱传统民歌或曲子词的专业歌手的状况。唐人诗歌中即有对江南歌女擅唱新兴的竹枝词等新词的描写,杜牧云:"楚管能吹柳花怨,吴姬争唱竹枝歌。金钗横处绿云堕,玉箸凝时红粉和。"①许浑也称"南国多情多艳词,鹧鸪清怨绕梁飞"②。

词体的重要特征是依曲拍为句的,填好的歌由歌女去唱,那么如何按照曲拍填写、唱起来是不是妥帖流畅,歌女的感觉很重要。所以,在词发展早期阶段的时候,歌女对文士填词的启发、帮助等作用不可忽视。如白居易,乐天词是中唐文人词中最具艺术性的,其语言优美、音节流畅。他的绝大部分词是任杭州、苏州刺史以后创作的,白居易在江南与很多歌女关系密切,见诸白居易本人诗文的,在杭州有商玲珑、谢好好、陈宠、沈平等,在苏州则有吴二娘、李娟、张态、容、满等。其晚年在洛阳,身边还有从杭州带回的歌女。据刘禹锡《乐天寄忆旧游因作报白君以答》诗:"其奈钱塘苏小小,忆君泪霑石榴裙。"刘禹锡在诗末自注:"白君有妓,近自洛归钱塘。"③白居易在杭州、苏州先后组织她们排练长安流行的《霓裳羽衣舞》及其他曲舞,在宴会上则让她们演唱吴歌或演唱新词,所谓"夜舞吴娘袖,春歌蛮子词"④。元稹在赠白居易的诗中也称:"休遣玲珑唱我诗,我诗多为别君辞。"可以肯定,白居易江南的生活,尤其是与众多妙能歌舞的女性交往,使他对词这种新兴艺术的特点,创作规律技巧等有充分地了解熟悉,从而对其词创作起到重要作用。

另外,有些江南歌女不仅唱词,还擅长作词,吴二娘就是其中的代表。吴二娘生活于长庆间,擅作歌词,如《长相思》词,白居易极欣赏其中"暮雨潇潇郎不归"。他诗《寄殷协律》回忆自己在杭州、苏州刺史期间的江南生

---

① 杜牧.见刘秀才与池州妓别[M]//彭定求,等.全唐诗·卷五二二.北京:中华书局,1960.
② 许浑.听歌鹧鸪辞[M]//彭定求,等.全唐诗·卷五三四.北京:中华书局,1960.
③ 刘禹锡.刘禹锡集·卷三二[M].卞孝萱校订.北京:中华书局,1990.
④ 白居易.对酒自勉[M]//白居易全集·卷二〇.上海:上海古籍出版社,1999.

活,在"吴娘暮雨萧萧曲,自别江南更不闻"一联下白居易自注:"江南吴二娘曲词云:'暮雨萧萧郎不归'。"① 吴二娘《长相思》全词为:

> 深画眉,浅画眉,蝉鬓鬅鬙云满衣,阳台行雨回。巫山高,巫山低,暮雨萧萧郎不归,空房独守时。②

有些词集将此词归白居易作,实为误。陈尚君师《全唐诗续拾》卷二八,引明刻本《吟窗杂录》卷五〇,以及杨慎《升庵诗话》卷四材料,已辨明此词为吴二娘作③。此词抒情细腻委婉,语言优美流畅,对人物心理的刻画、以景写情衬托手法的运用等都表现了非常纯熟的技巧,堪称当行本色。难怪白居易极其欣赏,且念念不忘。

第五,南朝江南乐府民歌对唐文人词创作有着直接的影响。前面已经提及,江南民歌在音乐上与词乐有着一定联系。其实单从文学上看,两者也有不可忽视的联系。赵昌平曾提及吴中俗体诗的杂言,尤其是三三七句式,对中唐文人词创作的启迪影响。杂言,尤其是三三七句式是吴声音节浏亮激扬的重要原因。汉代以前的《越人歌》等江南民歌多用三三七杂言,南朝清商曲辞《上云乐》《江南弄》等也均用三五、三七等杂言。因此赵昌平认为中唐吴中诗派的一些短歌是词的先声,如皎然的《山雨》、顾况的《黄鹤楼歌送独孤助》,分别和唐庄宗的《一叶落》《菩萨蛮》词相近。另外,顾况有六言残句《渔父词》,朱放也有六言绝句,当为《江南三台》词的先声;皎然、陆羽的三言联句,颇类后来的《三字令》,"可见大历、贞元时期在吴中诗人中已形成一股学习民间杂言令曲的新风,从而直接启迪了与吴中文化有深刻渊源的刘禹锡、白居易等人的长短句创作"④,这一论断是非常精辟的。清徐釚《词苑丛谈》引徐巨源语云:"古诗者,风之遗。乐府者,雅之遗。苏李变而为黄初,建安变而为选体,流至齐梁排律,及唐之近体,而古诗遂亡。乐府变为吴趋越艳,杂以捉搦、企喻、子夜之属,以下逮于词,而乐府亦衰。然子夜、

---

① 彭定求,等.全唐诗·卷四四八[M].北京:中华书局,1960.
② 全唐诗续拾·卷二八[M].北京:中华书局,1960.
③ 陈尚君.全唐诗补编·全唐诗续拾·卷二八[M].北京:中华书局,1992.
④ 赵昌平.吴中诗派与中唐诗歌[J].中国社会科学,1984(4).

懊侬，善言情者也。唐人小令，尚得其意。则诗余之作，不谓之直接古乐府不可。"①从音乐的角度看，吴声和曲子词属于两个系统，前者属清乐系统，后者属于燕乐系统。把词的起源看成是诗歌的变体，当然不确切。但是，吴歌与词之联系则是事实，尤其在内容和形式上，更有割不断的联系。王运熙先生指出，内容上，江南乐府民歌与词皆由歌妓演唱，题材颇为类似以情感为主。形式上，词为长短句，而南朝乐府民歌中多有长短错杂的句式。他还认为，南朝民歌的和声对后来词的发展有直接影响，认为南朝民歌和声在后来流传中丧失了原先的语义，只有声音，后人在这些和声部分填入有内容的字句，变成长短句。"唐人乐府原用律绝等诗杂和声歌之，其并和声作实字，长短其句以就曲拍者，为填词。"②现存唐五代词中是有很多应用和声的例子的，这样看来，江南民歌诗词在形式上的确有着前后嬗变关系③。

　　由以上分析可以看出，词作为一种后起的诗、乐结合的新艺术形式，与江南及江南文化有极其重要的关系。江南文化对唐代文人词创作产生重要影响的原因是多方面的。但归结起来看，不外以下几点。一是江南悠久、丰富的音乐文学传统。江南地区人民热爱歌舞的传统历史悠久，本章前几节已经论述了吴语与吴声的悠久，《盐铁论·通有》载江南人民"好衣甘食，虽白屋草庐，歌讴舞琴，日给月半，朝歌莫戚"。汉代江南地区经济还比较落后，民风已经是乐观而热爱歌舞。魏晋南朝以来，江南经济不断发展，配合清乐的东晋南朝乐府民歌的繁荣，为词的产生打下了一定的基础。二是江南文化的重艺术、重享乐的精神。南方文士诗酒文会等生活方式等，均为词的发展提供了最适宜的土壤，奠定了词发展的社会文化基础。词在最初很长时间里，一直具有典型的南方文学风格并非偶然。三是江南社会相对安定，经济繁荣，安史之乱后许多北方乐工歌女流落江南，带动了江南燕乐的发展，为词的创作提供了现实的条件。白居易诗《江南遇天宝乐叟》记载了玄宗宫廷乐师安史乱后流落江南的情况："幽土人迁避夷狄，鼎湖龙去哭轩辕。从此漂沦到南土，万人死尽一身存。"④洛中某士人到江南游历，与以前在家乡认识的歌女茂

---

① 词苑丛谈·卷四 [M]. 四库全书本.
② 彭定求，等. 全唐诗·卷八八九词之题序 [M]. 北京：中华书局, 1960.
③ 王运熙. 论吴声与西曲 [M]// 王运熙. 乐府诗述论. 上海：上海古籍出版社, 1996.
④ 白居易. 白居易全集·卷一二 [M]. 上海：上海古籍出版社, 1999.

英邂逅并赠其诗,诗云:"一别中原俱老大,重来南国见风流。弹弦酌酒话前事,零落碧云生暮愁。"[①]盛唐时北方就有一些乐工歌手到了江南。玄宗开元年间,教坊乐工李謩到越州游览,当地十几位文士邀请其到镜湖泛舟吹笛,席间有高人独孤生,吹《凉州》第十三叠至管裂。独孤生能吹《梁州》等北方大曲,当从北方到江南隐居者[②]。显然,词作为后起的诗、乐结合的艺术形式,与江南文化有着极其重要的关系。江南民歌等音乐文学形式对词的创作有着明显的影响。安史之乱以后,大量乐工歌女流落南方,更促进了江南文学创作,包括曲子词的发展。而生活其间的文士,受到多种音乐文学的滋养,对他们尝试词的创作及提高艺术技巧有直接的作用。

---

① 李昉,等.太平广记·卷二七三 卢氏杂说[M].北京:中华书局,1961.
② 李昉,等.太平广记·卷一五二[M].北京:中华书局,1961.

第八章
吴娃越艳与唐诗中的江南佳丽

第一节　江南佳丽地之得名

"佳丽"一词最早见于先秦典籍。《战国策》卷三三载:"(司马熹)见赵王曰:臣闻赵,天下善为音,佳丽之所出也。今者,臣来至境,入都邑观人民谣俗,容貌颜色,殊无佳丽好美者。"佳丽最初指美丽女性。屈原《九章》之《抽思》:"有鸟自南兮,来集汉北。好姱佳丽兮,牉独处此异域。"东汉王逸《楚辞章句》注"佳丽"云:"容貌说美,有俊德也。"此虽是屈原自比,但仍用以形容人之美好容貌。据许慎《说文解字》,佳,善也,乃形容美的心灵与德行。丽,本义为鹿急行,又指鹿之毛皮。鹿皮有美丽的文采,引申为艳丽之义。古代婚姻礼仪中有"鹿皮纳聘"的习俗。因在各种动物中,鹿的性情温和友善,有食物即呼引同伴,并且群居防备敌害,故而引申指人的和善与温柔。"佳""丽"合用指人的心灵与外表的美丽,以及性情的温柔和美,后来多指女性之温柔美丽。

汉代以后"佳丽"在美女之外,又常常指美丽的风景或事物。比如,严安《上书言世务》云:"夫佳丽珍怪固顺于耳目。"[①]"佳丽"与珍怪并列,指优美的自然风光。曹植诗《赠丁仪王粲》:"壮哉帝王居,佳丽殊百城。"[②]此处,"佳丽"形容长安城的宏伟气象,为雄壮优美之意。不过,佳丽指美女是最常

---

① 班固.汉书·卷六四[M].北京:中华书局,1962.
② 赵幼文.曹植集校注·卷一[M].北京:人民文学出版社,1998.

见的用法。阮瑀《止欲赋》之"夫何淑女之佳丽"①；简文帝《梅花赋》之"于是重闱佳丽，貌婉心娴"②；鲍泉《咏蔷薇》之"佳丽新妆罢，含笑折芳丛"③等，用法均同。

最早将江南与佳丽之地联系在一起的是南朝诗人谢朓，其诗《入朝曲》云："江南佳丽地，金陵帝王州。"④承曹植诗赞美江南风景秀美，金陵具有王者之气。东晋南朝时期，无论佳丽指丽人，还是指美景，很多地方被称着佳丽地，并不拘于某一个地方。比如，谢灵运《会吟行》："两京愧佳丽，三都岂能似。"⑤三都指蜀、吴、魏之都城，谢灵运认为三都均比不上长安、洛阳美好。戴嵩《煌煌京洛行》："欲知佳丽地，为君陈帝京。"⑥显然两京才是最壮丽之地。而沈约之"洛阳大道中，佳丽实无比"；简文帝"洛阳佳丽所，大道满春光"⑦；陈朝陆琼"临淄佳丽地，年少习名倡"⑧；刘孝绰"燕赵多佳丽，白日照红妆"⑨等赞女性之美的诗歌，都并非指江南。可见，在唐代以前，吴越只是佳丽地之一而已。

但是到了唐朝，"佳丽"就基本专属江南，甚至作为江南的代称、别号，中晚唐之际的郑史即云"从来南国名佳丽"⑩。李白云"六代帝王国，三吴佳丽城。"⑪颜真卿亦称"江南之地，佳丽垂名"⑫；刘长卿云"折芳佳丽地，望月

---

① 艺文类聚·卷一八 [M]. 文渊阁《四库全书》本.
② 严可均. 全上古三代秦汉三国六朝文·全晋文·卷八 [M]. 北京：中华书局, 1958.
③ 冯惟讷. 古诗纪·卷一百二 [M]. 四库全书本.
④ 郭茂倩. 乐府诗集·卷二〇 [M]. 北京：中华书局, 1987.
⑤ 李善. 文选注·卷二八 [M]. 李善注. 北京：中华书局, 1986.
⑥ 郭茂倩. 乐府诗集·卷三九 [M]. 北京：中华书局, 1987.
⑦ 上二首诗同题《洛阳道》, 郭茂倩. 乐府诗集·卷二三 [M]. 北京：中华书局, 1987.
⑧ 陆琼. 梁甫吟 [M]// 郭茂倩. 乐府诗集·卷四一. 北京：中华书局, 1987.
⑨ 刘孝绰. 古意送沈宏诗 [M]// 逯钦立. 先秦汉魏晋南北朝诗·梁诗卷一〇 [M]. 北京：中华书局, 1983.
⑩ 郑史. 赠妓行云诗 [M]// 彭定求, 等. 全唐诗·卷五四二. 北京：中华书局, 1960.
⑪ 李白. 赠升州王使君忠臣 [M]// 彭定求, 等. 全唐诗·卷一六九. 北京：中华书局, 1960.
⑫ 颜真卿. 华盖山王郭二真君坛碑记 [M]// 董诰, 等. 全唐文·卷三三八. 上海：上海古籍出版社, 1990.

西南楼。"① 韩翃云"赏称佳丽地，君去莫应知"②；白居易有"风流吴中客，佳丽江南人"③；"茂苑绮罗佳丽地，女湖桃李艳阳时"④；"环奇填市井，佳丽溢闾阎"⑤等赞叹，既赞美江南秀丽风景，更歌咏江南妩媚女性。唐代除江南外，还能与佳丽相联系的只有长安、洛阳、燕赵、襄阳、广陵等几个地方，且实际的材料很少。

唐人称道的"江南佳丽"，有许多从明媚的自然风光着眼，如戴叔伦所谓"吴山本佳丽，谢客旧淹留"⑥；崔国辅诗云"杨柳映春江，江南转佳丽。吴门绿波里，越国青山际"⑦；杜牧赞润州"谢朓诗中佳丽地，夫差传里水犀军"⑧等。但更多的还是从女性角度来写，有时更是两者兼而有之。景中有人，人亦为景，所谓山美、水美、人亦美，构成了唐代江南文化的独特内涵。在唐人笔下，江南已经与"佳丽"紧密联系在一起，我们可以称之为江南佳丽文化现象。

不过唐人对江南女性美丽的形容，并不仅仅限于"佳丽"一词，常见的还有吴娃、吴姬、越艳，或直接称吴女、越女。左思《吴都赋》："幸乎馆娃之宫，张女乐而娱群臣。"唐李善注云："吴俗谓好女为娃。"⑨显然，"娃"为吴语方言"美女"之称，宋朱长文《吴郡图经续记》卷下考辨吴县利娃乡"利"字之误，指出"吴人以美女为娃，盖宜为丽娃"。

江南得到"佳丽"之专门使用权，主要与其历史上多美丽女性有关。最早突出的自然是西施。《吴越春秋·勾践阴谋外传》载：越王为献美女于吴王，"乃使相工索国中，得苎萝山鬻薪之女，曰西施、郑旦。饰以罗縠，教以

---

① 刘长卿.送姚八之句容旧任，便归江南[M]// 彭定求，等.全唐诗·卷一四九.北京：中华书局,1960.
② 韩翃.送客游江南[M]// 彭定求，等.全唐诗·卷二四四.北京：中华书局,1960.
③ 白居易.郡斋旬假始命宴呈座客示郡寮[M]// 彭定求，等.全唐诗·卷四四四.北京：中华书局,1960.
④ 白居易.长洲曲新词[M]// 彭定求，等.全唐诗·卷四五七.北京：中华书局,1960.
⑤ 白居易.和微之春日投简阳明洞天五十韵[M]// 彭定求，等.全唐诗·卷四四九.北京：中华书局,1960.
⑥ 戴叔伦.送李长史纵之任常州[M]// 彭定求，等.全唐诗·卷二七三.北京：中华书局,1960.
⑦ 崔国辅.题预章馆[M]// 彭定求，等.全唐诗·卷一一九.北京：中华书局,1960.
⑧ 杜牧.润州二首[M]// 彭定求，等.全唐诗·卷五二二.北京：中华书局,1960.
⑨ 萧统.文选·卷五[M].李善注.北京：中华书局,1986.

容步，习于土城，临于都巷，三年学服，而献于吴。"苎萝山，在诸暨县，山下后有西施浣纱石。西施美丽非凡，从古代正统道德眼光来看，是属于能亡国的尤物；从今天的角度来看，她出身乡野被迫卷入政治，充当越国灭吴谋略的工具，实际是一个悲剧形象。后世文人对这一形象注入更多的主观感情，使她成为美女的代名词、理想美神的化身。西施生长的地方本来就是自然风光优美的越中，再加上东晋以来江南文化的迅速发展，尤其是南朝统治时期所形成的逸乐之风，人们自然会将出现了西施的江南与佳丽紧密联系在一起了。初唐宋之问就有"越女颜如花，越王闻浣纱"[1]之赞叹，李白诗《西施》也称："西施越溪女，出自苎萝山。秀色掩今古，荷花羞玉颜。"[2]又云："西施越溪女，明艳光云海。"[3]白居易诗《重答刘和州》云："分无佳丽敌西施，敢有文章替左司。"[4]用西施来比喻刘禹锡的出众才华，感叹无人可与之比肩，说明西施佳丽天下无双。施肩吾面对西施浣纱之若耶溪沉吟道："忆昔西施人未求，浣纱曾向此溪头。一朝得侍君王侧，不见玉颜空水流。"[5]流水依旧，而玉颜永逝，令人感叹不已。这些都代表唐人对西施的赞美和追怀的态度。这种赞美越来越深，以致在晋唐间的许多志怪、遇仙的笔记小说中，西施常常成为文人遇仙的对象。比如，梁代一位叫刘导的书生，隐居京口时，遇二位仙女，乃西施和越王之女夷光[6]。梁武帝从侄孙萧思遇隐居虎丘东山，在一雨夜遇一自云从浣溪来的仙女，后知即西施[7]。唐人也有类似记载，下文将论及。

除了西施之外，后代文士常常歌咏的历史上突出的江南美女，还有项羽之宠妃虞姬、三国周瑜之妻、东吴国色小乔、钱塘倡女苏小小、金陵莫愁等，在唐代也都作为佳丽、美女之代名词。比如，张碧《鸿沟》："吴娃捧酒横秋波，霜天月照空城垒。"[8]吴娃即指虞姬。罗虬赞美其钟情之歌女杜红儿，"千里长江旦暮潮，吴都风俗尚纤腰。周郎若见红儿貌，料得无心念小乔"，以小

---

[1] 宋之问.浣纱篇赠陆上人[M]//彭定求，等.全唐诗·卷五一.北京：中华书局,1960.
[2] 彭定求，等.全唐诗·卷一八一[M].北京：中华书局,1960.
[3] 李白.送祝八之江东赋得浣纱石[M]//彭定求，等.全唐诗·卷一七六.北京：中华书局,1960.
[4] 彭定求，等.全唐诗·卷四四七[M].北京：中华书局,1960.
[5] 施肩吾.越溪怀古[M]//彭定求，等.全唐诗·卷四九四.北京：中华书局,1960.
[6] 李昉，等.太平广记·卷三二六 穷怪录[M].北京：中华书局, 1961.
[7] 李昉，等.太平广记·卷三二七 续博物志[M].北京：中华书局, 1961.
[8] 彭定求，等.全唐诗·卷四六九[M].北京：中华书局,1960.

乔衬红儿之美①。《乐府诗集》卷八五古辞《苏小小歌》解题引《乐府广题》云："苏小小，钱塘名倡也，盖南齐时人。"李贺、白居易、温庭筠、张祜、徐陵、李商隐、柳中庸等诗人均有诗咏之。柳诗《幽院早春》云："无事含闲梦，多情识异香。欲寻苏小小，何处觅钱塘。"②南朝乐府中有《莫愁乐》，据《旧唐书》卷二九："《莫愁乐》出于《石城乐》，石城有女子名莫愁，善歌谣。"韦庄《忆昔》云："西园公子名无忌，南国佳人号莫愁。"③颜舒《凤栖怨》云："佳人名莫愁，珠箔上花钩。"两诗均是以莫愁喻佳人。

江南佳丽文化，一方面源于江南历史上家喻户晓的西施及以后许多著名美女，但另一方面与南朝以来江南经济迅速发展、文化地位快速上升的状况分不开。佳丽成为江南的重要标志，反映了唐代江南文化的新内涵。

第二节　唐诗中的江南佳丽

吴娃越艳是唐代文学作品中表现的重要内容之一，唐人对江南佳丽的描写主要集中于以下几个方面。

一、对她们的外在形态尤其是姿容体态之美好艳丽的描绘

许多作家在描写江南佳丽外在美的时候，主要从肌肤、身材、体态等方面着笔。其中，又特别喜欢描摹她们肌肤的洁白。这一点似乎构成了江南佳丽与其他地方女子显著而突出的区别。比如，李白描写江南女子白皙清秀的诗歌就颇多：

> 长干吴儿女，眉目艳星月。屐上足如霜，不著鸦头袜。(《越女词五首》其一④)

---

① 罗虬.比红儿诗[M]//彭定求，等.全唐诗·卷六六六.北京：中华书局,1960.
② 彭定求，等.全唐诗·卷二五七[M].北京：中华书局,1960.
③ 彭定求，等.全唐诗·卷六九六[M].北京：中华书局,1960.
④ 彭定求，等.全唐诗·卷一八四[M].北京：中华书局,1960.

吴儿多白皙，好为荡舟剧。（其二）

东阳素足女，会稽素舸郎。（其四）

镜湖水如月，耶溪女如雪。（其五）

玉面耶溪女，青蛾红粉妆。一双金齿屐，两足白如霜。（《浣纱石上女》）①

《越女词》五首作品中，四首提及吴女之白，而《浣纱石上女》基本上是以之为整个诗歌的主题。诗人或总写她们白皙如玉如雪，或突出她们素足如霜。这是立足于生活现实的。南方气候宜人，山水秀美，自然易于使人肌肤白皙，正如杜牧"京江水清滑，生女白如脂"所咏的一样②。加上采莲女多赤足在水上劳动，其素足也就给人很深的印象。杜甫青年时期曾漫游吴越，在其晚年所作的诗歌《壮游》中深情回忆此段生活，其中"越女天下白，鉴湖五月凉"③的句子十分著名。杜甫眼中江南佳丽白皙美好甲于天下，对她们赞美有加。在唐人的笔下，江南女性容颜之美丽似无身份之分，既可以是贫寒浣纱女，如王维有"谁怜越女颜如玉，贫贱江头自浣纱"的不平④；也可以是著红着绮的歌舞妓，如白居易在刺守杭州间"看舞颜如玉，听诗韵似金"的沉醉⑤。

在对她们体态的描绘方面，唐人或突出她们窈窕多姿，如李白所谓"吴娃与越艳，窈窕夸铅红"⑥；或强调她们丰满可人，如王勃所称"莲浦夜相逢，吴姬越女何丰茸"⑦。正因江南佳丽们艳如星月的美丽，诗人们常常以鲜花来形容、赞美她们。宋之问直云："越女颜如花，越王闻浣纱。"⑧王昌龄惊叹："钱塘江畔是谁家，江上儿女全胜花。"⑨元稹则在江南男子与女子的对比中赞

---

① 彭定求，等.全唐诗·卷一八四[M].北京：中华书局,1960.
② 杜牧.杜秋娘诗[M]// 彭定求，等.全唐诗·卷五二〇.北京：中华书局,1960.
③ 杜甫.壮游[M]// 彭定求，等.全唐诗·卷二二二.北京：中华书局,1960.
④ 王维.洛阳女儿行[M]// 彭定求，等.全唐诗·卷一二五.北京：中华书局,1960.
⑤ 白居易.清明日观妓舞听客诗[M]// 彭定求，等.全唐诗·卷四四三.北京：中华书局,1960.
⑥ 李白.经乱离后天恩流夜郎忆旧游书怀赠江夏韦太守良宰[M]// 彭定求，等.全唐诗·卷一七〇.北京：中华书局,1960.
⑦ 王勃.采莲归[M]// 彭定求，等.全唐诗·卷二一.北京：中华书局,1960.
⑧ 宋之问.浣纱篇赠陆上人[M]// 彭定求，等.全唐诗·卷五一.北京：中华书局,1960.
⑨ 王昌龄.浣纱女[M]// 彭定求，等.全唐诗·卷一四三.北京：中华书局,1960.

叹:"似木吴儿劲,如花越女姝。"①李叔卿云:"湖上女,江南花,无双越女春浣纱。"②常楚老亦云:"越女如花住江曲,嫦娥夜夜凝双睐。"③此外,诗人们有时还反过来以江南佳丽比喻花朵,如李贺有"花枝草蔓眼中开,小白长红越女腮"的描写④,韩偓则以"吴娃越艳醺酣后"比喻水边蔷薇⑤,实际上还是说明了越女吴娃非凡的美丽。另外,罗邺的"腊晴江暖鹡鸰飞,梅雪香黏越女衣"⑥、孙光宪的"木兰舟上,何处吴娃越艳,藕花红照脸"⑦,写江南佳丽花面相映,人花相衬,又别有一番情趣与意境。其实,将江南美女与鲜花关联比类由来已久,梁代昭明太子就曾有"莲花泛水,艳如越女之腮"的句子⑧,只不过唐代文人对此表现得更集中、更突出。

二、传写江南女性丰富之性情

唐代诗人笔下的江南女性有着丰富、多样化的性情。她们有的娇羞,"耶溪采莲女,见客棹歌回。笑入荷花去,佯羞不出来";有的大胆,"卖眼掷春心,折花调行客"⑨;有的天真烂漫,"呼来上云梯,含笑出帘栊"⑩、"越女沙头争拾翠,相呼归去背斜阳"⑪;有的机灵活泼,"吴娃足情言语黠,越客有酒巾冠斜"⑫;有的深情款款,"越女含情已无限,莫教长袖倚阑干"⑬;有的热情欢

---

① 元稹.春分投简阳明洞天作[M]// 彭定求,等.全唐诗·卷四二三.北京:中华书局,1960.
② 李叔卿.江南曲[M]// 彭定求,等.全唐诗·卷七七六.北京:中华书局,1960.
③ 常楚老.江上蚊子[M]// 彭定求,等.全唐诗·卷五〇八.北京:中华书局,1960.
④ 李贺.南园十三首[M]// 彭定求,等.全唐诗·卷三九〇.北京:中华书局,1960.
⑤ 韩偓.三月二十七日自抚州往南城县舟行见拂水蔷薇因有是作[M]// 彭定求,等.全唐诗·卷六八〇.北京:中华书局,1960.
⑥ 罗邺.南行[M]// 彭定求,等.全唐诗·卷六五四.北京:中华书局,1960.
⑦ 孙光宪.河传[M]// 彭定求,等.全唐诗·卷八九七.北京:中华书局,1960.
⑧ 萧统.锦带书十二月启[M]// 严可均.全上古三代秦汉三国六朝文·全晋文·卷一九.北京:中华书局,1958.
⑨ 李白.越女词五首[M]// 彭定求,等.全唐诗·卷一八四.北京:中华书局,1960.
⑩ 李白.经乱离后天恩流夜郎忆旧游书怀赠江夏韦太守良宰[M]// 彭定求,等.全唐诗·卷一七〇.北京:中华书局,1960.
⑪ 孙光宪.八拍蛮[M]// 彭定求,等.全唐诗·卷七六二.北京:中华书局,1960.
⑫ 刘禹锡.乐天寄忆旧游因作报白君以答[M]// 彭定求,等.全唐诗·卷三五六.北京:中华书局,1960.
⑬ 羊士谔.郡中即事三首[M]// 彭定求,等.全唐诗·卷三三二.北京:中华书局,1960.

快。最典型的莫过于李白笔下的金陵之女,或"风吹柳花满店香,吴姬压酒唤客尝"①,当垆卖酒热情待客,诚如春风扑面;或"半道逢吴姬,卷帘出揶揄"②,卷帘嘲戏,泼辣俏丽,毫无拘束。

从总体情况来看,唐人笔下的江南女性,性情开朗活泼、健康乐观,这与宋代以后许多文学作品中,江南女性形象的柔弱多愁颇不一样。当然,这是唐代积极乐观、开放自由的时代精神与丰腴健康审美观念决定的。由此可以看到整个唐代社会对女性较为宽松的氛围,礼教对她们的束缚还没有宋代以后那么严重。另外,从唐诗中文士对江南佳丽的态度来看,其与六朝文士笔下的佳丽也有区别,六朝文士写佳丽多从冶游逸乐的角度着笔,而唐人往往是把吴娃越艳当作江南特有的美丽风景来描写与赞美,冶游逸乐的性质并不突出。

三、赞美江南佳丽擅长音乐歌舞

江南本就有重歌、乐之传统,至唐代由于经济的发展,江南社会更是普遍流行乐歌、舞蹈。杜牧到湖州后,写诗描写江南秋收后人们庆祝丰收时的情景,诗云"万家相庆喜秋成,处处楼台歌板声"③。所以唐诗中对江南佳丽擅长歌舞的描写,与其美丽、多情一样,几乎成为她们所独有。常建诗云:"越女歌长君且听,芙蓉香满水边城。"④李白诗云:"蒲萄酒,金叵罗,吴姬十五细马驮。青黛画眉红锦靴,道字不正娇唱歌。"⑤鲍防诗云:"吴姬对酒歌千曲,秦女留人酒百杯。"⑥无不对她们的娇美歌喉赞叹有加。唐人诗歌多写江南佳丽善唱乐府民歌,如杜牧称:"越兵驱绮罗,越女唱吴歌。"⑦许浑云:"莲渚愁红

---

① 李白.金陵酒肆留别[M]// 彭定求,等.全唐诗·卷一七四.北京:中华书局,1960.
② 李白.玩月金陵城西孙楚酒楼达曙歌吹日晚乘醉……访崔四侍御》,彭定求,等.全唐诗·卷一七八.北京:中华书局,1960.
③ 杜牧.八月十二日得替后移居霅溪馆因题长句四韵[M]// 彭定求,等.全唐诗·卷五二二.北京:中华书局,1960.
④ 常建.吴故宫[M]// 彭定求,等.全唐诗·卷一四四.北京:中华书局,1960.
⑤ 李白.对酒[M]// 彭定求,等.全唐诗·卷一八四.北京:中华书局,1960.
⑥ 鲍防.人日陪宣州范中丞传正与范侍御传真宴东峰亭[M]// 彭定求,等.全唐诗·卷三〇七.北京:中华书局,1960.
⑦ 杜牧.吴宫词二首[M]// 彭定求,等.全唐诗·卷五二七.北京:中华书局,1960.

荡碧波，吴娃齐唱采莲歌。"①李郢云："还有吴娃旧歌曲，棹声遥散采菱舟。"②罗隐称："闻说江南旧歌曲，至今犹自唱吴姬。"③旧歌曲即指乐府民歌。同时，江南佳丽也擅唱《竹枝词》等新词，如杜牧云："楚管能吹柳花怨，吴姬争唱竹枝歌。金钗横处绿云堕，玉箸凝时红粉和。"④许浑："南国多情多艳词，鹧鸪清怨绕梁飞。"⑤

此外，有关江南歌女盛小丛，《云溪友议》卷上"饯歌序"记载道，"小丛为越州乐妓，梨园供奉南不嫌之甥女，不嫌曾教授其乐曲。大中间，浙东观察使李讷夜登越城楼，闻歌声激切，乃小丛所唱。当时察院崔侍御元范自府幕而拜，即将赴长安上任，李讷连夕饯之于镜湖光候亭，屡命小丛以歌佐饯，同时与宴文士各为绝句赠送之。李讷首唱，崔元范、杨知至、封彦冲、卢邺、高湘等奉和。"其中，李诗题为《听盛小丛歌送崔侍御》："绣衣奔命去情多，南国佳人敛翠蛾。曾向教坊听国乐，为君重唱盛丛歌。"由此，不仅可以让我们了解唐代饯别宴会，歌乐、赋诗结合的一般状况，而且还可看出歌女演唱，除烘托气氛外对文人诗歌创作不可忽视的启发作用。

与善歌相联系，诗人们还多赞美江南佳丽妙善奏乐与舞蹈。如李白云："胡人叫玉笛，越女弹霜丝。"⑥白居易云："玉轸朱弦瑟瑟徽，吴娃征调奏湘妃。分明曲里愁云雨，似道萧萧郎不归。"⑦"胡琴铮摐指拨剌，吴娃美丽细眼长。"⑧傅温称："花疑汉女啼妆泪，水似吴娃笑弄筝。"⑨王昌龄云："吴姬缓舞留君醉，随意青枫白露寒。"⑩白居易称："吴酒一杯春竹叶，吴娃双舞醉芙蓉。"⑪诗人常常把对吴越歌女优美的歌声和具体的场景描写结合起来，构成极为动

---

① 许浑.夜泊永乐有怀[M]// 彭定求，等.全唐诗·卷五三八.北京：中华书局,1960.
② 李郢.晚泊松江驿[M]// 彭定求，等.全唐诗·卷五九○.北京：中华书局,1960.
③ 罗隐.秋日泊平望驿寄太常裴郎中[M]// 彭定求，等.全唐诗·卷六五八.北京：中华书局,1960.
④ 杜牧.见刘秀才与池州妓别[M]// 彭定求，等.全唐诗·卷五二二.北京：中华书局,1960.
⑤ 许浑.听歌鹧鸪辞[M]// 彭定求，等.全唐诗·卷五三四.北京：中华书局,1960.
⑥ 李白.九日登山[M]// 彭定求，等.全唐诗·卷一七九.北京：中华书局,1960.
⑦ 白居易.听弹湘妃怨[M]// 彭定求，等.全唐诗·卷四四二.北京：中华书局,1960.
⑧ 白居易.九日宴集醉题郡楼兼呈周殷二判官[M]// 彭定求，等.全唐诗·卷四四四.北京：中华书局,1960.
⑨ 傅温.残句[M]// 彭定求，等.全唐诗·卷九○二.北京：中华书局,1960.
⑩ 王昌龄.重别李评事[M]// 彭定求，等.全唐诗·卷一四三.北京：中华书局,1960.
⑪ 白居易.忆江南词[M]// 彭定求，等.全唐诗·卷四五七.北京：中华书局,1960.

人的艺术境界。比如，鲍溶送别友人诗云："楚客秋思著黄叶，吴姬夜歌停碧云。声尽灯前各流泪，水天凉冷雁离群。"① 秋日送别本已经惆怅不已，吴女嘹亮歌声更增添了无限的愁绪。李贺云："吴娥声绝天，空云闲裴回。"② 诗人讽盛衰之难料，以吴女歌声响彻云霄写显赫声势，再续以天空飘飞不定之白云传写盛极而衰之叹。许浑写夜宴："蜀客操琴吴女歌，明珠十斛是天河。"③ 蜀客之琴声，吴女之歌声，再衬之以星星洒满天河的浩瀚壮丽景象，意境美丽悠远。

从唐代诗作中，我们可以看到江南歌女的足迹几乎遍布全国各地。宫廷与京城中都有许多江南歌舞女，如唐敬宗"宝历二年，浙东贡舞女二人。一曰飞燕，一曰轻凤。修眉黟首，兰气融冶，冬不纩衣，夏无汗体。……二女歌舞台，每夜歌舞一发，如鸾凤之音，百鸟莫不翔集其上，及于庭际，舞态艳逸，非人间所有。每歌罢，上令内人藏之金屋宝帐，盖恐风日故也。由是宫中女曰：'宝帐香重重，一双红芙蓉'"④ 两位浙东歌舞女技艺之高，令人叹为观止。《唐语林》卷七载："宣宗时，越守进女乐，有绝色。上初悦之，数日，锡予盈积。"苏州佳丽泰娘为长安著名歌女，刘禹锡诗《泰娘歌》序云："泰娘本韦尚书家主讴者。初，尚书为吴郡，得之，命乐工诲之琵琶，使之歌且舞。无几何，尽得其术。居一二岁，携之以归京师，京师多新声善工，于是又损去故伎，以新声度曲，而泰娘名字往往见称于贵游之间。元和初，尚书薨于东京。泰娘出居民间，久之为蕲州刺史张逊所得。其后逊坐事谪居武陵郡。逊卒，泰娘无所归。地荒且远，无有能知其容与艺者，故日抱乐器而哭，其声焦杀以悲。"又其诗称："泰娘家本阊门西，门前绿水环金堤。……学舞惊鸿水榭春，歌撩上客兰堂莫。"⑤ 泰娘聪明美丽，歌舞乐皆精通，可谓多才多艺，但结局非常悲惨，恐怕这也是大多数江南歌女的共同命运。这也充分地说明唐时长安江南歌舞女才艺之出众。

除了长安外，其他许多地区均有江南歌女的身影：李群玉《长沙九日登

---

① 鲍溶.吴中夜别[M]//彭定求，等.全唐诗·卷四八七.北京：中华书局,1960.
② 李贺.拂舞歌辞[M]//彭定求，等.全唐诗·卷三九三.北京：中华书局,1960.
③ 许浑.戏代李协律松江有赠[M]//彭定求，等.全唐诗·卷五三四.北京：中华书局,1960.
④ 李昉，等.太平广记·卷二七二 杜阳杂编[M].北京：中华书局, 1961.
⑤ 刘禹锡.刘禹锡集·卷二七[M].卞孝萱校订.北京：中华书局, 1990.

东楼观舞》诗云："南国有佳人，轻盈绿腰舞。华筵九秋暮，飞袂拂云雨。翩如兰苕翠，婉如游龙举。越艳罢前溪，吴姬停白纻。"①可见长沙多有来自江南的歌舞女。唐末贯休避乱荆州，有诗《酷吏词》，序云："唐末寇乱，休避地渚宫。荆帅高氏优待之，馆于龙兴寺。会有谒宿，话时政不治，乃作酷吏词以刺之。"此诗为讽刺酷吏生活之奢侈淫靡之作，诗中有"吴姬唱一曲，等闲破红束"之句②，可见当时荆州亦多江南歌女。而从温庭筠诗"苍莽寒空远色愁，呜呜戍角上高楼。吴姬怨思吹双管，燕客悲歌别五侯"的描写看③，江南歌女则已远至边塞。

四、对江南下层女性劳动生活的描写

唐诗中也有表现江南佳丽劳动生活的内容，且富有较强的地域色彩。前已引许多诗人关于江南采莲、沽酒女子的诗歌。此外，像张籍"江南人家多橘树，吴姬舟上织白纻"④、陈标"吴女秋机织曙霜，冰蚕吐丝月盈筐。金刀玉指裁缝促，水殿华楼弦管长"⑤等乃歌咏江南织女辛勤劳作；刘章"吴江浪浸白蒲春，越女初挑一样新。才自绣窗离玉指，便随罗袜上香尘"⑥；李郢"桐阴覆井月斜明，百尺寒泉古甃清。越女携瓶下金索，晓天初放辘轳声"⑦；薛昭蕴"越女淘金春水上，步摇云鬓佩鸣珰，渚风江草又清香"⑧等，或咏刺绣女，或写汲水之女，或赋淘金之女，无不浸透诗人对她们的赞誉与同情。白居易在江南任职期间，也有对江南下层贫寒女子的描写，最有名的莫过于其《代卖薪女赠诸妓》：

乱蓬为鬓布为巾，晓踏寒山自负薪。一种钱塘江畔女，著红

---

① 彭定求，等.全唐诗·卷五六八[M].北京：中华书局，1960.
② 彭定求，等.全唐诗·卷八二六[M].北京：中华书局，1960.
③ 温庭筠.回中作[M]//彭定求，等.全唐诗·卷五七八.北京：中华书局，1960.
④ 张籍.江南曲[M]//彭定求，等.全唐诗·卷一九.北京：中华书局，1960.
⑤ 陈标.白纻歌[M]//彭定求，等.全唐诗·卷五〇八.北京：中华书局，1960.
⑥ 刘章.咏蒲鞋[M]//彭定求，等.全唐诗·卷七六二.北京：中华书局，1960.
⑦ 李郢.晓井[M]//彭定求，等.全唐诗·卷五九〇.北京：中华书局，1960.
⑧ 薛昭蕴.浣溪沙[M]//彭定求，等.全唐诗·卷八九四.北京：中华书局，1960.

骑马是何人。①

同是钱塘女子,命运却天壤有别,诗人的喟叹未必就是卖薪女的想法,但却透露出作家对这些下层劳动女性的深切同情。白居易早年乐府诗的精神在此又得以传神表现。

江南佳丽给唐代诗人留下的无不是美丽动人的形象,她们与秀美的江南山水一起构成了江南文化的迷人景观。

第三节　唐代文士与江南佳丽

江南佳丽在唐代士人心目中有着很高的地位,诗人赞美她们的娇媚灵秀,也敬佩她们的出众才艺。如张籍《酬朱庆馀》所云"齐纨未是人间贵,一曲菱歌敌万金",诗虽是用比兴手法赞扬江南举子朱庆馀,但其中仍然透出唐代士人心目中,江南民间女性的分量。所以唐代文士江南游历,不乏对她们的向往与追慕,故多有与她们的种种悲欢离合的故事。白居易晚年创作的大量赞美江南景色与生活的作品,如《忆江南》等作品,谁能否定其中含有的思念江南女性的内容呢?像脱俗清雅的隐逸之士孟浩然来到江南越中,面对若耶溪边之"新妆浣纱女",也不免涌起"相看不相识,脉脉不得语"的感叹②;韩愈《刘生》诗写刘游历至江南,"越女一笑三年留,南逾横岭入炎州"③,刘生在越地逗留三年,全因越女之美丽动人。可见文士对江南佳丽特有的钟爱之情。许多在江南游历或仕宦的文士往往与美丽多情的歌舞女产生恋情,唐孟棨《本诗事》"情感"条就记载了中唐诗人戎昱在浙西与一酒妓恋爱的故事:

> 韩晋公镇浙西,戎昱为部内刺史。郡有酒妓,善歌,色亦媚妙。昱情属甚厚。浙西乐将闻其能,白晋公召置籍中。昱不敢

---

① 彭定求,等.全唐诗·卷四四三[M].北京:中华书局,1960.
② 孟浩然.耶溪泛舟[M]//彭定求,等.全唐诗·卷一五九.北京:中华书局,1960.
③ 彭定求,等.全唐诗·卷三三九[M].北京:中华书局,1960.

留,饯于湖上,为歌词以赠之,且曰:"至彼令歌,必首唱是词。"
既至,韩为开筵,自持杯命歌送之,遂唱戎词。曲既终,韩问
曰:"戎使君于汝寄情邪?"懒然起立曰:"然。"言随泪下。韩令
更衣待命,席上为之忧危。韩召乐将责曰:"戎使君名士,留情郡
妓,何故不知而召置之,成余之过!"乃笞之。命与妓百缣,即
时归之。其词曰:"好去春风湖上亭,柳条藤蔓系离情。黄莺久信
浑相识,欲别频啼四五声。"

戎昱与浙西酒妓相恋,韩滉不知内情召置幕府,酒妓演唱昱诗以抒发自己的悲伤,歌毕韩滉才知实情,遂责罚乐将并成全戎昱与酒妓的恋情。此事虽然可能是伪托①,但是材料所写韩滉浙西经历是准确的,所以即使戎昱未必有如此经历,它同样能说明唐代文士和江南歌女多有恋情的事实。唐宋人笔记中,还有关于杜牧在湖州寻芳的记载。《唐语林》卷七载:"杜舍人牧,恃才名,颇纵声色。尝自言有鉴别之能。闻吴兴郡有佳色,罢宛陵幕,往观焉。"高彦休《唐阙史》、张君房《丽情集》所记略同。现将《唐阙史》所载录于下:

太和末,牧复自侍御史出佐沈传师江西宣州幕,虽所至辄
游,而终无属意,咸以非其所好也。及闻湖州名郡,风物妍好,
且多奇色,因甘心游之。湖州刺史某乙,牧素所厚者,颇喻其
意。及牧至,每为之曲宴周游。凡优姬倡女,力所能致者,悉为
出之。牧注目凝视曰:"美矣!未尽善也。"乙复候其意,牧曰:
"愿得张水嬉,使州人毕观。候四面云合,某当闲行寓目,冀于
此际,或有阅焉。"乙大喜,如其言。至日,两岸观者如堵。迨
暮,竟无所得,将罢舟叙岸,于丛人中,有里姥引鸦头女,年十
余岁。牧熟视曰:"此真国色,向诚虚设耳!"因使语其母,将接
致舟中,姥女皆惧,牧曰:"且不即纳,当为后期。"姥曰:"他年
失信,复当何如?"牧曰:"吾不十年,必守此郡,十年不来,乃
从尔所适可也。"母许诺,因以重币结之,为盟而别。……大中

---

① 傅璇琮对此材料的真实性表示怀疑,认为可能出于传闻。《唐才子传校笺·卷三》《戎昱传》之笺释。

三年，始授湖州刺史。比至郡，则已十四年矣，所约者，已从人三载，而生三子。……（牧）因赋诗以自伤曰："自是寻春去校迟，不须惆怅怨芳时。狂风落尽深红色，绿叶成荫子满枝。"①

此事缪钺《杜牧年谱》已辨其为后来好事者敷衍，同样未必真实，但其中透出的信息，仍然值得注意，即江南多佳丽。杜牧一生风流倜傥、放浪不羁，发生这样的事情也是完全可能的。他游湖州乃为风物妍好与多佳丽奇色，前者诚为唐时文士游江南之重要原因，后者亦不止杜牧一人如此神向往之。据《金华子杂编》卷上，杜牧之子杜晦辞亦有江南恋芳之经历：

（晦辞）狂于美色，有父遗风。赴淮南之召，路经常州。李瞻给事方为郡守，晦辞于祖席忽顾营妓朱娘，言别掩袂大哭。瞻曰：'此风声妇人，员外如要但言之，何用形迹？'乃以步军随而遗之，晦辞自饮，筵散不及换衣，步归身中以告其内。内子性仁和，闻之无难色。遂辇而迎之，其喜于适愿也如是。

其实，江南佳丽也并不仅仅因容貌美丽而吸引士子。她们当中不乏能诗善文之才女，如越溪杨女、若耶溪女子、毗陵慎氏等，即为其中之佼佼者。她们都有动人诗篇传世。这也是唐代文人赞美江南佳丽的突出原因。

唐代江南佳丽与唐时许多其他地区的女性一样，常常将诗文才华作为择婿的决定性标准。李郢在江南争婚赛诗的佳话堪称典型。李郢本长安人，元和间移居越州②，长期来往于杭、越间。其诗《不睡》云："沃洲山里苦心人，十五年来少睡身。……寄家江南断音信，一凭梦归去无因。"③又其诗《试日上主司侍郎》其二云："石帆山下有灵源，修竹茅堂寄此身。"沃洲山，石帆山，俱在越州。李郢工诗，擅七律，诗调美丽。《唐语林》卷二云：

李郢有诗名，郑尚书颢门生也。居杭州，不务进取。……

---

① 李昉，等.太平广记·卷二七三[M].北京：中华书局，1961.
② 陈尚君师考订其生活于元和后期，《唐才子传校笺》第五册卷八[M].北京：中华书局，1990.
③ 全唐诗续补遗·卷一二.

初赴举，闻邻女有容，求娶之。遇有争娶者，女家无以为辞，乃曰："备钱百万，先至者许之。"两家具钱，同日皆至。女家无以为辞，复曰："请各赋一诗，以为优劣。"郢乃得之，登第回江南，驻苏州，遇故人守湖州，邀同行。郢辞以决意春归，为妻作生日。故人不放，与之胡琴焦桐方物等，令且寄归代意。郢为寄内诗曰："谢家生日好风烟，柳暖花春二月天。金凤对翘双翡翠，蜀琴初上七丝弦。鸳鸯交颈期千岁，琴瑟谐和愿百年。应恨客程归未得，绿窗红泪冷涓涓。"①

李郢寄居杭州与他人争娶邻家美女，最终以诗获胜与之成婚，进士登第后即返江南，途经苏州因事耽搁不能赶回杭州为妻子过生日，遂为《寄内诗》赠之，诗歌表现李郢对妻子美貌与才华的赞美，抒发对她的深情思念与夫妇白头到老的愿望，感情真挚动人。显然，其妻是一位喜爱且善于鉴赏诗歌的江南美女。这种情况在唐代江南较为普遍。据《丽情集》载②，越溪一杨姓女，善写诗歌，但每首诗歌总不超过两句。有位姓谢的书生向她求婚，杨女之父就将她创作的两句诗交给谢生，让他续对以定婚否。杨女看了谢生之续诗后，惊叹不已，称"天生吾夫也"，二人终成眷属。杨女出句为：

珠帘半床月，青竹满林风。

谢生对句为：

何事今宵景，无人解语同。

杨女诗纯写清新舒朗之景，但以景写情，含蓄抒发了少女内心之寂寞与期待，谢生则以心灵独白巧妙回应，道出今宵美景没有知音的伤感。二人之联句景美情深，真所谓心有灵犀，堪称珠联璧合。七年后的一天，杨女竟在

---

① 《金华子杂编》卷下亦有类似记载。
② 曾慥.类说·卷二九引[M].四库全书本.

与谢生联句赋诗后,以首枕谢生膝上而逝。其诗为:

> 春尽花随尽,其如白是花。(杨女)
> 从来说花意,不过此容华。(谢生)
> 明月易亏轮,好花难恋春。(杨女)
> 常将花月恨,并作可怜人。(谢生)

整首诗抒发了一种春去花落,美好事物难以长留的感伤。这是一则凄美动人的爱情故事,杨女以诗而嫁谢生,又吟着诗歌逝于谢生怀抱,其出众才华与敏感深情当为日后江南才女形象的源头。

越中还有一位女诗人姓名俱失,但她的才华同样让世人赞叹。据《云溪友议》卷中:越州某女家住若耶溪东,婚后随夫到长安,不久丈夫去世,孤苦无依,遂于会昌二年出关返回江南家乡。经过宜阳三乡时,重睹昔日燕笑之地,不禁悲从中来,遂作诗歌并序,述自己生平遭遇,绝笔恸哭而去。其诗云:

> 昔逐良人西入关,良人身殁妾空还。谢娘卫女不相待,为雨为云归此山。

诗歌抒发了失去亲人后的哀伤之情,物是人非,悲凉无限。当时许多文士被其不幸遭遇与此诗的悲情打动,纷纷赋诗和之。

另外,毗陵才女慎氏的材料也颇有典型意义。苏州美女真娘擅长歌舞,不幸英年早逝,葬于虎丘寺旁。其出众才艺与不幸,让无数文士为之感伤不已。据《云溪友议》卷中:"真娘者,吴国之佳人也,时人比于苏小小,死葬吴宫之侧。"范成大《吴郡志》卷三九载李绅诗序云:"真娘,吴之妓人,歌舞有名者。死葬虎丘寺前,吴中少年从其志也。墓多花草,以蔽其上。"白居易诗《真娘墓》题注亦云真娘墓在虎丘寺。唐人题诗于其墓者甚多,仅存世的就有白居易、元稹、刘禹锡、沈亚之、张祜、李商隐、谭铢等诗人的作品,其中突出者当属元、白之诗。白居易诗云:

真娘墓,虎丘道。不识真娘镜中面,唯见真娘墓头草。霜摧桃李风折莲,真娘死时犹少年。脂肤荑手不牢固,世间尤物难留连。难留连,易销歇。塞北花,江南雪①。

世间美丽难以久留,就像塞北春花、江南冬雪一样转眼即逝。诗歌抒发了作家内心因之涌起的无限的人生感伤与悲怆。元稹诗云:

一株繁艳春城近,双树慈门忍草生。愁态自随风烟灭,爱心难逐雨花轻。黛消波月空蟾影,歌息梁尘有梵声。还似钱塘苏小小,只应回首是卿卿。②

诗人不仅悼念真娘,还联想起南齐名倡苏小小。真娘是以歌舞著名的,张祜写她"舞为蝴蝶梦,歌谢伯劳飞"③。与元、白同时的苏州诗人谭铢,对众多文士题诗真娘墓前颇不以为然,他题诗云:

武丘山下冢累累,松柏萧条尽可悲。何事世人偏重色,真娘墓上独题诗。④

据《唐诗纪事》卷五六载,真娘墓自从此诗一出"题者遂止"。不过事实并非如此,而只是题诗的人少了而已,晚唐罗隐就有一首。以此足见才艺俱佳的真娘的魅力。

与南朝人一样,唐人文学作品中,在描写世外仙境时也总是和江南联系起来,并多以江南佳丽作为人间仙女。这一方面是江南历史上多遇仙的传说。如南朝宋刘义庆《幽明录》载:汉明帝永平间,剡县人刘晨、阮肇入天台山,迷路而遇二资质妙绝之女,女呼二人名字,并邀请他们还家留住半年。二人回乡后,世上已经过了七代。此外,还有越溪杨女,在去世一年后,重现于

---

① 白居易.真娘墓[M]// 彭定求,等.全唐诗·卷四三五.北京:中华书局,1960.
② 元稹.真娘墓[M]// 彭定求,等.全唐诗·卷四八二.北京:中华书局,1960.
③ 张祜.题真娘墓[M]// 彭定求,等.全唐诗·卷五一〇.北京:中华书局,1960.
④ 谭铢.真娘墓[M]// 彭定求,等.全唐诗·卷五五七.北京:中华书局,1960.

江水之上，自称其本仙女而被谪居人间。另一方面则是江南风景优美所致。因为许多道家之洞天福地在江南，所以唐人便总将江南佳丽与仙境或世外桃源联系一起。《唐阙史》卷上载杜牧湖州寻艳记载的另一版本云"闻吴兴郡有类神仙者"，可见当时人对江南佳丽之普遍看法。唐诗中这样的内容有很多，比如：

> 法振《越中赠程先生》："纱帽度残春，虚舟寄一身。溪边逢越女，花里问秦人。"①
> 武元衡《赠道者》："麻衣如雪一枝梅，笑掩微妆入梦来。若到越溪逢越女，红莲池里白莲开。"②
> 施肩吾《晚春送王秀才游剡中》："越山花去剡藤新，才子风光不厌春。第一莫寻溪上路，可怜仙女爱迷人。"③

另外，唐人还有西施成仙显灵的故事。范摅《云溪友议》卷上便记载了一则江南诗人咏诗遇西施的材料。文宗时期诗人王轩"寓物皆属咏，颇闻淇澳之篇"，不仅善题咏，还善写《诗经·卫风》中《淇澳》一类的情诗。他泊舟苎萝山，在西施浣纱石上题诗云：

> 岭上千峰秀，江边细草春。今逢浣纱石，不见浣纱人④。

西施竟被此诗感动重现人间，并和王诗云：

> 妾自吴宫还越国，素衣千载无人识。当时心比金石坚，今日为君坚不得。

诗罢遂与之欢会而恨别。王轩这首写景怀古诗，由眼前越州之美景，联

---

① 彭定求，等.全唐诗·卷八一一[M].北京：中华书局,1960.
② 彭定求，等.全唐诗·卷三一七[M].北京：中华书局,1960.
③ 彭定求，等.全唐诗·卷四九四[M].北京：中华书局,1960.
④ 此诗又见彭定求，等.全唐诗·卷八六六[M].北京：中华书局,1960.

想到历史上的西施，进而抒发了一种江山景物依旧，而人事已非的深沉感慨，确是一首好诗。至于西施显灵则是根本不可能，纯粹是王轩的幻想而已。有意思的是，萧山一位叫郭凝素的书生知道了王轩的奇遇，竟然想将其遇仙艳事重演一番，"每过浣纱溪口，日夕长吟，屡题诗于石，寂尔无人，乃郁怏而返"。进士朱泽遂以诗讽之：

三春桃李本无言，苦被残阳鸟雀喧。借问东邻效西子，何如郭素拟王轩[①]。

尖刻嘲笑郭书生比当初效颦之东施还要蠢笨，此后郭书生便再也不到浣纱石了。王轩之奇遇本来是附会虚妄，郭凝素竟信以为真并加，实在可笑。这说明西施已经变成唐代文士心目中的美神。不过值得注意的是，唐以前两则西施显灵的记载主角都是隐士，而王轩乃一文士，凭优美的诗歌竟使西施千年坚心一朝融化，看来，只有在唐代这样一个诗的国度里才有这样浪漫的幻想。联系到唐代许多文士因能诗而得佳婚的经历，可见这则故事背后唐代的社会文化心理，即士人普遍对美丽多情而有富有才华的女性的向往与肯定。

总之，吴娃越艳、江南佳丽已成为唐代江南文化的独特象征。她们既有历史上的著名女性人物，也有现实中的各类女性。她们的美丽多情激发了众多文士的创作热情，她们自己也成为唐代文学作品中表现的对象、唐诗中丰富生动的江南佳丽形象，赋予了唐诗浓郁的浪漫情调。

[①] 此诗又见 彭定求，等．全唐诗・卷八七〇 [M]．北京：中华书局，1960．

第九章

北方士人避乱江南与中唐文学发展

永嘉之乱和安史之乱的两次移民，是晋唐间中国历史上因战乱而引起的两次最大规模的人口迁移浪潮。这两次移民对当时社会和后来的历史，产生了重要而深远的影响。唐代安史之乱等的移民与晋永嘉移民有较大的不同。永嘉移民大多是北方大世族率领一个家族及其势力范围下的众多依附户大规模向南方移民，他们到了江南多是一族聚居一地。随着汉族统治中心移到南方。东晋统治者还江南辟出专门区域安定这些北方豪强。北方世族与江南世族之间相互联合，但也有矛盾。永嘉移民对当时相对落后的江南社会的冲击甚大，是促使江南开发与文化转型的重要因素。唐代安史之乱移民则有自身独特的特点。经过唐代一百多年的发展，盛唐初时，江南的经济已经在整个唐代占据了举足轻重的位置，江南世族力量已经日益衰落，基本上不存在一个有着整体利益的巨大阶层。安史之乱中避乱江南者多为单个士人家庭，他们在江南也没有形成一个利益群体，所以北来移民多分散、溶解于已经充分发展起来的江南社会。而且这些移民中，文士、官僚占了很大的比例，正如杜甫所称"自胡之反持干戈，天下学士亦奔波"[①]，顾况所谓"多士奔吴为人海"[②]。所以移民江南对于唐代社会而言，文化方面的影响比经济方面的影响更突出。安史之乱及其后的北方藩镇战乱时期，江南保存了唐代大量的文化精英，不仅使得唐代文化得以进一步发展，而且也因士人在江南的生活经历，使得中晚唐时期江南文化的影响日益扩大。文学创作因此形成新的发展趋向。

---

① 杜甫.寄柏学士林居[M]//彭定求，等.全唐诗·卷二二二.北京：中华书局,1960.

② 顾况.送宣歙李衙推八郎使东都序[M]//董诰，等.全唐文·卷五二九.上海：上海古籍出版社,1990.

第一节 安史之乱中士人避乱江南风潮

安史之乱及其后一段时间,士人避乱地点主要集中于江南地区。唐人典籍中有关记载甚多:

> 唐肃宗《加恩处分流贬官员诏》:"中夏不宁,士子之流,多投江外。"①
>
> 郎士元《盖少府新除江南尉问风俗》:"缘溪花木偏宜远,避地衣冠尽向南。"②
>
> 权德舆《故太子右庶子集贤院学士赠左散骑常侍王公神道碑铭序》:"天宝末违难,……时荐绅先生,多游寓于江南。"③《与睦州杜给事书》:"今江南多士所凑,埒于上国。力行修词,人人自励。"④
>
> 韩愈《考功员外郎卢君墓志铭》:"当是时,中国新去乱,士多避处江淮间。尝为显官得名声以老故自任者以千百数。"⑤
>
> 吕温《祭座主故兵部尚书顾公文》:"天宝季年,羯胡内侵,翰苑词人,播迁江浔。金陵、会稽,文士成林,嗤炫争驰,声美共寻,损益褒贬,一言千金。"⑥
>
> 《旧唐书·权德舆传》:"两京蹂于胡骑,士君子多以家渡于江东。"⑦

由此不难看出安史之乱后,中原文士大规模逃难南方的情形。这些材料称避乱江南者多为"士君子""士""衣冠""翰苑词人"等,说明移民江南者以士人为主,这是其最突出的特点。正因众多士子聚集江南,唐朝廷在两京

---

① 董诰,等.全唐文·卷四三[M].上海:上海古籍出版社,1990.
② 彭定求,等.全唐诗·卷二四八[M].北京:中华书局,1960.
③ 董诰,等.全唐文·卷五〇〇[M].上海:上海古籍出版社,1990.
④ 董诰,等.全唐文·卷四八九[M].上海:上海古籍出版社,1990.
⑤ 马其昶.韩昌黎文集校注·卷六[M].上海:上海古籍出版社,1986.
⑥ 董诰,等.全唐文·卷六三一[M].上海:上海古籍出版社,1990.
⑦ 刘昫,等.旧唐书·卷一四八[M].北京:中华书局,1975.

还没有收复时，曾派专使到江南及成都两地进行进士试，并选授官员。礼部侍郎裴士淹知成都举，苏州刺史、江东采访使礼部侍郎李希言知江东举，《旧唐书》卷一〇八《崔涣传》云："时未复京师，举选路绝，诏涣充江淮宣谕选补使，以收遗逸。"崔涣则是以宰相为选补使，选授官职。可见当时江南士人之众多，对朝廷地位之重要。

一、润州

润州是此时士人避乱的重要目的地。

权皋，权德舆之父。据《新唐书》卷194本纪传载，皋安史乱前仕于安禄山幕府，觉察其阴谋，虑祸及亲，于是设计率全家逃往江南，旅居丹徒。

崔令钦，本博陵人，天宝中为礼部员外郎，安史乱起避地江南。据其《教坊记序》云："开元中，余为左金吾仓曹……今中原有事，漂寓江表，追思旧游，不可复得；粗有所识，即复疏之，作《教坊记》。"《全唐文》卷321录李华《润州鹤林寺故径山大师碑铭》，述及径山于天宝十一载灭，列在俗弟子十人，皆故；末一人曰"礼部员外郎崔令钦"。任半塘先生《教坊记笺订》据此认为"足见作此记时，正在安史之乱中避地润州之际。①另外，赞宁《宋高僧传》卷九之五《唐润州幽栖寺玄素传》亦有"受菩萨戒弟子……礼部崔令钦，并道流人望，咸款师资，亦尝问道于径山"的记载。②

崔峒，"大历十才子"之一，本恒州人，正处河北战乱之区，乱起即逃往润州，其诗《江上书怀》称："骨肉天涯别，江山日落时。泪流襟上血，发变镜中丝。胡越书难到，存亡梦岂知。登高回首罢，形影自相随。"诗《润州送友人》亦云："国士劳相问，家书无处传。"③均抒发该旅居江南时与家人音信阻隔的苦闷。

崔造、韩会、卢东美、张正则，据《旧唐书》卷一三〇崔造本传载："（崔）少涉学，永泰中与韩会、卢东美、张正则为友，皆侨居上元。"他们四人在江南有"四夔"之誉，旅居地点主要在上元（金陵）和宣州一带。

刘长卿，本隐居嵩山读书，安史之乱起，从洛阳南奔，先至扬州，后往

---

① 崔令钦撰，任半塘笺订.教坊记笺订[M].北京：中华书局，2012.
② 宋赞宁.宋高僧传·卷九[M].北京：中华书局，1987.
③ 彭定求，等.全唐诗·卷二九四[M].北京：中华书局，1960.

润州、苏州等地。其《避地江东留别淮南使院诸公》云:"长安路绝鸟飞通,万里孤云西复东。"又有《旅次丹阳郡遇康侍御宣尉招募兼别岑单父》《吴中闻潼关失守因奉寄淮南萧判官》等诗可证。

李嘉祐,天宝七载进士及第,授朝廷秘书省正字,不久迁监察御史。安史乱起,避乱扬州、润州一带①。

王仲舒,王氏本居太原,《旧唐书》卷一九〇本传云其:"少孤贫,事母以孝闻。嗜学工文,不就乡举。凡与结交,必知名之士,与杨顼、梁肃、裴枢为忘形之契。"韩愈称其"奉母夫人家江南。读书著文,其誉蔼郁,当时名公,皆折官位辈行愿为交"②;又称其"居江南,游学有名"③。王仲舒祖父景肃曾任丹阳太守,安史之乱后其家人逃难江南,仲舒生于上元三(762)年,显然即出生于江南,具体地点当在丹阳。仲舒于贞元十年中贤良方正、能直言极谏科,元和间曾为婺州、苏州刺史。

杜氏,失名字,京兆人。据刘巨川《唐故刘府君夫人杜氏墓志铭》,"中原盗贼奔突时避地东土,因家南……(原文阙二字),句容人也",知其家迁居润州句容④。

二、苏州

安史之乱时期,到苏州避乱的士人数量最多。梁肃《吴县令厅壁记》称:"国家当上元之际,中夏多难,衣冠南避,寓于兹土,参编户之一。"⑤顾况《送宣歙李衒推八郎使东都序》亦云:"天宝末,安禄山反,天子去蜀,多士奔吴为人海。"⑥苏州大量接收避难士人,户口数竟增了原来的三分之一;顾况用"人海"来形容避乱苏州者之众,这些都说明当时苏州成为南来移民和士人集中的地方。

殷怿,籍里无考,据冯宿《天平军节度使殷公家庙碑》,其"善属文,弱

---

① 蒋寅.大历诗人研究[M].北京:中华书局,1995:79.
② 韩愈.唐故江南西道观察使……太原王公神道碑铭[M]// 马其昶.韩昌黎文集校注·卷七.上海:上海古籍出版社,1986.
③ 韩愈.故江南西道观察使赠左散骑常侍太原王公墓志铭[M]// 马其昶.韩昌黎文集校注·卷七.上海:上海古籍出版社,1986.
④ 董浩,等.全唐文·卷六二二[M].上海:上海古籍出版社,1990.
⑤ 董浩,等.全唐文·卷五一九[M].上海:上海古籍出版社,1990.
⑥ 董浩,等.全唐文·卷五二九[M].上海:上海古籍出版社,1990.

冠游太学，籍于公卿间。天宝末，知天下将乱，乃促装东归，侍太夫人版舆徙居吴郡"①。

李纾，赵州人，天宝末为秘书省校书郎，至德元载避地苏州，时其父李希言为江东采访使，故往依亲。其间常往越州与灵一交游，后与包佶为"文章风韵主盟于世"，二人并称"包李"②。

张南史，幽州人，天宝末为左卫仓曹参军，至德元载与李纾同避地苏州，其《早春书事奉寄中书李舍人》云："戎马生郊日，贤人避地初。窜身初浩荡，投迹岂踌躇。"③其间曾往浙东游历。

刘绪，刘禹锡之父，避乱寓居嘉兴。（详见本章第三节）

元载，据《旧唐书》卷一一八本传，元载为凤翔岐山人，"肃宗即位，急于军务，诸道廉使随才擢用，时载避地江左，苏州刺史、江东采访使李希言表载为副，拜祠部员外郎，迁洪州刺史。"

李翰，先避乱至越州，乾元元年春自越到吴。刘长卿时亦在此漫游，有《喜李翰自越至》云："南浮沧海上，万里到吴台。……春风催客醉，江月向天开。"④

杨凭、杨凝、杨凌兄弟，据权德舆《兵部郎中杨君集序》载：杨凝"早岁违难于江湖间，与伯氏嗣仁，叔氏恭履，修天爵，振儒行，东吴贤士大夫号为'三杨'。"⑤柳宗元《唐故兵部郎中杨君墓碣》称杨凝："与季弟凌生同日，不周而孤。伯兄凭，剪发为童。家居于吴。……东薄海岱，南极衡巫，文学者皆知诵其词，而以为模准，进修者率用歌其行，而有所矜式。"⑥他们在江南文名颇著。

三、湖州、杭州

湖州和杭州二州地处吴越之间，也吸引了不少避难士人。

---

① 董诰，等．全唐文·卷六二四 [M]．上海：上海古籍出版社，1990．
② 刘禹锡．澈上人文集纪 [M]// 刘禹锡集·卷一九．卞孝萱校订．北京：中华书局，1990．
③ 彭定求，等．全唐诗·卷二九六 [M]．北京：中华书局，1960．
④ 刘随州文集·卷三．
⑤ 董诰，等．全唐文·卷四八九 [M]．上海：上海古籍出版社，1990．
⑥ 柳宗元．柳河东集·卷九 [M]．上海：上海人民出版社，1974．

陆羽，至德元载避乱来此，居州南之苕溪，与皎然来往甚密，其间常出游江南各地。其《陆文学自传》云："上元初，结庐于苕溪之滨，闭关读书，组杂非类。名僧高士，谈宴永日。……洎至德初，秦人过江，子亦过江。与吴兴释皎然为缁素忘年之交。"①后参与颜真卿、皎然之诗会联唱。

柳中庸，萧颖士之婿，安史之乱中避乱到江南，北京图书馆藏拓本《柳尊师墓志》载："祖喜，冀州武邑主簿。避燕×（原文缺一字）江南，因自绝禄仕。父淡。"淡，即柳中庸之名，当随父柳喜移居江南。柳淡在大历间尚在江南，参与湖州颜真卿诗会。

朱湾，上元至大历初旅居湖州，有《逼寒节寄崔七》诗赠湖州崔使君之子请求接济帮助。②据《嘉泰吴兴志》卷一四郡守题名，上元元年崔论自蜀州刺史授湖州刺史，朱所求助之人当为崔论之子。

李冶，字季兰，女道士。上元、宝应间旅居于越州、湖州等地，曾在越州杜鸿渐幕，又往来剡中。在江南与刘长卿、皎然、陆羽等交游。《中兴间气集》卷下载其"尝与诸贤集乌程县开元寺"，与刘长卿作谐谑之诗，刘诗集中尚有《送李校书赴浙东幕府》等诗。

唐熊，北海人，宋刘挚《唐质肃神道碑》载宋唐韩介之远祖唐临为唐礼部尚书，"天宝之乱，子孙又散去。有为唐山令曰熊者，居馀杭，生子曰希颜"③。则唐熊由唐山避乱徙居馀杭，并于此生子。

王氏，失名字，蓟县尉。乱中与母亲杨氏南迁，至德二载其母于避难途中卒于富阳。④

四、越州

安史之乱中逃难到越州的士人数量也非常庞大，唐代穆员就有"贤士大夫以三江五湖为家，登会稽者，如鳞介之集渊薮"⑤的记录，越州的情形几乎与苏州相仿。

---

① 董诰, 等. 全唐文·卷四三三 [M]. 上海：上海古籍出版社，1990.
② 彭定求, 等. 全唐诗·卷三〇六 [M]. 北京：中华书局,1960.
③ 忠肃集·卷一一 [M]. 四库全书本.
④ 权德舆. 弘农杨氏墓志铭 [M]// 董诰, 等. 全唐文·卷五〇四. 上海：上海古籍出版社，1990.
⑤ 李昉, 等. 文苑英华·卷八九六 [M]. 北京：中华书局，1966.

吴筠，据权德舆《吴尊师传》，筠"开元中，南游金陵，访道茅山，久之东游天台"，玄宗闻其名召至京师为翰林供奉，不久入嵩山，"禄山将乱，求还茅山。既而中原大乱，江淮多盗。乃东游会稽，常于天台、剡中往来，与诗人李白、孔巢父诗篇酬和，逍遥泉石，人多从之。竟终越中"①。权氏《中岳宗元先生吴尊师集序》又云："盗泉污于三川，（吴）羽衣虚开，泛然东下，栖匡庐，登会稽，浮浙河，息天柱。"②安史之乱后吴筠主要避乱生活在江南，直到大历十三年卒于宣城。

齐抗，定州人，乱发时十五岁，避乱越州。史载其"少隐会稽剡中读书"③，又云其"少值天宝乱，奉母夫人隐居会稽"④。权德舆《齐成公神道碑铭》记载颇详尽："幽陵横溃，中夏如毁，奉太夫人安舆违难于越。得子州支伯之故地，而偕隐焉，诛草茅以顺居息，悦山水以资仁智。"⑤齐抗大历十二年任寿州刺史张镒判官而离开江南，在江南前后二十多年。

李聿，据《全唐文》卷四三五作者小传，聿为唐宗室，玄宗朝任清漳令，迁尚书郎。后在越州参加鲍防浙东诗会，当为避乱南来。

包佶，天宝六载进士及第。避乱至越州，与严维交往甚密。皇甫冉《宿严维宅送包七》云："江湖同避地，分手自依依。尽室今为客，经秋空念归。"⑥据岑仲勉《唐人行第录》，包七即包佶。时严维家于越州，任诸暨县尉。

独孤及，天宝十三载为华阴尉，"及函洛寇扰，公违难于江南"⑦。及乃自洛阳侍母赴越州避乱，其诗《丙戌岁正月出洛阳书怀》云："蛰虫竟飞动，余亦辞樊笼。"他在越州依靠从叔越州刺史独孤峻，其母"至德二年随子东征，明年岁在戊戌七月二十四日，终于会稽"⑧。独孤及于乾元元年入浙东节度幕府，宝应元年为湖州武康令，至广德元年征为左拾遗才离开江南。

---

① 董诰，等.全唐文·卷五〇八[M].上海：上海古籍出版社，1990.
② 董诰，等.全唐文·卷四八九[M].上海：上海古籍出版社，1990.
③ 刘昫，等.旧唐书·卷一三六[M].北京：中华书局，1975.
④ 欧阳修.新唐书·卷一二八[M].北京：中华书局，1975.
⑤ 董诰，等.全唐文·卷四九九[M].上海：上海古籍出版社，1990.
⑥ 彭定求，等.全唐诗·卷二四九[M].北京：中华书局,1960.
⑦ 梁肃.朝散大夫使持节常州刺史独孤公行状[M]//董诰，等.全唐文·卷五二二.上海：上海古籍出版社，1990.
⑧ 独孤及.唐故朝散大夫……河南独孤公灵表[M]//董诰，等.全唐文·卷三九三.上海：上海古籍出版社，1990.

张继，襄州人，天宝十二载登进士第，至德元载避乱往越州，后往杭州、苏州、润州等地游历，并与诗僧灵一交友，大历初还京。

朱放，襄州人，安史之乱起，南迁越州剡溪、镜湖间，此后长期居于江南，与皇甫曾、皇甫冉、皎然、灵澈、严维、顾况等交往，建中间为江西节度参谋。

五、衢州

李涛，唐宗室，"皇太祖景皇帝六代孙也……历宋州宋城县尉，……会河朔军兴，避地江表。相国崔涣承诏署衢州司士参军"，乾元二年卒于润州，而葬于衢州，十二年后，由其从父弟李涵支助迁葬洛阳①。李涛妻为独孤通理之女，大历十一年卒于常州②。据崔佑甫《常州刺史独孤公神道碑》，通理为独孤及之父③，独孤及大历八年至十二年在常州刺史任，李涛去世后其妻当往常州依兄独孤及。

六、宣州、歙州

柳镇，柳宗元之父，乱中举族如吴，旅居宣城。（本章第二节将详细分析）

梁肃，河南陆浑人，据其《过旧园赋序》，"当上元辛丑，盗入洛阳，三河间大涂炭，因窜身东下，旅于吴越，转徙厄难之中者垂二十年。……次于新安，东南十数里旧居在焉"④。上元辛丑即上元二年，时梁肃十八岁。新安，即歙州，天宝元年为新安郡，则梁肃曾家居于歙州，兴元元年始离江南。

七、具体州县不明者

另外，有许多记载唐人避乱江南的材料，往往具体地点不明，通称"南""江南""江表""江左""江淮"等。按照唐人习惯，"江左""江表""江外"就是本书所指的江南地区。而"南""江淮"者范围稍广一些，"南"可

---

① 独孤及.唐故衢州司士参军李府君墓志铭[M]//董诰，等.全唐文·卷三九一.上海：上海古籍出版社，1990.

② 梁肃.唐故衢州司士参军府君李公墓志铭并序[M]//周绍良.唐代墓志汇编.上海：上海古籍出版社，1992：1808.

③ 董诰，等.全唐文·卷四〇九[M].上海：上海古籍出版社，1990.

④ 董诰，等.全唐文·卷五一七[M].上海：上海古籍出版社，1990.

指南方，也可指江南；"江淮"，主要指长江与淮河之间的地区，尤其是扬州，但也不排除润州、常州等地区在内，故本书亦予以统计。

崔严爱，崔佑甫之姊，据《唐魏州冠氏县尉卢公夫人崔氏墓记》，严爱"年十六，归于范阳卢氏……属中夏不宁，奉家避乱于江表"①。其夫范阳卢招为冠氏县尉，不幸早逝，兼遇战乱，崔氏遂携家逃难江南。

张子容，襄阳人，开元中贬为温州乐城尉，孟浩然游江南在此与之多有诗歌往还。"后值乱离，流寓江表"，其诗《送内兄李录事归故里》云："十年多难与君同，几处移家逐转蓬。白首相知征战后，青春已过乱离中。"②

萧颖士，至德元载，为山南节度使掌书记，"自中州隔越，流播汉阴，遂至江左"③。永王李璘东下曾慕名相邀，萧避而不见。

杨于陵，据《新唐书》卷一六三，其"父太清，倦宦，客河朔，死安禄山之乱。于陵始六岁，间关至江左"。

崔令钦，博陵人，天宝中为礼部员外郎，乱起"漂寓江表，追思旧游，不可复得"④。

司空曙，广平人，据其诗《贼平后送人北归》："世乱同南去，时清独北还。他乡生白发，旧国见青山。"可知他在安史乱起时，与友人一起避乱南方较长时间⑤。

张翃，安定人，天宝中任灵宾尉，"属中原丧乱，随侍板舆，问道南首"⑥。张翃当与全家逃难南方。

崔佑甫，长安人，天宝中进士及第，任寿安尉，"属禄山构祸，东周陷没，公提携百口，间道南迁，讫于贼平，终能保全"⑦。又据《旧唐书》卷一一九本传，佑甫不顾危险，独自"潜入私庙，负木主以窜"。

韩洄，颍川人，权德舆云其："天宝末，盗陷西京，兄侄七人遭罹不淑，茹

---

① 周绍良.唐代墓志汇编[M].上海：上海古籍出版社，1992：1769.
② 唐才子传·卷一.
③ 萧颖士.与崔中书园书[M]//董诰，等.全唐文·卷三二三.上海：上海古籍出版社，1990.
④ 董诰，等.全唐文·卷三九六[M].上海：上海古籍出版社，1990.
⑤ 彭定求，等.全唐诗·卷二九二[M].北京：中华书局，1960.
⑥ 周绍良.唐代墓志汇编[M].上海：上海古籍出版社，1992：1820.
⑦ 周绍良.唐代墓志汇编[M].上海：上海古籍出版社，1992：1822.

痛违难。寓于江南，布衣蔬食，不听声乐者，积六七年。"①韩上元中为苏州司马。

崔翰，博陵安平人，乱起"携扶孤老，托于大江之南"；到江南后"作五字句诗，敦行孝悌，诙谐纵谑，卓诡不羁，友善饮酒，江南人士多从之游"。贞元八年，崔年四十七，"自江南应节度使王栖曜命于鄜州"②，崔家避难生活于江南达三十多年。

李希仲，据《唐诗纪事》卷二八，李为"赵郡人，天宝初宰偃师。范阳兆戎，挈家避乱入江淮"。

李举，魏郡元城人，"顷因中华草扰，避地江淮。混迹汩名，高道不仕"③。

安史之乱中，北方避难移民的分布范围很广，但吸引士人最多的还是江南地区。这主要是因为江南的地理位置既远离战乱中心，但又不是十分偏僻。尤其是江南此时经济发达，兼之具有优美的自然环境和良好的人文传统，自然成为士人南迁之首选。权德舆称苏州特别吸引北方南来士人，所谓"以姑胥之通邑，士衡之佳句，侨旧耕种，多依是间"④。《景定建康志》卷四二《风土志》称："溧阳县介江浙之间。其君子笃厚恭谨、恬静自得，艺文儒术蔚然相尚；其细民务本力农，淳朴质直、类知畏法。名儒胜士多因避地来寓溧上，往往乐其风土而定居焉。"溧阳的情况，但也适用于整个江南。从以上可看出安史之乱中北方士人南迁江南的分布特点，即士人主要集中于苏州、越州、润州、湖州、杭州、歙州、衢州等州。这些地区位于江南北部、中部，交通便利，经济发达，文化传统深厚，故而集中了绝大多数的避难士人。这些避难士人中很多都是当时著名的诗人、散文家。在这样的背景下，可见，江南地区的文学繁荣并非偶然。

---

① 权德舆.太中大夫守国子祭酒……韩公行状 [M]// 董诰，等.全唐文·卷五〇七.上海：上海古籍出版社，1990.
② 韩愈.崔评事墓志铭 [M]// 马其昶.韩昌黎文集校注·卷六.上海：上海古籍出版社，1986.
③ 周绍良.唐代墓志汇编 [M].上海：上海古籍出版社，1992：1815.
④ 权德舆.送从兄立赴昆山主簿序 [M]// 董诰，等.全唐文·卷四九二.上海：上海古籍出版社，1990.

第二节　韩愈避乱江南经历考辨

安史之乱平定后，唐王朝陷入藩镇割据的危机中。尤其是大历后期至德宗贞元初年，中原地区出现了一系列较大规模的战乱。建中二年，成德节度使李宝臣死，其子李惟岳继位，德宗拒绝承认，李纠集魏博节度使田悦、淄青节度使李正已，出兵与朝廷作战，中原由此重陷兵火。不久，王武陵、朱涛及李希烈又作乱。建中四年泾原姚令言犯京师，德宗幸奉天，朱泚又犯奉天。兴元元年，李怀光反叛。一连串的藩镇叛乱事件，使中原经历了持续五年的战争，再次促使北方文士逃往经济繁荣、社会相对安定的江南。唐中晚期许多作家青少年时期都曾经为躲避战乱移居江南，如许浑本为蔡州平舆人，因元和间淮西战乱随祖父许自明南迁云阳邑（即丹阳）西北陵。许浑当时年方弱冠，后遂居于此地[①]。两大文学巨匠韩愈、白居易亦有长时间江南避乱之经历。白居易避乱经历参见本书附录《白居易的江南情结》，此节着重论述韩愈避难江南的经历。

一、韩愈避乱江南的时间与地点

韩愈早年避乱生活于江南，大约是从建中二年（781）到贞元二年（786）即韩愈十三岁至十八岁之间。洪兴祖《韩子年谱》对这段经历的记载是："建中、兴元中，公以中原多故，避地江左。"其中对韩家避难地点说得比较空泛。韩愈避乱江南的具体地点当在宣城。

韩愈生于大历三年（768）戊申，其父仲卿于大历五年去世，韩愈三岁而孤，为长兄韩会抚养。大历九年，韩会在长安任起居舍人，韩愈随兄嫂一起到长安。据《旧唐书》韩愈本传，大历十二年"夏五月，起居舍人韩会坐元载贬官"[②]。韩会乃因攀附元载获罪，自起居舍人贬韶州刺史。韩愈是年十岁，即随兄远赴韶岭。韩会不幸卒于韶州，韩愈又随嫂郑氏北归河阳。当时中原正处于战乱之中，韩愈与家人只得于建中二年"就食江南"。关于此次逃难江南，韩愈诗文中多有记载，《祭郑夫人文》云："遭时艰难，百口偕行，避地江

---

① 唐才子校笺·补正·卷七许浑条陈尚君师之补正．
② 刘昫，等．旧唐书·卷一六〇韩愈本传[M]．北京：中华书局，1975．

溃。春秋霜露，荐敬频繁。以享韩氏之祖考，曰此韩氏之门。视余犹字，诲化谆谆。"①《欧阳生哀辞》称："建中、贞元间，余就食江南，未接人事，往往闻詹名间巷间，詹之称于江南也久。"②《祭十二郎文》云："既又与汝就食江南，零丁孤苦，未尝一日相离也。"③可见韩愈对避难江南经历印象之深刻。

韩愈之所以往江南避乱，除了当时中原士大夫、百姓逃难多选择江南的一般原因之外，还有特殊的原因，即韩家原先在江南有产业。所以他避乱江南与白居易颇有不同，他是回到韩家江南故宅避乱。韩愈长庆初在长安作的诗《示爽》：

> 宣城去京国，里数逾三千。念汝欲别我，解装具盘筵。日昏不能散，起坐相引牵。冬夜岂不长，达旦灯烛燃。座中悉亲故，谁肯舍汝眠。念汝将一身，西来曾几年。名科擒众后，州考居吏前。今从府公召，府公又时贤。时辈千百人，孰不谓汝妍。汝来江南近，里间故依然。昔日同戏儿，看汝立路边。人生但如此，其实亦可怜。……④

钱仲联先生引沈亚之《送韩北渚赴江西序》、姚合《送韩湘赴江西从事》等材料，证此诗之爽即韩愈侄孙韩湘⑤。韩湘为韩会子韩老成之长子，长庆三年登进士第后，授校书郎，次年为江西从事返回江南，韩愈作诗《示爽》相送。诗中抒发对韩湘的留念之情，称他从宣城来长安的时间不长，现在又要返回江南。"汝来江南近，里间故依然"之"来"，钱仲联先生依《诗经·采薇》之郑笺释为"反"，即返回，甚确。既是返回江南，可见韩家有产业在宣城。另外，韩愈在韩老成的祭文中云："吾年十九，始来京师，其后四年而归视汝。"又云："汝去年书云：比得软脚病，往往而剧。吾曰：是疾也，江南

---

① 马其昶.韩昌黎文集校注·卷五[M].上海：上海古籍出版社，1986.
② 马其昶.韩昌黎文集校注·卷五[M].上海：上海古籍出版社，1986.
③ 马其昶.韩昌黎文集校注·卷五[M].上海：上海古籍出版社，1986.
④ 钱仲联.韩昌黎诗系年集释·卷一二[M].上海：上海古籍出版社，1984.
⑤ 钱仲联.韩昌黎诗系年集释·卷一二[M].上海：上海古籍出版社，1984.

人常常有之。未始以为忧也。"①显然，韩愈离开宣城往长安时年十九岁，即贞元二年。而韩老成等其他家人都留在江南，四年后韩愈曾返回宣州看望老成，所以有"归视汝"之句。韩湘从小生长于潮湿炎热的江南，所以得了江南人常得的脚气病。

韩愈全家在宣城避乱后，后来很长一段时间，韩愈嫂郑夫人、侄韩老成及妻小都生活在江南。贞元十四年，韩愈为宣武节度使董晋表署为观察推官，生活状况有了改善，准备将家人迁居汴州。为此，韩老成还先期到汴州生活了一段时间。只是，贞元十五年初，董晋卒，汴州守军又发生战乱，韩愈去徐州入张建封幕，将家人由宣城迁居中原的计划落空。贞元十六年，他在洛阳所作诗《河之水二首寄子侄老成》（其一），表达了对生活于宣州的老成的强烈思念：

> 河之水，去悠悠，我不如，水东流。我有孤侄在海陬。三年不见兮，使我生忧。日复日，夜复夜。三年不见汝，使我鬓发未老而先化②。

显然，直到贞元十九年韩愈在监察御史任上，韩老成与家人基本都生活在江南。

关于韩愈宣城家业有人认为是韩愈父亲韩仲卿置办，有人认为是韩愈的祖上居官所建，都没有直接可靠的证据。但韩氏宣城家业可以追溯到其兄韩会。作为韩愈异母兄，韩会比韩愈大近三十岁，安史之乱期间曾经较长时期为避乱，生活于江南上元、宣城一带。韩愈《考功员外卢君墓志铭》云："愈之宗兄故起居舍人君（即韩会），以道德文学伏一世。其友四人，其一范阳卢君东美。少未出仕，皆在江淮间，天下士大夫谓之四夔。其义以为道可与古制服夔皋者侔，故云尔。或曰：夔尝为相，世谓相夔；四人者虽处而未仕，天下许以为相，故云。"③由此可知，韩会与卢东美等四人生活于江淮间，颇自负，且有名声被誉为"四夔"。"四夔"另外二人是崔造、张正则。《旧唐书》

---

① 韩愈.祭十二郎文[M]//马其昶.韩昌黎文集校注·卷五.上海：上海古籍出版社，1986.
② 彭定求，等.全唐诗·卷三三八[M].北京：中华书局,1960.
③ 马其昶.韩昌黎文集校注·卷六[M].上海：上海古籍出版社，1986.

卷一三〇《崔造本传》称其："少涉学，永泰中与韩会、卢东美、张正则为友，皆侨居上元，好谈经济之略，尝以王佐自许……。浙西观察使李栖筠引为宾僚。累至左司员外郎，与刘晏善。……造久从事江外。"上元，即金陵。又据《旧唐书·地理志》，唐肃宗乾元元年于江宁置升州，上元元年，改为上元县。而宣州与金陵本相邻，且肃宗乾元以前，当涂、溧水等县均属宣州。所以，韩会在永泰前后曾经有较长时间生活于上元、宣城，并在宣城置办了产业。这样，才使得日后韩愈等亲人避难南方有了落脚之处。

二、韩愈在宣城的为学与交游生活

韩愈虽然早在六七岁时就开始读书著文，但真正系统为学则是从避乱江南开始的。其《复志赋》云："嗟日月其几何兮，携孤嫠而北旋。值中原自有事兮，将就食于江之南。始专于讲习兮，非古训为无所用其心。"[①]朱熹《昌黎先生集考异》据此认定"公之为学，正在就食江南时也"。

韩愈避乱宣城之前，主要是在河阳、长安、韶州等地的动荡流离中度过的，少有良好的条件系统扎实为学。在宣州生活较为安定，读书为学也从此正式开始。大历八年至十二年，唐代古文运动的先驱人物独孤及在常州，古文运动的另一位重要人物梁肃从上元二年至兴元间基本都在歙州、常州等地，从独孤及学古文。韩愈此时在宣州，应该是知道二人文名，并学习了他们的文章。韩愈受独孤及、梁肃等的影响，可能即始于在宣城避乱为学的这一段时间。《旧唐书·韩愈传》称："大历贞元之间，文学多尚古学，效扬雄、董仲舒之述作，而独孤及、梁肃最称渊奥，儒林推重。愈从其徒游，锐意钻仰，欲自振一代。"梁肃在贞元八年与崔元翰共同推荐韩愈登第，韩愈师事之。此外，韩愈与梁肃还有一层较深的关系，韩会与梁肃以及另外一位古文家李华均是好友，这对韩愈日后的创作产生影响。

韩愈在宣城还结交了诗人窦牟并师事之。窦牟乃著名诗人窦叔向之子，与诸兄弟常、群、庠、巩俱能诗，有《窦氏连珠集》五卷行于世。韩愈《唐故国子司业窦公墓志铭》载："初，公善事继母，家居未出，学问于江东，尚幼也，名声词章行于京师。……愈少公十九岁，以童子得见，于今四十年。

[①] 马其昶. 韩昌黎文集校注·卷一[M]. 上海：上海古籍出版社，1986.

始以师视公,而终以兄事焉。公待我一以朋友,不以幼壮先后致异,公可谓笃厚文行君子焉。"①韩愈同时所作《祭窦司业文》称:"我之获见,实自童蒙;既爱既劝,在麻之蓬。自视雏鷇,望君飞鸿;四十余年,事如梦中。"窦牟从小就生活在江南,且诗文之名远播于京城。韩愈两文作于长庆二年,时年五十五岁,前推四十年,其时韩愈十五岁左右,正当避乱宣城之时。而同据此文之"惟君文行夙成,有声江东,魁然厚重,长者之风"的记载,窦牟之成名在江东,则他早年同样是避乱来到江南,且贞元二年登进士第之前均在江南。韩愈对窦牟是非常钦佩的。"始以师视公,而终以兄事焉";"既爱既劝,在麻之蓬",都表明他与窦牟师生兼朋友的密切关系。

显然,避乱江南的生活对韩愈日后的文学创作,尤其是古文创作产生了不可忽视的影响。

三、韩愈与柳宗元两家之交往与江南之缘

中唐杰出的散文大家韩愈、柳宗元有着深厚的友谊,这既源于二人对彼此文学才华的推许敬佩,也源于二人之先辈建立的密切关系。

柳宗元贬谪永州时为其父柳镇撰写了《先侍御史府君神道碑》,又于碑背面刻《先君石表阴先友记》,详细记载了柳镇生前好友的经历行事,其中就有韩会和韩愈:"韩会,昌黎人。善清言,有文章,名最高。然以故多谤,至起居郎。贬官,卒。弟愈,文益奇。"文中明确说明其父亲柳镇与韩会、韩愈兄弟为友的事实。韩会生于开元二十五年(737)卒于大历十四年(779),柳镇生于开元二十七年(739),卒于贞元九年(794),两人年岁相当。安史之乱期间他们有着共同的避乱江南的经历。韩会避乱的时间当从乱起一直到永泰、大历之间,随后至长安为起居舍人。柳镇避乱的具体时间当在至德二年到广德元年,乱定后即往长安。可见,两人避乱时间也正相当。不仅如此,两人避乱地点也在一个地方。韩会避乱在宣城前已述及。柳镇避乱江南的地点,前人都认为在苏州,但是我们认为应该也在宣城。

柳宗元称其父:"天宝末,经术高第。遇乱,奉德清君夫人(柳宗元祖母),载家书隐王屋山。间行以求食,深处以修业,作《避暑赋》。合群从弟

---

① 马其昶. 韩昌黎文集校注·卷七[M]. 上海:上海古籍出版社,1986.

子侄,讲春秋左氏易王氏。……乱有间,举族如吴。无以为食,先君独乘驴无僮御以出,求仁者,冀以给食。"①说明安史乱起时,柳镇一家是先避乱王屋山,然后待局势稍稳定后全家逃难到吴的。吴一般是指长江下游以南,浙江以北的润州、苏州、常州、湖州等地区,但唐人心目中,紧邻润州的宣州也是包括其中的。另外,据《先侍御史府君神道表》柳镇的父亲柳察躬曾经任湖州德清县令,其间在江南置办了产业。产业所在地我们可以从柳镇在柳察躬卒后,向朝廷请求任职地点窥见端倪。柳镇为父亲服丧完毕后,朝廷任命其为太常博士,"先君固曰:有尊老孤弱在吴,愿为宣城令,三辞而后获"②。文意表明柳镇家人都在江南,为了照顾家人,其请求到宣城任职。如果柳镇家业不在宣城而在吴县,柳镇求为宣城令,两地相隔数百里,柳镇如何照顾家人?韩愈《柳子厚墓志铭》:"皇考讳镇,以事母,弃太常博士,求为县令江南。"亦即指此事。可见柳镇避乱即住在宣城的家中。韩会、柳镇二人避乱同时、同地,他们的友谊应该就始于安史之乱避乱江南时无疑。而韩愈正是通过其兄韩会得以和柳宗元的父亲柳镇结识,再然后才有韩愈、柳宗元之结识。

另外,关于韩愈、柳宗元最早的结识时间,一般研究多未及深入,普遍认为是贞元二年至贞元七年韩愈在长安参加进士试期间。但从种种迹象看,我们认为韩愈、柳宗元之相识可能会更早。

这就要追溯到韩愈和柳镇的交谊时间。韩愈生于大历三年(768),要与一位比自己年长三十岁的先辈交友,至少也要在他懂事以后,也就是说至少要在韩愈七八岁以后。韩愈大历五年时父亲去世,三岁而孤,后为兄韩会扶养。韩会大历九年才到长安任职,那么,韩愈三岁到七岁时可能就已经在江南生活。但柳镇在广德元年已经回长安,所以这段时间,柳镇可能在与韩会交往中见过韩愈,只是当时韩愈年龄尚幼,谈不上结识交友。待到柳、韩二家都在长安,应该是大历九年至十二年,因为大历十二年五月韩会被贬往岭南。这段时间,柳镇任长安主簿,韩会则为起居舍人。此间,韩愈是七岁至九岁,故他与柳镇相识已成为可能。柳宗元大历八年(773)生于长安,这段时间才两岁至五岁,因两家长辈之友谊,韩、柳最早相见当始于此时。只不过二人年龄尚幼,印象不会太深,仍然谈不上交往。

---

① 柳宗元.先侍御史府君神道表[M]//柳河东集·卷一二.上海:上海人民出版社,1974.
② 柳宗元.先侍御史府君神道表[M]//柳河东集·卷一二.上海:上海人民出版社,1974.

建中二年，韩愈到宣城避乱时，其已经是十三岁的少年了，这时他才可能真正开始与柳镇成为忘年之交。柳镇请求到江南任宣城县令当在大历末到建中初。据柳宗元《先太夫人河东县太君归祔志》载："某始四岁（大历十二年），居京城西田庐中。先君在吴，家无书，太夫人教古赋十四首，皆讽传之。"柳镇任宣城令为大历十二年，柳宗元《先侍御史府君神道表》云柳镇"调长安主簿，居德清君之丧。……服既除，常吏部命为太常博士。先君固曰：有尊老孤弱在吴，愿为宣城令。徙为宣城，四年，作阌乡令"，柳镇此次在宣城四年，即直到建中二年。而韩愈此时也正为避乱与其嫂等家人来到宣城。虽然这一时期韩柳两家相聚的时间不会太长，但对韩愈而言，他已经开始为学，可以和柳镇有正常交往了。可这段时间柳宗元没有随父同往宣城，而是住在长安，故以韩、柳自然在建中初年也不会有交往。直到柳宗元十岁，有了一次南游的机会。柳镇任阌乡县令期满后，为鄂岳沔都团练判官，其上司为李兼。柳宗元为辟中原之乱，来到父亲任职的夏口。贞元元年，李兼调任洪州刺史，柳镇亦随往。柳宗元此时十三岁，在此后的一段时间里，他跟随父亲到了南昌、长沙、九江等地。我们认为，此间柳宗元是有可能到其宣城旧业的，从而真正开始与早就认识如今在此避乱的韩愈正式交往。当然，因无直接材料，这只是一种推断。

不过，韩愈与柳宗元两家关系非同一般，这应该是没有疑问的。他们的亲人之间的友谊始于江南，使得他们的交往在贞元二年韩愈到长安应进士试之前就开始了。

第三节 移民的后代权德舆、刘禹锡等在江南

安史之乱中避乱江南的许多士人，在乱定后并未离开江南，有的在此定居，有的在此任职。因而，他们的子女即出生并生长于江南。不过，因为唐朝时期人们特别重视郡望，许多出生于江南的移民后代后来常常只称郡望，往往较少提及他们真正的出生地与籍贯。中唐著名文士权德舆、刘禹锡都属于这种情况。

一、权德舆与江南

权德舆是中唐文坛上执掌文柄者，诗文俱佳，时人奉为宗匠。他的祖先为天水略阳人，但他却生长于江南润州。其父权皋，字士繇，进士及第。安史之乱北方士人南渡之风始于权皋。据《旧唐书·权德舆传》《新唐书·权皋传》记载，权皋先任临清尉，安禄山闻其名"表为蓟尉，署幕府"。权皋洞察安禄山有异志必将反叛，故于天宝十四年，乘到长安执行公务的机会，设计与其母悄悄逃逸，"昼夜南奔"。全家刚刚渡过长江，安禄山即起兵。权皋避难江南，安家于润州丹徒。后来永王李璘举兵自立，胁迫南方士大夫入幕，权皋又一次"诡姓名以免"。权皋这两次有先见之明的行为，被看成是对唐朝廷尽忠的典范，由是"以忠孝致大名"①。权皋在江南和当时避乱在此的李华、柳识、韩洄等文士交往，《旧唐书》卷一四八云："两京蹂于胡骑，士君子多以家渡江东，知名之士如李华、柳识兄弟者，皆仰皋之德而友善之。"李华对其非常推崇，称其"可以分天下善恶，一人而已。……洁而不滓，瑜而不瑕"。②浙西节度使颜真卿曾经表权皋为行军司马，皋以病辞，大历二年卒于丹徒。

权德舆于上元二年生于丹徒，权皋卒时，权德舆年仅七岁，后全家徙居百里外的丹阳。卢宪《嘉定镇江志》卷十八《人物》载：德舆，"皋子，居丹阳练塘"。权德舆诗文中也多次记载此事，如《秋夜侍姑叔宴会序》云："叔父至自东周第如新定，就长子桐庐尉之养也，途出云阳，德舆之侨居在焉。"③丹阳，旧称云阳。《润州丹阳县丞卢君墓志铭》云："予侨居丹阳，尝与君游。"④他还有诗《送少清赴润州参军因思练旧居》⑤，练旧居，即练塘之旧居。其诗《送三十叔赴任晋陵》题下自注云："德舆旧居在丹阳，去晋陵百里。"⑥

与此同时还有其他权氏家族成员避难润州，权德舆《送再从弟少清赴润州参军序》云："想自卯岁侨居是邦，趋朝七年，束以绅佩，烟霞井田如在目

---

① 韩愈.唐故相权公墓碑[M]//韩昌黎文集·卷七.上海：上海古籍出版社，1986.
② 李华.著作郎赠秘书少监权君墓表[M]//董诰，等.全唐文·卷三二一.上海：上海古籍出版社，1990.
③ 董诰，等.全唐文·卷四九〇[M].上海：上海古籍出版社，1990.
④ 董诰，等.全唐文·卷五〇三[M].上海：上海古籍出版社，1990.
⑤ 彭定求，等.全唐诗·卷三二二[M].北京：中华书局，1960.
⑥ 彭定求，等.全唐诗·卷三二三[M].北京：中华书局，1960.

前。"①其《酬李二十二兄主簿马迹山见寄诗序》又载:"族内兄畅……与予同寓居丹阳。"②可见,德舆再从弟权少清、族内兄李畅等,也与之一起侨居润州。当时权氏家族避难居江南者甚众。

权德舆在江南生活的时间甚长,他自称"游息三吴间殆三十年"③。实际上,建中元年以前他都是在江南度过,而建中元年至贞元二年期间,他虽在淮南等地任职,但仍然经常居住丹阳。建中元年二月,其父之好友韩洄任淮南黜陟使,征召他为从事。三月转为江淮水陆运使杜佑幕。后又为汴东水陆运盐铁使包佶的从事。这两次任职时间都不长。他在润州一直过着较为贫苦的生活,所谓"清朝起藜床,雪霜对枯篱,家人来告予,今日无晨炊"④;"贞元元年……家居食贫"⑤,都是这一时期生活的写照。

权德舆幼而聪慧,好学善文。韩愈云其"生三岁,知变四声;四岁能为诗。……及长,好学"⑥。《册府元龟》也载其:"生四岁能讽诗,十五为文数百篇,为《童蒙集》,名声大振。"⑦据《新唐书·艺文志》,其《童蒙集》为十卷。在丹阳时,权德舆还到江南一带广泛游历,并和陆参、姚南仲、崔元翰等名士交结,读书为学。其《右仆射赠太子太保姚公集序》云:"昔公之理海盐而介浙右也,德舆方侨于吴,辱忘年之欢。"⑧《送歙州陆使君赴任序》云:"始予与公佐俱以园冠褒衣,息偃于江湖间,练塘镜溪,乐在云水,师心自放,相视莫逆。"⑨《比部郎中崔君元翰集序》云:"早岁与君游于江湖间。"⑩杨于陵称其"粤自童年飞声天下,论交请益莫非贤者",看来并非夸张之词⑪。

权德舆江南青少年时期的读书交游生活,为其日后的文学创作奠定了坚

---

① 董诰,等.全唐文·卷四九二[M].上海:上海古籍出版社,1990.
② 彭定求,等.全唐诗·卷三二二[M].北京:中华书局,1960.
③ 权德舆.送徐谘议假满东归序[M]//董诰,等.全唐文·卷四九一.上海:上海古籍出版社,1990.
④ 权德舆.丙庚岁苦贫戏题[M]//彭定求,等.全唐诗·卷三二〇.北京:中华书局,1960.
⑤ 权德舆.酬李二十二兄主簿马迹山见寄[M]//彭定求,等.全唐诗·卷三二二.北京:中华书局,1960.
⑥ 韩愈.唐故相权公墓碑[M]//马其昶.韩昌黎文集校注·卷七.上海:上海古籍出版社,1986.
⑦ 王钦若,等.册府元龟·卷七七五 总录部·幼敏三[M].影印本.北京:中华书局,1960.
⑧ 董诰,等.全唐文·卷四八九[M].上海:上海古籍出版社,1990.
⑨ 董诰,等.全唐文·卷四九一[M].上海:上海古籍出版社,1990.
⑩ 董诰,等.全唐文·卷四八九[M].上海:上海古籍出版社,1990.
⑪ 杨于陵.祭权相公文[M]//董诰,等.全唐文·卷五二三.上海:上海古籍出版社,1990.

实的基础。不久以后,他政治上多有作为,元和间身居相位;文学上更是成为当时之文宗。诚如《郡斋读书志》所云:"其文雅正赡缛,当时公卿功德卓异者,皆所铭记,虽动止无外饰,其蕴藉风流,自然可慕。贞元、元和年间,为缙绅羽仪。"①

二、刘禹锡与江南

《旧唐书》称刘禹锡为彭城人,其实,彭城乃其郡望与之没有多大关系。据刘禹锡《子刘子自传》,其祖先为匈奴族,七代祖刘亮,仕职于北魏,随魏孝文帝迁居洛阳,改姓刘,从此世代定居于洛阳,直到唐安史之乱爆发,其间将近二百六十年。②在另一篇文章中他也提及,"家本荥上,籍占洛阳"③,所以其籍贯为洛阳。他有时也自称籍贯为中山,其实也是刘姓的郡望。不过,刘禹锡并非生长于洛阳,而是生长于江南的苏州。

刘禹锡祖父刘锽曾任洛阳主簿,后又任殿中侍御史。其父刘绪的经历,据《子刘子自传》记载,"天宝末应进士,遂及大乱,举族东迁,以违患难,因为东诸侯所用"。刘绪准备应进士试的时候,正赶上安史之乱,全家南迁避难。据卞孝萱先生的研究,刘绪避难定居江南的具体地点为苏州嘉兴④。另外从《唐语林》的一则关于刘禹锡弟弟的材料,我们也可以得到一些信息:

> 宣平郑相之铨衡也,选人相贺,得其入铨。刘禹锡弟某,为郑铨注潮州尉,一唱,唯唯而出。郑呼之却回。郑曰:如此所试,场中无五六人,一唱便受,亦无五六人。此而不奖,何以铨衡?公要何官,去家稳便?曰:家住常州。乃注武进县尉。⑤

刘禹锡弟家居常州,当与其父避乱江南有关。嘉兴属苏州,常州为苏州的邻郡,两地相距很近,刘禹锡弟在常州安家,故在授官时希望就近任职。

---

① 晁公武. 郡斋读书志·卷四中 [M]. 文渊阁四库全书本.
② 刘禹锡. 刘禹锡集·卷三九 [M]. 卞孝萱校订. 北京:中华书局,1990.
③ 刘禹锡. 汝州上后谢宰相状 [M]// 刘禹锡集·卷一七. 卞孝萱校订. 北京:中华书局,1990.
④ 卞孝萱. 刘禹锡评传 [M]// 中国历代著名文学家评传. 济南:山东教育出版社,1983.
⑤ 王谠. 唐语林·卷一 政事 [M]. 上海:上海古籍出版社,1978.

刘禹锡代宗大历七年生于嘉兴，青少年时期也一直生活在江南，所以对江南十分熟悉，且充满感情。其日后诗文中对此时生活颇有记载。在《送裴处士应制举》诗中，即有他对童年时在嘉兴快乐生活的深情回忆：

> 忆得童年识君处，嘉禾驿后联墙住。垂钓钓得王余鱼，踏芳共登苏小墓。此事今同梦想间，相看一笑且开颜。①

裴处士与诗人为邻，他们一起在嘉兴小河里垂钓，又常一同游览苏小小墓等吴中名胜。他们所钓之王余，据晋郭璞《尔雅注疏》卷六："东方有比目鱼焉，不比不行，其名谓之鲽注。状似牛脾，鳞细紫黑色，一眼，两片相合乃得行。今水中所在有之，江东又呼为王余鱼。"又据吴曾《能改斋漫录》卷一："《吴都赋》曰：片则王余。王逸注曰：王余鱼其身半也，俗云越王脍鱼未尽，因以其半弃之为鱼，遂无其一面，故曰王余也。"故而，王余鱼即比目鱼，为江南方言；此鱼乃江南特产，且得名于吴越民间传说故事。

刘禹锡幼年聪慧，与韩愈相似很早，即开始为学，并结交、师事江南著名文士。其中最突出的是权德舆和江南诗僧皎然、灵澈等。在《刘氏集略说》中他说："始余为童儿，居江湖间，喜与属词者游，谬以为可教。视长者所行止，必操觚从之。"②

侨居润州丹阳的权德舆，后任扬子盐官，与同时期任职浙西的刘绪结识，并得以认识幼年刘禹锡。他日后回忆初见刘禹锡的情景云：

> 始予见其屮，已习《诗》《书》，佩觿韘，恭敬详雅，异乎其伦。③

幼年刘禹锡已经学习《诗经》《尚书》等儒家典籍，不禁让权德舆惊叹其聪明超群。权生于上元二年，比刘大十一岁，当时在江南已经文名颇盛见称

---

① 刘禹锡. 刘禹锡集·卷二八 [M]. 卞孝萱校订. 北京：中华书局，1990.
② 刘禹锡. 刘禹锡集·卷二〇 [M]. 卞孝萱校订. 北京：中华书局，1990.
③ 权德舆. 送刘秀才登科后侍从赴东京觐省序 [M]// 董诰，等. 全唐文·卷四九一. 上海：上海古籍出版社，1990.

儒林。显然，刘禹锡应该是受到其影响的。

著名诗僧皎然、灵澈当时寓居吴兴，刘禹锡便到吴兴从二僧学诗。其《澈上人文集纪》记载了这段经历："初上人在吴兴，居何山，与昼公为侣。时予方以两髦执笔砚，陪其吟咏，皆曰孺子可教。"① 于頔《释皎然杼山集序》称皎然："即康乐之十世孙，得诗人之奥旨，传乃祖之菁华，江南词人，莫不楷范。"② 可见当时，众多江南文士学习皎然诗歌的情形。刘禹锡向这两位著名诗僧学习，对其日后的文学创作也有重要影响。他在江南地区生活了将近二十年，良好的文化氛围为其成长提供了很好的条件，所以他一直对江南保持着深厚的感情，常常自称"越客""越郎""江南客"，如其《金陵五题》序即云："余少为江南客，而未游秣陵，尝有遗恨。"

第四节　士人避乱江南对中唐文学的影响

江南地区在天宝末到大历前期、大历末到贞元初期，出现过两次较大规模士人避乱江南的浪潮，从而形成了中唐前期众多文学之士聚集江南的状况。当中原陷入战火中时，江南地区保全了众多文化精英，大量文士集中于此，倡导诗文创作，直接带来了中唐江南文学的兴盛。这也使得江南文化的转型进一步深入，对江南文化发展起到了良好的促进作用，有助于江南文化中心地位的形成。

《新唐书》卷一九四载："自中原乱，士人率渡江。"权德舆《送右龙武郑录事东游序》称："吴中多贤士君子，居易求志。"③《吴郡志》卷二载："吴下全盛时，衣冠所聚，士风笃厚。"大量文士聚集江南经常举办群体性学术与文学活动。韩愈记卢东美等在江南时生活云："君时始任戴冠，通《诗》《书》，与其群日讲说周公、孔子以相磨砻浸灌，婆娑嬉游，未有舍所为为人意。"④ 讲

---

① 刘禹锡.刘禹锡集·卷一九[M].卞孝萱校订.北京：中华书局，1990.
② 董诰，等.全唐文·卷五四四[M].上海：上海古籍出版社，1990.
③ 董诰，等.全唐文·卷四九二[M].上海：上海古籍出版社，1990.
④ 韩愈.考功员外卢君墓志铭[M]马其昶.韩昌黎文集校注·卷六.上海：上海古籍出版社，1986.

第九章 北方士人避乱江南与中唐文学发展

学、讨论儒家典籍成为避乱江南士人日常生活的重要内容，这对促进江南学术繁荣具有重要意义。中唐啖助、赵匡等就是在江南创立春秋学派的，独孤及任常州刺史期间，梁肃等从其学，对日后古文运动兴起的影响更是众所周知。

大量文士集中江南，许多北方作家深受江南文化的熏陶，加强了江南传统文化在唐代文化中的影响，进而影响了中晚唐文学的发展。这一阶段，齐梁文学再度成为作家学习模仿的对象，从大的角度来看，是与众多文士避乱江南密切相关的。安史之乱后的大历诗坛，齐梁诗风有一定程度的复兴，避乱仕职于江南的一大批诗人，诗歌都有很明显的南朝化倾向。高仲武《中兴间气集》卷上云：李嘉祐"振藻天朝，大收芳誉，中兴高流。于钱、郎别为一体，往往涉于齐梁，绮靡婉丽，盖吴均、何逊之敌也。如'野渡花争发，春塘水乱流'；又'朝霞晴作雨，湿气晚生寒'文章之冠冕也"。李嘉祐的诗歌创作在钱起、郎士元外别为一体，追求婉丽优美的风格，与南朝吴均、何逊诗风相似。皎然《诗式》卷四也指出："大历中，词人多在江外。皇甫冉、严维、张继、刘长卿、李嘉祐、朱放，窃占青山白云、春风芳草以为己有。……迄今余波尚寝，后生相效，没溺者多。"皎然敏锐发现大历作家在江南创作的共同趋向，多为写景抒怀之作，题材不外山、云、风、草，"嘲风月、弄花草"，与齐梁诗歌甚为接近。皎然反对把这种状况归罪于齐梁，《诗式》"齐梁诗"条目中明确提出齐梁诗歌并非"道丧"，所谓"格虽弱，气犹正，远比建安，可言变体，不可言道丧"。这是继初唐陈子昂倡导风雅兴寄与汉魏风骨，否定南朝文风之后，唐人首次对齐梁诗歌做出的肯定评价。他认为齐梁诗歌只不过是"格弱"而已，是诗歌发展史上的"变体"，实际上是在肯定齐梁诗歌在意象、语言及风格等方面的创新价值。中唐时期皎然的诗歌理论产生了很大的效应，正因此，此时如权德舆等许多诗人，都有学习模仿齐梁诗歌进行创作的倾向。甚至到贞元、元和年间，白居易、刘禹锡等还有不少诗歌仿效齐梁，这对中唐文学发展产生了不小的影响。孟二冬认为此时齐梁诗风的复兴，"是在要求超越盛唐的理念的支配下，在创新探索之中进一步加强艺术表现力的一种自觉追求"[①]。如果从社会背景的角度看，我们认为中唐许多诗人的江南生活经历对他们的审美趣味产生了不可低估的作用和影响，

---

① 孟二冬. 论齐梁诗风在中唐时的复兴[J]. 文学遗产，1995（2）.

尤其是他们受江南文化的浸润，进而产生对江南传统文化的认同，在文学创作上自然就表现出对江南文化史上具有鲜明特点的齐梁诗歌的学习与模仿了。

当然，具体到某个作家，江南生活的影响又不尽相同。比如，韩愈在江南生活了较长的时间，但他的诗文创作风格受南方文风的影响就不是太大。但是，我们仍然可以看到这段经历对韩愈的潜在影响，尤其是韩愈一生之中与江南籍或与之有相同江南经历的文士的密切关系，颇值得注意。实际上江南存在着一个以韩愈为中心的江南文友圈。他们交往频繁，相互诗文唱和赠答，在中唐文坛产生了巨大影响。追根溯源，是韩愈年轻时期的江南生活经历起了不小的作用。

韩愈江南文友中，最突出的要数孟郊和张籍。孟郊为湖州人，年长韩愈十七岁。朝愈、孟郊首次相遇在贞元七年。韩愈对孟郊这位才高而时背的诗人极为服膺推崇，常常与之"讲文析道"，联句赋诗；又多次为其坎坷遭遇鸣不平，《醉留东野》诗云：

> 昔年因读李白杜甫诗，长恨二人不相从。吾与东野生并世，如何复蹑二子踪。东野不得官，白首夸龙钟。韩子稍奸黠，自惭青蒿倚长松。低头拜东野，原得终始如駏蛩。东野不回头，有如寸筳撞巨钟。我愿身为云，东野变为龙。四方上下逐东野，虽有离别无由逢。①

韩愈对孟郊的仰慕与赞扬可谓溢于言表。再结合韩集中《孟生诗》《荐士》《赠贾岛》《送孟东野序》《贞曜先生墓志铭》等作品，可见，韩愈对这位老诗人的品格及诗歌成就的赞扬确实是发自内心的。二人生活中是知交，文学创作上也是有着共同审美趋向的知音，刘熙载《艺概》称："昌黎、东野两家诗，虽雄奇清苦不同，而同一好难争险。"孟郊是中唐时期诗歌创作较早表现出新变的诗人，对韩愈诗风有着直接启发与影响。韩孟是中唐奇崛诗派的代表，但孟郊诗歌奇崛峭劲风格的形成要先于韩愈。孟长韩十多岁，当韩愈登上文坛的时候，孟郊已经是一个"作诗三百首，窅默咸池音"颇有影响的中

---

① 彭定求，等．全唐诗·卷三四〇 [M]．北京：中华书局，1960．

年诗人了①,他们交往后韩愈雄豪奇崛的诗风才逐渐成熟。韩、孟对联句诗进行了大胆的探索,现存韩孟联句有十多首,这些作品可谓中国古代诗歌史上的奇观。如《城南》《斗鸡》《秋雨》《纳凉》《征蜀》等联句,不仅篇幅宏大结构森然,而且辞藻富赡修辞新奇,给人以强烈的震撼力。有人甚至认为"韩孟天才杰出,旗鼓相当,联句之诗固当千古独步"②。韩孟联句不排除相互逞才比试的一面,但更有相互切磋追求创新的一面。赵翼《瓯北诗话》卷三云:"诸联句诗,凡昌黎与东野联句,必字字争胜,不肯相让。与他人联句,则平易近人。可知昌黎之于东野,实有资其相长之功。宋人疑联句诗多系韩改孟,黄山谷则谓韩何能改孟,乃孟改韩耳!"③指出了孟郊对韩愈的影响。韩、孟二人意气相合,他们深厚、执着并具有共同审美理想的交谊在整个唐代诗人中是非常突出的。

张籍本苏州人,后来迁居和州。韩愈因孟郊的介绍和张籍相识于汴州,他在《此日足可惜一首赠张籍》中记载了这段经历:

念昔未知子,孟君自南方。自矜有所得,言子有文章。我名属相府,欲往不得行。思之不可见,百端在中肠。维时月魄死,冬日朝在房。驱驰公事退,闻子适及城。命车载之至,引坐于中堂。开怀听其说,往往付所望。④

张籍既是韩愈的朋友,又是其弟子。在《与冯宿书中书》中,他称张籍:"年长于翱,而亦学于仆,其文于翱相上下,一二年业之,庶几乎至也。"张籍性情狷直,不仅从学于韩,而且常与之辩论,"讲学析道,为益之厚",韩愈也认为能够从辩论中获益。元和初期,张籍受韩愈之请教授其子韩昶读书。韩愈《赠张籍》云:"吾老嗜读书,余事不挂眼。有儿虽甚怜,教示不免简。君来好呼出,踉跄越门限。"并称张籍"试将诗义授,如以肉贯弗。"(此言韩

---

① 韩愈《孟生诗》,据钱仲联先生《韩昌黎诗系年集释·卷一》,此诗作于贞元九年。
② 方世举.韩昌黎诗集编年笺注[M].北京:中华书局,2012.
③ 赵翼.瓯北诗话[M].北京:人民文学出版社,1963.
④ 彭定求,等.全唐诗·卷三三七[M].北京:中华书局,1960.

昶聪明，以诗书教之接受很快，就如以竹签串肉烧烤一会儿就熟一样。）① 据《韩昌黎诗系年集释》卷七引《孟县志》："韩昶自为墓志铭云：幼而就学……张籍奇之，为授《诗》。年十余岁，日通一卷。籍大奇之，试授诸童，皆不之及。"张籍也在《祭退之》诗中提及此事："坐令其子拜，常呼幼时名。"② 元和十五年，韩愈从袁州刺史任升迁国子祭酒，到任后不久即荐张籍为国子学博士。韩愈与孟郊、张籍交谊持久而深厚，确实非同一般。

此外，韩愈与诗人陆畅、冯宿、陆参、皇甫湜、归登等江南文士也有密切交往。陆畅，湖州人，董晋的孙女婿，董晋曾经对韩愈有提携之恩，韩愈有诗《送陆畅归江南》。

冯宿，婺州东阳人，与韩愈同年进士。韩愈有《与冯宿书中书》，抨击当时文坛流弊，是其倡导古文运动的前奏。元和十二年，裴度平定蔡州，韩、冯二人共同辅佐裴度。元和十四年，韩愈因上《谏佛骨表》触怒宪宗，被贬潮州；冯宿也因与韩愈的密切关系受牵连被贬歙州。

陆参，吴郡人。贞元十八年，权德舆典贡举，陆参佐之。韩愈时为国子学博士，致信陆参，推荐侯喜、李绅等九人。后陆参出刺歙州，朝中贤良之士都认为陆不应离开朝廷，群体相送，韩愈亦预其列，且为之作《送陆歙州诗并序》送之。陆到任不久即去世，韩愈作诗《哭杨兵部凝陆歙州参》抒发悼念之情。

皇甫湜，睦州新安人。古文运动的重要作家，从韩愈学古文，与之有师友之谊。韩诗《寄皇甫湜》云："敲门惊昼睡，问报睦州吏。手把一封书，上有皇甫字。坼书放床头，涕与泪垂四。昏昏还就枕，惘惘梦相值。"③ 真切抒发了与皇甫湜离别的悲切之情，表明二人感情之深挚非比寻常。文学创作上，皇甫湜的险怪诗风对韩愈亦有直接启发，韩有《陆浑山火一首和皇甫湜用其韵》构思奇特，语言险怪，韵律拗劲，生动地模仿了湜诗汪洋恣肆、光怪陆离的特点。

归登，苏州吴县人，通经术、善文学与书法，乃江南名士。韩愈任四门博士时与之结识，并将贞元间于汴州任职时得到的蝌蚪文《孝经》、汉卫宏的

---

① 彭定求，等.全唐诗·卷三四〇[M].北京：中华书局,1960.
② 彭定求，等.全唐诗·卷三八三[M].北京：中华书局,1960.
③ 钱仲联.韩昌黎诗系年集释·卷六[M].上海：上海古籍出版社，1984.

《官书》赠与之①。元和中期，韩愈在京任太子右庶子，又从归登家将这两部蝌蚪文书籍借来研究。韩愈有诗《和归工部送僧约》，说明二人关系颇为密切。

另外，生长于江南的王仲舒也是韩愈的好友。韩愈任袁州刺史时，王仲舒为江西观察使。韩之《新修滕王阁记》即因王重修滕王阁而作。

有学者认为韩愈出身北方破落世族，有较强的门阀观念，自视甚高，因而与出身寒俊的东南文士不屑合作，这种看法是值得商榷的。从上文看来，韩愈与江南文士的关系非同一般。当然，在永贞革新的政治旋涡中，韩愈与刘禹锡等人采取了不同的立场，这是事实，但根本上还是政见的不同。韩愈对王伾、王叔文等的否定态度，也同样源于其对待革新的态度，与他们出身寒门的东南士人身份似无多大关系。韩愈在生活上对江南文士是有特殊的感情的，否则其不可能一生与这些江南文士有如此深厚的关系。

江南生活经历对那些生长于江南的避乱士人的后代来说，影响则更大、更明显。刘禹锡就是如此。刘禹锡之所以与"二王"及其他江南人士关系密切并引为成员，其生长于江南的背景应该是重要原因。而永贞革新从政治上说，体现了江南经济崛起以后，当地普通士人阶层参与朝廷政治的诉求。至于刘禹锡江南生活与文学创作的关系，瞿蜕园先生认为其早年在江南与皎然、灵澈、包佶等人接触，受到他们的指点熏陶。"此早年踪迹足以决定后来之成就也"②，此为精辟之论。事实上，刘禹锡青少年时期江南生活对其人生态度及文学创作均产生了重要影响。其忍辱负重，不怕打击、排挤的豪迈性格，颇有江南文化传统内涵中的坚毅顽强的特点。其豪迈洒脱的人生态度，也与张旭、贺知章等江南文士甚为类似。他政治上长期遭受压抑，不被重用，但始终没有对人生对未来失去信心。无论是在贬谪之地，还是在衰病的晚年，都创作了许多昂扬乐观的佳作，像"芳林新叶催陈叶，流水前波让后波"③；"沉舟侧畔千帆过，病树前头万木春"④等，即是最有代表性的例子。诗人能从生生不息的自然界中得到启发，开拓心胸、乐观向上，他也因之有"诗豪"之

---

① 韩愈．科斗书后记》，马其昶．韩昌黎文集校注·卷二[M]．上海：上海古籍出版社，1986．
② 刘禹锡．刘禹锡集笺证[M]．上海：上海古籍出版社，1989．
③ 刘禹锡．乐天见示伤微之、敦诗、晦叔三君子皆有深分因成是诗以寄[M]//刘禹锡集·卷三二．卞孝萱校订．北京：中华书局，1990．
④ 刘禹锡．酬乐天扬州初逢席上见赠[M]//刘禹锡集·卷三一．卞孝萱校订．北京：中华书局，1990．

称。刘禹锡的七言乐府诗吸取了南朝民歌曲调的特点，音节浏亮，节奏鲜明；五古诗也多学习南朝诗风。张为《诗人主客图》将其列为"瑰奇美丽主"武元衡之上入室，从其诗歌语言与风格的学习继承南朝诗歌来看，这是十分准确的。

另外，权德舆诗歌虽以平易流畅为主，但其学习模仿南朝诗歌的倾向也十分明显。明杨慎《升庵诗话》卷一一即指出此点。比如，其集中《玉台体》十二首①、《离合诗赠张监阁老》《春日雪酬潘孟阳回文》②等诗，都是很典型的例子。许浑七律诗神清骨秀对后世影响甚大，韦庄以"字字清新句句奇"誉之。③其实许浑诗歌也明显地受到了江南文化的影响。《宣和画谱》云："浑诗似杜牧，俊逸不及而美丽过之。"许浑写景诗多用"水"字，所谓"许浑诗千首湿"④，"诗格风致精审俊丽"⑤，均可以看出江南文化的印记。这些都与许浑迁居江南的经历密切相关的。

总之，安史之乱以后的中唐，大量中原文士避乱江南，对整个唐代文学有直接的影响，同时也对江南文化与文学有直接的促进作用。中唐许多著名文士或长期避乱江南，或因父辈南来而出生于江南，都对他们日后的生活和创作均产生了重要影响。

---

① 全唐诗录·卷五七 [M]. 四库全书本.
② 彭定求，等. 全唐诗·卷三二七 [M]. 北京：中华书局，1960.
③ 韦庄. 题许浑诗卷 [M]// 彭定求，等. 全唐诗·卷六九六. 北京：中华书局，1960.
④ 胡仔. 苕溪渔隐丛话·前集 桐江诗话.
⑤ 罗时进. 唐诗演进论 [M]. 南京：江苏古籍出版社，2001.

附录：

白居易的江南情结

白居易后期诗歌创作中回忆眷念江南生活的内容非常突出，不乏感情深挚真切、脍炙人口的名篇。现略举几例如下：

江南名郡数苏杭，写在殷家三十章。君是旅人犹苦忆，我为刺史更难忘。境牵吟咏真诗国，兴入笙歌好醉乡。为念旧游终一去，扁舟直拟到沧浪。(《见殷尧藩侍御忆江南诗三十首中多叙苏杭胜事，余尝典二郡，因继和之》[①])

"官历二十政，宦游三十秋。江山与风月，最忆是杭州。"(《寄题馀杭郡楼兼呈裴使君》卷三六)

"故人叙旧寄新篇，惆怅江南到眼前。暗想楼台万余里，不闻歌吹又一年。"(《寄答周协律》卷二五)

江南好，风景旧曾谙。日出江花红胜火，春来江水绿如蓝。能不忆江南？(《忆江南词三首》之一，卷三四)

江南忆，最忆是杭州。山寺月中寻桂子，郡亭枕上看潮头。何日更重游？(同上之二)

江南忆，其次忆吴宫。吴酒一杯春竹叶，吴娃双舞醉芙蓉。早晚复相逢！(同上之三)

其中最为人所熟知的《忆江南词》作于开成三年，其时白居易已经是

---

① 白居易. 白居易全集·卷二六 [M]. 上海：上海古籍出版社，1999.

六十七岁的老人了,但其词中所流露的挚爱江南之情一如青春少年。另外,开成四年白居易于洛阳将自己编定的《白氏文集》67卷,藏于苏州南禅院。晚年白居易对江南的回忆留恋向往始终萦绕在心头,愈久弥深,可以说有着浓厚的江南情结。而这一切绝非偶然!认真梳理白居易的人生轨迹,其一生有三次持续较长时间的江南经历。从少年时期数年避乱吴越,到28岁贡举宣州,再到晚年近四载任杭州、苏州刺史,他一生和江南结下了不解之缘。江南生活经历对其人生思想和生活态度产生了重要影响,尤其是其30岁之前,他几次重要的人生选择都与江南相关。在文学创作方面,江南生活的影响也是显而易见,不仅丰富了白居易诗文创作内容,也直接或间接影响了其诗文创作风格。通过对白居易各阶段的江南经历的整体考察,可以寻绎其与乐天人生思想及创作的关系,从而为白居易研究提供新的视角。

一、白居易青少年时期的江南经历

白居易第一次长时间生活于江南,是少年时期避乱旅居吴越。白氏祖籍太原,后迁居下邽,不久又迁郑州新郑,白居易即生于此。建中三年,其父白季庚任徐州别驾,全家由新郑移居徐州附近的符离。次年,中原藩镇叛乱,两河用兵,12岁的白居易随部分家人逃难江南,直到18岁,即贞元五年返回符离①。其诗《江楼望归》题下自注云:"时避难在越中。"诗中称:"悠悠沧海畔,十载避黄巾。"(卷一三)《适意二首》其一则云:"十年为旅客,常有饥寒愁。"(卷六)这些都是对这段经历生动的描述。不过"十年"乃举成数而言,实际上他此次在江南大约只有六七年的时间,主要流寓于苏、杭二郡及饶州、衢州等地。

东晋以来尤其是南朝时期,江南得到了很好的开发。唐朝建立后一百多年的发展更使江南的经济文化地位迅速提高,中国经济重心逐渐南移。白居易避乱江南时离安史之乱刚刚二十多年,此时中原战乱频繁,社会遭受巨大破坏。北方士人大量逃亡南方,其中许多逃至江南地区:"贤士大夫以三江五

---

① 关于乐天此次避乱江南的具体起讫年月,因文献不足学术界仍有争议,有的定为十七岁到二十岁,有的定为十五岁前后,本书采用通行的朱金城先生之说,定为十二岁到十八岁。朱金城.白居易年谱[M].上海:上海古籍出版社,1982.

湖为家，登会稽者，如鳞介之集渊薮"①；"天宝末，安禄山反，天子去蜀，多士奔吴为人海"②从而形成了大规模的南迁移民。大量士人集中江南，不仅使这一地区的文学创作迅速活跃，也使江南的文化优势得以加强。建中、大历年间，以苏州、杭州、宣州为中心的江南地区聚集了众多诗人，有以刘长卿、戴叔伦、韦应物等人为代表的地方官诗人群体，有以皎然、灵澈为代表的诗僧群体，还有独标风韵的江南诗人顾况等③，他们频繁地诗文唱酬，形成了盛唐文学高峰后过渡期局部的兴盛局面。江南文士云集诚可谓盛极一时。白居易就是在这样的背景下来到江南的。

作为一个才十来岁的少年，战乱使得他远离故土，流落异乡，产生浓烈的思亲念土的感情。十五岁那年他在《江南送北客因凭寄徐州兄弟书》一诗中写道："故园望断欲如何，楚水吴山万里余。今日因君访兄弟，数行乡泪一封书。"（卷一三）将对仍住于徐州的其他亲人的思念之情抒发得极深沉动人。但是，对白居易而言，这段江南生活更多地具有正面积极的意义。少年白居易接触到了与北方完全不一样的风景、生活，"满眼云水色，月明楼上人。旅愁春入越，乡梦夜归秦"（《江楼望归》，卷一三）在这里他饱览吴越清丽秀美的自然景色，熟悉了江南独特的风俗人情。也正是在这里，他开始了那个时代绝大多数士人子弟都要经历的人生追求。在后来贬谪江州时创作的《与元九书》中他回忆道："及五六岁，便学为诗。九岁，谙识声韵。十五六，始知有进士，苦节诗书。"（卷四五）可见诗人苦节诗书以备进士考试正始于江南。更重要的是他了解、结识了其时正活跃于江南的许多杰出诗坛前辈，激发了少年白居易对未来政治与文学生活的憧憬与期待。宝历元年已任苏州刺史的白居易，不无深情地回忆起此时在苏、杭仰慕韦应物、房孺复两位诗人郡守的经历：

> 贞元初，韦应物为苏州牧，房孺复为杭州牧，皆豪人也。韦嗜酒，每与宾一醉一咏，其风流雅韵多播于吴中，或目韦、房为

---

① 穆员.工部尚书鲍防碑[M]//李昉，等.文苑英华·卷八九六.北京：中华书局，1966.
② 顾况.送宣歙李衙推八郎使东都序[M]//董诰，等.全唐文·卷五二九.上海：上海古籍出版社，1990.
③ 蒋寅.大历诗人研究[M].北京：中华书局，1995.

诗酒仙。时予始年十四五，旅二郡，以幼贱不得与游宴，尤觉其才调高而郡守尊。以当时心言，异日苏、杭，苟获一郡足矣。（《吴郡诗石记》，卷五九）

韦应物少年时为玄宗侍卫，豪纵不羁；后折节读书，但仍豪气不减。辛文房评其诗："驰骤建安以还，各有风韵，自成一家之体，清新雅丽，虽诗人之盛，亦罕其伦，甚为时论所右。而风情不能自己，如赠米嘉荣、杜韦娘等作，皆杯酒之间，见少年故态，无足怪矣。"① 又据《吴郡图经续记》，韦"当贞元时为郡于此，人赖以安，又能宾儒士，招隐独，顾况、刘长卿、丘丹、秦系、皎然之俦类见旌引，与之酬唱，其贤于人远矣"②。韦应物在苏州广召文士酬唱宴集，盛况空前，且豪纵不羁的气度表现得更加突出。房孺复乃房琯之子，"年七八岁，即粗解缀文，亲党奇之。稍长，狂疏傲慢，任情纵欲"③。房任杭州刺史在建中二年至贞元六年间，韦则于贞元四年始出任苏州刺史④。二人任职江南重镇，延揽文士，诗酒风流，深深吸引了年轻的白居易。虽因年幼不能参与盛会，但他由此立志要成为韦、房一样的诗人郡守任职苏、杭。从此后白居易勤苦为学的经历看，他确实是如此努力的。少年时期的这段江南生活对其日后人生方向，应该产生了不可忽视的潜在影响。

此时，白居易另一重要经历是与顾况结识。关于二人的初次交往，流传颇广的是贞元十五年白居易在长安行卷于顾况，如《旧唐书·白居易传》载："年十五六时，袖文一编，投著作郎吴人顾况，况……览居易文，不觉迎门礼遇曰：'吾谓斯文遂绝，复得吾子矣。'"其材料源于《幽闲鼓吹》和《唐摭言》：

尚书白居易应举，初至京，以诗谒著作顾况。况睹姓名，熟视白公曰："米价方贵，居亦弗易。"乃披卷，首篇曰："离离原上草，一岁一枯荣。野火烧不尽，春风吹又生。"却嗟赏曰："道

---

① 傅璇琮. 唐才子传校笺·卷四 [M]. 北京：中华书局，1990.
② 朱长文. 吴郡图经续记·卷上 "牧守" 部 [M].《江苏地方文献丛书》本. 南京：江苏古籍出版社，1999.
③ 刘昫，等. 旧唐书·卷一一一 房琯传附孺复 [M]. 北京：中华书局，1975.
④ 劳格. 读书杂识·卷七 杭州刺史考. 转引自傅璇琮. 唐才子传校笺·卷四 [M]. 北京：中华书局,1990.

得个语，居即易矣。"因为之延誉，声名大振。(《太平广记》卷一七〇引《幽闲鼓吹》)

  白乐天初举，名未振，以歌诗谒顾况。(《唐摭言》卷七)

  这些材料均将乐天初次谒见顾况的时间定为其于长安应进士试时。朱金城、傅璇琮二位先生已考辨，二人不可能遇于长安，因白居易入长安应进士试在贞元十五年，贞元四年前其无赴长安之可能，贞元四年后顾况已永离长安①。但我们认为二人因行卷相识之事本身则是可信的，只是地点不在长安而在此时的江南②。顾况为吴郡人，贞元初年与包佶、刘太真等在长安诗文唱和，一时"举国传览，以为盛观"③。据《旧唐书》卷一三〇本传，贞元五年春顾况因逢李泌卒，"有调笑之言，为宪司所劾"，由秘书省著作佐郎贬饶州司户。是夏往饶州赴任，取道故里，再经杭州、睦州而往贬所。他在姑苏与韦应物等人诗文唱和颇有停留，韦在郡斋为之宴集文士并作诗《郡斋雨中与诸文士宴集》，顾况亦作《奉和同郎中使君郡斋雨中宴集》和之，题注云："时况左迁饶州"④此后，他在杭州与房儒复、在睦州与韦偿、在信州与刘太真宴集唱和。刘太真有诗"顾十二左迁过韦苏州房杭州韦睦州三使君，皆有郡中宴集诗，辞章高丽，鄙夫之所仰慕，顾生既至留连笑语，因亦成篇以继三君子之风焉"，由此可见顾况此次江南故里行，确实引起了不小的轰动。白知道这样一位久负盛名的江南诗人回乡，向其行卷冀其赏识推荐，应是情理之中的事情。所以，二人相识当在此时的苏州。至于有关史料记二人初识于长安，当为传播中讹误所致。一种可能的解释是顾况用"长安居大不易"取笑乐天使然。顾况虽然此时身在江南，却拿长安开玩笑，是因进士试地点一般均在长安，而科举之目的乃为仕宦。贞元年间赵修即云："进士者，谓可进而授之爵禄也。……所谓选才授爵之高科，求士滥觞之捷径也。"⑤而众所周知，唐人仕

---

① 傅璇琮.唐代诗人丛考·顾况考[M].北京：中华书局，1980；朱金城.白居易年谱[M].上海：上海古籍出版社，1981.

② 谢思炜.白集综论[M].北京：中国社会科学出版社，1997：183–184.傅璇琮《唐五代文学编年史》中唐卷贞元五年，亦疑"其谒顾况即在苏州"。

③ 刘太真.顾著作宣平里赋诗序[M]董诰，等.全唐文·卷三九五.上海：上海古籍出版社，1990.

④ 彭定求，等.全唐诗·卷二六四[M].北京：中华书局,1960.

⑤ 赵修.李奕登科记序[M]// 徐松.登科记考.北京：中华书局，1984.

宦重京官轻外任，那些踌躇满志的举子最大梦想就是一登龙门仕任长安，天性喜谐谑的顾况便用长安来和他们开开玩笑。长时间后，人们就由此将二人的结识地误认为长安了。

值得注意的是韦、顾等诗人对白居易思想与人生态度及创作上的影响。顾况个性放诞、诙谐而旷达，据《国史补》卷中载其诗："词句清绝，杂之以诙谐，尤多轻薄。"《唐才子传》卷三亦云其"性诙谐，不修检操"；又"志尚疏逸，近于方外"①。他对道教有着超乎常人的热忱，最后亦选择隐居茅山以终。这种人生态度对白居易后期快意自然、达观闲适的人生态度有潜在影响。张为《诗人主客图》以白居易为广大教化主，以顾况为升堂，说明了二人诗歌之间的内在联系。赵昌平先生则明确指出两者在诗风上的继承关系，认为吴中诗派对元白诗派风格的影响主要体现在向俗体的学习上②。而韦应物在苏州刺史任上的行为方式及其闲淡高雅诗风，都与白居易日后在苏杭的行为方式及后期诗歌中的闲适洒脱有着共通之处，也可以说一脉相承。白居易日后在江州对韦诗作了高度而准确的评价："才丽之外，颇近兴讽。其五言诗又高雅闲淡，自成一家之体，今之秉笔者谁能及之？"（《与元九书》，卷四五）在任苏州刺史时，为缅怀纪念韦应物，专门将韦诗"兵卫森画戟，宴寝凝清香"刻石③，并为之作记，足见其对韦应物为人与诗风的仰慕。

贞元四年白居易父亲任衢州别驾，白居易从至衢州，时年17岁，在衢州作《王昭君》等诗二首。大约在贞元七年，其父衢州任满，随即为襄州别驾。据《与元九书》等材料，是年白居易已经在符离，和张彻、贾𫗧等一起读书学诗赋。所以大约在贞元六年左右，白居易从江南回到了北方。

少年白居易避乱生活于江南正值人生观形成之时，一方面受到江南优美山水及浓郁人文氛围的滋养熏陶，为后期适意的人生态度的形成打下基础；另一方面韦应物、顾况等著名诗人的行为与创作又给他直接的启示，也对他日后的人生与文学创作产生了一种示范效应。成年后白居易人生思想中适意

---

① 李昉，等. 太平广记·卷二〇二引 尚书故实 [M]. 北京：中华书局，1961.
② 吴中诗派指中唐前期顾况、皎然等世籍东吴，主要活动于江南的诗人群体。赵昌平."吴中诗派"与中唐诗歌 [J]. 中国社会科学，1984（4）.
③ 此联为韦应物《郡斋雨中与诸文士燕集》中诗句，韦应物. 郡斋雨中与诸文士燕集 [M]// 彭定求，等. 全唐诗·卷一八六. 北京：中华书局，1960.

达观的态度，流连诗酒亦官亦隐的放达生活，寻根溯源应始于这时的江南经历。

贞元十四年，27岁的白居易重回江南，到宣州准备应乡试。十五年秋，白居易"始举进士，与侯生俱为宣城守所贡"（《送侯生秀才序》，卷四三）。是年底往长安，十六年春进士及第，暮春即返江南省亲，直到次年春重回符离①。这是他第二次重要的江南之行。

白居易不在符离或洛阳而到遥远的江南应乡试，有家境困厄需赖亲友照顾的原因。在《与元九书》中，他称"家贫多故，二十七方从乡赋"，此为实情。贞元七年，白季庚由衢州移任襄州别驾，贞元十年春夏之间，白居易至襄州省父，居住于州东郭。是年五月白季庚卒于官任。从此，白居易母子失去依靠，生活更加窘迫。贞元十四年春，白居易兄白幼文得任江南西道饶州浮梁县主簿。其夏，白居易将母亲安置洛阳，然后往浮梁依附兄长而"分微禄"（《伤远行赋》，卷三八）。其叔父白季康此时亦在江南，任宣州溧水县令②。故而白居易在宣州乡试有生活依靠，也有请托关节之便。但我认为除此外还有更重要的原因。

白居易选择宣州乡试和此时任宣歙池观察使的崔衍有直接关系。唐科举在中唐后，乡贡已不限于原籍，举子可自由选择州郡荐举。《太平广记》卷一五四记载了一则材料：吴人陆宾虞举进士在京师，至宝历二年春还不能及第，于是准备罢举归吴。好友僧惟瑛知术数，对他说："若来岁成名，不必归矣。但取京兆荐送，必在高等。"陆宾虞从其言，果于来年及第。陆宾虞本苏州人，在友人的点拨下，不在本籍举贡而选于京兆。可见，宝历间，举子也不限原籍举荐。

唐代文士至某地荐举一般会考虑两个因素。一是乡贡名额。《唐摭言》卷一载："开元二十五年二月，敕应诸州贡士：上州岁贡三人，中州二人，下州一人。"③上州的名额比中、下州多，举子自然多趋于上州。据《新唐书·地理志》，宣州在大历后升为望州，时人称之"通商鬻货，万货云从；闸道都

---

① 贞元十七年秋，乐天又曾到宣州，祭悼在江南去世的从兄，时间甚短。
② 周应合.景定建康志·卷四七 古今人表序传[M].宋元方志丛刊本.北京：中华书局,1990；傅璇琮.唐代科举与文学[M].西安：陕西人民出版社, 1986.
③ 王定保.唐摭言·卷一 "贡举厘革"条[M].上海：上海古籍出版社, 1978.

会，敦儒泮宫"①。长庆间其"较缗之数，岁不下百万"②，宣州为江南望州重镇，贡举名额应等同于上州无疑。二是州郡之最高长官是否为重贤爱才之人。此点是关键。与盛行的科举行卷风气相关。崔衍为何许人？据《新唐书·德宗纪》，崔于贞元十二年秋为宣歙池三州观察使，直到永贞元年除任工部尚书，在宣州共十年。《旧唐书》卷一八八本传载其在州治理有方"颇勤俭，府库盈溢"；又善待府宾客幕僚，所谓"政务简便，人颇怀之。其所择从事，多得名流。时有位者待宾僚率轻傲，衍独加礼敬，幕中之士，后多显达"。崔衍礼敬文士，幕中聚集了如崔倰、崔群、崔玄亮、钱徽、羊士谔等数十位文士③，堪称群贤毕至。其中的崔群日后成为朝中名臣，为"当时宰相藩镇大臣，且为文学词科之高选，所谓第一流人物也"④。崔衍的儒雅风采吸引渴望仕进的白居易不远千里欣然投就。贞元十六年春白居易进士及第后回江南，在向崔衍表达感激的诗中，说自己"身忝乡人荐，名因国士推。提携增善价，拂拭长妍姿"；称赞崔衍"行为时领袖，言作世蓍龟。盛幕招贤士，连营训锐师"。（《叙德书情四十韵上宣歙崔中丞》题下自注"宣州荐送，及第后重投此诗"，卷一三）白居易"国士""领袖"的称扬并非奉承之辞，这与崔衍当时的名望身份相当。23年后，白居易任杭州刺史，众多江东举子也因慕乐天之名纷纷奔赴杭州取解⑤。可见，期待乐于奖掖贤才的崔衍的赏识是白居易贡举宣州的关键。其实，这种情况在中晚唐十分普遍，典型的如贞元十四年张籍往汴州府应试，就是因为韩愈为汴州府试官，韩愈是张籍的老师兼文友，张籍才获得首荐。后来韩愈去世，张在诗《祭退之》中写道："公领试士司，首荐到上京。"可见张籍对此念念不忘。

白居易的选择无疑是正确的，他顺利中乡试，进士一举及第，三年后又登书判拔萃科。白居易从此走上仕途，开始了更绚丽而复杂的人生。青年江南之行实现了白居易人生极其重要的跨越。

---

① 阙名.大唐宣州刺史薛公去思碑 [M]// 董诰，等.全唐文·卷九九〇.上海：上海古籍出版社，1990.

② 元稹.授卢萼监察里行宣州判官制 [M]// 董诰，等.全唐文·卷六四八.上海：上海古籍出版社，1990.

③ 戴伟华.唐方镇文职僚佐考 [M].天津：天津古籍出版社，1994.

④ 陈寅恪.白乐天之思想行为与佛道关系 [M]// 元白诗笺证稿.上海：上海古籍出版社，1978：326.

⑤ 王定保.唐摭言·卷二"争解元"条 [M].上海：上海古籍出版社，1978.

二、白居易刺守苏杭与其后期人生思想

长庆二年七月，51岁的白居易自中书舍人出任杭州刺史，直到长庆四年五月除太子左庶子返洛阳。十一个月后，即宝历元年五月初他又回江南任苏州刺史，至宝历二年十月因病罢职。这是他第三次也是他最后一次长时间生活于江南，此后再未回过江南。

白居易此次到江南任职，与其在朝廷政治斗争中的处境有关。《旧唐书·白居易传》载："时天子荒纵不法，执政非其人，制御乖方，河朔复乱。居易累上疏论其事，天子不能用，乃求外任。"正是在这样的大背景下，白居易回到江南，情绪上的变化十分明显。

一方面，重新回到青少年时代避乱流连之地，自然倍感亲切；另一方面，此时虽然政治失意，但毕竟官居显要，也绝非当初流落避难可比，且实现了当年在此立下的刺守一郡的夙愿。另外，远离朝中逐渐兴起的朋党纷争，眼不见污浊，其心情自然甚为轻松闲适。这时的江南作为朝廷的财赋中心，经济与社会地位又有上升。白居易诗中对此多有描写，比如，"杭土丽且康，苏民富且庶"（《和三月三十日四十韵》，卷二二）；"况当今国用多出江南，江南诸州，苏为最大。兵数不少，税额至多"（《苏州刺史谢上表》，卷六八）。苏、杭的一切极其符合他新的人生思想与态度。宜人的气候、秀丽的自然风光以及繁华的街市、美妙的乐舞等，皆让他陶醉、让他留连忘返。

> 十月江南天气好，可怜冬景似春华。霜轻未杀萋萋草，日暖初干漠漠沙。老柘叶黄如嫩树，寒樱枝白是狂花。（《早冬》，卷二〇）
>
> 江南九月未摇落，柳青蒲绿稻穗香。姑苏台榭依苍藓，太湖山水含清光。（《九日宴集醉题郡楼兼呈周殷二判官》，卷二〇）
>
> 岁熟人心乐，朝游复夜游。春风来海上，明月在江头。灯火家家市，笙歌处处楼。无妨思故里，不合厌杭州。（《正月十五日夜月》，卷二〇）
>
> 水国多台榭，吴风尚管弦。每家皆有酒，无处不过船。（《和梦得夏至忆苏州呈卢宾客》，补遗一）

处处楼前飘管吹，家家门外泊舟航。(《登阊门闲望》，卷二四)

当初他在江州流连风景，多是因遭贬谪仕途遇挫而借山水排遣幽愤，可此时面对苏杭美景则是发自内心的沉醉。"苏杭自昔称名郡，牧守当今当好官。两地江山蹋得遍，五年风月咏将残"(《咏怀》，卷二四)，这是白居易离开苏州前对这段江南生活的总结。

在杭州他自称"诗酒主"："杭州风光诗酒主，相看更合是何人"(《元微之除浙东观察使喜得杭越邻州先赠长句》，卷二三)在苏州则自称"诗太守"："何似姑苏诗太守，吟诗相继有三人"(《送刘郎中赴任苏州》，《补遗》一)；"吴中多诗人，亦不少酒酤；高声咏篇什，大笑飞杯盂。五十未全老，尚可且欢娱；用兹送日月，君以为何如"(《马上作》，卷八)？

与远近诗友赠答酬唱，举办诗文酒会，欣赏吴越歌舞，携妓览名胜访佛寺等，已成为他此时公务之外的重要生活内容。在杭州、苏州三年多的时间里，白居易闲适、杂律诗数量大增，诗歌创作继任职翰林之后，进入又一个丰收时期。

乐天此时的诗歌将新乐府的流畅自然和《长恨歌》等长篇叙事抒情诗的绮丽优美结合起来，思想感情上，自我调适后的安闲适意、流连山水的从容自得、沉醉诗酒乐舞的雅兴逸致，在这时的诗作里得到传神的表现。

夜舞吴娘袖，春歌蛮子词。犹堪三五岁，相伴醉花时。(《对酒自勉》，卷二〇)

谢安山下空携妓，柳恽州边只赋诗。争及湖亭今日会，嘲花咏水赠蛾眉。(《候仙亭同诸客醉作》卷二〇)

可怜假日好天色，公门吏静风景凉。榜舟鞭马取宾客，扫楼拂席排壶觞。胡琴铮摐指拨刺，吴娃美丽眉眼长。笙歌一曲思凝绝，金钿再拜光低昂。日脚欲落备灯烛，风头渐高加酒浆。觥盏艳翻菡萏叶，舞鬟摆落茱萸房。(《九日宴集醉题郡楼兼呈周殷二判官》卷二〇)

玲珑箜篌谢好筝，陈宠觱篥沈平笙。清弦脆管纤纤手，教得

霓裳一曲成。……李娟张态君莫嫌，亦拟随宜且教取。(《霓裳羽衣歌》，卷二一)

萍醅箬溪醑，水脍松江鳞。侑食乐悬动，佐欢妓席陈。风流吴中客，佳丽江南人。歌节点随袂，舞香遗在茵。(《郡斋旬假命宴呈座客示郡寮》，卷二一)

逐胜移朝宴，留欢放晚衙。宾寮多谢客，骑从半吴娃。(《夜归》，《全唐诗》卷四四七)

不厌西丘寺，闲来即一过。……摇曳双红旆，娉婷十翠娥。(句下自注"容、满、蝉、态等十妓从游也"，《夜游西武丘寺八韵》，卷二四)

这些作品真实反映了白居易对江南人文传统的重雅趣、爱自然、尚逸乐精神的认同与追慕。商玲珑、谢好好、陈宠、沈平为杭州乐妓；李娟、张态乃苏州歌妓。白居易在杭州、苏州先后组织她们排练长安流行的《霓裳羽衣舞》及其他曲舞。吴娘即吴二娘，为长庆间江南歌女，擅作歌词，白居易极欣赏其词《长相思》"暮雨潇潇郎不归"[①]。唐史料中对白居易这种"携觞领妓处处行"(《题灵岩寺》，卷二一)的生活记载颇多，《唐语林》卷二："白居易长庆二年以中书舍人为杭州刺史……时吴兴守钱徽、吴郡守李穰，皆文学士，悉生平旧友，日以诗酒寄兴。官妓商玲珑，谢好好巧于应对，善歌舞。"白居易对这些江南歌女是非常怀念的，大和八年他退居洛阳时，姚合将赴杭州任刺史，途经洛阳拜访白居易，在送别姚合的诗中，他不仅表达了对杭州美好风光的思念，还请姚合问候杭州的歌妓。

与君细话杭州事，为我留心莫等闲。闾里固宜勤抚恤，楼台亦要数跻攀。笙歌缥缈虚空里，风月依稀梦想间。且喜诗人重管领，遥飞一酸贺江山。(《送姚杭州赴任因思旧游二首》其一)

渺渺钱唐路几千，想君到后事依然。静逢竺寺猿偷橘，闲看苏家女采莲。故妓数人凭问讯，新诗两首倩留传。(其二)

---

① 陈尚君. 全唐诗补编·全唐诗续拾·卷二八 [M]. 北京：中华书局, 1992.

白居易在洛阳直到晚年，身边尚有从杭州带回的歌女，据刘禹锡诗《乐天寄忆旧游因作报白君以答》："其奈钱塘苏小小，忆君泪黦石榴裙。"刘在诗末自注："白君有妓，近自洛归钱塘。"《旧唐书》卷一六六本传云其"放心于自得之场，置器于必安之地，优游卒岁"，白居易对其诗酒乐舞的优雅闲适生活是颇为自得的。从上引《候仙亭同诸客醉作》可知，他认为自己在江南的风雅兼有东晋谢安和梁柳恽之风流，甚至是超过他们，其欣喜自得之情溢于言表。所以，我们完全可以理解白居易在离开江南回北方后的岁月里，为何有那么浓烈的江南情结，创作众多回忆、怀念江南的诗歌了。

白居易在江南，对江南文坛起到了重要的推动作用。元稹《永福寺石壁法华经记》中记叙了他长庆三年，去越州赴任刺史路过杭州，与白居易一同出行时，"杭民竞相观堵"，白居易问他们为何围观，杭民曰："非欲观宰相，盖欲观曩所闻之元白耳！"可见元白一起来到江南所造成的巨大影响。另外，二人对江南文学创作的影响更加直接。《旧唐书·元稹传》载：元白"二人来往赠答，凡所为诗，有自三十、五十韵乃至百韵者。江南人士，传道讽诵，流闻阙下，里巷相传，为之纸贵"。白居易在离任杭州时云：

  吟山歌水嘲风月，便是三年官满时。春为醉眠多闲阁，秋因晴望暂褰帷。更无一事移风俗，唯化州民解咏诗。（《别州民》卷二三）

其说自己在杭州三年，没有为百姓做什么事，这是谦辞，因为他在杭州疏浚西湖、治理海塘、除虎患等甚有德政。但通过他在杭州诗酒文会的示范，带动了江南社会更加热爱诗歌，这是事实。

白居易和越州刺史元稹、湖州刺史崔玄亮、苏州刺史李琼等人，在江南兴起了以赠答酬唱宴咏为主要形式的群体文学创作风潮。《旧唐书》卷166白居易本传载其在杭州与元稹"交契素深，杭越邻境，篇咏往来，不间旬浃"。《唐诗纪事》卷三九记"玄亮与元微之、白居易皆贞元初同年生也。……后白刺杭州，元为浙东廉使刺越，而崔刺湖州。……三郡有唱和诗，谓之《三州唱和集》"。另据《宋史·艺文志》，三人此时还有《杭越寄和诗集》一卷，陈尚君师考订三州唱和当在长庆三、四年间，惜此二集宋后俱佚。元、白则将他们之间的唱和寄赠之作编为《元白唱和集》十四卷和《因继集》三卷①。足见此时江南文坛之活跃。

正因此，白居易在杭州时，"江东进士多奔杭取解"②以求其赏识首荐。其中的佼佼者张祜与徐凝更是为争解元摆开了诗文擂台，最终徐凝以"今古常如白练飞，一条界破青山色"为白激赏而夺魁。③《唐语林》卷三详记其事：

> 尚书白舍人初到钱塘，令访牡丹。独开元寺僧惠澄，近于京得此花，始栽植于庭，栏围甚密，他亦未知有也。时春景方深，惠澄设油幕覆其上。牡丹自东越分而种之也，会稽徐凝自富春来，未识白公，先题诗曰："此花南地知谁种，惭愧僧门用意栽。海燕解怜频睥睨，胡蜂未识更徘徊。虚生芍药徒劳妒，羞杀玫瑰不敢开。唯有数苞红萼在，含芳只待舍人来。"白寻到寺看花，乃命徐生同醉而归。时张祜榜舟而至，甚若疏诞，然张、徐二生，未之习稔，各希首荐焉。中舍曰："二君书中，若廉白之斗鼠穴，较胜负于一战也。"遂试长剑倚天赋、余霞散成绮诗。既解送，以凝为先，祜其次耳。……祜遂行歌而迈，凝亦鼓枻而归。自是二生终身偃仰，不随乡试矣。……后杜舍人之守秋浦，与张生为诗文交，酷爱祜宫词，亦知钱塘之岁，自有是非之论，怀不平之色，为诗二首以高之曰："谁人得似张公子，千首诗轻万户侯。"又云："如何故国三千里，虚唱歌辞满六宫。"

白居易放达行为和闲适诗风引起许多诗人的模仿，他在苏州称"闻道毗陵诗酒兴，近来积渐学姑苏"（《戏和贾常州醉中二绝句》其一，卷二四）。毗陵指常州刺史贾餗，他在常州学习模仿白居易举办诗酒文会。远在夔州的刘禹锡不禁感叹："鳌惊震海风雷起，蜃斗嘘天楼阁成。莫道骚人在三楚，文星

---

① 陈尚君.唐人编选诗歌总集叙录[M]//唐代文学丛考.北京：中国社会科学出版社，1997：209.
② 王定保.唐摭言·卷二 "争解元"条[M].上海：上海古籍出版社，1978.
③ 徐凝.庐山瀑布[M]//彭定求，等.全唐诗·卷四七四.北京：中华书局,1960.

今向斗牛明。"①其意思是说，因元、白二人在江南的诗歌创作风起云涌冠领南北，文曲星已不在三楚而炫耀于江南上空。白居易戏称自己与元稹为文友诗敌，"吟咏情性，播扬名声，其适遗形，其乐忘老，幸也。然江南士女，语才子者，多云元、白，以子之故，使仆不得独步于吴越间，亦不幸也"（《刘白唱和集解》卷六九）。实际就是说他们二人独步江南。白居易元稹等人在江南的诗酒风流为朝野瞩目，毫无疑问堪称引领当时文坛风骚。

白居易、元稹在杭越还发明了一种特殊的传递诗笺方式——竹筒贮诗。白称"拣得琅玕截作筒，缄题章句写心胸。随风每喜飞如鸟，渡水常忧化作龙。粉节坚如太守信，霜筠冷称大夫容"（《与微之唱和来去，常以竹筒贮诗，陈协律美而长篇，因以此答》，卷二三）。张表臣《珊瑚钩诗话》亦载："自唐白乐天为杭州刺史，元微之为浙东观察，往来置邮筒，唱和始依韵，而多至千言，少或百数十言，篇章甚富。"以青青翠竹装盛诗笺文稿，确实别出心裁雅致脱俗。白居易在贞元十九年创作的《养竹记》，曾将竹比作贤能之士，并云"竹节贞，贞以立志；君子见其节，则思砥砺名行，夷险一致者"（卷四三）。可见其爱竹并借之寄托情志由来已久。白居易等把传统文士的高雅之趣和浪漫之兴完美结合起来，与晋王羲之等人在兰亭宴集的曲水流觞大似，只不过王羲之借春水佳酿写胸中之兴，元、白则凭琅玕翠竹发脱俗之思。中国古代诗文追求的意境与象征之美，在元、白手中实体化，应算是王羲之之后文人风流之最。白居易此举深得江南人文精神之精髓。正因如此，诗人在离开杭州、苏州回京时，便是留恋不已了。

> 征途行色惨风烟，祖帐离声咽管弦。翠黛不须留五马，皇恩只许住三年。绿藤阴下铺歌席，红藕花中泊妓船。处处回头尽堪恋，就中难别是湖边。（《西湖留别》，卷二三）
> 怅望武丘路，沉吟浒水亭。还乡信有兴，去郡能无情。（《别苏州》，卷二一）

白居易在离开江南返回洛阳以后二十多年的岁月里，难以忘怀江南、心

---

① 刘禹锡.白舍人自杭州寄新诗，有柳色春藏苏小家之句，因而戏酬兼寄浙东元相公[M]//刘禹锡集·卷三一.卞孝萱校订.北京：中华书局，1990.

中强烈的江南情结实在情理之中。诗人在回北方18年后,即在他72岁时所创作的一首诗歌,最能表现这种萦绕心头的感情。

> 一别苏州十八载,时光人事随年改。不论竹马尽成人,亦恐桑田半为海。莺入故宫含意思,花迎新使生光彩。为报江山风月知,至今白使君犹在。(《送王卿使君赴任苏州因思花迎新使感旧游寄题郡中木兰西院一别》,卷三六)

我们由白居易在江南的生活与创作还可考察其思想与生活态度的新发展。元和二年至五年白居易任翰林学士及左拾遗间,指陈时弊、刚直敢言,是其一生中最富积极精神的时期。但也正是从那时开始,他思想发生转向。正如傅璇琮先生所云:"五年间的翰林学士生活,是白居易一生从政的最高层次,也是他诗歌创作的一个高峰,但同时又给他带来思想、情绪上的最大冲击。在这之后他就逐渐疏远政治,趋向闲适。"[①]元和六年丁母忧退职居下邽乡村时,他便感叹:"三年作谏官,复多尸素餐。有酒不暇饮,有山不得游。岂无平生志,拘牵不自由。"并体会到"人生不过适,适外复何求"?(《适意二首》,卷六)厌恶官场、向往自然的"适意"思想因素已经十分明显。元和十年贬谪江州是其后期"适"意思想迅速发展的阶段。政治上的挫折使白居易充满委屈与苦痛,"独善"迅速超越"兼济"成为主导思想,"适""适意""安闲"成为人生追求的主要目标。他说:"官不官,系乎时也;适不适,在乎人也。"(《草堂记》,卷四三)初到江州时白居易心怀委曲与创伤,只能从饮酒赋诗、学道参禅及留连风景中寻找慰藉。他甚至有了归隐匡庐之志:"炉烟岂异终南色,溢草宁殊渭北春。此地何妨便终老,匹如元是九江人。"(《九江春望》卷一七)表明他在无可奈何中寻找着安慰。其由此采取了一种新的隐逸方式,即吏隐。在《草堂记》中,白居易指出江州司马是一个"凡仕久资高,者昏软弱不任事,而时不忍弃者"做的官,对那些胸怀大志兼济天下者自然痛苦不堪,但如果"养志忘名,安于独善者处之,虽终身无闷"。意思即司马虽是闲官,但不妨诗人"从容于山水诗酒间,由是郡南楼山、北楼水、溢亭、

---

① 傅璇琮.从白居易研究中的一个误点谈起[J].文学评论,2002(2).

百花亭、风篁、石岩、瀑布、源潭洞，东西二林寺，泉石松雪，司马尽有之。苟有志于吏隐者，舍此官何求焉"？此后十年，白居易虽官居显要，但人生态度与行为方式与任翰林学士时已经完全两样了。

在苏杭后期白居易思想最终成熟、稳定下来。"人生百年内，疾速如过隙。先务身安闲，次要心欢适"（《咏怀》，卷八）。吴越迷人的水乡风光及尚享乐的社会风尚，正合其"适意"情怀。在尊显雍容安闲自由的郡守生活中，白居易后期人生思想得到了最生动的诠释。优游山水、听乐观舞、诗酒唱酬成为其适意人生态度的集中体现和最佳表现方式。白居易沉浸其中，透出发自内心的愉悦，完全没有在江州时的那种无可奈何与心有所待。这时他的诗歌中也很少看到在江州创作所表现出的委屈与矛盾。陈寅恪先生曾指出，白居易思想"一言以蔽之，曰'知足'"[1]，我们认为，还要加上"适意"，"知足"与"适意"共同构成其处世和行为的准则与依据。晚年白居易退居洛阳时说得更明白："今寿过耳顺，幸无病苦，官至三品，免罹饥寒，此一乐也。……斯乐也，实本之于省分知足，济之以家给身闲，文之以殇咏弦歌，饰之以山水风月。此而不适，何往而适哉？"（《序洛诗》，卷七〇）正因此，我们才看到他此时闲适诗大增的新创作局面。

另外，白居易在江南亲近佛禅对其后期思想与人生态度产生了影响。早在元和九年除母忧回朝廷后，白居易便开始经常性地与禅僧交往。后在杭州、苏州更是遍游名寺广交名僧。

长庆三年，他曾经致信济法师求教佛理。《五灯会元》卷四："杭州刺史白居易，字乐天，久参佛光，得心法，兼秉大乘金刚宝戒。……牧杭州……尝致书于济法师。"其《与济法师书》（卷四五），在对请教的两个问题详细说明后，他虔诚地"仍望指陈，著于翰墨"，并称得到上人的解答后，将"藏于箧笥，永永不忘"。此外，他还与灵隐寺道标、钱塘永福寺慧琳、秦望山鸟窠道林禅师等关系极为密切。鸟窠道林禅师，富阳人，居杭州山寺，"衣衲弊甚，寒暑不更。栖止山间，有鹊巢于其侧。经四十秋未尝下山"。白居易出守杭州曾经入山拜访之[2]，"晚随酒客花间散，夜与琴僧月下期"（《春兴》残句，补遗一）；"此处与谁相伴宿，烧丹道士坐禅僧"（《竹楼宿》卷二〇）；"在郡六百

---

[1] 陈寅恪.白乐天之思想行为与佛道关系[M]//元白诗笺证稿.上海：上海古籍出版社，1980：327.
[2] 景德传灯录·卷四 道林禅师传[M].四部丛刊本.

日,入山十二回"(《留题天竺灵隐两寺》,卷二三)等均是其亲近佛禅的真实写照。

此后,白居易思想中佛教成分占据越来越重要的位置。"今朝欢喜缘何事,礼彻佛名百部经"(《欢喜二偈》);"纱笼灯下寻真谛,白日持斋夜坐禅"(《斋戒满夜戏招梦得》)都是证明。安史之乱以后,禅宗迎合中国士大夫的心理,融入中国传统知识、思想和信仰,渐渐向自然和适意的人生哲理方向转化。葛兆光先生指出,此时"宗教退化成了生活,由信仰而来的精神超越被日常生活的平常绵延所替代,唯有一种以自然适意为最高理想生活境界的思路,渐渐在佛教信仰者,尤其是上层信仰者中弥漫开来"[1]。确实,自中唐开始,士大夫将禅宗倡导的"自然适意的思路"与老庄的自然思想交融,从而形成一种近乎审美的生活情趣和优雅的人生态度。白居易应是突出的代表。当然,白居易后期思想中仍然保留了儒家思想的积极成分(如在杭州、苏州所施行的德政),但这两种思想并没有冲突对立,而是各取所需,互为所用。白居易"个人适性与以道自任两种生活选择,就并非以对立的而是以互补的形式出现"[2]。其实,白居易自己有非常明确的表述。"外以儒行修其身,中以释教治其心,旁以山水风月、歌诗琴酒乐其志。"(《醉吟先生墓志铭》,卷七一)足见他刺守江南以后,人生思想融合儒、道、佛,修身、治心、乐志并行不废,最终表现为"适意""知足"而成熟定型的状况。

三、江南文化对白居易文学创作的影响

中唐贞元、元和之时,是唐代诗歌继盛唐后又一个繁荣的阶段。但此时的诗歌创作已经与盛唐发生很大的变化。唐李肇《国史补》卷下云:"元和已后,为文笔则学奇诡于韩愈,学苦涩于樊宗师。歌行则学流荡于张籍。诗章则学矫激于孟郊,学浅切于白居易,学淫靡于元稹。俱名为元和体。大抵天宝之风尚党,大历之风尚浮,贞元之风尚荡,元和之风尚怪也。"实际上,这段话说明安史之乱后,唐代政治经济社会状况巨变,所导致的文学风格的变化;也反映了盛唐诗歌繁荣以后,中唐文士求新、求变的总体倾向。白居易

---

[1] 葛兆光.中国思想史:卷二[M].上海:复旦大学出版社,2001:86.
[2] 谢思炜.白居易的人生意识与文学实践[J].中国社会科学,1992(5).

也说:"制从长庆辞高古,诗到元和体变新。"又云:"微之长庆初知制诰,文格高古,始变俗体,继者效之也。众称元白为千字律体,或号元和格。"(《余思未尽为六韵重寄微之》,卷二三)明白说明了元和间散文诗歌发生着新变革的实际状况。

白居易作为中唐诗歌的一大领袖,其诗歌的特点主要是浅切。白居易的诗歌在当时受到上至帝王下至百姓的喜爱,影响很大。其《与元九书》云:"自长安抵江西三四千里,凡乡校、佛寺、逆旅、行舟之中,往往有题仆诗者。士庶、僧徒、孀妇、处女之口,每每有咏仆诗者。"元稹《白氏长庆集序》记二人的诗歌:"禁省观寺邮候墙壁之上无不书,王公妾妇牛童马走之口无不道,至于缮写模勒,衒卖于市井,或持之以交酒茗者,处处皆是。其甚者,有至于盗窃名姓,苟求自售,杂乱间厕,无可奈何!"另外,许多乡村学校中亦教习他们的诗歌[1]。晚唐诗人杜牧不喜欢元白诗风,在《李府君墓志铭》中云元白诗歌"纤艳不逞","流于民间,疏于屏壁,子父女母,交口教授,淫言媟语,冬寒夏热,入人肌骨,不可除去。"[2]也从反面说明当时元、白诗歌的巨大影响。白居易去世时,宣宗作诗吊唁云:"童子解吟长恨歌,胡儿能唱琵琶篇。文章已满行人耳,一度思卿一怆然。"[3]当时人们最喜爱的白诗主要是乐府诗歌、感伤诗和格律诗。这些作品有共同的特点,即通俗优美的语言,流畅动人的节奏。这得益于江南文化的熏陶。事实上,白居易诗歌创作有着很突出的南朝化倾向。比如,其现存作品中有大量的格诗与半格诗,计有四卷之多。所谓格诗指齐梁调律诗,半格诗"就是一首诗中一半儿用古体,一半儿用齐、梁体之谓也"[4]。白居易在《九日代罗樊二妓招舒著作》《洛阳春赠刘李二宾客》等诗歌题目下直接自注"齐梁格"。中唐文士大量模仿南朝江南诗风,固然有着当时的社会原因,正如王利器先生所指出,这与唐代科举考试以诗赋取士有关。进士科所试诗歌乃以齐梁体格为标准,以"考验应试士子对于声病规律能否掌握",正因此"官学之徒,对于声病体格,莫不加

---

[1] 元稹.元稹集·卷五一[M].冀勤点校.北京:中华书局,1982.
[2] 杜牧.樊川文集·卷九[M].陈允吉点校.上海:上海古籍出版社,1978.
[3] 宣宗.吊白居易[M]//彭定求,等.全唐诗·卷四.北京:中华书局,1960.
[4] 王利器.文镜秘府论校注·前言[M].北京:中国社会科学出版社,1983:13.

以简练揣摩"①。但另外一方面，白居易本人的江南经历，也使得他在感情上对南朝诗歌风气有了自然的偏爱。这也是他中年以后诗风转变的一个主要原因。确实，其闲适诗歌与齐梁诗风之间有非常相似的成分。

白居易乐府诗的流畅浅易风格，应得益于向南朝乐府诗歌的学习，去其秾腻，加以劲直。在节奏韵味上，更是深得其真。即使是那些感伤诗如《长恨歌》《琵琶行》等，韵律节奏、语言上都明显带有南朝诗歌的长处。另外，正如本书第七章所论，白居易的词创作也和江南生活的影响有关，此不赘述。

综上所述，白居易一生与江南有着十分密切而重要的关系，江南生活在他整个人生经历中形成几个重要的坐标，在其人生的不同阶段有着突出的位置。少年避乱旅居吴越，让他熟悉了江南的风土人情，接受了韦应物、顾况等诗坛前辈行为风范的影响，得到了南方人文精神的熏陶，进而产生自觉认同；青年时期至宣州应乡试，为宣歙池观察使崔衍贡举，从而实现他人生的重要跨越；晚年刺守杭州、苏州，其安闲适意人生思想与生活态度成熟定型，诗歌创作进入又一兴盛期。江南经历丰富了白居易的人生色彩。而江南文化传统与人文精神，如重雅趣、爱自然、尚逸乐等因素，更是直接或间接地对其人生思想、生活态度、诗歌内容、风格等产生了重要的影响。这些是研究白居易思想与创作必须认真注意的问题。

---

① 王利器.文镜秘府论校注·前言[M].北京：中国社会科学出版社，1983：13.

参考文献

(按著者姓氏汉语拼音顺序排列)

B

班　固.汉书[M].北京:中华书局,1962.
白居易.白居易全集[M].上海:上海古籍出版社,1999.
卞孝萱.刘禹锡年谱[M].北京:中华书局,1963.
卞孝萱.元稹年谱[M].济南:齐鲁书社1980.
卞孝萱.刘禹锡[M].上海:上海古籍出版社,1980.
卞孝萱.刘禹锡评传[M].南京:南京大学出版社,1997.

C

曹道衡.南朝文学与北朝文学研究[M].南京:江苏古籍出版社,1999.
晁公武.郡斋读书志[M].四库全书本.
曹融南.谢宣城集校注[M].上海:上海古籍出版社,1991.
曹旭.诗品集注[M].上海:上海古籍出版社,1994.
岑仲勉.唐人行第录[M].上海:上海古籍出版社,1978.
岑仲勉.隋唐史[M].北京:中华书局,1982.
陈伯海.唐诗汇评[M].杭州:浙江教育出版社,1995.
陈公亮.淳熙严州图经[M].宋元方志丛刊本.北京:中华书局,1990.
陈尚君.全唐诗补编[M].北京:中华书局,1992.
陈尚君.唐代文学丛考[M].北京:中国社会科学出版社,1997.
陈尚君.陈尚君自选集[M].桂林:广西师范大学出版社,2000.
陈寿.三国志[M].北京:中华书局,1982.

陈铁明，侯忠义．岑参集校注[M].上海：上海古籍出版社，1981.
陈廷焯．白雨斋词话[M].北京：人民文学出版社，1998.
陈熙晋．骆临海集笺注[M].上海：上海古籍出版社，1985.
陈寅恪．唐代政治史述论稿[M].上海：上海古籍出版社，1997.
陈寅恪．元白诗笺证稿[M].上海：上海古籍出版社，1980.
陈寅恪．金明馆丛稿二编[M].上海：上海古籍出版社，1980.
陈寅恪．魏晋南北朝史讲演录[M].合肥：黄山书社，1987.
陈振孙．直斋书录解题[M].上海：上海古籍出版社，1995.
陈正祥．中国文化地理[M].北京：生活·读书·新知三联书店，1983.
陈应行．吟窗杂录[M].王秀梅整理．北京：中华书局，1997.
程千帆．唐代进士行卷与文学[M].上海：上海古籍出版社，1980.
程蔷，董乃斌．唐帝国的精神文明[M].北京：中国社会科学出版社，1996.
储仲君．刘长卿诗编年笺注[M].北京：中华书局，1996.

D

戴伟华．唐方镇文职僚佐考[M].天津：天津古籍出版社，1994.
戴伟华．唐代使府与文学研究[M].桂林：广西师范大学出版社，1998.
丁福保．历代诗话续编[M].北京：中华书局，1983.
董楚平．吴越文化新探[M].杭州：浙江人民出版社，1988.
董诰，等．全唐文[M].上海：上海古籍出版社，1990.
董乃斌．李商隐传[M].西安：陕西人民出版社，1985.
董乃斌．陋室之鸣[M].新华出版社，1998.
杜牧．樊川文集[M].陈允吉点校．上海：上海古籍出版社，1978.
杜晓勤．初盛唐诗歌的文化阐释[M].北京：东方出版社，1997.
杜佑．通典[M].北京：中华书局，1988.

F

范成大．吴郡志[M].陆振岳校点．南京：江苏古籍出版社，1999.
范摅．云溪友议[M].四库全书本．
范晔．后汉书[M].北京：中华书局，1965.

方北辰.魏晋南朝江东世家大族述论[M].台北：文津出版社，1991.

房玄龄,等.晋书[M].北京：中华书局，1974.

冯浩.玉谿生诗集笺注[M].上海：上海古籍出版社，1979.

冯集梧.樊川诗集注[M].上海：上海古籍出版社，1978.

傅璇琮.唐代诗人丛考[M].北京：中华书局，1980.

傅璇琮.唐代科举与文学[M].北京：中华书局，1986.

傅璇琮.唐才子传校笺（1）[M].北京：中华书局，1987.

傅璇琮.唐才子传校笺（2）[M].北京：中华书局，1989.

傅璇琮.唐才子传校笺（3—4）[M].北京：中华书局，1990.

傅璇琮.唐才子传校笺（5）[M].陈尚君，陶敏补正.北京：中华书局，1995.

傅璇琮.唐人选唐诗新编[M].西安：陕西人民教育出版社，1996.

傅璇琮.隋唐五代文学编年史[M].辽海出版社，1998.

G

高棅.唐诗品汇[M].上海：上海古籍出版社，1982.

高似孙.剡录[M].北京：中华书局，1990.宋元方志丛刊本

葛剑雄.简明中国移民史[M].福州：福建人民出版社，1993.

葛剑雄.中国移民史：第3卷[M].福州：福建人民出版社，1997.

葛兆光.中国思想史[M].上海：复旦大学出版社，2000.

葛兆光.禅宗与中国文化[M].上海：上海人民出版社，1986.

葛兆光.道教与中国文化[M].上海：上海人民出版社，1987.

郭锋.唐代士族个案研究[M].厦门大学出版社，1999.

郭茂倩.乐府诗集[M].北京：中华书局，1987.

郭绍虞.清诗话续编[M].上海：上海古籍出版社，1983.

郭英德.中国古代文人集团与文学风貌[M].北京：北京师范大学出版社，1998.

H

何文焕.历代诗话[M].北京：中华书局，1981.

洪迈.容斋随笔[M].上海：上海古籍出版社，1996.

胡可先.中唐政治与文学[M].合肥：安徽大学出版社，2000.

胡震亨.唐音癸签[M].上海：上海古籍出版社，1981.
华忱之，喻学才.孟郊诗集校注[M].北京：人民文学出版社，1995.
胡应麟.诗薮[M].上海：上海古籍出版社，1979.

J

计有功.唐诗纪事[M].上海：上海古籍出版社，1987.
贾晋华.唐代集会总集与诗人群研究[M].北京：北京大学出版社，2001.
蒋清翊.王子安集注[M].上海：上海古籍出版社，1996.
蒋寅.大历诗人研究[M].北京：中华书局，1995.

K

孔延之.会稽掇英总集[M].四库全书本.

L

李白.李太白全集[M].王琦注，中华书局，1977.
李昉，等.太平广记[M].北京：中华书局，1961.
李昉，等.文苑英华[M].北京：中华书局，1966.
李伯重.唐代江南农业的发展[M].北京：农业出版社，1990.
李浩.唐代关中士族与文学[M].台北：文津出版社，1999.
李浩.唐代三大地域文学士族研究[M].北京：中华书局，2002.
李吉甫.元和郡县图志[M].贺次君点校.北京中华书局，1983.
李妙根.刘师培论学论政[M].上海：复旦大学出版社，1990.
李延寿.南史[M].北京：中华书局，1975.
李延寿.北史[M].北京：中华书局，1974.
李云逸.王昌龄诗注[M].上海：上海古籍出版社，1984.
李壮鹰.诗式校注[M].济南：齐鲁书社，1986.
李肇.唐国史补[M].上海：上海古籍出版社，1979.
林宝.元和姓纂[M].岑仲勉校记.北京：中华书局，1994.
林语堂.吾国与吾民[M].长沙：岳麓书社2000.
刘国盈.韩愈评传[M].北京：北京师范学院出版社，1991.

刘开扬.高适诗集编年笺注[M].北京：中华书局，1981.
刘𬭎.隋唐嘉话[M].程毅中点校.北京：中华书局，1979.
刘肃.大唐新语[M].许德楠，李鼎霞点校.北京：中华书局，1984.
刘昫，等.旧唐书[M].北京：中华书局，1975.
刘禹锡.刘禹锡集[M].卞孝萱校订.北京：中华书局，1990.
刘跃进.门阀士族与永明文学[M].北京：生活·读书·新知三联书店，1996.
柳宗元.柳河东集[M].上海：上海人民出版社，1974.
陆广微.吴地记[M].曹林娣校注.南京：江苏古籍出版社，1999.
逯钦立.先秦汉魏晋南北朝诗[M].北京：中华书局，1983.
罗时进.唐诗演进论[M].南京：江苏古籍出版社，2001.
罗宗强.隋唐五代文学思想史[M].上海：上海古籍出版社，1986.
卢宪.嘉定镇江志[M].宋元方志丛刊本.北京：中华书局，1990.

M

马端临.文献通考[M].影印本.北京：中华书局，1981.
毛汉光.中国中古社会史论[M].上海：上海世纪出版集团，2002.
马其昶.韩昌黎文集校注[M].上海：上海古籍出版社，1986.

N

牛僧孺.玄怪录[M].上海：上海古籍出版社，1985.

O

欧阳修.新五代史[M].北京：中华书局，1974.
欧阳修.新唐书[M].北京：中华书局，1975.

P

彭定求，等.全唐诗[M].北京：中华书局，1960.

Q

钱冬父.韩愈[M].北京：中华书局，1980.
钱可则.景定严州续志[M].宋元方志丛刊本北京：中华书局，1990.

钱穆.中国文化史导论[M].北京：商务印书馆，1994.

钱穆.中国史大纲[M].北京：商务印书馆，1996.

潜说友.咸淳临安志[M].宋元方志丛刊本.北京：中华书局，1990.

钱仲联.韩昌黎诗系年集释[M].上海：上海古籍出版社，1984.

仇兆鳌.杜诗详注[M].北京：中华书局，1979.

瞿蜕园.刘禹锡集校笺[M].上海：上海古籍出版社，1992.

瞿蜕园，朱金城.李白集校注[M].上海：上海古籍出版社，1980.

R

任半塘　王昆吾.隋唐五代燕乐杂言歌辞集[M].成都：巴蜀书社，1990.

阮元.十三经注疏[M].北京：中华书局，1980.

S

桑世昌.兰亭考[M].四库全书本.

沈约.宋书[M].北京：中华书局，1974.

史能之.咸淳毗陵志[M].宋元方志丛刊本.北京：中华书局，1990.

史念海.河山集[M].西安：陕西师大出版社，1999.

史念海.唐代历史地理研究[M].北京：中国社会科学出版社，1998.

施谔.淳祐临安志[M].宋元方志丛刊本.北京：中华书局，1990.

施宿.嘉泰会稽志[M].宋元方志丛刊本.北京：中华书局，1990.

施子愉.柳宗元.谱[M].武汉：湖北人民出版社，1958.

司马光.资治通鉴[M].北京：中华书局，1956.

司马迁.史记[M].北京：中华书局，1959.

苏轼.苏轼文集[M].北京：中华书局，1996.

孙昌武.柳宗元传论[M].北京：人民文学出版社，1982.

孙昌武.唐代文学与佛教[M].西安：陕西人民出版社，1985.

孙光宪.北梦琐言[M].上海：上海古籍出版社，1978.

孙棨.北里志[M].上海：中华书局上海编辑所，1959.

孙应时等.琴川志[M].宋元方志丛刊本.北京：中华书局，1990.

T

谭其骧.长水集[M].北京：人民文学出版社，1987.

谈钥.嘉泰吴兴志[M].宋元方志丛刊本.北京：中华书局，1990.

唐长孺.魏晋南北朝史论丛[M].北京：生活·读书·新知三联书店，1955.

唐长孺.魏晋南北朝隋唐史三论[M].武汉：武汉大学出版社，1983.

陶敏，王友胜.韦应物集校注[M].上海：上海古籍出版社，1998.

陶宗仪.书史会要[M].上海：上海书店，1984.

田余庆.东晋门阀政治[M].北京：北京大学出版社，1989.

佟培基.孟浩然诗集笺注[M].上海：上海古籍出版社，2000.

W

王安石.王安石全集[M].上海：上海古籍出版社，1999.

王谠.唐语林[M].上海：上海古籍出版社，1978.

王定保.唐摭言[M].上海：上海古籍出版社，1978.

王溥.唐会要[M].北京：中华书局，1955.

王夫之.读通鉴论[M].北京：中华书局，1975.

王夫之.思问录[M].北京：中华书局，1956.

王国安.柳宗元诗笺释[M].上海：上海古籍出版社，1993.

王昆吾.隋唐五代燕乐杂言歌辞研究[M].北京：中华书局，1996.

王昆吾.颜氏家训集解[M].北京：中华书局，1993.

王利器.文心雕龙校证[M].上海：上海古籍出版社，1980.

王利器.文镜秘府论校注[M].中国社会科学出版社，1983.

王琦，等.三家评注李贺歌诗[M].上海：上海古籍出版社，1998.

王钦若，等.册府元龟[M].影印本.北京：中华书局，1960.

王启兴，张虹.顾况诗注[M].上海：上海古籍出版社，1994.

王水照.宋代文学通论[M].郑州：河南大学出版社，1997.

王运熙.乐府诗述论[M].上海：上海古籍出版社，1996.

汪篯.汪篯隋唐史论稿[M].唐长孺等编.北京：中国社会科学出版社，1981.

魏征，等.隋书[M].北京：中华书局，1973.

翁俊雄.唐朝鼎盛时期政区与人口[M].北京：首都师范大学出版社，1995.

翁俊雄.唐后期政区与人口[M].北京：首都师范大学出版社，1999.

闻一多.闻一多全集（6—8）[M].武汉：湖北人民出版社，1996.

吴树平，等.隋唐五代墓志汇编[M].天津：天津古籍出版社，1989.

吴越史地研究会.吴越文化论丛[M].影印本.上海：上海文艺出版社，1990.

X

项楚.王梵志诗校注[M].上海：上海古籍出版社，1991.

向达.唐代长安与西域文明[M].北京：生活·读书·新知三联书店1957.

项公泽.玉峰志[M].宋元方志丛刊本.北京：中华书局，1990.

萧统.文选[M].李善注.北京：中华书局，1986.

萧子显.南齐书[M].北京：中华书局，1972.

谢思炜.白集综论[M].北京：中国社会科学出版社，1997.

徐鹏.孟浩然集校注[M].北京：人民文学出版社，1989.

徐硕.至元嘉禾志[M].宋元方志丛刊本.北京：中华书局，1990.

徐松.登科记考[M].赵守俨点校.北京：中华书局，1984.

许学夷.诗源辩体[M].北京：人民文学出版社，1987.

薛居正.旧五代史[M].北京：中华书局，1976.

Y

姚思廉.梁书[M].北京：中华书局，1973.

杨衒之.洛阳伽蓝记[M].周祖谟校释.北京：中华书局，1963.

叶瑛.文史通义校注[M].北京：中华书局，1985.

严可均.全上古三代秦汉三国文朝文[M].北京：中华书局，1958.

严耕望.唐史研究丛稿[M].香港：新亚研究所，1969.

严耕望.唐仆射丞郎表[M].北京：中华书局，1986.

严耀中.江南佛教史[M].上海：上海人民出版社，2000.

颜逸明.吴语概说[M].上海：华东师范大学出版社，1994.

严羽.沧浪诗话[M].郭绍虞校释.北京：人民文学出版社，1983.

永瑢等.四库全书总目[M].北京：中华书局，1965.

余嘉锡.世说新语笺疏[M].上海：上海古籍出版社，1993.

余英时.士与中国文化[M].上海：上海人民出版社，1987.

袁康，吴平.越绝书[M].乐祖谋点校.上海：上海古籍出版社，1985.

元稹.元稹集[M].冀勤点校.北京：中华书局，1982.

Z

赞宁.宋高僧传[M].范祥雍点校.北京：中华书局，1987.

曾昭岷，曹济平，王兆鹏，等.全唐五代词[M].北京：中华书局，1999.

曾益，等.温飞卿诗集笺注[M].上海：上海古籍出版社，1980.

查屏球.唐学与唐诗[M].北京：商务印书馆2000.

詹锳.李白诗文系.[M].北京：人民文学出版社，1984.

张钫.千唐志斋藏志[M].北京：文物出版社，1989.

张固.幽闲鼓吹[M].北京：中华书局，上海编辑所1958.

张淏.宝庆会稽续志[M].宋元方志丛刊本.北京：中华书局，1990.

张津，等.乾道四明图经[M].宋元方志丛刊本.北京：中华书局，1990.

章培恒，骆玉明.中国文学史[M].上海：复旦大学出版社，1996.

张逢舟.薛涛诗笺[M].北京：人民文学出版社，1983.

张伟然.湖南历史文化地理研究[M].上海：复旦大学出版社，1995.

张彦远.历代名画记[M].秦仲文，黄苗子点校.北京：人民美术出版社，1963.

张彦远.法书要录[M].范祥雍点校.北京：人民美术出版社，1986.

张鷟.朝野佥载[M].赵守俨点校.北京：中华书局，1979.

赵昌平.赵昌平自选集[M].桂林：广西师范大学出版社，1997.

赵殿成.王右丞集笺注[M].上海：上海古籍出版社，1984.

赵璘.因话录[M].上海：上海古籍出版社，1979.

赵钺，劳格.唐御史台精舍题名考[M].张忱石点校.北京：中华书局，1997.

赵贞信.封氏闻见记校注[M].北京：中华书局，1985.

郑学檬.中国古代经济重心南移和唐宋江南经济研究[M].长沙：岳麓书社,1996.

周淙.乾道临安志[M].宋元方志丛刊本北京：中华书局，1990.

周绍良.唐代墓志汇编[M].上海：上海古籍出版社，1992.

周绍良，赵超.唐代墓志汇编续集[M].上海：上海古籍出版社，2001.

周生春.吴越春秋辑校汇考[M].上海：上海古籍出版社，1997.

周勋初.唐语林校证[M].北京：中华书局，1987.

周一良.魏晋南北朝史论集[M].北京：中华书局，1963.

周一良.魏晋南北朝史札记[M].北京：中华书局，1985.

周应合.景定建康志[M].宋元方志丛刊本.北京：中华书局，1990.

周振鹤，游汝杰.方言与中国文化[M].上海：上海人民出版社，1986.

周祖谟，吴晓玲.方言校笺及通检[M].北京：科学出版社，1956.

周祖譔.中国文学家大辞典（唐五代卷）[M].北京：中华书局，1992.

朱长文.吴郡图经续记[M].金菊林校点.南京：江苏古籍出版社，1999.

朱端常，等.云间志[M].宋元方志丛刊本.北京：中华书局，1990.

朱金城.白居易年谱[M].上海：上海古籍出版社，1981.

朱金城.白居易集笺校[M].上海：上海古籍出版社，1988.

朱熹.四书章句集注[M].北京：中华书局，1983.

朱熹.晦庵先生朱文公文集[M].四部丛刊本.

祝尚书.卢照邻集笺注[M].上海：上海古籍出版社，1994.

（国外学者著作）

斯蒂芬·欧文.初唐诗[M].贾晋华，译.南宁：广西人民出版社，1987.

斯蒂芬·欧文.盛唐诗[M].贾晋华，译.哈尔滨：黑龙江人民出版社，1992.

崔瑞德.剑桥中国隋唐史[M].北京：中国社会科学出版社，1990.

包弼德.斯文：唐宋思想的转型[M].刘宁，译.南京：江苏人民出版社，2001.

刘俊文.日本学者研究中国史论著选：第四卷[M].北京：中华书局，1992.

后 记

　　本书是由我的博士论文修改而成。2000年9月我考入复旦大学中文系师从陈尚君先生攻读古代文学博士学位，进校不久即确定了江南文化与唐代文学研究的选题。其后三年，为该课题研究，我查阅了大量的原始文献，基本将唐代诗文小说、笔记、碑刻、唐史、宋元方志等典籍中相关内容进行了全面的检索，摘录了数十万字的资料，最终在2003年春夏之间完成书中的写作。是年6月，书中通过了由董乃斌、谭帆、刘永翔、骆玉明、汪涌豪等专家组成的答辩委员会的答辩。毕业后，我回原先供职的湖北师院中文系工作。在完成较为繁重的行政、教学工作之余，我又对书中进行了全面的修订，尤其是补充了一些材料，并对全书的体例做了适当调整，终完成呈献于读者面前的这本小书。需要说明的是，本书对江南文化与唐代文学这一重大课题的研究只是初步的，对于与之相关的一些重要问题还未及展开，尚待日后进一步深入研究。本书部分章节的内容作为早期成果已在《学术月刊》《中国文化论坛》《安徽师范大学学报》等刊物上公开发表。《白居易的江南情结》原为最后一章，作为江南文化对唐代重要作家思想创作影响的个案研究，再三斟酌全书体例并听取专家意见，最终没有纳入正文，附录于文后。

　　在此，我要向恩师陈尚君先生表示衷心的感谢！江南文化与唐代文学课题的研究，从选题到搜集资料及撰写书中整个过程，始终得到了先生精心而细致、深入地指导，书中也凝聚着先生的大量心血！我难以忘记在复旦三号教学楼、在中文系古典文学教研室、在国定路中心村先生寓所……一次次聆听先生教诲的情景。先生特别强调，文史研究必须全面广博掌握材料，要在纷繁复杂的史料中理清头绪；要善于从表面看来没有关系的材料中发现解决问题的铁证；读书要力透纸背；要充分尊重前人的研究成果；创立新说要有确凿证据，推证演绎应有必然的逻辑联系……只言语片切中肯綮，发蒙起惑，洞彻学子心灵！先生深厚博大的学术思想与扎实精纯的治学方法，将让我受益终身！

另外，在书中撰写过程中，我还得到过复旦中文系王水照先生、骆玉明先生的亲切指导。在开题与预答辩会上，他们对我提交的报告及书中初稿进行了细致认真地审查，并提出了许多宝贵的意见；作为书中评阅人以及答辩委员会成员，二位先生更是给了我许多鼓励和指导。我选修历史系韩昇先生的隋唐史专题研究课，也从中得益良多。韩先生为我的研究提供了许多重要文献，2002年春节回厦门探亲时还不忘帮我复印资料。复旦历史地理研究所张伟然先生不仅为我提供了文化地理理论方面的指导，还慨然赠予尚未出版的大作《唐人心目中的文化区域》文稿。书中评阅人苏州大学罗时进先生和复旦大学中文系陈引驰先生，也给我以鼓励和亲切指导。我学识浅陋，幸运的是能忝列陈先生门墙，并得到以上多位名师传道授业，谨向诸位先生致以真诚的感谢！

在沪求学生活，给我留下了许多美好回忆。复旦大学素有"江南第一学府"之称，三载亲身体验，我对此感受颇深。美丽的校园具有江南典型园林的神韵、以赭红青灰粉白为主色调的座座建筑，隐映于浓密的香樟、水杉、梧桐之中，淡雅和谐，清幽宁静，又透出勃勃生机。复旦校园有着浓郁的学术氛围，这里曾经聚集了众多一流的专家学者，如今更是名师云集；文科图书馆古籍部则以众多珍本善本藏书而蜚声学界；几乎每日不断的中外著名学者的学术报告，是复旦最夺目的风景，也是莘莘学子精神与心灵的乐园。在复旦即将迎来百年华诞之际，我衷心祝愿母校的明天更加灿烂辉煌！

长期以来，原湖北师范学院院长、教授冯广艺博士、院长助理汪自云教授、中文系石麟教授等都给予了我许多关怀帮助，并为我的研究工作与此书的出版提供了许多便利与支持，我也衷心感谢他们！

我生长于江苏南通一个普通乡村，感谢父母亲为我的成长所付出的无私博大的牺牲！而我能在学业上取得一点点成绩，更得益于妻子罗年珍的支持与奉献。在我读博期间，勤劳淳朴的她以娇小的身躯承担了全部的家庭重担！深深地感谢我的亲人们！

拙著初版至今已过十余年，许多高校的中国古代文学、地域文化与文学等专业均将之指定为研究生的阅读书目，许多研究生或学界同仁常来函索取拙著。因为初版印数有限，个人手头也早无余书，只能报之以遗憾。2018年利用湖北师范大学中国语言文学省级重点学科的建设经费的资助，遂有此次修订再版的机会。近年来，我的学术研究主要集中于唐代文学家族研究，故而此次修订主要订正讹误和错字、增补了一些材料与注释，第三章的江南诗人与诗作统计数据，经重新核查后做了较多调整，对江南诗僧的介绍也有所增补。全书体例与结构、主要观点则未改动。敬请学界同仁和读者批评指正！最后还要诚挚感谢光明日报出版社编辑，是他们认真细致的工作确保了拙作的顺利再版！

景遐东

（2004年9月10日初版，2019年2月28日再版修订于湖北师大青山湖寓所）